DIE GEZEITEN

MATT BROLLY

OBLONG
BOOKS

Dies ist ein Werk der Fiktion. Namen, Personen, Organisationen, Orte, Ereignisse und Begebenheiten sind entweder Produkte der Fantasie des Autors oder frei erfunden. Jede Ähnlichkeit mit echten Personen, ob tot oder lebendig, oder tatsächlichen Ereignissen ist rein zufällig.

 Diese Übersetzung wird durch Oblong Books veröffentlicht.

Übersetzt von www.translatebooks.com

Nathalie Hopper

ISBN: 978-1-7398723-3-5 E-book

ISBN: 978-1-7398723-1-1 Taschenbuch

ISBN: 978-1-7398723-5-9 Gebundene Ausgabe

ISBN: 978-1-7398723-6-6 Hörbuch

AUCH VON MATT BROLLY

DI-Blackwell-Reihe (bisher nur auf Englisch erhältlich):
The Descent
The Gorge
The Mark

Einzelausgaben:
The Controller
Zero

DCI-Lambert-Reihe:
Dead Eyed
Dead Lucky
Dead Embers
Dead Time
Dead Water

Für Alison

PROLOG

Das Schicksal hatte sie zu dem verlassenen Bauernhof am Stadtrand von Bridgwater geführt, wo sie spät in der Nacht eher verzweifelt als hoffnungsvoll angekommen waren. Seit über einem Jahr waren sie Max Walton nun auf der Spur, und DI Louise Blackwell und ihr Kollege DI Finch waren zentraler Bestandteil des Ermittlungsteams.

Den Geruch dieses Ortes würde Louise nie wieder vergessen können. Der Stall war in eine Reihe von Metallboxen unterteilt, und als sie den vorderen Teil betraten, schlug ihr ein unvorstellbarer Gestank entgegen, der von der Verwesung und den Rückständen jahrzehntelanger Tierhaltung herrührte. Als sie mit ihrer Taschenlampe über die unzähligen Erhebungen auf dem Boden der Scheune leuchtete, deren Oberfläche sich zu bewegen schien, musste sie sich abwenden, um sich zu übergeben.

„Louise", sagte Finch mit tiefer, entnervter Stimme.

Louise kämpfte gegen ihre Übelkeit an und widmete sich wieder der vorliegenden Angelegenheit.

Finch stand in einer Ecke des Stalls und leuchtete mit seiner

Taschenlampe auf die Leichen der vermissten Mutter und Tochter.

Louise rief auf dem Revier an.

Es wäre korrekt gewesen, dort, wo sie sich befanden, auf Verstärkung zu warten, doch Finch wollte die Gelegenheit nicht ungenutzt verstreichen lassen. „Du gehst hinten herum“, flüsterte er.

Louise wollte auch nicht warten. Sie jagten diesen kranken Bastard schon seit über einem Jahr, und sollte er immer noch hier sein, könnte sie es sich nicht verzeihen, würde er aufgrund ihrer eigenen Untätigkeit entkommen.

Sie eilte zurück nach draußen, wo die kalte Nachtluft den Geruch der Verwesung, der an ihrer Kleidung und ihrer Haut haftete, kaum überdecken konnte. Sie hatte das Gefühl, als wäre er durch ihre Nasenlöcher und ihren Mund gekrochen und hätte in ihr Wurzeln geschlagen. Die Taschenlampe vor sich haltend, folgte sie dem unebenen Weg zur Rückseite des Stalls, als sie plötzlich ein Licht in dem verfallenen Bauernhaus aufflackern sah. Es erlosch sofort, als sie um die Ecke bog und in Richtung der zerbrochenen Fenster leuchtete.

„Hier ist jemand“, teilte sie Finch über Funk mit, bevor sie ihre Waffe zog. Nach Waltons letztem Mord, einer grausamen Schießerei an den Docks in Bristol, waren ihnen Schusswaffen zugeteilt worden. Louise war gut ausgebildet, aber bewaffnet zu sein, fühlte sich trotzdem nicht normal für sie an.

„Ich komme jetzt durch den hinteren Teil der Scheune“, sagte Finch.

Louises Puls begann zu rasen, als sich die Tore öffneten und das Licht von Finchs Taschenlampe die Dunkelheit durchbrach, bevor sein Schatten auftauchte. „Wo?“, flüsterte er, seine eigene Waffe in der rechten Hand.

Louise nickte in Richtung des Haupthauses. „Vorne oder hinten?“, fragte sie.

Im Nachhinein betrachtet, war das der größte Fehler gewesen, den sie begehen konnten. Sie hätten sich zu diesem Zeitpunkt nicht trennen dürfen, egal, wie groß das Risiko war, dass der Mörder entkommen könnte.

„Du nimmst die Rückseite", sagte Finch.

„Wir sollten ihnen mitteilen, dass wir ihn lokalisiert haben."

Finch setzte sich in Richtung des Hauses in Bewegung. „Keine Zeit", antwortete er flüsternd.

Louise zögerte.

„Komm schon."

Sie schüttelte den Kopf und meldete ihre Position und Situation der Zentrale, bevor sie an die Rückseite des Bauernhauses schlich. Als sie um die Ecke bog, rutschte sie auf dem nassen, glitschigen Boden aus. Mit ihrer Taschenlampe leuchtete sie über den Boden. Das Feld hinter dem Bauernhaus war ein Friedhof von Landmaschinen, deren Herzstück ein verrosteter Mähdrescher war. Ranken und Unkraut überwucherten die riesigen Gerätschaften, als ob sie sie an Ort und Stelle halten oder in den Boden saugen wollten. Jenseits des Feldes befand sich ein Wald, und Louise erschauderte bei dem Gedanken, wie viele Leichen sie wohl in dieser Einöde finden würden.

Die Hintertür des Bauernhauses knarrte und Louise drehte sich mit vorgehaltener Waffe – wie sie es gelernt hatte – auf der Stelle um, doch da war niemand. Um seine Position nicht zu enthüllen, wollte sie Finch nicht über das Funkgerät rufen, und so ging sie widerwillig allein in Richtung Tür.

Der Geruch im Inneren erinnerte an den Gestank der Verwesung im Stall. Ihr Magen hatte sich inzwischen daran gewöhnt. Es bestand die Möglichkeit, dass Finch in Gefahr war, also schlich sie an den Wänden entlang, die Ohren auf das leiseste Geräusch gerichtet. Sie sicherte das Erdgeschoss so gut es ging, und die Taschenlampe brachte weitere Haufen nicht identifizierbarer Materie zum Vorschein.

„Finch“, murmelte sie leise, als sie das Geräusch von zerbrechendem Glas im ersten Stock hörte. Sie verschwendete keine Zeit, sprintete die Holztreppe hinauf und brach sich fast den Knöchel, als ihr rechter Fuß in einem Loch in einer der Stufen stecken blieb, bevor sie ihn befreien konnte.

„Der letzte Raum auf der rechten Seite“, ertönte Finchs Stimme. „Ich glaube, er ist bewaffnet“, fügte er hinzu.

Auf den Knien kroch sie den Flur entlang zu Finch, der Walton aufforderte, herauszukommen. Der Mann antwortete nicht.

„Ich gehe rein“, sagte Finch.

„Er kann nirgendwo hin, Tim. Lass uns abwarten. Die Verstärkung wird bald hier sein“, sagte Louise, doch sie hatte gespürt, dass es bereits zu spät war. Finch würde nicht auf die polizeiliche Verstärkung warten wollen. Seine Ziele waren höher gesteckt, als nur den Mörder zu fassen. Er wollte den Ruhm, und sie wusste in diesem Moment genau, dass er ihn ganz für sich allein wollte.

„Gib mir Deckung“, sagte er und trat über die Schwelle.

Dann ging alles ganz schnell: Finch stolperte, als er durch die Tür trat, Louise duckte sich, als die Gestalt in der Ecke etwas nach ihr warf, und sie Finchs Worte hörte: „Er ist bewaffnet!“

OHNE TITEL

ACHTZEHN MONATE SPÄTER

KAPITEL EINS

Geoff Simmons sicherte das Boot und stolperte den Hügel hinauf, wobei er in der Eile über seine eigenen Füße stolperte. Beinahe hätte er die Flut verpasst, doch jetzt war er hier. Am Ende der Steigung hielt er inne, sein Atem kehrte zurück, und er fühlte sich in seiner Abgeschiedenheit sicher. Der leichte Schmerz, den er verspürt hatte, war immer noch da, und er fragte sich, wie lange er wohl bleiben würde. Er verstand, woher seine anderen Schmerzen rührten – die Prellung an seiner Schulter, seine schweren Beine –, doch das nagende Ziehen im Inneren seines Magens ließ sich nicht so leicht erklären.

Sein behelfsmäßiges Zuhause rief, doch das musste warten. Stattdessen kämpfte er sich über das kahle Plateau der kleinen Insel, bis sich die Silhouette des Festlandes im Dämmerlicht des frühen Morgens abzeichnete. Er holte sein Hochleistungsfernglas aus dem Rucksack, hielt an und ließ sich auf den feuchten Boden sinken. Seine Handflächen juckten, und er zog seine Lederhandschuhe aus, um seine vernarbte Haut zu kratzen, während das Geräusch der Wellen, die an die Felsen unter ihm schlugen, in seine Ohren drang.

Von dort, wo er saß, war das Festland kaum mehr als ein Schatten – ein düsterer Fleck, der von vereinzelten Straßenlaternen beleuchtet wurde. Er hatte sein ganzes Leben lang in Weston-super-Mare gelebt, und doch fühlte er sich dem kleinen Felsbrocken, auf dem er nun saß, mehr verbunden. Die Ruhe, die er auf der Insel erlebte, fehlte ihm auf dem Festland. Hier gab es kaum Menschen – zu dieser Jahreszeit war die Insel völlig verlassen –, anders als in Weston, wo die Menschen wie Ameisen durch die Stadt krabbelten. Selbst jetzt, durch den Nebel hindurch, konnte er die Gestalt eines Fischers erkennen, der vom Ufer in Richtung des sich zurückziehenden Meeres ging. Geoff justierte die Reichweite seines Fernglases, um den Umriss des Mannes schärfer zu erkennen. Es war eine merkwürdige Zeit, um zu fischen – der Wasserstand würde bald so niedrig sein, dass der Fischer seine Netze nicht weit genug auswerfen könnte, um seine Köder ins Wasser zu bringen –, doch das überraschte Geoff nicht sonderlich. Zum Hochseefischen gehörte mehr als nur Fische zu fangen, und er nahm an, dass der Fischer die gleiche Art von Frieden suchte, die er gerade auf seiner Insel erlebte.

Wie auch immer, der Mann würde bald seinen Zweck erfüllen.

Geoff umklammerte sein Fernglas, als der Fischer erstarrte, und seine Ausrüstung fallen ließ. Eine Sekunde lang dachte er, der Mann würde sich umdrehen und vor dem, was sich nur wenige Meter von ihm entfernt befand, davonlaufen, und er hörte sich selbst, wie er ihn anfeuerte, genau das zu tun.

Die Zeit stand still, als der Mann in alle Richtungen blickte, bevor er sich langsam in Bewegung setzte. Geoff konzentrierte sich ausschließlich auf die Gestalt des Fischers, als würde dieser verschwinden, sollte er ihn aus den Augen verlieren. Als der Mann auf die Knie sank, bemerkte er, dass er die Luft angehalten hatte, die schließlich seine Lungen mit einem lauten Geräusch verließ, von dem er beinahe befürchtete, es würde noch auf dem Festland hörbar sein.

Erst dann bewegte er das Fernglas, um für den Bruchteil einer Sekunde zu sehen, was der Fischer entdeckt hatte.

War es Erleichterung, die er empfand? Wenn er überhaupt etwas fühlte, dann die Schmerzen in seinem Magen, die noch stärker wurden, als er sich seinen Weg durch die wilden Pfingstrosen, zu der in den Kalksteinfelsen gehauenen Höhle, bahnte. Steep Holm war – zusammen mit seiner Schwesterinsel Flat Holm – der einzige Ort im Vereinigten Königreich, an dem diese Pflanze wuchs. Vater hatte ihm diesen Platz gezeigt, als er erst sechs Jahre alt gewesen war. Es war ihr Geheimnis gewesen, das er bis vor ein paar Tagen mit niemandem geteilt hatte. Im Laufe der Jahre hatten sie viele Nächte in der Nähe des Schlupfwinkels gezeltet, da keiner von ihnen gewillt gewesen war, den Schutz des Felsens zu nutzen. Daran hatte sich nichts geändert. Er würde nie in der Höhle schlafen und benutzte immer noch sein Ein-Mann-Zelt, um zu campen, doch jetzt lebte dort jemand.

Seine Taschenlampe fand die gefesselte Gestalt, die in das Licht blinzelte, als sei sie bei einer entsetzlichen Tat ertappt worden. Geoff löste den Knebel und ließ Wasser wie Messwein in den geöffneten Mund tropfen.

„Du musst das nicht tun“, sagte die Gestalt.

Es fiel ihm leichter, als er gedacht hatte, die Geräusche des Mannes zu ignorieren. Seine Worte zerflossen in dem Geschnatter der Möwen und dem sanften Rauschen des Meeres. Geoff gönnte ihm noch ein paar Schlucke Wasser, bevor er den Knebel wieder anbrachte und Verwirrung und Angst in den geweiteten Augen des Mannes sah.

Bevor er ihn wieder in die Öffnung der Höhle rollte, zeigte

Geoff seinem Gefangenen eine Gabe, die er in die schmutzige Hosentasche des Mannes steckte.

Ein dicker, verrosteter Nagel, der mit Blut getränkt war.

KAPITEL ZWEI

Die Augen ihrer Nichte waren bereits voller Tränen, als Louise Blackwell sich zum Abschied auf die Knie fallen ließ. „Wir sehen uns nächstes Wochenende“, sagte Louise, aber ihre Nichte Emily war untröstlich.

„Kannst du nicht bleiben?“, fragte das Mädchen, das erst vor drei Wochen fünf Jahre alt geworden war.

Louise biss sich auf die Lippe und versuchte, die Emotionen in ihrer Stimme zu kontrollieren. In der Wohnung ihres Bruders gab es ein Gästezimmer, doch zu bleiben würde alles nur noch schlimmer machen. „Ich habe den heutigen Tag wirklich genossen, aber ich muss zurück zur Arbeit.“

„Die Bösewichte fangen?“

Louise küsste ihre Nichte auf die Wange und zog sie an sich.

„Die Bösewichte fangen.“

Bevor sie ging, streckte sie ihren Kopf in das Wohnzimmer. „Ich bin dann mal weg, Paul“, sagte sie zu ihrem Bruder.

„Okay.“ Paul sah sie nicht an, sondern konzentrierte sich auf das Fußballspiel im Fernsehen. Er nippte an einem Glas Rotwein, dessen Flasche auf der Anrichte inzwischen leer war.

„Willst du, dass ich bleibe?“, fragte Louise, und bereute die Frage direkt, nachdem sie sie ausgesprochen hatte.

Bevor Paul antwortete, nahm er noch einen Schluck Wein, der seine Lippen färbte. „Glaubst du, ich kann mich nicht um meine eigene Tochter kümmern?“, stellte er jene Frage, die Louise in den letzten zwei Jahren zu oft gehört hatte.

Sie wusste, dass es sinnlos war, mit ihm zu diskutieren. „Nun, du weißt ja, wo du mich findest.“

Paul grunzte und widmete sich wieder seinem Fußballspiel.

Emily hielt sich an ihrem Mantel fest, als Louise die Haustür öffnete, wobei ihr Griff so fest war, dass sie ihre Nichte am liebsten hochgehoben und mit nach Hause genommen hätte. „Ist schon gut“, sagte sie und löste sanft die Finger des Mädchens. „Geh und mach dich bettfertig. Ich bin sicher, dass Papa dir vorlesen wird, wenn das Fußballspiel zu Ende ist.“

Emily schürzte die Lippen, bevor sie seufzte. Diese Geste war so herzzerreißend und nicht ihrem jungen Alter entsprechend, dass Louise ihren Bruder – trotz allem, was ihm widerfahren war – dafür verfluchte, dass er sie in diese Situation gebracht hatte. Vor zwei Jahren war seine Frau Dianne innerhalb von zwei Wochen gestorben, nachdem sie die Diagnose Hautkrebs bekommen hatte. Ein Wirbelsturm einer unheilbaren Krankheit, der Louise sowohl Dianne als auch ihren Bruder genommen hatte.

Sie küsste ihre Nichte noch einmal, bevor sie die Tür hinter sich schloss.

Als sie in ihrem Auto saß und darauf wartete, dass die Heizung die kalte Oktoberluft wärmte, kämpfte sie gegen den Drang an, in die Wohnung ihres Bruders zurückzukehren. Stattdessen schickte sie eine SMS an ihre Mutter, die nur zehn

Minuten entfernt wohnte, und schlug vor, Paul noch einen kurzen Besuch abzustatten, bevor die Nacht anbrach.

Die Fahrt auf der Autobahn M5 zu Louises neuem Zuhause in Weston-super-Mare gestaltete sich immer schwierig, und das nicht nur, weil sie Emily zurücklassen musste. Jedes Mal, wenn sie auf dem Weg nach Süden war und sich von der Stadt, die sie liebte, entfernte, empfand sie ein tiefes Gefühl des Verlustes für ihren alten Job im MIT, dem Major Investigation Team. Obwohl sie offiziell in der Zentrale der Avon-and-Somerset-Polizeistation in Portishead beschäftigt gewesen war, hatte sie den Großteil ihrer Arbeit im MIT in Bristol verrichtet.

Die Avonmouth-Brücke signalisierte ihr, dass sie die Stadt verlassen hatte, und verkündete gleichzeitig den Eintritt in eine andere Welt. Unter der Betonbrücke lag ein riesiger Tanker in der Fahrrinne, und Louise stellte sich vor, wie tief das Wasser sein musste, damit das Schiff weiterfahren konnte, woraufhin sich ihre Stimmung verdüsterte. Sie hätte in Bristol bleiben und täglich pendeln können, doch es war einfacher, in Weston zu leben, als täglich hin- und zurückzufahren.

Vierzig Minuten später fuhr sie von der Autobahn ab und machte sich auf den kurzen Weg zu ihrem neuen Wohnsitz in Worle, am Rande von Weston. Sie hatte das Haus – einen Bungalow mit zwei Schlafzimmern – ganz spontan gemietet, als sie die Nachricht über ihre Versetzung vom MIT erhalten hatte. Das Haus hatte früher einer älteren Dame gehört, die vor Kurzem verstorben war, und ihre Familie war glücklich darüber, es für eine geringe monatliche Gebühr loszuwerden. Es entsprach nicht dem, was sie sich für sich selbst mit achtunddreißig vorgestellt hatte. Nach dem, was sie bisher von ihren Nachbarn gesehen hatte, war sie mit gut dreißig Jahren Altersunterschied die jüngste Person in der Gegend.

Ihr Nachbar, ein älterer Herr, den sie nur als Mr. Thornton kannte, füllte gerade seinen Mülleimer, als sie den steinernen

Weg zu ihrem Haus hinaufging. Der Mann beäugte sie misstrauisch und antwortete auf ihr „Guten Abend“ nur mit einem knappen Nicken.

Der Geruch von Feuchtigkeit und etwas Undefinierbarem – ein moschusartiger, saurer Geruch – empfing sie, als sie die Tür zum Bungalow öffnete. In Bristol hatte sie in einer schicken Einzimmerwohnung in Clifton gewohnt, und die Erinnerung daran ließ sie zusammenzucken, als sie an der verblichenen Blumentapete in dem engen Flur entlangging, der zu ihrem Wohnzimmer führte.

Es war eine selbst auferlegte Strafe. Die Studiowohnung in Clifton hätte sie sich auch weiterhin leisten können, doch sie hatte sich eingeredet, dass sie in der Stadt leben sollte, in der sie arbeitete, und dass Bristol somit der Vergangenheit angehören musste. Ihr Telefon machte ping, als sie eine SMS erhielt, und sie freute sich, dass ihre Eltern später am Abend noch bei Paul vorbeikommen wollten. Jetzt konnte sie sich wenigstens ausruhen, bevor sie am nächsten Morgen wieder zur Arbeit musste.

Zum Abendessen gab es Hühnercurry aus der Tiefkühltruhe vor dem Fernseher. Während sie durch das leicht prognostizierbare Fernsehprogramm des Sonntagabends schaltete, versuchte sie, nicht über ihre Situation nachzudenken.

Sie überlegte, ob sie Detective Sergeant (DS) Thomas Ireland anrufen sollte, einen Mitarbeiter ihres Teams in Weston, den einzigen Menschen, mit dem sie in den letzten anderthalb Jahren wirklich zu tun gehabt hatte, doch das war aus vielen Gründen unmöglich, nicht zuletzt, weil er verheiratet war und zu Hause bei seiner Familie sein würde. Stattdessen duschte sie und lag bereits lesend im Bett, als eine weitere SMS eintraf.

Sie hatte damit gerechnet, aber die Worte *Unbekannter Teilnehmer* auf ihrem Telefon ließen ihren Puls immer hochschnellen. Die SMS war nicht gerade originell. Seit sie Bristol vor achtzehn Monaten verlassen hatte, hatte sie fast jeden Abend eine ähnliche Nachricht erhalten.

Ich hoffe, du schläfst gut, Louise x

DI Louise Blackwell verfluchte das leichte Zittern ihrer Hand und tat, was sie immer tat. Sie nahm ihr Notizbuch heraus und notierte sich die Nachricht – das Datum und die Uhrzeit –, bevor sie das Notizbuch wieder weglegte und das Telefon auf lautlos stellte.

KAPITEL DREI

Um 6 Uhr morgens wachte Louise ruckartig auf und griff nach ihrem Handy, für den Fall, dass er ihr wieder eine SMS geschickt hatte. Sie war beinahe enttäuscht, als sie den leeren Bildschirm sah.

Dreißig Minuten später machte sie sich auf den Weg zur Arbeit. Von ihrem Bungalow aus nahm sie die alte Mautstraße der Küste entlang in Richtung Kewstoke und fuhr vom Norden der Stadt aus auf die Strandpromenade von Weston zu. Als Kind hatte sie mit Paul auf dem Rücksitz des Autos gesessen, während ihre Eltern vorne saßen und schon damals die gleiche Strecke entlangfuhren. Sie erinnerte sich an das Gefühl der Aufregung, als ihr Vater durch die engen Kurven steuerte, an die nervöse Vorfreude, die sich mit der Angst vermischte, als sie die steil abfallende Felskante bestaunt hatte. Es waren ihre Eltern, die den Abschied von Bristol am meisten zu spüren bekommen hatten. Ihr Vater hatte sich immer noch nicht mit der Ungerechtigkeit der ganzen Angelegenheit abgefunden, und jedes Mal, wenn sie ihn sah, schlug er vor, die Polizeibehörde zu verklagen. Sie teilte seine Frustration, musste jedoch abwarten. Sie hatte nicht vergessen, was ihr widerfahren war, und den Verantwortlichen auch nicht verziehen. Ihre Zeit würde kommen, doch jetzt musste sie erst einmal ihr Leben und das, was von ihrer Karriere noch übrig war, in den Griff bekommen.

Die Sonne ging hinter den schwarzen Wolken auf, die sich am Horizont abzeichneten. Vorbei an den antiquierten Hotelfassaden und dem verfallenen Minigolfplatz an der Vorderseite registrierte sie das schmutzige Braun des Strandes. Sie konnte an einer Hand abzählen, wie oft sie das Meer bei Flut gesehen hatte. Es schien immer irgendwo in der Ferne zu sein – jenseits der Sand- und Schlammschichten und des grellen Grand-Piers, der die Strandpromenade dominierte – ein trüber Wasserstreifen, der sich beständig von der Stadt zurückzog.

Sie folgte dem Einbahnstraßensystem und fuhr kurz in Richtung des Landesinneren – weg von den dunklen, verlassenen Spielhallen, Cafés und Bars, die wirkten, als wären sie längst aufgegeben worden – bevor sie zur Strandpromenade zurückkehrte. Gegenüber des Kalimera, einem griechischen Restaurant, das sie fast täglich besuchte und das als einziges um diese Zeit geöffnet war, hielt sie an. Jedes Mal wurde sie von derselben Frau, der Besitzerin des Restaurants, bedient. Sie war eine auffällige Person in den Vierzigern, die ihr dunkles Haar straff aus dem Gesicht gekämmt trug und sich noch nie auf ein Gespräch mit Louise eingelassen hatte. Wie immer nahm sie ihre Bestellung auf – Louise trank immer nur schwarzen Kaffee – und stellte ihr diesen wortlos auf den Tresen.

Louise nahm den Kaffee, setzte sich ans Fenster, und ließ den Blick über die Straße auf die Strandpromenade schweifen – eine Angewohnheit, die sie sich seit ihrem ersten Arbeitstag in Weston angeeignet hatte. Es war noch eine Stunde Zeit, bis ihre Schicht anfangen würde, und dies war die einzige Zeit, die sie tagsüber für sich hätte. Das kleine Restaurant war eine Oase der Ruhe. Normalerweise war sie der einzige Gast, und das Alleinsein gab ihr Raum, ihren Tag zu planen, bevor sie sich den zahlreichen Ablenkungen des Büros stellte. Seit ihrer Ankunft in Weston war sie hauptsächlich mit der Leitung der Drogenteams beschäftigt gewesen. North-Somerset war, was den Drogenmissbrauch anging, eine der schlimmsten Gegenden des Landes, und einen großen Teil ihrer Zeit verbrachte sie mit kleinen Gruppierungen von Banden, die die Küstenstadt infiltriert hatten. In letzter Zeit konzentrierte sich ihre Arbeit auf den Einfluss einer neuen Designerdroge, die für den Tod dreier Einwohner der Kleinstadt in den letzten zwei Monaten gesorgt hatte. In Weston-super-Mare befand sich mehr als ein Zehntel aller Drogenrehabilitationszentren des Landes, eine Tatsache, die Louise immer noch verblüffte. Und mit den sich erholenden Süchtigen lebten sowohl die Nachfrage als auch die Lieferketten auf.

„Danke", sagte Louise und legte das abgezählte Geld auf den Tresen. Sie erhielt keine Antwort, als sie das Restaurant verließ. Fünf Minuten später war sie bei der Arbeit.

Das Polizeigebäude war ein weiß-grauer Bau neben dem Rathaus, nur einen kurzen Spaziergang von der Strandpromenade entfernt. Nächstes Jahr würde das Gebäude geschlossen werden und der Großteil des Personals sollte in ein neues, speziell für diesen Zweck gebautes Polizeizentrum in der Nähe von Louises Bungalow in Worle umziehen. Louise parkte und nickte einigen Kollegen zu, als sie sich auf den Weg zur Kriminalabteilung machte. Obwohl sie schon seit achtzehn Monaten im Amt war, waren die meisten Leute auf dem Revier ihr, und ihrer Vergangenheit gegenüber, immer noch misstrauisch. Die Anzeichen waren subtil – Gespräche stockten, wenn sie einen Raum betrat, der eine oder andere seltsame Blick, und Konversationen, an denen sie nicht beteiligt war –, doch sie war aufmerksam genug, um sie zu bemerken. Louise ließ sich davon nicht beirren, sie hatte es nicht eilig, akzeptiert zu werden, doch was sie an ihrem letzten Job vermisste, war das Tempo. Sie war es gewohnt, in einem lebhaften Büro zu sitzen, in dem viele Beamte an zahlreichen Fällen arbeiteten, aber hier ging alles ein klein wenig langsamer, manchmal so viel langsamer, dass sie den Unterschied in der Atmosphäre spüren konnte, als sie an diesem Morgen ihre Abteilung betrat. Es war viel mehr los als sonst, die Polizeibeamten und anderen Mitarbeiter wirkten alarmiert und aufmerksam.

Simone, die Büroleiterin, hielt sie auf, bevor sie ihren Schreibtisch erreicht hatte. „Ich habe dich angerufen. Detective Chief Inspector Robertson möchte dich sofort sprechen“, sagte die Frau, der ein permanenter Ausdruck der Abneigung ins Gesicht geschrieben stand.

Louise überprüfte ihr Telefon – das Display zeigte fünf verpasste Anrufe in den letzten zwanzig Minuten – und verfluchte sich dafür, dass sie vergessen hatte, es auf laut zu stellen. Sie stellte ihre Tasche auf ihrem Schreibtisch ab und machte sich mit schlechtem Gewissen auf den Weg in DCI Robertsons Büro, wobei einige ihrer Kollegen ihre Arbeit unterbrachen, um sie anzustarren.

„Sir“, sagte sie und beschloss, dass Förmlichkeit unter den gegebenen Umständen die beste Lösung sei.

DCI Robertson sah von seinem Bildschirm auf und starrte sie an. Als gebürtiger Glasgower war er schon seit zwanzig Jahren in Weston tätig. „Ist wohl spät geworden gestern Abend, nicht wahr?“, fragte er mit seinem starken Akzent, dem all die Jahre in West Country nichts anhaben konnten.

„Telefon auf lautlos.“

Robertson zog die Augenbrauen hoch. „Setz dich“, sagte er.

„Was ist los, Iain?“, fragte Louise, erleichtert, dass er sie nicht wegen der verpassten Anrufe getadelt hatte.

„Am Strand wurde eine Leiche gefunden. Der Rettungsdienst war heute Morgen um fünf Uhr dreißig vor Ort, kurz bevor wir begonnen haben, dich anzurufen." Louise warf einen Blick auf die Uhr an der Wand: sieben Uhr fünfzehn.

„Eine Leiche?", fragte sie und ignorierte seine offensichtliche Stichelei.

„Weiblich, achtundsechzig Jahre alt, von einem Hochseefischer gefunden. Sieht so aus, als hättest du endlich einen Mord bekommen."

Eigentlich war es nicht ihr erster Mordfall, seit sie in Weston angekommen war. Sie war der SIO – der Senior Investigating Officer, oder leitender Ermittlungsbeamte – in einem Fall von häuslicher Gewalt gewesen, in dem ein Ehemann seine Frau nach einem Streit über ihren mutmaßlichen Ehebruch umgebracht hatte. Der Mann hatte noch am Tatort ein Geständnis abgelegt, und der Fall war abgeschlossen gewesen, bevor er überhaupt begonnen hatte. Das jetzt war es möglicherweise etwas anderes, näher an ihrer Arbeit in Bristol, und sie konnte nicht umhin, die vertraute Aufregung zu spüren, während sie sich auf den Weg zur Strandpromenade machte.

An der Südseite des Piers flatterte das weiße Zelt im Wind, das die SOCO – die Spurensicherung – am Strand aufgestellt hatte. Es befand sich etwa zweihundert Meter von der Strandpromenade entfernt, bis zum Meer waren es mindestens weitere zweihundert Meter.

Der Geruch von Schwefel und verrottendem Seetang lag in der Luft. Der Wind trug Sandkörner mit sich, die ihr ins Gesicht stachen, als sie über die pulvrige Oberfläche zu dem feuchten, schlammartigen Untergrund ging, auf dem das Zelt stand. Hinter dem Zelt ragte in weiter Ferne ein Hügel, die Insel Steep Holm, aus dem Meer – ein vergessenes Stück Fels, das sie nie besucht hatte, obwohl sie ihr ganzes Leben im Südwesten verbracht hatte.

Sie grüßte den uniformierten Beamten, der Wache stand, und betrat das Zelt, wobei sie einen Blick auf das Opfer am anderen Ende des Zeltes erhaschte. Eine Welle der Vertrautheit überkam sie, als sie ihren weißen SOCO-Schutzoverall anzog. Die Gerüche und Geräusche eines Tatorts, das Zucken der Vorfreude in ihren Knochen und das Adrenalin, das sie antrieb, schützten sie teilweise vor der Erkenntnis, dass sie es gleich mit einer Leiche zu tun haben würde, einer Tatsache, mit der sie sich zum Glück noch nie vollständig befasst hatte.

Als sie sich auf die Leiche zubewegte, überkam sie ein Gefühl von Schwindel. Die Hitze ihres Anzugs und die stickige Atmosphäre des engen Innenraums überraschten sie, und sie hielt auf der Stelle inne und kämpfte gegen eine Welle der Übelkeit an, die in ihrer Kehle aufstieg, als sie sich an ihren letzten Mordfall zurückerinnerte.

Der Fall Max Walton hatte sie zwei Jahre lang verfolgt und war der Grund dafür, dass sie in Weston stationiert worden war. Es war, als könnte sie die verlassene Schweinefarm riechen, während sie nun in diesem Zelt stand. Der Geruch machte sich auf ihrer Haut breit, erfüllte auch jetzt noch ihre Nasenlöcher und drohte, sie aus dem Zelt zu treiben.

Ihre Kollegen starrten sie an, und sie spürte, dass sie dasselbe dachten: Dies war ihr erster richtiger Tatort seit der Nacht, in der sie damals jene Maßnahmen ergriffen hatte, die sie für notwendig erachtet hatte. Sie spürte das fehlende Vertrauen der anderen in sie, als sie sich zu dem Opfer vorwagte, während Stabilität in ihre Beine zurückkehrte.

Sie kannte einige der Anwesenden, stellte sich aber trotzdem vor. „DI Louise Blackwell, SIO. Was haben wir hier?“, fragte sie und freute sich, dass ihre Stimme stark und entschlossen klang.

Es war der Bezirkspathologe Stephen Dempsey, der als

Erster sprach. „Ah, DI Blackwell, leiten Sie diesen Fall?"

Sie nickte mit einem förmlichen Lächeln. Vor seinen Kollegen wirkte er souverän, unnahbar, doch Louise wusste es besser. Seine Angeberei war nur Show. Der wirkliche Stephen Dempsey war unsicher und unbeholfen, unfähig, den Akt, jemand anderes zu sein, lange durchzuhalten. Ihr Gesicht fühlte sich heiß an, als sie sich daran erinnerte, wie sie das über ihn herausgefunden hatte.

Das Opfer, Veronica Lloyd, lag auf dem Rücken, ihre Haut war so weiß wie das Zelt, abgesehen von den schwarz-violetten Verfärbungen an verschiedenen Körperstellen. Der Pathologe zeigte auf die Überreste der rechten Hand der Frau. „Eine ziemliche Sauerei", sagte er unnötigerweise. „Die arme Frau ist übersät mit Verletzungen, die ihr alle erst kürzlich zugefügt wurden. Ihre Beine wurden an zahlreichen Stellen zertrümmert und sie hat schwere Schürfwunden und Prellungen an den Schultern. Es sieht so aus, als wäre sie gefesselt gewesen", fügte er hinzu und zeigte auf die tiefen Furchen an den Knöcheln und Handgelenken der Frau, wo es so aussah, als wären Seile oder Drähte festgezogen worden, die die Haut aufgerissen und sich in das Fleisch gebohrt hatten.

Trotz der Verletzungen war nicht viel Blut zu sehen, und obwohl es in den feuchten Sand unter ihr gesickert sein könnte, deutete dies auf etwas hin, was Louise auf einen Gedanken brachte. „Wurde sie bewegt?"

„Sehr gut, DI Blackwell. Die Anzeichen einer postmortalen Verfärbung ihrer Vorderseite deuten darauf hin, dass sie nach ihrem Tod manipuliert wurde." Dempsey ließ seine Hand über das rechte Handgelenk der Frau gleiten. „Der Mörder hat ihre Radialarterie genau hier durchtrennt. Da muss eine Menge Blut geflossen sein. Wir müssen Proben aus dem umliegenden Sand nehmen, wenn sie weggebracht wird. Auch an ihrer Handfläche hat er ganze Arbeit geleistet", fügte er hinzu und hob die Hand des Opfers an, deren Unterseite völlig zerfetzt war. „Ich glaube, er hat sie hier durchbohrt, und dann nach unten gezogen, bis er an ihrem Handgelenk ankam. Selbstverständlich werden wir später mehr wissen."

Das Schwindelgefühl kehrte zurück, als Louise sich in die Ecke des Zelts begab und so tat, als würde sie ihr Telefon überprüfen. Das Bild von Max Walton – kurz bevor sie ihn erschoss – blitzte in ihrem Kopf auf und verlangte ihr alles an Selbstbeherrschung ab, um noch ein paar Minuten in dem Zelt bleiben zu können. Sie kämpfte gegen die klaustrophobische Atmosphäre an, war verwirrt über ihre eigene Reaktion hier zu sein, und beobachtete, wie die SOCO-Beamten Fotos und Videos vom Tatort machten. Sie konzentrierte ihren Blick auf die Leiche und zwang sich, jeden Millimeter des gepeinigten Körpers der armen Frau zu begutachten, bis sie nicht mehr konnte. Langsam bewegte sie sich auf den Ausgang zu, nahm Blickkontakt mit einem der SOCOs auf und schob sich durch den dicken Vorhang des Eingangs, um den kalten Wind, der draußen wehte, zu begrüßen.

Sie schälte sich langsam aus ihrem Anzug, obwohl sie ihn sich am liebsten vom Leib gerissen hätte. Als sie ihn ausgezogen hatte, ließ das Schwindelgefühl nach und der Geruch von verfaulendem Fleisch und Schweineexkrementen verflog. „Wir müssen diese Absperrung ausweiten", sagte sie zu einem der uniformierten Beamten. Momentan war das Polizeiband nur fünfzig Meter vom Zelt entfernt befestigt.

„Wie weit?", fragte der Polizeibeamte, ein hochgewachsener Mann, den sie nur als Hughes kannte. Er hatte die Frage mit einem Hauch von Ungeduld gestellt, und Louise starrte ihn kalt an und machte ihren Unmut sichtbar.

Am Horizont war das Meer so gut wie verschwunden und hatte eine scheinbar endlose Schlammdecke hinterlassen. Trotz des Trubels am Strand war die Gegend menschenleer. Louise ließ ihren Blick über die weite Fläche des feuchten Sandes schweifen und fragte sich, warum der Mörder die Leiche genau hier abgelegt hatte.

„Ich möchte, dass der gesamte Strand gesperrt wird“, sagte sie.

„Der ganze Strand?“, fragte Hughes mit einem fast schon lustig aussehenden Ausdruck der Überraschung.

„Ja, der ganze Strand. Und ich meine damit tatsächlich den ganzen Strand. Ist das zu viel Aufwand für Sie, Constable Hughes?“

Hughes runzelte die Stirn und warf einen Blick auf einen seiner Kollegen, der vor dem Zelt Wache stand. „Nein, Ma'am“, sagte er und ließ seine Augen über den Sand schweifen.

„Gut, dann erledigen Sie das.“

Louise drehte sich um dreihundertsechzig Grad und zählte – soweit sie sehen konnte. Neben den Polizeibeamten befanden sich vier weitere Personen am Strand. Sie wusste, dass sie möglicherweise zu weit gegangen war, als sie vorschlug, den ganzen Strand zu sperren, doch der abweisende Blick in Hughes' Augen hatte sie verärgert. Als sie begonnen hatte, sich in der Stadt einzuleben, noch belastet durch ihre Vergangenheit in Bristol, war sie vermutlich toleranter gegenüber Inkompetenz gewesen, als sie es beim MIT je gewesen wäre. Die Ereignisse, die dazu geführt hatten, dass sie nach Weston geschickt worden war, und die Nachwirkungen des Walton-Falles hatten sie noch immer erschüttert, und erst vor Kurzem hatte sie sich eingestanden, wie sehr es sie getroffen hatte, gehen zu müssen. Das musste sich jetzt ändern, und einen streitlustigen Berufspolizisten zu zwingen, zusätzliche Arbeit zu leisten, war nur ein kleiner Schritt. Immerhin war es ja nicht mitten im Hochsommer.

Während Hughes ihre Anweisungen an seine Kollegen weitergab, entfernte sich Louise rasch von dem Zelt und war froh, etwas Abstand von dem darin herrschenden Tumult zu bekommen. Sie ging über den Sand hinüber zu jenem Areal, in dem es erlaubt war, Autos zu parken. Das war schon immer eine Eigenheit in Weston gewesen, an die sie sich aus ihrer Kindheit erinnerte, und es hatte sie überrascht, dass man dort immer noch Autos am Strand parken durfte. Als Kind hatte ihr Vater gescherzt, er würde ins Meer fahren. Später hatten Louise und Paul abwechselnd auf seinem Schoß auf dem Fahrersitz gesessen und durften das Lenkrad halten, während das Auto über den Sand fuhr und ihre Mutter auf dem Beifahrersitz nervös wurde.

Ihre Erinnerungen an die Zeit in Weston waren immer von einer sonnigen Kulisse begleitet, als wäre der Badeort ihrer Kindheit ein karibisches Paradies gewesen. Sie vermutete, dass ihre Eltern stets die sonnigen Tage für ihre Tagesausflüge ausgewählt hatten, doch die nasse, graue, windige Umgebung, durch die sie sich jetzt kämpfte, unterschied sich so sehr von ihren Erinnerungen, dass es ihr schwerfiel, die beiden in Einklang zu bringen.

Am Fuße einer Reihe von Dünen blieb sie stehen. Sie hatte sich mit Paul die gleichen steilen Hänge hinauf gekämpft, die Sonne brannte ihnen auf den Kopf, während sie über die Hügel gestapft waren. Jetzt hatten die Dünen ihre Kraft verloren. Sie schienen kaum noch mehr als kleine Häufchen zu sein, und sie fragte sich, ob die Flut sie im Laufe der Zeit abgetragen hatte.

Doch sie vermied es, sich dem zu stellen, was sie wirklich bedrückte.

In ihrem Leben hatte sie schon viel Schlimmeres gesehen als den leblosen Körper von Veronica Lloyd. Sie hatte Dinge gesehen, die sie nie wieder loslassen würden, und obwohl die Verletzungen, die der armen Frau zugefügt worden waren, grauenvoll waren, hatte sie sich an derartige Szenen gewöhnt. Oder zumindest hatte sie das geglaubt. Immerhin war es achtzehn Monate her, dass sie das MIT verlassen hatte, und es war möglich, dass sie in dieser Zeit weicher geworden war. Ein Teil von ihr mochte diesen Gedanken. Der Tag, an dem der Anblick eines Mordopfers sie nicht mehr beunruhigen würde, wäre der Tag, an dem sie ihren Job aufgeben müsste. Dennoch war sie enttäuscht über ihre Reaktion, denn genau genommen machte sie deutlich, dass sie sich von dem Vorfall mit Max Walton und ihrer Beziehung zu dem Beamten, mit dem sie damals zusammen gewesen war, noch nicht vollständig erholt hatte.

Sie erklomm die Düne, ärgerte sich darüber, dass sie der kurze Aufstieg außer Atem gebracht hatte, und blickte über das weite Panorama des Strandes. Dann stellte sie sich die Wunden von Veronica Lloyd vor, die tiefen Schnittwunden an ihren Handgelenken, die Blutergüsse an ihren Schultern, die zertrümmerten Knochen ihrer Beine. Sie zwängte sich durch die Ranken und Brombeersträucher am hinteren Ende der Dünen und blickte auf die Grünflächen des Golfplatzes hinunter, der an den Strand anschloss. Ein einsamer Golfer platzierte seinen Ball auf dem Tee, machte eine Reihe von Übungsschwüngen, bevor er den Ball berührte, der hart auf dem Green landete und letztendlich in einen Bunker rollte.

Sie wandte sich ab und widmete sich jenem Gedanken, den sie eigentlich vermeiden wollte.

DCI Finch.

Sosehr sie auch dagegen ankämpfte und sich einredete, es wäre ihr egal, war es doch der Gedanke an Finch gewesen, der ihre Reaktion im Zelt ausgelöst hatte. Timothy Finch, welch unscheinbarer Name. Sie hatten ungefähr zur gleichen Zeit in Bristol angefangen und die letzten fünf Jahren zusammen beim MIT gearbeitet, beide Kollegen, beide Detective Inspectors, gelegentlich ein Liebespaar. Alles, was mit Finch zu tun hatte, kam ihr wieder in den Sinn. Jetzt erschien ihr alles ganz klar, wie schon damals, Sekunden nachdem der Walton-Fall gelöst worden war. Die Art und Weise, wie er sie manipuliert hatte, wie er sie in Richtungen geleitet hatte, die sie allein nie eingeschlagen hätte.

Louise würde nie erfahren, ob Finch wirklich glaubte, Walton hätte in jener Nacht eine Waffe in der Hand gehalten, oder ob er hinterlistig genug gewesen war, ihr eine Falle zu stellen. Sie hatte nicht gezögert. Sie hatte die Leichen in der Scheune gesehen, Walton hatte zuvor bereits eine Waffe benutzt, und Finch hatte ihr gesagt, der Mann hielte etwas in der Hand. Sie hatte ihre eigene Pistole auf die schattenhafte Gestalt gerichtet und drei Schüsse abgegeben, woraufhin die Person sofort zu Boden gesackt war.

Während man den Mordfall untersuchte, war sie vom Dienst suspendiert worden. Die DNA von Walton war überall. Es gab eine eindeutige Verbindung zwischen ihm, allen Opfern und vier weiteren Leichen, die im Wald hinter dem Bauernhaus gefunden wurden. Für manche war sie eine Heldin. Sie hatte einen kaltblütigen Mörder getötet. Doch für andere hatte sie einen unbewaffneten Mann erschossen. Sie hatte Finch angefleht, die Wahrheit zu sagen. Der Mann war ein großartiger Schauspieler, wenn auch sonst nichts. Selbst wenn sie allein waren, wahrte er den Schein.

„Es tut mir leid, Louise, ich habe zu keinem Zeitpunkt gesagt, dass er eine Waffe in der Hand hält", hatte er so überzeugend gesagt, dass sie es selbst beinahe geglaubt hätte.

Und dann, in ihrer Abwesenheit, wurde er zum DCI befördert, und plötzlich begannen die Dinge, einen Sinn zu ergeben. Es war unmöglich, dass er das alles geplant hatte, und wäre er nicht gestolpert, hätte es genauso gut er sein können, der auf den unbewaffneten Mann geschossen hätte. Doch er hatte eine Gelegenheit erkannt und sie ergriffen. Sie hatten beide gescherzt, dass sie im Rennen um die Beförderung gegeneinander ausgespielt worden waren, aber Louise hätte sich nie träumen lassen, dass er jemals so rücksichtslos sein würde.

Das Gericht kam zu dem Schluss, sie hätte fahrlässig gehandelt, entschied jedoch in Anbetracht der Umstände und trotz Finchs widersprüchlicher Darstellung, dass die Schüsse rechtmäßig abgefeuert worden waren. Leider waren der Chief Constable und vor allem seine rechte Hand, Assistant Chief Constable Morley, anderer Ansicht gewesen. Sie hatten genug von der negativen Berichterstattung in den Medien, die der Fall nach sich zog, und boten ihr unmissverständlich eine Versetzung nach Weston an, die sie nicht ablehnen konnte. Die Alternative wäre es gewesen, ihren Job zu verlieren.

Sie hätte all das akzeptiert, sogar zu den Ereignissen, die mit Waltons Tod im Bauernhaus endeten, gestanden, hätte Finch sie nur in Ruhe gelassen. Doch achtzehn Monate später war er immer noch hinter ihr her. Nach seiner Beförderung hatte er ihr sofort den Geldhahn zugedreht und war maßgeblich an ihrer Versetzung nach Weston beteiligt gewesen. Doch das war noch nicht genug. Finch war derjenige, der ihr jede Nacht eine SMS schrieb. Sie hatte natürlich keine Beweise, dafür war er zu vorsichtig, aber es konnte niemand anderes sein.

Und jetzt das. Sie hatte ihn seit fast eineinhalb Jahren nicht mehr gesehen, trotzdem hatte er immer noch diese Wirkung auf sie. Es war die Art, wie er arbeitete, die kleinen Manipulationen und Machtdemonstrationen. Damals, als Freunde sie gewarnt hatten, hätte sie es erkennen müssen, aber sie hatte sich dafür entschieden, an sich selbst zu zweifeln.

Nicht der Anblick und auch nicht das, was in Max Waltons Bauernhaus geschehen war, hatte sie im Zelt so reagieren lassen. Sie hatte wegen Finch so reagiert, wegen jener Dinge, die er sie tun hatte lassen, und wegen der Macht, die er immer noch über sie hatte.

Ach, scheiß drauf, dachte sie, als sie sah, wie der Golfer seinen Annäherungsschlag verpatzte. Es war an der Zeit, dass sie ihr Leben weiterlebte und dass Finch bekam, was er verdient hatte.

KAPITEL VIER

Eileen Boswell liebte ihre wöchentliche Pilgerreise, den frühmorgendlichen Spaziergang zu ihrem geliebten Arbeitsplatz. Sie hätte den Bus nehmen können und würde sich diesen Luxus auch gönnen, sobald der Winter die Stadt voll im Griff hätte, doch sie hatte ihr Alter von einundachtzig Jahren nicht erreicht, indem sie es sich immer leicht gemacht hatte. Immer nahm sie denselben Weg, die Treppe am Bahnhofsparkplatz hinunter und den Pfad am Meer entlang.

Sie hatte ihr ganzes Leben in der Küstenstadt St. Ives in Cornwall verbracht. Der Ort hatte sich in dieser Zeit von Grund auf verändert, aber hier, allein, wo das Meer gegen die Hafenmauer plätscherte, konnte sie sich fast vorstellen, wieder ein kleines Mädchen zu sein. Was würde sie nicht alles dafür geben, noch einmal die Energie und Kraft zu haben, um das zu tun, was sie vor all den Jahren getan hätte: von der Mauer in das wunderbare, klare Wasser zu springen. Sie beugte sich vor und kicherte vor sich hin. Vielleicht würde sie eines Tages genau das tun. Im Wasser ihren letzten Weg beschreiten.

Aber nicht heute. Heute musste sie Mr. Lanegan in seinem Haus aufsuchen. Obwohl der Mann gut zehn Jahre jünger war als sie, war er nicht in der Lage, für sich selbst zu sorgen. Er gab ihr jede Woche ein paar Pfund, und im Gegenzug putzte sie gründlich sein Haus. Das Geld war ihr nicht wichtig. Das Putzen verschaffte ihr einen Grund, das Haus zu verlassen, und wenn er in Form war, war Mr. Lanegan ein guter Gesprächspartner.

Eileen verließ die Strandpromenade und nahm die kurze Steigung zum Kino, wo sich glücklicherweise keine Touristen befanden. Sie ging die kopfsteingepflasterte Allee entlang, murmelte vor sich hin, als sie an den Surfshops und den neuen Fischrestaurants vorbeikam, blieb vor dem Kino stehen, betrachtete die grellen Plakate und wartete darauf, dass sie wieder zu Atem kam. Der Hügel schien von Woche zu Woche steiler zu werden, und sie beobachtete den Bus, der an der Haltestelle vor ihr anhielt, bevor er sich wieder in Bewegung setzte.

Niemand warnte einen vor dem Altwerden – schon gar nicht die Alten selbst. Ihre Mutter und ihre Großmutter waren beide neunzig Jahre alt geworden, und nicht ein einziges Mal hatte sie sie klagen hören. Hatten sie so gelitten wie sie selbst? Sie konnte ihre Knochen knarren hören, als sie sich den Hügel hinauf schleppte, und das, was von ihren Muskeln noch übrig war, schmerzte, als sie ihre Glieder vorwärts zwang.

Während sie gegen den eisigen Wind ankämpfte, dachte sie an Terrence. Es war sechs Monate her, dass er das letzte Mal angerufen hatte, und das Gespräch hatte weniger als fünf Minuten gedauert. Sie konnte es ihm nicht verübeln. Er hatte jetzt seine eigene Familie und lebte in einem anderen Land. Kinder sollten erwachsen werden, ausziehen, nicht wahr? Sie hatte ihm seine Unabhängigkeit geschenkt, also sollte sie froh sein, dass er weitergezogen war.

Trotzdem. Sie hatte ihre Enkelkinder nur einmal getroffen, und danach hatten sie nie mehr Zeit für sie gehabt. Die Flüge von Australien aus seien zu teuer, hatte Terrence protestiert, und als sie das eine Mal den Mut aufgebracht hatte, das Reisebüro aufzusuchen, hatte sie festgestellt, dass er recht hatte. Seitdem hatte sie gespart, doch ihre Rente reichte nicht, und selbst mit ihrem Putzjob fehlten ihr immer noch ein paar hundert Pfund für die Rückreise.

An der Feuerwache hielt sie noch einmal an, bevor sie links abbog und einen weiteren Hügel hinauf zum Haus von Mr. Lanegan ging, wo sie überrascht feststellte, dass niemand antwortete, als sie an der Tür läutete. Mr. Lanegan liebte die Annehmlichkeiten, die sein Haus bot. Für gewöhnlich hatte er Kaffee in einer dieser schicken Kaffeekannen vorbereitet und schenkte ihr eine Tasse ein, wenn sie ankam. Er fragte sie stets, wie es ihr ging, wie ihre Woche gewesen war, und er lächelte immer. *Oh, dieses Lächeln*, dachte sie, während sie in ihrer Tragetasche nach ihren Schlüsseln kramte.

Es war so lange her, dass sie die Tür selbst hatte öffnen müssen, dass sie sich nicht mehr erinnern konnte, welcher der vielen Schlüssel an ihrem Schlüsselbund – sie sammelte Schlüssel wie Jahre – zu Mr. Lanegans Haus gehörte. Sie probierte einen nach dem anderen aus, die Kälte verschlimmerte ihre Arthritis, während ihre zitternden Hände das Schlüsselloch suchten. Schließlich fand sie den richtigen, und ihre Haut spannte vor Kälte, als sie das Schloss mit Druck aufsperrte.

„Hallo", rief sie in den Flur, während sie ihren Mantel auszog und an den Haken neben der Tür hängte. Ihre Stimme hallte an den Wänden wider, und sie spürte ein Frösteln, als hätte Mr. Lanegan seine Heizung nicht eingeschaltet. „Hallo", rief sie erneut und zögerte, bevor sie in die Küche ging, in der Mr. Lanegan die meiste Zeit verbrachte. Sie betrachtete den leeren Raum und stellte enttäuscht fest, dass die Kaffeemaschine sauber und unbenutzt auf der Anrichte stand.

Er muss vergessen haben, mir zu sagen, dass er heute nicht da ist, dachte sie, als sie ihre Putzutensilien unter der Spüle hervorholte. Dennoch war es seltsam. In den letzten zehn Jahren konnte sie sich an keinen Tag erinnern, an dem Mr. Lanegan nicht da gewesen war, wenn sie vorbeikam. Sie schrubbte die Spüle und stellte fest, dass sie sauberer war als sonst, bevor sie sich mit weniger Elan als üblich an den Boden machte.

Während sie das Wohnzimmer putzte und sich bemühte, die starrende Figur von Jesus Christus an dem riesigen Kruzifix, das den Raum dominierte, zu ignorieren, versuchte sie herauszufinden, was sie bedrückte. Natürlich vermisste sie ihre morgendliche Tasse Kaffee, doch tief in ihrem Innern wusste sie, dass es um mehr als das ging. Sie wollte es nicht zugeben, wollte keine große Sache daraus machen, aber sie betrachtete Mr. Lanegan als ihren einzigen Freund. Sie freute sich jede Woche auf diesen Tag, ertrug den langen Weg den Hügel hinauf, weil er Teil des Rituals war. Die wenigen Stunden, die sie mit Mr. Lanegan verbringen konnte, waren so kostbar, und nun würde sie eine weitere Woche warten müssen, bevor sie ihn wiedersehen könnte, eine weitere Woche ohne eine nette Unterhaltung.

Das Putzen des Hauses dauerte nicht so lange wie sonst. Mr. Lanegans übliche Unordnung hielt sich diesmal in Grenzen, und so war sie um mindestens eine halbe Stunde schneller als üblich mit ihrer Arbeit fertig. Sie zog ihren Mantel an und schrieb einen Zettel für Mr. Lanegan, in dem sie ihm mitteilte, dass sie nächste Woche wiederkäme, und er sich keine Sorgen machen solle, weil er kein Geld für sie dagelassen hatte.

Sie warf einen kurzen Blick auf das Thermostat, weil sie den Eindruck hatte, etwas gegen die Kälte unternehmen zu müssen, doch die digitale Anzeige verwirrte sie, woraufhin sie es sein ließ. Also schloss sie ab und entfernte sich vom Haus, wobei sie leise flüsterte: „Bis nächste Woche.“

KAPITEL FÜNF

Als Louise zum Zelt zurückkehrte, war die Absperrung bereits ausgeweitet worden, und eine Menschenmenge hatte sich auf der Promenade versammelt. Ohne zu zögern, betrat sie das Zelt und war froh, herausgefunden zu haben, was sie bedrückte. Louise erinnerte sich selbst daran, dass sie die erfahrenste Beamtin vor Ort war, und beobachtete mit professioneller Gelassenheit, wie Veronica Lloyds Leiche abtransportiert wurde, nachdem Dempsey seine Untersuchungen vorerst abgeschlossen hatte.

„Stephen, auf ein Wort", sagte sie zu dem Pathologen, der gerade seine Ausrüstung zusammenpackte.

Dempsey lächelte, und Louise fühlte sich schuldig, weil sie ihn nach ihrer gemeinsamen Nacht so unsensibel behandelt hatte. Er hatte eine Unschuld an sich, die sie zu einem anderen Zeitpunkt vielleicht liebenswert gefunden hätte.

„Louise, du bist vorhin so überstürzt gegangen. Ist alles in Ordnung?"

„Alles in Ordnung, Stephen. Die Autopsie muss so schnell wie möglich abgeschlossen werden."

„Wo habe ich das schon mal gehört?"

Louise schenkte ihm ein Lächeln. „Geh nach draußen, dann siehst du die Menschenmenge. Ich vermute leider, dass sich die Sache schnell herumsprechen wird. Es wird uns also beiden zugutekommen, wenn wir uns beeilen."

Dempsey lächelte wieder, wollte etwas sagen, zögerte jedoch.

„Ich werde mein Bestes für dich geben", erwiderte er und verließ das Zelt.

Auf dem Revier wurde eine Einsatzzentrale eingerichtet, und Louise verbrachte den Rest des Vormittags damit, die Rollen und Aufgaben ihres Teams zu organisieren, während sich ein Bild rund um das Opfer abzuzeichnen begann. Veronica Lloyd war eine Lehrerin im Ruhestand. Sie hatte nie geheiratet, hatte jedoch ein aktives soziales Leben, das sich um den örtlichen Tennisclub und ihre Kirche, St. Bernadettes, drehte. Sie hatte keine lebenden Verwandten und war, soweit die Ermittler feststellen konnten, auch nicht in einer romantischen Beziehung gewesen.

Aufgrund ihrer langjährigen Tätigkeit beim MIT kannte Louise den Ablauf einer Mordermittlung auswendig. Die Methoden und Arbeitsabläufe waren in Tausenden von Fällen erprobt worden, und sie war zufrieden, dass alles geregelt ablief. Ihre Rolle als SIO war in erster Linie eine Führungsaufgabe, doch im Gegensatz zu vielen Beamten in ihrer Position bestand sie darauf, von Anfang involviert zu sein. Sie vertraute ihren Mitarbeitern, dennoch hatte sie im Team die meiste Erfahrung mit Mordfällen und würde diese nicht ungenutzt lassen.

Unruhig fuhr sie zu Veronicas Wohnsiedlung. Ihr Haus lag am Rande von Oldmixon, in der Nähe des Krankenhauses, am

Ende einer Reihe identischer Nachkriegshäuser, die alle in demselben tristen Kieselsteingrau gestrichen waren.

Thomas grüßte sie, als sie das Haus von Veronica betrat. „Ma'am", sagte er und benutzte vor dem uniformierten Beamten, der die Tür bewachte, die förmliche Begrüßung.

Zehn Jahre jünger als sie, würde es nicht mehr lange dauern, bis er den Rang eines Inspektors erreichen würde. Der in Weston geborene und aufgewachsene Thomas Ireland hatte einen unkomplizierten Charme, eine freundliche Art, die ihn sowohl bei seinen Vorgesetzten als auch bei seinen Mitarbeitern beliebt machte. Sie lächelte, als sie daran dachte, dass sie ihn in der Nacht zuvor beinahe angerufen hätte.

„Thomas, was hast du für mich?", fragte Louise, als sie das Wohnzimmer betrat.

„Nicht viel, fürchte ich. Nichts deutet auf einen Einbruch hin. Alles scheint an seinem Platz zu sein, und sollte es einen Kampf gegeben haben, gibt es zumindest keinerlei Anzeichen dafür."

Sie sah sich in der Wohnung um. Abgesehen von einem überquellenden Bücherregal über dem Kamin, war das Wohnzimmer gut ausgestattet und ordentlich. Ein einzelner Lehnstuhl, den eine blumengemusterte Decke zierte, stand vor einem kleinen Fernseher. Daneben stand ein Kunstledersofa für zwei Personen, das noch in Schutzfolie eingewickelt war.

Als Louise sich ihren Weg durch das Haus bahnte, zeichnete sich ein Muster ab. Es war gepflegt und gut organisiert, vielleicht sogar mit einer zwanghaften Ausprägung. Alles in der Wohnung schien seinen Platz zu haben, war perfekt geschrubbt und poliert, die einzige Anomalie waren die ungeordneten Bücher, die in jedem Zimmer die Regale säumten. Die meisten davon waren Taschenbuch-Krimis, unter denen sich jedoch auch eine Reihe von Klassikern – Orwell, Greene, Austin, Woolf – sowie einige Kinderbücher und Sachbücher befanden. Louise dachte über den Mangel an Büchern in ihrem Bungalow nach und fragte sich, wie traurig ihr häusliches Leben erscheinen würde, sollte sie eines Tages das gleiche Schicksal erleiden wie Veronica.

Der Anblick des einsamen Einzelbetts im Schlafzimmer erfüllte Louise mit einer unerwarteten Melancholie, und sie erinnerte sich selbst daran, praktisch und nicht emotional zu denken. Veronica hatte nie geheiratet, und das Einzelbett deutete auf eine Person hin, die ihr Leben allein gelebt hatte, entweder freiwillig oder zwangsläufig. Louise wollte gerade gehen, als sie ein altes Schmuckkästchen auf einem Bücherregal entdeckte. Es ähnelte dem, das ihre Mutter besessen hatte – ein altes Holzkästchen, aus dem Musik ertönte, sobald man es öffnete.

Louise streckte sich, um das oberste Regal zu erreichen, und nahm es herunter, wobei sie bemerkte, dass die Spieldose kürzlich poliert worden war. Sie lächelte, als sie den Deckel öffnete und eine alte Melodie, die sie nicht genau zuordnen konnte, durch den sich drehenden Zylinder im Inneren erklang. Ein gelber Aufkleber wies darauf hin, dass ihre Beamten die Schachtel bereits durchsucht hatten, sie nahm den Inhalt jedoch trotzdem unter die Lupe. Das Kästchen öffnete sich zu drei Etagen, die jeweils mit billig aussehendem, hauptsächlich versilbertem Schmuck gefüllt waren. Sie wollte das Kästchen gerade wieder verschließen, als sie einen Riegel an dessen Rückseite bemerkte. Blinzelnd öffnete sie ihn und entdeckte ein – mit einer Feder gesichertes – Geheimfach. Darin befand sich ein kleiner Stoffbeutel, der mit einer dünnen Schnur zugebunden war.

Sie zog sich ein Paar Latexhandschuhe an, bevor sie den Beutel aufknotete, und schüttelte den Kopf, als sie den Inhalt der Plastikdose, der sich im Beutel befand, betrachtete. Sie hatte ähnliche Döschen schon viele Male zuvor gesehen. Dieses enthielt vier Gegenstände – Schnürsenkel, Löffel, Spritze und ein Briefchen aus zusammengefaltetem Papier. Sie faltete das Briefchen auf und entdeckte ein weißgraues, krümeliges Pulver, das sich – nach Louises Erfahrung – als Heroin herausstellen würde.

Nach der Nachmittagsbesprechung rief DCI Robertson sie in sein Büro. Als Louise sich setzte, legte er eine Ausgabe der *Bristol Post* auf seinen Schreibtisch. Sie überflog den Leitartikel: die Entdeckung von Veronicas Leiche am Strand.

„Die Sache stößt bereits auf ein gewisses Interesse", sagte er.

„Es passiert nicht jeden Tag, dass jemand an unserem Strand brutal ermordet wird, Iain."

„Das meine ich nicht", sagte Robertson und blätterte in der Zeitung. „Das Hauptquartier hat um regelmäßige Updates gebeten. Die Chefetage, vor allem der Leiter deines alten Teams, zeigt großes Interesse."

Louise schloss die Augen und kämpfte gegen ihre aufsteigende Wut über diese Offenbarung an. *Finch*.

Sie wollte etwas sagen, um ihre Position zu verteidigen, um darauf zu beharren, dass es ihr Fall sei, und dass sich das Hauptquartier nicht einmischen solle, bevor sie beschloss, dass es besser wäre, den Mund zu halten.

Robertson rieb sich das rechte Auge, bevor er seine Aufmerksamkeit wieder auf sie richtete. „Hör zu, es ist mir egal, was dir dort widerfahren ist. Seit du hierhergezogen bis, habe ich keinerlei Beschwerden über deine Arbeit vorliegen, aber du musst akzeptieren, dass man dich genau im Auge behalten wird."

„Ich verstehe das, Iain." Ihre erste Reaktion wäre es gewesen, anzunehmen, dass er sie deshalb zum SIO im Fall Veronica

Lloyd ernannt hatte – um die letzte Verantwortung seinerseits zu vermeiden –, aber Robertson war immer fair gewesen. Wenn überhaupt, war ihre Ernennung zum SIO ein Kompliment, eine Bestätigung seines Vertrauens in sie. Es gab nichts, was sie am ersten Tag zusätzlich hätte tun können. Er hatte ihre Berichte gelesen und es gab keinerlei Unstimmigkeiten.

Offensichtlich innerlich mit sich kämpfend, seufzte er. „Du musst vorbereitet sein. Wegen …“ Er wandte den Blick ab, rieb sich erneut das Auge, und Louise unterdrückte ein Lachen. „Hör mal, du wirst unter genauer Beobachtung stehen. Noch mehr als bisher. Das ist immer so, wenn wir es hier mit einem prominenten Fall zu tun haben, und mit deiner … Vergangenheit …“

„Ich verstehe es, Iain“, wiederholte Louise. „Alles wird peinlichst genau und transparent sein.“

Robertson war noch nicht fertig. Sie schätzte seine sorgfältige Wortwahl, jedoch wäre es für sie beide einfacher gewesen, hätte er einfach gesagt, was er zu sagen hatte.

„Denk daran, dass ich rund um die Uhr für dich da bin.“

„Das weiß ich zu schätzen, Iain.“

„Wenn es also so weit kommen sollte, kommst du zu mir. Du lässt dich nicht auf eine Konfrontation ein.“

Ihre Gedanken schweiften zu der Textnachricht ab, die sie gestern Abend von Finch erhalten hatte, und Adrenalin durchflutete ihren Körper.

„Verstanden?“, fragte Robertson mit seinem kehligen Akzent.

Louise blickte ihrem Vorgesetzten einige Sekunden lang in die Augen, bevor sie antwortete. „Verstanden.“

Um 22 Uhr kam sie zu Hause an und machte sich eine Schüssel Müsli, die sie in die Stille ihres Wohnzimmers mitnahm. An einer der Wände hatte sie über die gesamte Länge Backpapier angebracht, auf dem sie jegliche Erkenntnisse dokumentierte, und hatte dort auch zahlreiche Bilder von Veronica Lloyd aufgeklebt, darunter auch jene, die sie am Strand zeigten. „Warum sollte dir jemand so etwas antun?“, fragte sie die Bilder, ohne das Müsli anzurühren.

Schließlich verschwendete sie keine weitere Zeit, bevor sie ins Bett ging, denn sie wollte am nächsten Tag vor 6 Uhr wieder im Büro sein.

Ihr Telefon gab genau in jenem Moment ein Ping von sich, als sie das Licht im Schlafzimmer ausschaltete. Sie lachte, ohne vom Timing überrascht zu sein, streckte sich zum Nachttisch und nahm das Telefon in die Hand. Als sie die Nachricht las, blinzelte sie ins Licht:

Du hast einen interessanten Fall an Land gezogen, Louise. Ich hoffe, es geht nichts schief x

KAPITEL SECHS

Es fiel ihr nicht leicht, einzuschlafen, und Louises Körper schmerzte am nächsten Morgen, als sie aus dem Bett kroch. Auch wenn sie es sich nicht eingestehen wollte, hatte sie die letzte SMS von Finch getroffen. Es war eine Sache, wenn die Nachrichten einen allgemeinen Text enthielten – zeitlich so abgestimmt, dass sie gerade zu Bett ging oder sie als Erstes am Morgen bekam –, doch bei diesem Text war es etwas anderes. Die Nachricht deutete darauf hin, dass er sie beobachtet hatte, wahrscheinlich schon die ganze Zeit.

Als sie zusammenarbeiteten, hatte Louise es nicht bemerkt, aber im Nachhinein betrachtet war diese Seite von Finch immer präsent gewesen. Es hatte Streitigkeiten mit anderen Teammitgliedern gegeben, kleine Neidereien, die er nicht vergessen wollte. Und dann war da noch sein ständiger Kampf um die Kontrolle, die Art und Weise, wie er Situationen und Ergebnisse zu seinen Gunsten manipulierte. Ein junges Mitglied ihres Teams in Portishead, Will Manning, hatte ein paar Jahre, nachdem Louise beim MIT angefangen hatte, um eine Versetzung gebeten. Damals hatten die meisten im Team geglaubt, dass er dem MIT einfach nicht gewachsen war, aber nach dem

Walton-Fall hatte Louise mit Manning gesprochen, der ihr von Finchs heimlichem Mobbing erzählt hatte. Die Art und Weise, wie er ihn ständig untergraben hatte, wie er die Lorbeeren eingeheimst hatte, obwohl Manning die ganze Arbeit leisten musste. Er hatte beschlossen, nichts gegen Finch zu unternehmen, weil er befürchtete, es könnte seiner Karriere schaden. Louise hatte ihn angefleht, ihr in ihrem eigenen Fall gegen Finch zu helfen, doch er hatte sich geweigert, als hätte er Angst vor Vergeltung gehabt.

Sie fragte sich, ob Finch Manning auf die gleiche Weise überwachte, wie er es mit ihr tat. Bisher war er so vorsichtig vorgegangen, dass es unmöglich war, ihm irgendetwas zu beweisen. Die Nachrichten konnten nicht zurückverfolgt werden, wurden mit verschlüsselter Software verschickt, und er wählte seine Worte mit perfekter Sparsamkeit: offensichtlich genug, um Louise wissen zu lassen, dass sie von ihm stammten, jedoch zu subtil, um mit ihm in Verbindung gebracht zu werden.

Louise bekämpfte ihre wachsende Wut, indem sie sich ganz auf den Fall konzentrierte.

Sie rief Thomas an und verabredete sich mit ihm vor der Arbeit im Kalimera, was sie sofort bereute, nachdem sie aufgelegt hatte. Wenn sie eines gelernt hatte, seit sie in Weston angekommen war, dann, dass es nahezu unmöglich war, ein Geheimnis zu bewahren. Ihre versehentliche Nacht mit Dempsey, als sie zum ersten Mal nach Weston gekommen war – das Ergebnis ihrer selbst auferlegten Einsamkeit und von zu viel Rotwein – war der Beweis dafür. Es war kein Geheimnis – in der Kleinstadt gab es ohnehin keine Geheimnisse – und obwohl niemand es seitdem gewagt hatte, es ihr gegenüber zu erwähnen, sah sie es in ihren Gesichtern: die zusammengekniffenen Augen, das leichte Grinsen jedes Mal, wenn sie mit dem Pathologen sprach. Auch wenn dieses Treffen mit Thomas beruflicher Natur war, würde es den mit Anspielungen gespickten Klatsch nicht aufhalten, der sich auf dem Revier verbreiten würde, sollte jemand davon erfahren.

Sie zögerte, wollte ihn noch einmal anrufen, um abzusagen, entschied dann allerdings, dass sie ihr Handeln nicht durch die drohende Missbilligung von Leuten bestimmen lassen wollte, die sie ohnehin schon ablehnten.

Sie nahm den Hauptverkehrsweg durch Worle in Richtung Stadtzentrum. Sie hatte es gehasst, wenn ihr Vater bei ihren Tagesausflügen nach Weston diesen Weg genommen hatte – was die Aussicht auf das Meer um weitere qualvolle Minuten verzögert hatte –, doch es ging schneller und sie war unruhig. Sie beschäftigten sich bereits vierundzwanzig Stunden mit dem Fall und hatten nichts weiter als einen möglichen Hinweis auf Veronicas Drogensucht.

In einem bestimmten Licht konnte Weston wunderschön sein. Heute war keiner dieser Tage. Ein ständiger Nieselregen begleitete sie auf ihrer Fahrt, die gesamte Stadt war in ein Grau gehüllt, als würde sie durch ihre Windschutzscheibe eine Schwarz-Weiß-Version davon sehen. Sie war froh, als sie die Strandpromenade erreichte. Das Meer war dabei, sich zurückzuziehen, aber zumindest konnte sie es sehen, als sie einparkte und zum Restaurant hinüberging.

Thomas war bereits drinnen und hatte ihr einen Kaffee bestellt. Die dunkelhaarige Besitzerin warf ihr einen undurchschaubaren Blick zu, als Louise gegenüber ihrem Kollegen Platz nahm.

„Hierhin gehst du also jeden Morgen“, sagte Thomas, als Louise ihr Haar, das noch feucht von der morgendlichen Dusche war, über die Schulter warf. „Ich fühle mich geehrt.“

„Wenn du irgendjemandem von diesem Ort erzählst, bist du ein toter Mann“, sagte Louise mit fester Stimme.

Thomas beugte sich zu ihr und flüsterte: „Wir wissen schon darüber Bescheid, deshalb ist ja auch sonst niemand hier.“

Louise lachte. „Gut, so soll es auch bleiben."

„Warum also das frühe Treffen, Boss?"

Wieder befürchtete Louise, dass das Gespräch auch in der Zentrale hätte stattfinden können und dass ihr Wunsch, ein freundliches Gesicht zu sehen, ihre Professionalität überlagert hatte. „Erstens wollte ich deine Ortskenntnisse überprüfen", sagte sie und überlegte kurz.

„Aber natürlich", antwortete Thomas lächelnd.

„Hast du einen solchen Fall schon einmal gesehen?" Die Frage klang unbeholfen und Thomas sah verwirrt aus. Louise wusste nicht, warum sie diese Frage gestellt hatte. Sie kannte die Statistiken und Mordfälle im gesamten Südwesten Englands auswendig.

„In Weston? Ich bin mir nicht sicher, ob ich jemals so etwas Abscheuliches gesehen habe, jedenfalls nicht, seit ich in der Kriminalabteilung bin. Wir hatten schon ein paar Mordfälle, aber dieser ist besonders brutal, und das Alter des Opfers macht es noch viel seltsamer. Wenn es zum Beispiel ein schief gelaufener Raubüberfall gewesen wäre, könnte ich es verstehen, aber warum sollte man sich die Mühe machen, die Leiche zu transportieren? Warum sollte man jemandem in diesem Alter etwas so Grauenvolles antun?"

„Missgunst?"

„Das müsste schon eine höllische Missgunst sein."

„Was sagen denn alle?", fragte Louise.

Thomas hielt inne. „Alle?", fragte er amüsiert.

„Was reden die Leute auf der Straße, DS Irland?"

„Die Menschen sind verängstigt, Boss." Thomas' Lächeln wurde breiter. „Ich weiß es nicht. Gestern war es noch zu früh, um eine Einschätzung machen zu können. Nach dem Artikel in der Post werden die Spekulationen losgehen, schätze ich."

„Erinnere mich nicht daran."

„Und natürlich deine Entdeckung“, sagte Thomas und zog die Augenbrauen hoch.

„Kommt es dir nicht seltsam vor, dass eine Frau in diesem Alter im Besitz von Heroin ist?“

„In dieser Stadt kann mich nichts mehr überraschen. Ich habe das Zeug hier schon bei allen Altersgruppen gesehen. Seltsam war nur, in welch gutem Zustand ihr Haus war. Nicht der typische Lebensraum für einen Junkie“, sagte Thomas.

Louise stimmte zu. Das deutete darauf hin, dass es sich entweder um eine neue Angewohnheit handelte, oder dass Veronica trotz der Einnahme der Droge funktionierte.

Sie nippten an ihren Tassen und Louise war dankbar, als Thomas das Schweigen brach. „Macht Dempsey heute die Autopsie?“, fragte er.

Louise hielt inne, bevor sie antwortete, und suchte nach einer unterschwelligen Andeutung in seinen Worten. Thomas wusste bestimmt von ihrer Affäre mit Dempsey, doch nichts an seinem Verhalten deutete darauf hin, dass sein Kommentar irgendetwas außer professionell war. „Der Fall hat Priorität, also hat er zugestimmt, sich am späten Nachmittag darum zu kümmern, gegen 17 Uhr. Die FIU macht auch Druck.“

„Hoffen wir, dass uns die Forensic Investigation Unit etwas liefern kann. Nach dem gestrigen Tag fällt es mir schwer, ein potenzielles Motiv bei jemand anderem als dem Dealer zu finden. Ein paar DNA-Spuren wären hilfreich.“

„Absolut.“

Sie verließen das Lokal, und die Lippen der Inhaberin zogen sich nach oben, als Louise Thomas aus dem Restaurant folgte. „Ich sehe dich in der Zentrale“, sagte Louise.

Ein Auto hupte, als sie die Straße überquerte, und sie drehte sich rechtzeitig um, um das lächelnde Gesicht von DS Farrell in seinem Polizeiauto zu erkennen. Als er außer Reichweite war, blickte sie zurück und bemerkte, dass er Thomas in vollem

Umfang hatte sehen müssen. Thomas zuckte mit den Schultern, als wäre es nicht wichtig, dass Farrell sie gesehen hatte, und Louise wandte sich ihrem Auto zu.

Wenn sie sich eine Person hätte aussuchen können, die sie beim Verlassen des Restaurants mit Thomas nicht hätte sehen sollen, wäre es Farrell gewesen.

Detective Sergeant Greg Farrell war ein junger Beamter auf Erfolgskurs. Er war vor drei Jahren direkt nach der Probezeit zur Kripo gekommen und hatte kurz nach Louises Eintritt in die Abteilung seine Beförderung zum Sergeant erhalten. Sie konnte die Arbeitsmoral des Mannes nicht infrage stellen. Er war die Professionalität in Person. Seine Kleidung war immer makellos – Maßanzug, frisches Hemd, Krawatte auf Höhe des obersten Sakko-Knopfes – und sie hatte es noch nie erlebt, dass er jemals eine Abgabefrist versäumt hätte. Er war darauf aus, sie zu beeindrucken, und das war DCI Robertson und dessen Vorgesetzten aufgefallen. Sie jedoch hatte noch keine Beziehung zu ihm aufgebaut. Er war immer sympathisch, wenn auch etwas distanzierter als Thomas, und verhielt sich ihr gegenüber respektvoll, zumindest wenn sie anwesend war, doch sie blieb ihm gegenüber misstrauisch. Das war nicht ungewöhnlich. Einer Polizeieinheit anzugehören, war, wie in einer Familie zu leben. Man konnte sich nicht aussuchen, mit wem man zusammenarbeitete, und obwohl man an einem gemeinsamen Ziel arbeitete, mochte man seine Kollegen nicht immer.

Vielleicht war es einfach diese nervtötende Art, auf die er ständig zu lächeln schien. Wie auch immer, sie stellte sich vor, dass es lange dauern würde, bis sie ihm voll und ganz vertrauen könnte.

Louise beschloss, eine Runde zu fahren, bevor sie sich auf den Weg zur Zentrale machte, da sie nicht zur gleichen Zeit wie Thomas ankommen wollte.

Ihre Position in Weston wurde durch den Grund ihrer

Ernennung erschwert. Sie versuchte, sich nicht so zu verhalten, als sei die Versetzung eine Degradierung gewesen, doch jeder wusste, warum sie nicht mehr in Bristol war. Sie schüttelte den Kopf, verdrängte die Gedanken an Max Walton und sein verkommenes Bauernhaus und fuhr in Richtung Uphill, vorbei am General Hospital und durch die Seitenstraßen des Oldmixon-Anwesens, bis sie vor Veronicas Haus hielt.

Der Vorhang eines Hauses drei Türen weiter wackelte, als sie aus ihrem Auto stieg, und der Bewohner zog sich zurück, bevor Louise Blickkontakt aufnehmen konnte. Dieser Teil von Weston war ihr immer noch fremd. Das Weston, das sie kannte, war die sonnenverwöhnte Stadt ihrer Kindheit. Ihre Erinnerungen drehten sich hauptsächlich um die Strandpromenade. Eselreiten am Strand, das Umgehen der Risse der Holzbretter am Pier, heiße Nachmittage im Tropicana, dem mittlerweile nicht mehr existierenden Freibad der Stadt. Diese Erinnerungen waren nun durch ihre jüngste Vergangenheit getrübt, und obwohl sie in den letzten achtzehn Monaten jeden Winkel der Stadt erkundet hatte, fühlte sie sich immer noch fremd. Sie beneidete Thomas und Farrell um ihre Verbundenheit mit der Stadt und war hin- und hergerissen zwischen dem Wunsch, ihr Wissen über den Ort zu erweitern, und dem Wunsch, so schnell wie möglich wieder wegzukommen.

Als sie zwanzig Minuten später eintraf, wartete ihr Team bereits geduldig in der Einsatzzentrale auf sie. Farrells Dauerlächeln hatte sich in sein Gesicht gebrannt und er starrte sie an, als hätten sie sich mit einem dunklen Geheimnis verschworen. Bevor sie sprach, studierte sie das Whiteboard, auf dem alle Details zum vorliegenden Mordfall dokumentiert wurden. Die Bilder von Veronica Lloyd passten zu denen in ihrem Wohnzimmer und waren umgeben von Fotos derjenigen, die der Frau am nächsten standen. Es sah aus wie die Besetzungsliste für den

Film Cocoon. Keiner auf dem Whiteboard schien unter sechzig zu sein.

„Was haben Sie für mich?“, fragte sie in den stillen Raum.

„Ich treffe mich mit dem Vorsitzenden des Tennisclubs“, sagte Thomas. „Dann werde ich dem Priester von St. Bernadette's, wo Veronica ehrenamtlich gearbeitet hat, einen Besuch abstatten.“

„Fleißiger Junge“, sagte Farrell, bevor Louise antworten konnte.

„Und Sie, DS Farrell?“, fragte sie, abgelenkt von der Vorstellung, Farrell das Lächeln aus dem Gesicht zu schlagen.

„Ich habe eine mögliche Spur zu Veronicas Dealer. Trevor Cole. Es ist bekannt, dass er gelegentlich im Cartwheel dealt, der örtlichen Kneipe in ihrer Siedlung.“

Louise kannte das Etablissement und konnte sich nicht vorstellen, dass Veronica es jemals betreten, geschweige denn dort Drogen gekauft hätte. „Bis jetzt sind vierundzwanzig Stunden vergangen. Diesen Lieferanten zu finden, muss unsere oberste Priorität sein“, sagte sie und fügte hinzu: „Einige der vorläufigen Ergebnisse der Spurensicherung sollten uns ebenfalls noch heute vorliegen.“

„Und der Pathologe?“, fragte Farrell.

Louise musterte das Gesicht des grinsenden DS und versuchte herauszufinden, ob er auf ihre Affäre mit Dempsey anspielte. Farrell hielt den Augenkontakt aufrecht, als wäre die Frage völlig unverfänglich gewesen. „Die Autopsie ist für heute Nachmittag angesetzt“, sagte sie, und ihr Tonfall signalisierte, dass es keine weitere Diskussion zu diesem Thema geben würde.

Sie teilte die Aufgaben für den Tag zu und schickte alle an die Arbeit, bevor sie in ihr Büro zurückkehrte. Sie hatte in Erwägung gezogen, Thomas nach St. Bernadette's zu begleiten, wollte jedoch Farrell an diesem Morgen nicht noch mehr Munition geben. Im Moment musste sie darauf vertrauen, dass ihr Team die richtigen Entscheidungen treffen würde, während sie auf den Bericht der Gerichtsmedizin und die Autopsie am Nachmittag wartete.

Im Laufe des Tages wurde sie mit Neuigkeiten versorgt: Thomas' Bericht über seinen Besuch bei Pater McGuire in der St. Bernadette's Church und sein Treffen mit den Mitgliedern des Tennisvereins; ein Bericht von Farrell über den Dealer, den er noch nicht ausfindig machen konnte.

Das Mittagessen bestand aus einem trockenen Sandwich aus der Kantine, das sie am Schreibtisch aß. Als ihr Tischtelefon einige Zeit später klingelte, stellte sie überrascht fest, dass es bereits 16:00 Uhr war, eine Stunde vor der Autopsie. Der Tag neigte sich dem Ende zu, und bis jetzt hatte sie wenig vorzuweisen. „DI Blackwell", sagte sie, nachdem sie den Hörer abgenommen hatte.

„Louise, Simone hier. Ich habe eine Dame von der Hengrove-Schule in Bristol in der Leitung. Sie will mir nicht sagen, worum es geht. Soll ich sie durchstellen?"

Louises Herz machte einen Sprung. Hengrove war die Schule, auf die Emily ging. „Stell sie durch. Louise Blackwell."

„Hallo, Ms. Blackwell. Hier ist Caroline Travis von der Hengrove-Schule in Bristol. Sie sind als Notfallkontakt für Emily Blackwell eingetragen."

„Das ist richtig, sie ist meine Nichte", sagte Louise und umklammerte den Telefonhörer fester.

Die Frau hielt inne, bevor sie sprach, und seufzte, als wäre ihr das, was sie zu sagen hatte, unangenehm. „Emily sollte heute wie üblich um 15.15 Uhr abgeholt werden, leider hat sie jedoch niemand abgeholt, und wir können ihren Vater nicht erreichen."

KAPITEL SIEBEN

Geoffrey Simmons beendete seine Arbeit um 16:30 Uhr und hatte somit noch über zwei Stunden Zeit, bevor die Abendmesse beginnen würde.

Am frühen Morgen hatte er das Boot in der herbstlichen Dunkelheit zurückgebracht. Seine Anlegestelle befand sich an der alten Rettungsbootstation am Ende des stillgelegten Piers von Birnbeck – von den Einheimischen in Weston als Old Pier bezeichnet –, wo er sein kleines Boot zwischen den verrottenden Balken und Stahlträgern verstecken konnte.

Heute Morgen hatte er sich anders gefühlt als sonst. Das nagende Gefühl in seinem Magen hatte sich aufgelöst, und an dessen Stelle war ein Gefühl von Klarheit getreten. Er hatte sich nicht schuldig gefühlt, als er seinem Gefangenen den Knebel abgenommen und ihn mit Brot und Wasser gefüttert hatte. Irgendwann hatte der Mann begonnen, für sich zu sprechen und sich zu erklären, aber Geoff hatte ihm den Knebel wieder angelegt und seine Aufmerksamkeit wieder der Stille des frühen Morgens gewidmet. Bevor er gegangen war, hatte er den Mann mit seiner Decke zugedeckt – er hatte beim Frühstück gezittert, und Geoff konnte ihn nicht sterben lassen, bevor seine Zeit gekommen war.

Bevor er nach Hause zurückgekehrt war, hatte er gewartet, bis seine Mutter am frühen Morgen das Haus verlassen hatte. Er hatte seine Schlafzimmertür verschlossen, um sie in dem Glauben zu lassen, er sei am Abend zuvor spät nach Hause gekommen und würde ausschlafen. Nicht, dass sie jemals nach ihm gesehen hätte. Einzig und allein die Not veranlasste ihn dazu, weiterhin in diesem Haus zu wohnen. Er konnte es sich nicht leisten zu gehen, und sie brachte es nicht übers Herz, ihn dazu zu zwingen. Sie sprachen kaum noch miteinander. Sie bereitete ihm sein Abendessen zu und wusch seine Wäsche, wenn er sie vor sein Zimmer legte, doch Geoff konnte sich nicht daran erinnern, wann sie jemals Zeit miteinander im Haus verbracht hatten. Dennoch war er dankbar dafür.

Er hatte eine Stunde länger geschlafen, bevor er mit dem Van losgefahren war. Bei seiner Planung hatte er gelesen, dass es wichtig war, einen geordneten Ablauf zu haben, um nicht aufzufliegen, und so hatte er es geschafft, im Laufe des Tages drei Aufträge zu erledigen. Alles einfache Umzüge, Bezahlung bar auf die Hand, sodass er sich vor dem Beginn der Messe noch eine Mahlzeit in einem Pub in Uphill gönnen konnte.

Die Bar, deren Raumhöhe ungewöhnlich niedrig war, war fast leer. Ein einsamer Mann mit einer Tellermütze und einem Gehstock saß da und las eine Zeitung, ein warm aussehendes, dunkelrotes Bier vor sich, während der junge Barmann Münzen in den Spielautomaten einwarf. Das war etwas, das Geoff bereits über die Pubs in Weston herausgefunden hatte. Wenn nicht gerade Hochsaison war, waren sie – außer an den Wochenenden – fast immer menschenleer. Er hatte sich immer gefragt, wie so viele dieser Lokale überleben konnten, doch sie hatten Jahr und Tag geöffnet und kamen irgendwie über die Runden.

Der Barmann hörte auf, sein Geld zu verschwenden, und lächelte Geoff an. „Wie kann ich Ihnen helfen, Sir?"

Sir. Es kam nicht oft vor, dass er so genannt wurde. Der junge Mann hatte eine angenehme Art an sich. Geoffs Gedanken schweiften ab, und er hoffte, dass die trostlose Kneipe lediglich ein Sprungbrett für ihn wäre, und er in den kommenden Jahren den Fängen dieser sterbenden Stadt entkommen würde. „Gibt es hier was zu essen?"

„Klar", sagte der Barmann, trat hinter die schützende Massivholzverkleidung der Bar und reichte ihm die Speisekarte.

Geoff bestellte einen Steak & Ale Pie und eine Cola – nachdem er gesehen hatte, was er seinem Vater angetan hatte, trank er nur selten Alkohol – und nahm am anderen Ende der Bar neben dem alten Kauz mit der Zeitung Platz, wo er mit gesenktem Kopf auf sein Essen wartete. Der Geruch von abgestandenem Bier aus dem Teppich war ihm vertraut, aber unwillkommen, und seine Gedanken kehrten zu Steep Holm und seinem Gefangenen zurück, der an die Wand der Höhle gekettet war.

Er musste stark sein, die widersprüchlichen Sehnsüchte in sich bekämpfen. Es wäre ein Leichtes, es jetzt zu beenden, auf die Insel zurückzukehren und den Mann von seinem Elend zu befreien, und dieser nagende Zweifel, den er verbannt zu haben glaubte, versuchte ihn nun davon zu überzeugen, dass es genau das war, was er tun sollte. Doch er musste diese negative Einstellung ignorieren.

Er musste seinen Vater retten.

Der Pie war kein Pie. Es war eine Schüssel mit abgestandenem Fleisch, das in einer dicken, salzigen Soße schwamm und von einem Klumpen Blätterteig bedeckt war. Trotzdem erfüllte er seinen Zweck. Er spülte ihn mit der Cola hinunter, wischte sich mit dem Handrücken über den Mund, um ihn zu säubern, und verließ die Kneipe, wobei er sich beim Barmann bedankte. Er hatte den Van auf dem öffentlichen Parkplatz abgestellt. Bis zur Kirche waren es drei Kilometer, aber das Fahrzeug war auffällig und er konnte nicht riskieren, entdeckt zu werden.

Der Winter stand definitiv vor der Tür. Er hatte es schon auf der Insel gespürt – der Boden unter seinem Zelt war am Morgen hart gefroren, die Temperatur sank nachts fast auf den Gefrierpunkt – und es fröstelte ihn jetzt, als er durch die Seitenstraßen zur St. Michael's Church ging. Er machte sich Sorgen um seinen Gefangenen, allerdings nur, weil es notwendig war, dass er die nächsten Tage noch überleben müsste. Er wollte ihn so lange wie möglich in der Höhle lassen, befürchtete jedoch, dass es bald zu kalt werden würde und er ihn in das Besucherzentrum auf der anderen Seite der Insel verlegen müsste.

Die Jahreszeiten wirkten sich in Weston stärker aus als in anderen Städten, als würde es sich um völlig unterschiedliche Klimazonen handeln. Vom späten Frühling bis zum Sommer schien sich die Einwohnerzahl der Stadt zu verdoppeln. Die Touristen erschienen wie aus dem Nichts – wie Einsiedlerkrebse, die aus ihren Schalen schlüpften – und nahmen alles in Beschlag, nur um bei Einbruch des Winterwetters wieder in ihre Städte zurück zu flüchten. Geoff mochte die Stadt lieber, wie sie jetzt war: die Ruhe und Trostlosigkeit, wenn Weston seinen Bewohnern zurückgegeben wurde.

Als er die Kirchentore erreichte, war die Haut an seinen Händen taub von der Kälte. Das Gefühl war zwar schmerzhaft, aber auch angenehm. Er liebte diese Nächte, in denen die Dunkelheit bereits Einzug gehalten hatte und die Luft frisch, aber auch friedlich war. Als er die alten Kirchentüren öffnete, stieg ihm der Duft von brennenden Kerzen in die Nase. Ein vertrautes Zittern schoss durch seinen Körper, als er den offenen Raum betrat. Sein Körper bebte, als wäre er in eine Art unsichtbare Schwingung getreten, die die Kirche ausfüllte. Es erinnerte ihn daran, wie er das erste Mal eine Kirche betreten hatte und Hand in Hand mit seinem Vater durch die Tore der St. Bernadette's Church gegangen war. Er konnte damals nicht älter als vier Jahre gewesen sein, doch er erinnerte sich an das Gefühl des Staunens und der Ehrfurcht, das ihn für einen Moment sprachlos gemacht hatte. Mit offenem Mund hatte er dagestanden, als hätte er versucht, etwas darin aufzusaugen. Die ganze Woche hatte ihm sein Vater über das Haus Gottes erzählt, und da stand er nun, an dem Ort, an dem Gott wohnte. Natürlich hatte er damals nur ein rudimentäres Verständnis davon gehabt, was es zu bedeuten hatte, dennoch hatte er Gottes Gegenwart damals genauso sicher gespürt wie heute.

Wie die Kneipe war auch die Kirche leer. Nachdem er sich niedergekniet und das Weihwasser aus dem Becken am Eingang zu den Kirchenbänken benutzt hatte, um seine Stirn zu benetzen, machte er sich auf den Weg zum vorderen Teil der Kirche.

Als Geoff älter wurde, verstand sein Vater nie, warum sein Sohn immer noch in die Kirche gehen wollte. „Nach all dem, was passiert ist. Nach dem, was du getan hast", sagte er immer. Aber seine Worte waren nie anklagend gewesen, und er hatte nie versucht, seinen Sohn davon abzuhalten, in die Kirche zu gehen. Geoff konnte das Unverständnis seines Vaters nachvollziehen, und er wünschte, er hätte ihm erklären können, was die Kirche für ihn bedeutete, und dass niemand – nicht einmal der Mann, über den sie nie sprachen – ihm das nehmen konnte.

Die Pfarrmitglieder, alles Frauen, füllten langsam schlurfend die leeren Kirchenbänke. Geoff erkannte keines der Gesichter – dies war nicht seine Kirche, und deshalb war er hier noch nie in einer Messe gewesen. Keine der Frauen sah jünger aus als sechzig, vielleicht siebzig, was für eine Abendmesse ganz normal war. Er nahm an, dass sie alle Witwen waren und später eine Kerze für ihre verstorbenen Ehemänner anzünden würden. Das war einerseits traurig, andererseits würden sie einen gewissen

Trost in dieser Handlung finden, und wer war er, das infrage zu stellen?

Fünf Minuten später trat der Priester an den Altar. Es war kein Sonntag, also gab es nichts von dem üblichen Prunk. Kein Weihrauch wehte aus dem goldenen Kelch, keine Ministranten führten die Prozession um die Kirchenbänke an. Bei Geoffs erstem Einsatz als Messdiener hatten er und sein Freund Gregory nicht gewusst, dass sie dem Priester auf einem Rundgang durch die Kirche folgen sollten, und hatten am Altar Platz genommen, während der Pater einsam seinen Weg beschritten hatte. Geoff hatte dagegen angekämpft, zu kichern, doch das Lachen war ihm vergangen, als sein Vater ihn danach zurechtgewiesen hatte.

Dieser Priester war so alt wie die Mitglieder seiner Pfarrgemeinde. Seine Bewegungen waren langsam und bedächtig, seine Knochen ächzten, als er den Kelch mit Wein hochhielt und ihn segnete.

Geoff ließ die alten Damen zuerst die Kommunion entgegennehmen. Es war unhöflich, nicht zu warten, und er wollte der Letzte sein, der die Gabe annehmen durfte. Er kniete vor dem Altar und streckte seine Zunge heraus, als der Priester murmelte: „Der Leib Gottes."

„Amen", sagte Geoff, segnete sich selbst und kehrte an seinen Platz zurück.

Hatte der Pater ihn erkannt? Er bezweifelte es. Sie hatten sich beide in diesen Jahren so stark verändert, und Geoff hatte es bis heute tunlichst vermieden, die gleiche Messe wie der alte Mann zu besuchen. Aber hatte seine Hand nicht gezittert, als er ihm die Hostie auf die Zunge gelegt hatte?

Zurück in der Kirchenbank betete Geoff. Er bat um die Kraft, seine Pläne zu verwirklichen und die Dinge bis zum Ende durchziehen zu können. Als Junge hatte er gelernt, dass dies die realistischsten Gebetswünsche waren. Gott erfüllte keine

Wünsche wie ein Flaschengeist, aber er konnte einem dabei helfen, Dinge zu erledigen.

Als die Messe zu Ende war, verweilte Geoff auf den Knien und tat so, als würde er beten. Die zierlichen alten Damen zündeten ihre Kerzen an und sprachen ihre Gebete, und Geoff war dankbar, dass er nie einer von ihnen sein würde. Nachdem die letzten von ihnen gegangen waren, setzte er sich auf; allein in der Kälte der Kirche. Als Geoff ein Junge gewesen war, stand die Kirche in seinem Heimatort immer offen – zumindest hatte sein Vater ihm das erzählt; er hatte es jedoch nie ausprobiert –, doch als Erwachsener hatte er gelernt, dass die Türen immer irgendwann abschlossen wurden, was bedeutete, dass ihn jemand bitten müsste, zu gehen.

Der Pater streckte zweimal seinen Kopf aus der Sakristei, bevor er sich schließlich näherte. Seine Schritte hallten wider, als er zu Geoff schlurfte und sich gegen seine Kirchenbank lehnte. „Ich fürchte, ich muss die Türen schließen, mein Sohn. Kann ich dir bei irgendetwas helfen?"

Die Worte waren so freundlich und aufrichtig, dass Geoff zögerte, bevor er antwortete. Wieder stellte er sich selbst infrage, wie Thomas der Ungläubige.

Doch dann erinnerte er sich an seine Aufgabe.

„Ja, Vater, ich glaube, wir müssen reden."

KAPITEL ACHT

Louise legte den Hörer auf und rieb sich die Augen. Das war das Letzte, was sie brauchte. Obwohl sie zugestimmt hatte, als Notfallkontakt zu fungieren, war sie nicht Emilys Mutter. Paul konnte so nicht weitermachen; das war niemandem gegenüber fair. Obwohl der Gedanke, eines Tages Mutter zu werden, Louise immer noch reizte, verblasste diese Möglichkeit mit jedem Jahr. Gelegentlich stellte sie sich vor, dass Emily bei ihr einziehen könnte. Sie könnten zusammen in Weston leben. Sie könnte sie morgens an der Schule absetzen und eine Tagesmutter finden, die sich um sie kümmerte, bis sie wieder nach Hause kam. Sie könnten gemeinsam ein neues Leben beginnen, endlich frei von der Vergangenheit. Sie stellte sich vor, wie Emily in ihrem Wohnzimmer saß, zufrieden und glücklich. Dann wurde sie von der Realität eingeholt. Sie erinnerte sich an die Bilder von Veronica Lloyds totem Körper, die an ihrer Wand hingen. Ihr Lebensstil war nicht mit der Erziehung eines kleinen Kindes vereinbar.

Die Telefonanrufe bei ihren Eltern schickten sie direkt an die Mailbox. In letzter Zeit hatte es schon besser funktioniert, aber standardmäßig waren ihre Mobiltelefone ausgeschaltet. Ihre Mutter hatte ihr erklärt, dass es nicht nötig wäre, sie eingeschaltet zu lassen, wenn sie niemanden anrufen mussten.

Auf dem Weg aus dem Büro blieb sie an Thomas' Schreibtisch stehen und bat ihn, statt ihr bei der Autopsie anwesend zu sein.

„Alles in Ordnung?", fragte er.

Louise nickte und ging, ohne eine Erklärung abzugeben.

Sie war gerade auf dem Weg aus der Stadt, entlang der Strandpromenade, als ihre Mutter sie zurückrief.

„Tut mir leid, Louise, wir waren im Kino", sagte sie, während ihre Stimme blechern und weit entfernt aus dem Lautsprecher des Autos klang.

„Schon in Ordnung. Habt ihr die Nachricht von der Schule erhalten?"

„Ja, wir sind auf dem Weg. In fünf Minuten sollten wir da sein. Es tut mir leid, dass du gerufen wurdest."

Louise seufzte. „Wisst ihr, wo er ist?"

„Wir werden später darüber sprechen."

Sie wusste, dass ihre Mutter nicht gerne vor ihrem Vater über Paul sprach. Er hatte weniger Geduld mit den Eskapaden ihres Bruders und war der Meinung, dass es nichts Gutes mit sich brachte, im Nachhinein darüber zu reden. Ohne Zweifel hatte Paul sich betrunken und irgendwie vergessen, dass er Emily von der Schule abholen sollte. Als sie auflegte, fühlte sie sich schuldig, weil sie nicht nach Bristol gefahren war. Sie sagte sich, dass sie nicht für Emily verantwortlich war, dass Paul schuld daran war, dass sie die Autopsie verpasst hatte, aber dennoch musste sie gegen den Drang ankämpfen, nachsehen zu wollen, ob es ihrer Nichte gut ging.

Sie wendete den Wagen und parkte an der Strandpromenade, gegenüber jener Stelle, an der Veronicas Leiche gefunden worden war. Thomas würde bereits auf dem Weg zur Autopsie sein, und sie konnte sich darauf verlassen, dass er den Auftrag ordnungsgemäß abwickeln würde.

Der Himmel verdunkelte sich, und der Nebel, der vom fernen Meer heranzog, versperrte ihr die Sicht. Sie stieg aus dem Auto und machte sich auf den kurzen Weg zum Strand. Dabei wurde sie von einem Ehepaar, das mit zwei Labradorwelpen spazieren ging, seltsam angestarrt, als wäre die nebelverhangene Küste der letzte Ort auf Erden, an dem sie sich aufhalten sollte.

Nach fünfzig Metern schien es, als hätte der Strand sie verschluckt. Der Nebel war jetzt so dicht, dass sie nur noch wenige Meter in jede Richtung sehen konnte. Sie stolperte vorwärts – das Geräusch des Meeres klang weit entfernt –, bis sie glaubte, in der Nähe der Stelle zu sein, an der Veronicas Leiche gefunden worden war. Sie drehte sich um und blickte auf die schummrigen Lichter der Strandpromenade. Hatte der Mörder dasselbe Gefühl der Isolation empfunden, als er Veronicas Leiche hergebracht hatte? Und warum hatte man sie an einem so ungeschützten Ort zurückgelassen?

Ihrer Erfahrung nach gab es in der Regel drei Gründe, warum ein Mörder sein Opfer an einem öffentlichen Ort zurücklässt: Erstens, weil er aufgrund eines Fehlers, oder schlechten Timings, vom Tatort fliehen musste; zweitens, weil er stolz auf sein Werk war und damit angeben wollte; und drittens, weil ein Teil von ihm – bewusst oder unbewusst – aufgehalten werden wollte. Oft standen die Gründe zwei und drei in engem Zusammenhang. Louise glaubte nicht, dass der Mörder einen Fehler gemacht hatte, und war überzeugt, dass die Positionierung der Leiche von Bedeutung war. Aber ob der Mörder nun angeben oder gefasst werden wollte, ihre größte Sorge war, dass er nicht aufhören würde zu morden.

Als sie zum Auto zurückging, kämpfte sie gegen den Drang zu rennen an und ignorierte so gut sie konnte die kindliche Angst, sich im Nebel zu verirren. Dennoch war sie froh, den tiefen Sand los zu sein, und ließ sich von der Heizung ihres Autos wärmen, während sie eine Nachricht ihrer Mutter las, in der stand, dass Emily abgeholt worden war und Paul sich in seinem Haus befand. Louise war klar, dass die wahre Bedeutung der Nachricht ihrer Mutter war, dass er ziemlich mitgenommen aussah.

Ihr Vater hatte sie gebeten, sich nicht mit Paul zu treffen, um ihn seinen höllischen Kater ausschlafen zu lassen, worauf sie widerwillig zugestimmt hatte. Sie rief Thomas an.

„Hi, Louise, alles in Ordnung?"

Louise hatte keine Zeit für Smalltalk. Im Büro würden bereits Gerüchte darüber kursieren, warum sie nicht zur Autopsie gekommen war und warum sie nach einem Anruf von einer Schule zurück nach Bristol eilen musste. „Ja. Wie ist die Autopsie gelaufen?"

„Wie immer. Viele Dinge, die ich weder sehen noch riechen wollte", sagte Thomas und nahm die Tortur auf die leichte Schulter.

„Was hat Dempsey herausgefunden?"

„Er konnte bestätigen, was er schon am Strand vermutet hatte. Der Bastard hatte ihr einiges an grässlicher Scheiße zugemutet, bevor er sie umgebracht hat. Mehrere Frakturen an den Beinen und Schultern. Beide Knöchel waren gebrochen. Es sieht so aus, als hätte er sie gefesselt und gefoltert, bevor er sie von ihren Qualen erlöst hat. Dempsey hat einige Fasern in den Schnittwunden an den Handgelenken und Knöcheln gefunden, die wir an die Forensik geschickt haben."

Louise schloss ihre Augen und kämpfte gegen die Bilder in ihrem Kopf an. Es war unmöglich, die Motive nachzuvollziehen, die jemanden dazu brachten, einem anderen Menschen, egal welchen Alters, ein solches Leid zuzufügen, doch irgendwie machte Veronicas fortgeschrittenes Alter es Louise noch schwerer, die Sache zu begreifen. Die Abfolge der Ereignisse deutete darauf hin, dass der Mord geplant und organisiert worden war. Jetzt mussten sie herausfinden, ob Veronica das vorgesehene Ziel gewesen war oder ob der Mord an ihr willkürlich erfolgte. „Todesursache?“

„Wie Dempsey angenommen hatte. Irgendein Gegenstand wurde in Veronicas rechtes Handgelenk gebohrt. Es gibt mehrere Einstichstellen, als hätte der Mörder versucht, die richtige Stelle zu finden. Es hinterließ ein ziemlich großes Loch mit einem Durchmesser von ein paar Zentimetern. Letztendlich schnitt der Mörder die Radialarterie auf und Veronica verblutete. Dempsey ist sich sicher, dass sie post mortem transportiert wurde.“

„Wir kennen also nicht einmal den tatsächlichen Tatort“, seufzte Louise.

„Kann ich den Bericht heute Abend mit dir durchgehen?“, fragte Thomas.

Louise glaubte, im Tonfall ihres DS die Hoffnung, sie treffen zu können, herausgehört zu haben. „Schick es mir per E-Mail.“

„Alles?“

„Ja, alles, Thomas. Danke“, sagte Louise und legte auf.

Sie wollte noch nicht nach Hause; der Gedanke an ihren Bungalow, dessen Wand, die Bilder von Veronica Lloyds Leiche zierten, bereitete ihr Unbehagen. Sie rief eine ihrer ehemaligen Kolleginnen, Tracey Pugh, an und vereinbarte ein Treffen mit ihr in Clifton, Bristol. Tracey war DS in ihrem Team in der Stadt gewesen und arbeitete immer noch in der gleichen Abteilung wie DCI Finch. Sie war zum DI befördert worden, als Louise gegangen war, und hatte damit praktisch ihre Position übernommen.

Tracey erwartete sie bereits in der Bar, in der sie sich verabredet hatten – ein großes Glas Prosecco in der Hand. „Hey, Boss, schön, dich zu sehen“, sagte sie, stand auf und umarmte Louise.

Momentan überwältigt vom Geruch von Nikotin und Parfüm an Traceys Hals, umarmte Louise sie zurück. Sie war überrascht, wie gut es tat, sie zu sehen. Als sie aus Bristol weggegangen war, hatte sie beschlossen, sich so weit wie möglich zu distanzieren. Tracey war die einzige Person gewesen, zu der sie den Kontakt aufrechterhalten hatte, und selbst in ihrem Fall hatte sie ihn auf ein Minimum reduziert. Es war eine Bewältigungsstrategie gewesen, doch Traceys Begrüßung warf die Frage auf, ob sie einen Fehler gemacht hatte. „Was möchtest du trinken?“, fragte Tracey.

„Nur ein Gläschen, ich muss noch fahren.“

Tracey lächelte und bestellte ihr ein Glas Weißwein. Sie war um die fünfzig, eine starke, selbstbewusste Frau, die ihr schwarzes, gelocktes, widerspenstig wirkendes Haar offen trug. Im Büro hatte sie den bedauernswerten Spitznamen „die Friseuse“ bekommen; nicht wegen ihres Haares, sondern wegen des Klischees – zumindest die Männer waren der Ansicht gewesen, dass Tracey ein typischer Name für Friseurinnen sei. Nicht, dass ihr das jemals jemand ins Gesicht gesagt hätte. Tracey war wie eine Naturgewalt, die man nicht zähmen konnte und mit der man sich nicht anlegen sollte. Sie war ihre Vertraute in Bristol gewesen, und es gab nicht viele Menschen, denen Louise mehr vertraute.

„Also, wie ist es in Weston-super-Matsch?“, fragte Tracey, als sie an einem kleinen Tisch im hinteren Teil der Bar Platz nahmen. Im Gegensatz zu Louise, deren Akzent so schwach war, dass man ihn beinahe nicht mehr heraushören konnte, stammte der von Tracey unverkennbar aus Bristol. Sie ließ wie selbstverständlich die Konsonanten am Ende von Wörtern weg, und Louise erwischte sich selbst dabei, wie sie sich gelegentlich anstrengen musste, um zu verstehen, was sie sagte.

„Alles beim Alten. Obwohl, hast du von der Leiche gehört?"

„Sicher. Diese Nachricht hat uns natürlich erreicht. Ich wollte dich deswegen ohnehin schon anrufen. Klingt wie aus einem Horrorfilm."

Louise wollte sich ihren Kummer von der Seele reden, Tracey alles über die nächtlichen SMS von Finch, den armseligen Zustand, in den sich ihr Bruder gebracht hatte, und ihre bemitleidenswerte Nichte erzählen, aber sie wusste nicht, wo sie anfangen sollte, also berichtete sie weiter über ihre Arbeit. „Die Leiche von Veronica Lloyd wurde am Strand zurückgelassen – der Mörder hat sie davor übel zugerichtet. Sieht möglicherweise nach Folter aus", sagte Louise und senkte ihre Stimme.

Tracey schüttelte den Kopf. Es war nicht notwendig, das Gesagte zu kommentieren. Sie hatten beide jene Phase ihrer Karriere erreicht, in der sie erkannt hatten, dass die Welt voller kranker Bastarde war, und es gab nur noch sehr wenige Dinge, die sie schockieren konnten. „Hast du einen Verdacht?"

„Sie hatte keine Familie, nur einige Freunde im Tennisclub", sagte Louise.

„Glaubst du, dass es ein Zufall war?"

Louise nippte an ihrem Wein, der lauwarm und viel zu süß war, und dachte noch einmal über die Frage nach. Sie fühlte sich schuldig, in dieser Bar zu sitzen, während sie in Weston noch mehr arbeiten könnte. „Nein, ich glaube nicht, dass es ein Zufall war", antwortete sie und war froh, ihre Gedanken aussprechen zu können. Nachdem sie Thomas' Bericht auf ihrem Handy gelesen hatte, bevor sie sich zu Tracey in die Bar gesellte, war sie zu einem Schluss gekommen: Die Art und Weise, wie der Mörder auf Veronica eingewirkt hatte, bevor er ihr das Leben nahm, hatte etwas Persönliches, fast Intimes an sich. Die Wunden waren sehr speziell, vor allem jene am Handgelenk und an den Knöcheln, und ihrer Erfahrung nach wirkten zufällige Übergriffe unüberlegter als dieser.

„Ich bin mir nicht sicher, ob das gut oder schlecht ist", sagte Tracey, deren Stimme laut genug war, um die unerwünschte Aufmerksamkeit ihrer Trinkkollegen auf sich zu ziehen.

„Es kommt auf das Motiv des Mörders an", sagte Louise und versuchte, die Lautstärke des Gesprächs wieder zu senken. „Wenn es ein Einzelfall war, dann okay, aber …"

„Meinst du, sie könnten wieder zuschlagen?", fragte Tracey, die die Aufregung in ihrer Stimme nicht unterdrücken konnte.

Louise zwang sich, einen zweiten Schluck des Weins zu nehmen, der ihr etwas besser schmeckte. „Ich habe darüber nachgedacht. Der Mord war ziemlich effizient, und sie haben es geschafft, die Leiche unbemerkt am Strand abzuladen. Wenn der Mörder auf den Geschmack gekommen ist, dann war das vielleicht nicht die letzte Leiche."

„Deshalb liebe ich es, mich mit dir zu treffen, Lou. Du munterst mich immer auf", sagte Tracey, wobei sich Sarkasmus hinter ihrem trockenen Humor verbarg.

„Trinkst du noch einen?"

„Ich gehe uns noch etwas holen", kündigte Louise an.

Sie kam mit einem Prosecco für Tracey und einem Glas Mineralwasser für sich selbst zurück. „Genug mit dem Fachsimpeln. Was gibt es bei dir Neues?"

„Du kennst mich, Lou, lebenslustig und frei. Obwohl …"

Louise nippte an ihrem Wasser und lächelte, während sie darauf wartete, dass Tracey irgendeinen anzüglichen Tratsch von sich geben würde. „Ja?"

„Ich habe möglicherweise einen der neuen Police Constables unter meine Fittiche genommen, wenn du weißt, was ich meine."

Louises Gesichtsausdruck verriet, dass sie genau wusste, was Tracey meinte. „Wie alt?"

„Ende zwanzig", antwortete Tracey mit einem Blick, den Louise nur als geheimnisvoll deuten konnte.

„Etwas Ernstes?"

„Na ja, du weißt doch, dass ich es nicht so mit Ernsthaftigkeit habe. Im Moment ist alles sehr locker, aber er scheint ein netter Kerl zu sein."

Louise fand, dass Tracey sich damit selbst keinen Gefallen tat. Es gab nichts, was sich ihre Ex-Kollegin mehr gewünscht hätte, als jemanden zu finden, mit dem sie sich niederlassen konnte, doch sie traf nicht immer die besten Entscheidungen.

„Was ist mit dir?", fragte Tracey. „Gibt es in Weston einen heißen Kerl?"

„Warst du schon mal in Weston, Tracey?"

„Da unten gibt es sicher ein paar Hingucker. Auf wen hast du ein Auge geworfen?"

Es überraschte Louise nicht, dass ihre Gedanken automatisch zu Thomas wanderten. Sie hatte sich an ihrem ersten Tag auf dem Revier sofort zu ihm hingezogen gefühlt, und das hatte auch mit der Zeit nicht nachgelassen. Doch das winzige Detail, dass er eine Frau und einen dreijährigen Sohn hat, bedeutete, dass die Sache für sie nicht infrage kam. „Nein, momentan gibt es niemanden, für den ich mich interessiere."

„Was verbirgst du, Schätzchen?"

Louise zuckte mit den Schultern. „Nichts. Das Letzte, was ich im Moment brauche, ist …"

„Beende diesen Satz nicht, bevor ich von der Bar zurück bin", sagte Tracey und trank den Rest ihres Prosecco in einem Zug aus. „Einer für unterwegs. Willst du wirklich keinen Alkohol?"

Louise schüttelte den Kopf und wunderte sich über den Alkoholkonsum von Tracey. Während sie sie dabei beobachtete, wie sie etwas wackelig zur Bar ging, fragte sie sich, warum sie sich erst jetzt daran erinnerte, wie viel Spaß es machen konnte, Zeit mit ihren Freunden zu verbringen. Seit ihrer Abreise nach Weston hatte sie sich ein paar Mal mit Tracey getroffen, und jetzt, wo sie hier war, verstand sie nicht, warum sie nicht öfter etwas unternommen hatten. Sie lebten nur etwa dreißig Kilometer voneinander entfernt, und doch fühlte sich die Entfernung zwischen ihren Welten oft wie eine unüberwindbare Kluft an.

„Bevor ich es vergesse: Tim Finch hat heute nach dir gefragt", sagte Tracey, als sie zurückkam.

„Ach?", fragte Louise und versuchte, nicht niedergeschlagen zu klingen, während ihr Herz wie wild pochte.

Obwohl Tracey im Fall Walton nie Partei ergriffen hatte, hatte sie Louise immer ihre volle Unterstützung angeboten. Aber sie musste mit Finch zusammenarbeiten, und Louise wollte sie nur ungern mehr als notwendig in die Sache hineinziehen.

„Er hat versucht, gleichgültig zu klingen, als er sich nach deinem Fall erkundigte, aber ich kann dir sagen, er war in Wirklichkeit nur an dir interessiert."

Louise nickte, antwortete jedoch nicht, da sie immer noch an die SMS denken musste, von der sie sich sicher war, dass er sie ihr gestern geschickt hatte.

Tracey schien es nicht zu bemerken. „Hast du je etwas von ihm gehört?"

Louise lachte. „Lass uns über etwas anderes reden, okay?"

Tracey sah niedergeschlagen aus. „Tut mir leid, Lou, ich wollte dich nicht verärgern."

„Nein, nein, das hast du nicht. Ich bin nur müde. Du weißt ja, wie es ist, SIO bei dieser Art von Fällen zu sein."

„Natürlich. Lass uns nicht mehr über die Arbeit sprechen,

während ich austrinke, und dann begleite ich dich zu deinem Auto."

Als sie sich auf dem Parkplatz umarmten, war die Unbehaglichkeit über Finch bereits verflogen.

„Es war schön, dich wiederzusehen, Tracey. Bist du sicher, dass ich dich nicht nach Hause fahren soll?"

„Nein, ich werde den Bus nehmen", sagte Tracey leicht lallend. „Vielleicht rufe ich vorher noch kurz meinen jungen PC an."

Louise gluckste. „Pass auf dich auf. Das müssen wir öfters machen."

„Da hast du recht. Vielleicht komme ich dich bald am Meer besuchen, wenn du mich aufnimmst?"

„Sehr gerne. Bis bald."

„Bis bald, Schönheit", rief Tracey, als Louise mit dem Auto davonfuhr.

Es war eine Schande, dass Tracey Finch erwähnt hatte. Jetzt war er alles, woran sie denken konnte, als sie sich auf den Weg zurück nach Weston machte. Gab es denn kein Entkommen vor ihm? Sie hatte gehofft, dass ihre Versetzung nach Weston die letzte gewesen wäre. Er hatte den Kampf gewonnen, sie aus seinem Leben verdrängt, warum also verfolgte er sie noch immer? In ihrer Wut trat sie das Gaspedal fest durch, um auf der menschenleeren M5 zügig voranzukommen. Als sie die Ausfahrt nach Worle nahm, reduzierte sie das Tempo und versuchte, ihre Gedanken zu ordnen. Im Moment gab es so viel Ablenkung in ihrem Leben. Abgesehen von Finch musste sie sich um ihren verkorksten Bruder kümmern und sicherstellen, dass er ihre kleine Nichte richtig erzieht, während sie gleichzeitig versuchte, sich auf den Fall Veronica Lloyd zu konzentrieren. Das war sie der Frau schuldig. Veronica war das Opfer eines schrecklichen Verbrechens, das sie so spät in ihrem Leben ihrer Würde beraubt hatte. Natürlich würde sie sich nicht von Emily abwenden. Sie würde für sie, ihre Eltern und ihren Bruder da sein, wenn es nötig war, doch im Moment sollte sich alles um Veronica drehen.

Zurück in ihrem Bungalow kochte sie sich einen Tee mit Milch, trank ihn und starrte auf ihre selbst gebastelte Ermittlungswand. Ab und zu schaute sie auf ihrem Handy nach der nächtlichen Nachricht von Finch, aber sie kam nie an.

KAPITEL NEUN

Aus der Nähe sah der Priester gebrechlicher aus, als Geoff erwartet hatte. Es hätte ihn nicht überraschen müssen – er war noch ein Junge gewesen, als er den Mann das letzte Mal von Angesicht zu Angesicht gesehen hatte –, doch die Veränderung an seinem Aussehen war beunruhigend. Seine Haut hatte eine gräuliche Farbe und schien keine Elastizität mehr zu haben. Sie lag lose über seine Knochen und hing in Lappen von seinem Hals herab. Seine Augen hatten eine ähnliche Farbe, das verblichene Weiß war von winzigen roten Schlieren durchzogen. Das nagende Gefühl in Geoffs Magen kehrte zurück, und wieder zweifelte er an sich selbst. Er erinnerte sich an die Verbrechen des Priesters und versuchte, sich einzureden, dass er seiner Rache würdig sei. „Erinnern Sie sich an mich, Vater?", fragte er, und seine Stimme hallte in der leeren Kirche wider.

Während der Priester Geoff musterte und versuchte, sich zu erinnern, wo er den Mann schon einmal gesehen hatte, wurde sein Kopf unruhig. Geoff bezweifelte, dass irgendetwas an seinen Gesichtszügen den Priester an den Jungen erinnerte, der er einmal gewesen war. In der Pubertät hatten sich sein Gesicht und sein Körper in etwas anderes verwandelt. Seine Nase war ebenso wie seine Gliedmaßen länger geworden. Sein Gesicht war länglich und abgemagert, sein Schädel von dünner Haut bedeckt, sein Haar wuchs in Richtung seiner Schultern. Der einzige Anhaltspunkt wären seine Hände gewesen, die jedoch in Handschuhen steckten und somit die entstellte Haut verbargen.

Der Pater schüttelte den Kopf und sagte lächelnd: „Es tut mir leid, mein Sohn, mein Gedächtnis ist nicht mehr das, was es einmal war. So viele Menschen, verstehst du? Ich kann mich kaum noch daran erinnern, was ich zum Frühstück hatte."

Der Priester hatte immer noch diese gewisse Art an sich. Trotz seines Alters war seine Stimme mit diesem irischen Akzent immer noch satt und schwer. Das Gefühl in Geoffs Magen verstärkte sich durch die freundlichen Worte.

„Wie ist dein Name, mein Sohn?"

„Das spielt keine Rolle, Vater." Geoff zögerte, denn er wusste, dass dies der entscheidende Moment war. Er blickte auf das Kruzifix hoch über dem Altar, den weißen Jesus, der in ewiger Qual dort hing, und erinnerte sich daran, was er vor all den Jahren gesehen hatte. Wie er diesen Priester um Hilfe gebeten hatte und abgewiesen worden war. Die Entscheidung war gefallen; Geoff handelte. „Ich weiß, es ist spät, Pater, aber ich möchte Beichte ablegen."

Der Pater blinzelte und seine Augen weiteten sich, als hätte er den Mann vor sich gerade erkannt. „Natürlich. Hier, oder möchtest du die Privatsphäre des Beichtstuhls aufsuchen?"

Geoff stand auf. „Ich folge Ihnen."

Der Geistliche stemmte sich auf die Beine, indem er eine knarrende Holzbank als Stütze benutzte. Geoff streckte die Hand aus, um ihm zu helfen, und die beiden verbeugten sich vor dem Kruzifix wie zwei alte Jungfern.

Es war ein langer, langsamer Marsch, und der Priester schlurfte mit den Füßen, als wollte er versuchen, die Zeit anzuhalten. Es erinnerte Geoff an jene Zeit, in der er mit seinem

Vater St. Bernadette's besucht hatte, als sie gemeinsam den Kreuzweg gegangen waren. Er muss erst vier oder fünf Jahre alt gewesen sein, als er im Fernsehen eine Miniserie über das Leben Jesu ansehen durfte. Damals hatte er nicht viel verstanden, aber die Sendung hatte ihn in ihren Bann gezogen, wie keine andere.

Sein Vater konnte oft streng sein, doch wenn es um diese Sendung ging, war er nachsichtig mit Geoff und übte sich in Geduld, während Geoff eine Frage nach der anderen stellte. Ganz besonders fasziniert war Geoff von den Kreuzigungsszenen. Er fragte seinen Vater, warum Jesus das Kreuz trug, warum ihm die Dornenkrone aufgesetzt wurde und warum die Wachen ihn auspeitschten, während er sich abkämpfte, seine Last zu tragen. Als es um die Kreuzigung selbst ging, hatte seine Mutter versucht, ihn vom Zuschauen abzuhalten, doch sein Vater hatte darauf bestanden, dass er es trotz seines zarten Alters sehen durfte. Er erklärte ihm, wie Jesus die Seelen aller Menschen rettete, indem er gekreuzigt wurde, und obwohl Geoff zusammengezuckt war, als die Nägel in Jesus' Fleisch geschlagen wurden, als hätte man ihm selbst Schmerz zugefügt, hatte er über das Wunder gestaunt. Er weinte, als Jesus am Kreuz hing, und konnte sich an einen der wenigen Momente erinnern, in denen sein Vater ihn umarmte.

Eine Woche nach dem Ende der Serie nahm sein Vater ihn wieder mit in die St. Bernadette's Church und schritt gemeinsam mit ihm durch das Innere, während er ihm den Kreuzweg zeigte und Vergleiche zu der Fernsehserie zog. Da war Jesus zum ersten Mal gefallen; da hatte Jesus seine Mutter Maria zum ersten Mal gesehen; da war Simon von Cyrene, der half, das Kreuz zu tragen.

Mindestens einmal im Monat pilgerten sie gemeinsam durch die Kirche, und Geoff erlebte jedes Mal etwas Neues. Je älter er wurde, desto bester verstand Geoff die Bedeutung der einzelnen Stationen. Sein Lieblingsbild war immer jene Stelle gewesen, an der Jesus an das Kreuz genagelt wurde. Erst musste er bei dem Anblick neuerlich weinen, doch dann verstand er das Opfer, das Jesus für die ganze Menschheit gebracht hatte, und es wurde für ihn zu einer wunderschönen Vision.

Er hätte dem betagten Priester seine Erinnerungen mitgeteilt, doch Geoff glaubte nicht, dass er ihn verstehen würde. Als sie den Beichtstuhl erreichten, deutete der Pater Geoff mit einer Geste, dass er eintreten solle. Der Beichtstuhl war in zwei Teile geteilt, sodass Priester und Kirchenmitglied voneinander getrennt waren. Als Geoff als Kind seine erste Beichte abgelegt hatte, hatte er sich im gleichen Raum befunden wie der Pater. Er erinnerte sich daran, wie peinlich es ihm gewesen war, seine Sünden aufzuzählen – lügen, betrügen, unhöflich zu seinen Eltern sein, sonntags nicht in die Kirche gehen – an das Gefühl der Erleichterung, als es vorbei war, und an die Leichtigkeit, die er empfunden hatte, als er seine Buße sagte. Ein Gegrüßet seist du Maria, ein Vater unser, und seine Sünden waren von ihm genommen, von seiner Seele gelöscht.

Bald darauf ging er nicht mehr zur Beichte. Die Regeln waren einfach, so einfach, dass ein Kind sie verstehen konnte. Man musste jede Sünde beichten, sonst wurde einem nicht wirklich vergeben. Sicher, man konnte sie bündeln, wie all die Lügen, die er erzählt hatte, doch einige Sünden waren so wichtig, dass sie ausdrücklich genannt werden mussten; und einige von Geoffs Sünden – selbst in diesem zarten Alter – konnten nicht geteilt werden, weder im Beichtstuhl noch irgendwo sonst.

Der Pater gab ihm ein Zeichen, dass er durch die Tür auf der linken Seite eintreten solle, doch Geoff wartete, bis der Mann Gottes durch die rechte Seite gegangen war, bevor er ihm folgte.

Es überraschte Geoff, wie viel einfacher es dieses Mal war. Der alte Priester hatte weniger Kampfgeist als Mrs. Lloyd, aber es war mehr als das. Geoff zögerte trotz der Örtlichkeit nicht, als er den Priester an den Stuhl fesselte. Jedes Mal, wenn ihn Zweifel quälten, erinnerte er sich daran, warum er hier war, warum der Priester leiden musste, und das erleichterte alles. Selbst, als er dem Pater Nagel und Hammer zeigte, und der alte Mann zu weinen und auf Lateinisch zu stammeln begann, zögerte er nicht.

Danach saß er auf der Kirchenbank und studierte das Bild der Kreuzigung, den Winkel der Gliedmaßen Christi und die Stellen, an denen sie mit dem Holzkreuz verbunden waren. Er hätte fliehen sollen – jeden Moment könnte jemand durch die Tür treten und sehen, was er getan hatte –, doch allein in der Kirche zu sein, fühlte sich so friedlich an. Er dachte darüber nach, auf die Knie zu fallen und die Buße seiner ersten Beichte vor all den Jahren zu wiederholen, doch was er getan hatte, tat ihm nicht leid, und er wusste, dass es somit nicht zählen würde. Stattdessen starrte er auf die verschiedenen Wunden der Christusfigur und die Dornenkrone, die sich in seine Kopfhaut bohrte.

Er konnte ungestört zu seinem Van zurückgehen und hatte noch einige Stunden Zeit, bis die Flut hoch genug sein würde, um zur Insel zurückzukehren. Er konnte nicht in die gleiche Kneipe zurückkehren, in der er zu Abend gegessen hatte, also fuhr er in die Stadt.

Die hellen Lichter leiteten ihn die Strandpromenade entlang, wo der Grand Pier die riesige schlammige Fläche bis zum hereinströmenden Meer überragte. Er hielt vor dem Smiths Hotel, und ein Schwall von Seeluft umgab ihn, als er aus seinem Fahrzeug stieg. Es erinnerte ihn an die langen Sommerabende, an denen er als Kind mit seinen Eltern und Verwandten im Biergarten gesessen hatte und Coca-Cola aus einer Glasflasche trank. Damals hatte er diese Zeit nicht zu schätzen gewusst, doch nachdem sie ihm genommen worden waren, vermisste er sie.

Er ging in Richtung des Landesinneren in eine Bar, von der er wusste, dass um diese Zeit viel los sein würde. Es war kein Ort, an dem er sich gerne aufhalten wollte, doch seine Nachforschungen hatten ergeben, dass es gut war, in einer Nacht wie dieser gesehen zu werden. Laute Musik begrüßte ihn, als er die Bar betrat, die Klänge und quietschenden Stimmen waren unangenehm für seine Ohren. Eine junge Bardame musterte ihn von oben bis unten, als er ein typisches Lager mit Lemon-Soda bestellte, als hätte er nicht die Mittel, sein Getränk zu bezahlen.

„Und ein paar Erdnüsse", sagte er, als sie mit dem Getränk zurückkam.

„In Ordnung, Schätzchen", sagte sie, ohne den Blickkontakt zu ihm zu unterbrechen.

Er nahm seinen Drink mit in die Ecke der Bar, wo er versuchte, sich unauffällig zu verhalten, doch er war der Einzige, der allein war. Zwar ignorierten ihn alle, dennoch war er sich sicher, dass sie über ihn redeten. Jedes Mal, wenn jemand lachte, hatte er das Gefühl, es ginge um ihn. *Wenn sie wüssten, was ich gerade getan habe, würden sie nicht lachen*, dachte er, während er sein zu süßes Getränk trank.

„Simmo!"

Geoff senkte den Blick, als der Ruf durch die Bar schallte und das Getratsche für einen Moment ins Stocken geriet. Derjenige, der gerufen hatte, winkte ihm zu, und Geoff hatte keine andere Wahl, als den mühsamen Weg durch die wuselnden Körper an die andere Seite der Bar zu beschreiten.

„Malc", sagte er zu dem lächelnden Mann, der ihn zu sich gewunken hatte.

Malcolm Harris war im selben Jahrgang der Oberstufe gewesen. Er war sowohl im Unterricht als auch außerhalb der Schule immer laut gewesen. Jetzt lächelte er Geoff an, als würde er sich freuen, ihn zu sehen, doch in der Schule hatte er ihn nie eines

Blickes gewürdigt. „Sieh dich an", sagte er und musterte ihn von oben bis unten, genau wie die Bardame es getan hatte.

Geoff wusste nicht, was er sagen sollte, also lächelte er einfach. Malcolm war mit drei Freunden da, die er nicht erkannte. Sie trugen alle vier die gleiche Kleidung – dunkle Jeans und eng anliegende Designerhemden – und Geoff fühlte sich in den schäbigen Klamotten, die er nach der Kirche angezogen hatte, fehl am Platz.

„Schön, dich zu sehen, Mann", sagte Malcolm.

„Freut mich auch."

„Gerade fertig mit der Arbeit?", fragte er, und deutete mit dem Kopf auf Geoffs Overall. Geoff hatte noch nie jemanden getroffen, der so sehr grinsen konnte wie Malcolm. Es schien, als wäre sein Gesicht in dieser Position festgefroren. In jener Mimik lag jedoch kein Humor. Geoff bemerkte schnell, dass der Mann ihn auslachte, und nicht mit ihm lachte. In der Schule hatte Malcolm nie mit ihm gesprochen, außer um sich abfällig über seine Hände zu äußern.

„Ja", sagte Geoff und versuchte, nicht auf seine Handschuhe hinunterzustarren.

„Was machst du denn beruflich?", fragte Malcolm und schaute grinsend zu seinen Freunden.

„Umzüge."

„Umzüge, ja? Schön für dich, Kumpel. Lässt sich damit gutes Geld verdienen?"

Jetzt war Geoff klar, dass man sich über ihn lustig machte. Malcolm lächelte immer noch, doch in seinen Augen fehlte jegliche Wärme. In der Grundschule hatte Geoff einmal den Fehler gemacht, seinem Vater von einem Tyrannen in der Schule zu erzählen. Ein Junge aus der zweiten Klasse, John Maynard, hatte ihm jeden Tag etwas von seinem Mittagessen weggenommen, und er hatte nicht gewusst, was er tun sollte. Geoffs rechte Hand berührte unbewusst sein linkes Handgelenk, als er sich daran erinnerte, wie sein Vater ihn dort gepackt, und an sich gezogen hatte. Geoff war zusammengezuckt, nicht so sehr wegen des festen Griffs, sondern wegen des sauren Atems seines Vaters. Er konnte den Blick nicht von den Augen seines Vaters abwenden, von der Traurigkeit und der Wut, die von ihnen ausgingen. Als sein Vater seinen Gürtel genommen hatte, um Geoff die Lektion zu erteilen, die er lernen musste, hatte er ihm gesagt, dass keiner seiner Söhne jemals wieder schikaniert werden würde.

Geoffs Rache an Maynard war kurz und schmerzlos gewesen. Als er sich an einem Trinkbrunnen vorgebeugt hatte, hatte Geoff seinen Kopf nach vorne gestoßen, zunächst zaghaft, dann aber mit so viel Kraft, dass Maynard sich zwei seiner Vorderzähne an der Metallverkleidung ausschlug. Keiner in der Schule aß mehr sein Mittagessen, doch das Mobbing hörte nicht wirklich auf. Es ging in etwas anderes über, das er weder damals noch heute verstand. Die seltsamen Blicke, die geflüsterten Schimpfwörter. Er dachte, wenn er dem Rüpel Maynard eine Lehre erteilen würde, wäre er ein Held, aber es hatte ihn nur noch mehr zum Opfer gemacht.

„Kann ich dir einen Drink ausgeben, Geoff? Du siehst aus, als könntest du einen gebrauchen“, sagte Malcolm und erntete ein paar gedämpfte Lacher von seinen Freunden.

„Ich muss gehen.“

Zum ersten Mal, seit er herübergekommen war, blickte Malcolm finster drein. „Ich habe dir einen Drink angeboten“, sagte er.

Geoff sah Malcolms Freunde an, die – wie ihr Anführer – alle aufgehört hatten zu lächeln. Geoff wollte die Bar verlassen und in die Sicherheit seines Vans zurückkehren. Er hatte Malcolm schon öfter Streit anfangen sehen und wollte ihn nicht herausfordern. Nach der Kirche hatte er alles sauber gemacht, aber die DNA des Priesters würde noch an ihm haften. „Okay, ich nehme einen Drink“, sagte er.

Malcolm starrte ihn mit versteinerter Miene an, bevor er begann, hämisch zu grinsen. „Simmo“, rief er, klopfte Geoff auf den Rücken und seine Freunde entspannten sich.

Kurz vor elf gelang Geoff die Flucht. Zu diesem Zeitpunkt hatten Malcolm und seine Kumpanen das Interesse an ihm verloren. Sie hatten es bereits geschafft, zwei Gruppen von Männern zu verärgern, und unterhielten sich nun mit einigen Frauen, die genauso betrunken waren wie sie selbst. Geoff ging auf die Toilette, bevor er sich aus der Bar schlich.

Die Luft draußen verursachte ihm Übelkeit. Malcolm hatte ihn mit Shots in schwindelerregenden Farben überhäuft, die alle gleich schmeckten, und sein Magen rebellierte. Er suchte sich eine Seitenstraße und erbrach sich, fasziniert von den leuchtenden Farben, die er auf dem Bürgersteig hinterließ.

Er musste sein Fahrzeug zurückholen und auf die Insel zurückkehren. Wenn er den Van vorne stehen ließe, würde er einen Strafzettel bekommen, und es schauderte ihn bei dem Gedanken, was passieren würde, wenn jemand die Beweise sehen würde, die er noch zu beseitigen hatte. Auf dem Fahrersitz zwang er sich – mithilfe von Wasser aus der Flasche –, einen Kebab hinunterzuwürgen. Sein Kopf pochte, und er konnte sich in diesem Moment nichts Schöneres vorstellen, als einzuschlafen. Er könnte zu seiner Mutter zurückfahren, doch das würde bedeuten, dass er seinen Gefangenen einen weiteren Tag nicht sehen könnte, und er war sich nicht sicher, ob der Mann ohne ihn am Leben bleiben würde.

Die Kneipen machten dicht, und die Leute strömten in Scharen auf die Strandpromenade zu, um in die Nachtclubs oder nach Hause zu gehen. Geoff schaute ihnen durch die getönten Scheiben seines Vans nach, ohne zu verstehen, was sie daran fanden. Er hatte heute Abend so viel getrunken wie noch nie und konnte die Anziehungskraft daran nicht nachvollziehen. Die Art und Weise, wie die Betrunkenen Arm in Arm, schreiend und singend ihres Weges zogen, hatte etwas Erbärmliches an sich. So würden sie sich tagsüber nicht benehmen, warum also hielten sie es jetzt für akzeptabel?

Als sich die Menschenmassen zerstreut hatten und die Lichter der Bars und Restaurants an der Strandpromenade erloschen waren, fuhr Geoff los. Er achtete darauf, sich an die Geschwindigkeitsbegrenzung zu halten, als er die Strandpromenade in Knightstone verließ und den Hügel hinauf zum Birnbeck-Pier fuhr. Er war froh, dass sein üblicher Parkplatz frei war, denn es fiel ihm schwer, sich bei dem Getose in seinem Kopf zu konzentrieren.

Der Alkohol beeinträchtigte ihn immer noch. Er hatte Mühe, seine schweren Glieder unter Kontrolle zu halten, als er in Richtung des alten Piers torkelte. Die dunkle Landschaft verschwand immer wieder aus seinem Blickfeld, während der kalte Wind um sein Gesicht wehte. Mehr als einmal blieb er stehen, weil er davon überzeugt war, verfolgt zu werden. Hatte Malcolm gesehen, wie er die Bar verlassen hatte? Er wollte sich noch einmal übergeben, schaffte es jedoch nur, trocken über dem Gebüsch zu würgen, bevor er über die Mauer zum umzäunten Eingang des verfallenen Piers kletterte.

Schon zu Kindeszeiten war der alte Pier nur gelegentlich geöffnet gewesen. Ein paar Mal war er dorthin mitgenommen worden, und schon damals war ihm alles veraltet vorgekommen im Vergleich zum schillernden Glanz des zweiten Piers, dem Grand Pier im Zentrum. Er hatte Angst davor gehabt, über die losen Bretter des alten Piers zu gehen, und war enttäuscht gewesen von den dort aufgestellten Spielautomaten – hauptsächlich uralte Pfennigautomaten, die nicht funktionierten.

Mittlerweile war es einfach zu gefährlich, das verfallene Bauwerk zu betreten. Er leuchtete mit seiner Taschenlampe über die Holzbretter, während er sich langsam und unbehaglich über den Steg bewegte, wobei er sich an dem verrosteten Geländer festhielt, um den losen Brettern und Löchern auszuweichen, in denen die Planken nicht mehr vorhanden waren. Durch die Löcher hörte er das Geräusch des Wassers, das in Richtung Ufer schwappte.

Er war noch nie so froh gewesen, das Ende des Piers relativ sicher erreicht zu haben. Er setzte sich auf den Beton, schloss die Augen und hoffte, dass das Schwindelgefühl nachlassen würde. Bei all den dramatischen Ereignissen der letzten Stunden hatte er den Priester in der St. Michael's Church irgendwie vergessen. Hatte man seine Leiche schon entdeckt? Hatten sie schon begonnen, irgendeine Verbindung zwischen den Opfern herzustellen? Darauf konnte er sich jetzt nicht konzentrieren. Er machte sein Boot ausfindig, das am Pier vertäut war und zog es zum Ende der Anlegestelle, wobei er fast den Halt verlor, als er die rutschige Treppe hinunterkletterte.

Das Geräusch des kleinen Außenbordmotors dröhnte in der Stille der Nacht, und Geoff machte sich auf den Weg in die Dunkelheit, wobei er sich an den Lichtern der zurückbleibenden Stadt und der vagen Silhouette der Insel Steep Holm orientierte, die in der Ferne aus dem Wasser ragte.

KAPITEL ZEHN

Zum ersten Mal bestellte Louise zu ihrem morgendlichen Kaffee im Kalimera etwas zu essen. Sie hatte nur schwer einschlafen können, und in ihrem Kopf kreisten die Sorgen um Emily und Paul, darüber, wie ihre Eltern zurechtkamen, und natürlich um Finch. Es war absurd, aber das Ausbleiben einer SMS beunruhigte sie. Nachdem sie von Tracey erfahren hatte, dass Finch sich nach ihr erkundigt hatte, verwirrte es sie, warum er nicht geschrieben hatte. Es war ja nicht so, dass er ihr jeden Abend eine Nachricht geschickt hätte, seit sie nach Weston gegangen war, doch das Ausbleiben einer Nachricht gestern Abend erschien ihr strategisch.

Wie üblich sah die Besitzerin sie an, als wären sie sich noch nie begegnet, um sie dann zu überraschen, indem sie ein Gespräch anfing. Vielleicht lag es daran, dass Louise Rührei auf Toast bestellt hatte. „Kommt Ihr Freund heute nicht?", fragte sie und meinte damit eindeutig Thomas.

Das war die meisten Worte, die sie je von der Frau gehört hatte. „Heute nicht", sagte sie.

„Attraktiver Mann", sagte die Besitzerin grinsend, während sie die Bohnen für Louises Americano mahlte.

„Arbeitskollege“, sagte Louise, amüsiert über die Aussage der Frau.

Die Besitzerin lachte, als sie den Kaffee auf den Tresen stellte. „Wenn Sie das sagen“, erwiderte sie.

Louise nahm ihren üblichen Platz ein und blickte über die Straße auf das Meer hinaus. Irgendwo ging die Sonne auf, und die Dunkelheit des Morgens verblasste in ein helleres Grau. Es waren Morgen wie dieser – die Trostlosigkeit des frühen Winters, die Kälte, die durch die kühle Seeluft noch verstärkt wurde –, die sie Bristol vermissen ließen. Es schien, als würden zwei völlig unterschiedliche Städte dieselbe Geografie teilten. Da war einerseits das sommerliche Weston ihrer Kindheit, sonnig und voller Tagestouristen, andererseits das hier, sein Doppelgänger, der einer Geisterstadt glich. *Wie können Menschen nur so leben?*, dachte sie, bevor sie sich daran erinnerte, dass sie jetzt eine von ihnen war und nun schon ihren zweiten Winter in dieser Stadt verbrachte.

Die Besitzerin brachte ihr das Frühstück an den Tisch. Louise stürzte sich mit Heißhunger auf das Rührei und beendete die Mahlzeit innerhalb weniger Minuten, überrascht von ihrem Appetit.

Zwei Stunden später kam Louise in der Uphill Marina an. Nach dem morgendlichen Briefing hatte ihr der diensthabende Sergeant von einer Auseinandersetzung in der Zentrale am Vorabend erzählt, als eine von Veronicas Tennisfreundinnen, Estelle Ferguson, verlangt hatte, mit einem der Verantwortlichen zu sprechen.

Louise parkte neben einer Reihe exklusiv aussehender Autos und machte sich auf den Weg zum Jachthafen. Estelle hatte dem Sergeant mitgeteilt, dass sie an diesem Morgen an ihrem Boot arbeiten würde. Louise entdeckte eine Gestalt, die auf dem Deck eines kleinen weißen Bootes stand und eine Zigarette rauchte.

„Estelle Ferguson?", fragte sie, als sie sich dem Boot näherte.

Die Frau nahm einen langen Zug, bevor sie antwortete, und jene Anstrengung in ihrem Gesicht ließ sie altern, da sich eine Vielzahl von Falten in ihrem Gesicht bildeten. Unter einem langen Designer-Regenmantel trug sie einen Trainingsanzug. Ihr Gesicht war rot, als hätte sie gerade ihr Training beendet. „Ja", sagte sie, als würde sie sich über die Frage ärgern.

„DI Blackwell." Sie zeigte der Frau ihren Ausweis. „Ich bin wegen Ihres Besuchs in der Zentrale gestern Abend hier."

Estelles Gesichtsausdruck veränderte sich. „Gut, endlich. Sind Sie für diese Ermittlungen verantwortlich? Gestern Abend wollte mir niemand sagen, was zum Teufel hier los ist."

„Man sagte mir, Sie seien eine Freundin von Veronica Lloyd gewesen."

Die Mine Frau verdunkelte sich. „Natürlich war ich das. Warum wäre ich sonst auf Ihr Revier gekommen? Ich war zutiefst enttäuscht, dass ich nicht über Veronicas Tod informiert worden bin. Stattdessen musste ich es heute Morgen vom Vorsitzenden des Tennisclubs erfahren."

„Können wir uns irgendwo anders darüber unterhalten?"

Estelle zündete sich eine weitere Zigarette an und nahm einen Zug, bevor sie antwortete. Normalerweise hätte Louise ihr eine solche Unhöflichkeit nicht durchgehen lassen, doch sie wusste, dass Trauer die Menschen auf unterschiedliche Weise beeinflusste, und sie war bereit, für den Moment geduldig zu sein.

„Ich komme mit Ihnen", sagte Estelle. „Sie tragen nicht die richtigen Schuhe für das Boot." Die Frau sprang vom Deck auf den Steg, die Zigarette immer noch in der Hand. Sie war erstaunlich agil für ihr Alter. „Warum hat man mir nichts gesagt?“, fragte sie, während sie Louise mit dem Rauch ihrer Zigarette einnebelte. „Stellen Sie sich vor, wie es ist, so etwas auf diese Art und Weise zu erfahren. Eine Leiche wird am Strand gefunden, und ich erfahre es von dem verdammten Vorsitzenden.“

Louise stand immer noch am selben Fleck, und ignorierte den Rauch, der in der frostigen Luft lag. „Standen Sie sich sehr nahe?“, fragte sie, um Estelle nicht zu verärgern.

„Ja, wir standen uns verdammt nahe. Wir haben dreimal pro Woche zusammen Tennis gespielt.“

„Hören Sie, Mrs. Ferguson, ich verstehe, dass Sie aufgebracht sind, aber Ihre war eine von vielen Nummern auf Veronicas Telefon. Wir haben keine direkten Nachrichten von Ihnen oder an Sie gefunden. Deshalb wurden Sie auch nicht persönlich von der Polizei kontaktiert.“

Estelle runzelte die Stirn, ihr Tonfall wurde sanfter. „Nun, Veronica hat ihr Telefon nicht so gerne benutzt.“ Die anfängliche Schroffheit der Frau war verflogen, die Hand, die ihre Zigarette hielt, zitterte ein wenig. Sie lehnte sich an eines der am Straßenrand geparkten Autos, ein weißer Mercedes Cabrio. Als sie einen weiteren langen Zug von der Zigarette nahm, wich die Farbe aus ihrem Gesicht. „Ich habe ihr gesagt, dass sie dort ausziehen soll“, sagte sie schließlich mit dem leisen Anzeichen von Tränen in den Augen.

„Dort?“

„Dieser verdammte Ort. Die Wohnsiedlung, in der sie lebte.“

„Und wo hätte sie hinziehen sollen?“

„In meiner Nähe. Wo es sicher ist.“

Veronicas Anwesen war zwar nicht der zuträglichste Ort der Stadt, doch es gab schlimmere Plätze in Weston. „Warum denken Sie, dass es dort nicht sicher ist?“, fragte Louise und dachte an das Heroin-Kit, das sie in Veronicas Zimmer entdeckt hatte.

„Man muss sich dort nur einmal umsehen“, antwortete Estelle mit angewidertem Gesicht.

Louise ignorierte diese Bemerkung. „Vielleicht können Sie uns helfen, Mrs. Ferguson. Wissen Sie, ob Veronica Verwandte oder Freunde hatte, die ihr nahestanden?“

Estelle runzelte die Stirn und trat einen Schritt zurück, als hätte sie diese Frage misstrauisch gestimmt. „Bis vor fünf Jahren hat sie ihre Mutter gepflegt. Sie war Veronicas letzte nahe Verwandte, und als sie starb, schlug ich ihr vor, von hier wegzuziehen; näher zu uns.“

„Uns?“

Die Frau stand angespannt da und runzelte die Stirn, als hätte sie zu viel gesagt und wollte ihre Worte zurücknehmen. „Ein paar von uns aus dem Tennisclub wohnen hier in der Nähe. Es ist ein ruhiger, friedlicher Ort. Hier gibt es nichts von dem Ärger, der anderswo herrscht.“

„Warum hat Veronica Ihr Angebot nicht angenommen? Wegen des Geldes?“

„Möglicherweise, obwohl ich glaube, dass sie es sich hätte leisten können. Sie hat ihr Haus in den Achtzigerjahren von der Gemeinde gekauft, und selbst solche Häuser sind heutzutage noch etwas wert. Außerdem kann ich mir vorstellen, dass sie eine ordentliche Rente hatte.“

Louise bemühte sich, ihre Verachtung zu verbergen, während sie sich fragte, ob Veronicas Geld durch ihre Gewohnheit verloren gegangen war. „Vielleicht war es nicht die richtigen Leute für sie.“

„Wer würde Veronica so etwas antun wollen?“

„Ich hatte gehofft, dass Sie diese Frage für mich beantworten können.“

„Woher soll ich das wissen?“

„Hatte Veronica irgendwelche Feinde, irgendwelchen Kummer, von dem wir wissen sollten?“

„Veronica?“ Estelle hielt inne und blickte auf das schmutzigbraune Wasser hinab, in dem die Boote hin und her wippten. „Sie konnte ein bisschen schwierig sein. Sehr direkt. Das war die Lehrerin in ihr. Manche Leute konnte sie wirklich auf die Palme bringen.“

„Was meinen Sie genau damit?“, fragte Louise.

Estelle rauchte ihre Zigarette zu Ende und zerdrückte sie achtlos mit ihrem Tennisschuh auf dem Boden. „Es gab einen Zwischenfall mit einem der Tennistrainer.“

„Ein Zwischenfall?“

„Einige von uns waren unzufrieden darüber, dass er so wenig Zeit im Verein verbracht hat.“

„Und?“

„Und Veronica und ich haben eine offizielle Beschwerde eingereicht. Einige dieser Trainer glauben, sie können kommen und gehen, arbeiten, wann sie wollen. Wir brauchten jemanden, der sich für den Verein engagiert, jemanden, der bereit ist, auch mal einzuspringen.“

„Wie war der Name des Trainers?“

„Matt Lambert.“

„Ist er noch im Verein?“

„Ja, leider.“

„Er ist also beim Verein angestellt?“

„Nein, selbstständig.“

„Damit ich das richtig verstehe“, fasste Louise langsam zusammen. „Sie haben versucht zu veranlassen, dass der Trainer entlassen wird, weil er nicht genug Zeit im Verein verbracht hat, obwohl ihn niemand für die zusätzliche Zeit bezahlt hätte?“

„Sie verstehen das nicht richtig.“

„Das glaube ich schon. Denken Sie, dieser Trainer würde sich so gekränkt fühlen, dass er Veronica brutal ermorden und ihre Leiche am Strand liegen lassen würde?“

„Woher soll ich das wissen?"

Die Befragung schien zu nichts zu führen. Louise mochte es nicht, Menschen aufgrund des ersten Eindrucks in eine Schublade zu stecken, aber sie konnte sehen, dass Estelle eine verwöhnte, privilegierte Dame war, die es gewohnt war, ihren Willen durchzusetzen. Der Gedanke, dass Veronica genauso gewesen sein könnte, machte sie traurig, was die Jagd nach dem Killer jedoch nicht weniger dringend machte.

„Eine letzte Frage. Wissen Sie von irgendwelchen Komplikationen in Veronicas Leben?"

„Komplikationen?"

„Alkoholprobleme, Sucht, diese Art von Dingen."

Estelle sah schockiert aus. „Nein, nein. Veronica genoss gelegentlich ein Glas Wein, aber nichts Stärkeres. Sie war eine sehr vernünftige Frau."

Es schien, als hätte Estelle ihre Freundin nicht so gut gekannt, wie sie dachte.

Entweder das, oder sie hatte gelogen.

KAPITEL ELF

Geoff goss Kaffee aus einer Thermoskanne in einen Edelstahlbecher. Er saß im Campingstuhl und betrachtete sein Königreich im frühen Morgenlicht. Abgesehen von dem Mann, der im Inneren der Höhle angekettet war, war er die einzige Person auf der Insel Steep Holm, und der Ort fühlte sich wie sein Zuhause an. Die Insel lag nur zehn Kilometer vom Festland entfernt, aber er hätte auch mitten im Nirgendwo sein können. Diese Abgeschiedenheit war etwas, wonach er sein ganzes Leben lang gestrebt hatte. Schon als Kind war er ab und zu mit seinem Vater, der die kleine Fähre vom Festland gesteuert hatte, hierhergekommen, doch erst jetzt hatte er die wahre Schönheit der Insel zu schätzen gelernt. Für ihn wäre es der perfekte Ort zum Leben. Obwohl er das ganze Areal in weniger als einer Stunde umrunden konnte, fühlte es sich an wie sein eigener kleiner Staat.

Die Fähre gab es immer noch. In den Sommermonaten transportierte sie alle paar Wochen eine Handvoll Touristen hierher, um sie zwölf Stunden später, wenn die Flut zurückkehrte, wieder abzuholen. Aber im Moment gehörte sie ihm allein.

Geoff genoss die Einsamkeit, auch wenn sie ihm zum Teil von klein an aufgezwungen worden war. Es war nicht nur die Maynard-Sache gewesen. Seine Klassenkameraden hatten ihn schon immer anders behandelt, sogar bevor er diesem Rüpel die Zähne ausgeschlagen hatte. Er war immer ein Außenseiter gewesen, konnte nicht an deren albernen Pausenaktivitäten teilnehmen. Obwohl die meisten von ihnen wie er jeden Sonntag in die Kirche gingen, wollten sie nie wirklich dort sein. Er beobachtete, wie sie die Kirche betraten – er war immer der Erste, der mit seinem Vater vorne in den Kirchenbänken saß –, und er hatte – wenn sie durch die Kirchentüren traten – nie jenes Staunen in deren Gesichtern gesehen, das er empfunden hatte. Geoff hatte es ernst genommen, doch sie waren hauptsächlich aus Zwang dort gewesen. Er hatte Mitleid mit ihnen, und vielleicht war das der Grund, warum sie ihn ablehnten.

Als er älter wurde, wurde es nur noch schlimmer. Wenn er versuchte, ein Teil der Gruppe zu sein – nach der Schule in die Spielhallen oder an den Strand zu gehen, bei den Fußballspielen in der Mittagspause mitzumachen, und zuletzt bei den jugendlichen Streifzügen auf den Pier und, wenn es Nacht wurde, darunter, mitzukommen – wurde er toleriert, jedoch nie akzeptiert. Als wollten sie ihn nicht dabeihaben, hatten jedoch zu viel Angst, es ihm zu sagen.

Er schüttete den Rest des Kaffees auf den harten Boden und atmete die ruhige Luft ein. Während er auf seinem Daumennagel herumkaute, wandte er seine Aufmerksamkeit seinem Begleiter zu. „Wie hast du geschlafen?“, fragte er, nachdem er sich durch das Gebüsch zur Höhle vorgekämpft, und dem Mann den Knebel abgenommen hatte.

„Warum tust du das?“, fragte sein Gefangener augenblicklich. Sein Teint war jetzt so grau wie der Fels, der ihn beherbergte.

„Setz dich auf“, sagte Geoff und zerrte ihn hoch.

„Hab zumindest ein wenig Anstand“, sagte der Mann mit rauer, schroffer Stimme. „Ich sitze in meinem eigenen Unrat.“

Geoff schnitt eine Grimasse. Das war etwas, worum er sich in seiner Planung keine Gedanken gemacht hatte. Aus seiner Tasche holte er ein Jagdmesser hervor, das geriffelte Metall diente mehr der Show, als dass es nützlich gewesen wäre, doch es reichte aus, um den Mann zusammenzucken zu lassen. „Ich werde deine Fesseln lösen, damit du dich strecken kannst. Denk daran, du bist geschwächt, und wenn du etwas versuchst, werde ich nicht zögern, das hier zu benutzen.“

Es beunruhigte Geoff nicht, dass der Mann versuchen könnte, zu fliehen. Er war zu alt, um weit zu kommen, und seine Schreie würden durch die Einsamkeit der Insel erstickt werden. Ihm ging es mehr darum, keine Gewalt anwenden zu müssen, bevor es nötig wäre. Er wollte nicht, dass der Mann starb, bevor seine Zeit gekommen war.

Geoff zerrte den Mann durch das Geäst und schnitt sich dabei den Arm an einer besonders widerspenstigen Ranke auf. „Setz dich dort hin“, sagte er und zeigte auf ein Fleckchen Erde neben seinem Campingstuhl.

Er schenkte dem Mann Kaffee ein und bot ihm die Reste seines Frühstücks an, an denen er knabberte, als sei es Gift. Geoff breitete den Schlafsack des Mannes auf dem Boden aus und schreckte vor dem Geruch zurück. Die Kleidung des Mannes war durchnässt, doch er hatte keine Ersatzkleidung dabei. „Wenn du dich benimmst, bringe ich dir heute Abend etwas zum Anziehen mit, wenn ich zurückkomme.“

„Warum tust du das?“, wiederholte der Mann, als wären seine Worte in einer ewigen Schleife in seinem Kopf gefangen.

Geoff schloss die Augen, das Geschnatter der Möwen erfüllte seine Sinne, während er versuchte, seine Wut zu unterdrücken. „Du weißt, wer ich bin. Was du mir angetan hast.“

Der Mann sah ihn mit aufrichtiger Verwirrung an. „Das ist

jetzt so viele Jahre her. Ich sehe, wie sehr es dich verletzt hat, wie es dir mehr geschadet hat, als wir je hätten ahnen können, und das tut mir leid. Auch deiner Mutter tut es leid."

Geoff sprang auf, das Messer in der Hand, und stürzte sich auf den Mann. „Sprich …", begann er, wobei seine Worte an Lautstärke und Heftigkeit zunahmen „… nie wieder von meiner Mutter."

Es war ihm hoch anzurechnen, dass der Mann standhaft blieb. Er blieb ruhig sitzen, seine Augen folgten Geoffs Blick. „Es tut mir leid", sagte er. „Es tut mir leid, dass wir dir das angetan haben."

Geoff blinzelte, das Sonnenlicht schimmerte auf der Klinge seines Messers. „Wir?"

„Du weißt, was ich meine, Geoff. Man hätte besser auf dich aufpassen müssen. Und alles, was danach passiert ist – der Unfall –, warst das auch du?"

Geoff verstand die Anspielung, gab sich jedoch unwissend. „Iss auf, dann kannst du wieder reingehen."

„Es tut mir leid, Geoff, unendlich leid. Kann ich eine Weile hierbleiben? Ich nehme an, wir sind allein auf der Insel?"

„Du bist allein, ja. Aber ich fürchte, ich habe noch zu tun."

Der Mann wimmerte, als Geoff ihm die Hände fesselte und ihn in die Höhle schob, wo er ihn erneut ankettete und knebelte. Minuten später kehrte er zurück und warf seinen eigenen Schlafsack über den Mann, wobei er beschloss, den anderen zu verbrennen. „Ich werde nach dir sehen, bevor ich heute Abend gehe."

Geoff ließ sich Zeit, während er zum Besucherzentrum in der Mitte der Insel marschierte. Die Insel selbst war nur etwa achthundert Meter lang, und Geoff genoss es, diese Momente auszukosten. Bevor das Wasser am alten Pier durch die Flut hoch genug wäre, um den Rückweg anzutreten, würde es dunkel werden. Er sah sich das Gebäude genau an, bevor er sich näherte. Obwohl die Fähre in den Herbst- und Wintermonaten nicht verkehrte, bestand die Möglichkeit, dass ein einzelnes Boot die Reise angetreten hatte.

Nachdem er sich vergewissert hatte, dass er allein war, ging er zum Besucherzentrum hinüber. Aus seiner Tasche nahm er einen Schlüssel zu einem der Arbeitsschuppen und öffnete die Tür, um seine halb fertige Kreation zu enthüllen. Er strich mit der Hand über einen Teil des Objekts und genoss das Gefühl der glatten Oberfläche auf seiner vernarbten Haut. Es schien fast eine Verschwendung zu sein, es zusammenzufügen. Aber in Anbetracht des beabsichtigten Zwecks würde es prächtig werden.

Bis zum Mittagessen war er damit beschäftigt, die Verbindungsstellen zu fixieren, an denen die Teile ineinandergreifen sollten. Obwohl er die Teile zusammenfügen wollte, musste er mit der Fertigstellung des Objekts warten, bis der entsprechende Zeitpunkt näher rückte.

Zum Mittagessen aß er ein labbriges Käsesandwich, das fast vierundzwanzig Stunden alt war, dazu eine Flasche Wasser. Nach dem Essen überkam ihn die Lethargie, und er verbrachte noch eine weitere Stunde mit der Arbeit an seinem Objekt, bevor er das Werkzeug niederlegte. Am Horizont zogen dunkle Wolken auf. Sie türmten sich auf wie Berge, und er befürchtete, dass es zu gefährlich wäre, später zum Festland zurückzukehren.

Zurück im Camp sah er nach dem Mann und gönnte ihm ein paar Schlucke Wasser. Irgendwann müsste er es ihm erlauben, sich zu bewegen, andernfalls würde er seine ganze Kraft verlieren. Geoff hatte bereits Veränderungen an ihm bemerkt, das dünne Gesicht, die gräulichen Flecken auf der Haut und den abwesenden Blick in seinen gelblichen Augen. Diesmal protestierte er nicht, als Geoff ihm das Wasser abnahm. Bald würde der Zeitpunkt kommen, an dem Geoff seinen Gefangenen in die Wärme des Besucherzentrums bringen müsste. Der Ort bot Schutz, es gab Strom und fließendes Warmwasser. Für den unwahrscheinlichen Fall, dass jemand der Insel einen spontanen Besuch abstattete, hatte er es vermieden, ihn dort unterzubringen, doch der alte Mann würde nicht mehr lange so weitermachen können.

Geoff versuchte, im Zelt etwas zu schlafen, doch seine Gedanken hielten ihn wach. Der nächste Teil würde der schwierigste sein, und er sollte jetzt wirklich zum Festland zurückkehren. Er hatte bereits Fehler gemacht und konnte nichts dem Zufall überlassen. Er zog seine Regenkleidung an, pinkelte in ein Gebüsch in der Nähe jener Stelle, an der der alte Mann festgehalten wurde, und machte sich dann auf den Weg zu seinem Boot.

Er erreichte die steinernen Stufen, die zu jenem Kieselstrand führten, an dem sein Boot vertäut war, und warf sich beim Anblick eines gleißenden Lichts blitzschnell auf den Boden. Sein Herz hämmerte in seiner Brust, als er über den Klippenrand spähte. Es war das, vor dem er immer Angst gehabt hatte, das, worauf er sich nicht wirklich vorbereiten hatte können.

Zwei Kanufahrer umkreisten das Ufergebiet. Das Licht, das er gesehen hatte, stammte von den leistungsstarken Taschenlampen an deren Helmen. Sie schaukelten hin und her, immer noch etwa hundert Meter vom Ufer entfernt, und schienen miteinander zu sprechen. Geoff konnte nur hoffen, dass sie sich nicht darauf vorbereiteten, auf der Insel an Land zu gehen.

KAPITEL ZWÖLF

Der Anruf kam herein, als Louise den Jachthafen verließ. In der St. Michael's Church in Uphill, weniger als anderthalb Kilometer von ihrem derzeitigen Standort entfernt, war eine zweite Leiche gefunden worden. Beunruhigt durch die Nähe und halb gewillt, zurückzugehen und nach Estelle Ferguson zu sehen, machte sie sich auf den Weg.

Eine kleine Gruppe von Rettungskräften hatte sich vor der Kirche eingefunden, ein Notfallteam, bestehend aus Sanitätern und zwei uniformierten Polizisten. Louise erkannte den verärgerten Polizisten Hughes vom Strand wieder.

„Wo?"

„Drinnen, Ma'am. In diesem Beichtstuhl-Ding."

„Haben Sie die Leiche gesehen?"

„Ich war der Erste am Tatort, Ma'am. Ich brauchte keinen Puls zu fühlen, um festzustellen, dass er tot war. Ich habe niemanden sonst hineingelassen, nicht einmal die Sanitäter."

„Gute Arbeit, Hughes", sagte Louise und erntete einen überraschten Blick vom Police Constable.

Aus dem Kofferraum ihres Autos holte Louise den SOCO-Anzug, den sie immer mit sich führte. Sie zog ihn in aller Eile an und versuchte, das Adrenalin in ihrem Körper zu kontrollieren. Weitere Polizeifahrzeuge trafen ein, als sie über den Steinweg zur Kirche ging. Sie zog an der schweren Holztür, weil sie die Leiche unbedingt sehen wollte, bevor die SOCOs eintreffen, und die Sache übernehmen würden. St. Michael's war einer Ansichtskarte würdig; die einsame Dorfkirche hatte sich in den letzten hundert Jahren kaum verändert. Wie St. Bernadette's war auch diese Kirche katholisch, und sie fragte sich bereits, ob jene Verbindung von Bedeutung war.

Sie schritt über die polierten Holzdielen und blickte zu den Buntglasfenstern hinauf, die Bilder von Heiligen und Engeln zeigten. Ein Luftzug wehte durch den hohen Raum und Louise stellte sich vor, dass es hier immer kühl sein musste. Dann stellte sie sich eine Gruppe fröstelnder Pfarrmitglieder in den Wintermonaten vor, die zusammengekauert der Wochenpredigt lauschten.

Als sie sich dem Beichtstuhl näherte, traf sie auf den Geruch der Leiche. Obwohl er weniger stechend war, erinnerte sie der Geruch an die ersten Momente auf Max Waltons Farm. Dort war die Verwesung aus jedem Zentimeter des verfallenen Gebäudes gekrochen, doch hier war sie isoliert. Louise hielt inne, bevor sie weiterging.

Die Tür des Beichtstuhls stand offen, und Hughes hatte den Eingang mit Polizeiabsperrband abgesperrt. Louise bereitete sich vor, als sie durch die Öffnung spähte, und hielt den Atem an, als sie ihren Kopf unter dem Plastikband durchsteckte.

Ein alter Mann, der seinem Römerkragen nach zu urteilen ein Priester war, stand an einer Ecke des engen Raums gedrückt. Louise verstand, warum Hughes den Puls des Mannes nicht überprüft hatte. Seine leblosen, weit aufgerissene Augen starrten sie an, als stünde er immer noch unter Schock über das, was ihm widerfahren war, während jeder Teil seines Körpers mit Blut bedeckt war.

Louise wich zurück. Obwohl sie ihre Schutzkleidung trug, wollte sie nicht das Risiko eingehen, den Tatort zu verunreinigen. Es gab zu viele Übereinstimmungen, als dass es sich um etwas anderes als das Werk von Veronica Lloyds Mörder handeln konnte. Unter dem ganzen Blut konnte Louise Fessel-Spuren an den Knöcheln und Handgelenken des Priesters erkennen. Seine linke Hand hing in Fetzen, das Loch im Handgelenk reichte bis auf die andere Seite.

Als die SOCOs eintrafen, konnte Louise nur hoffen, dass der Mörder dieses Mal einen Fehler gemacht hatte. Sie hatten die Leiche nicht weggeschafft, sodass das Team an einem richtigen Tatort arbeiten konnte. Sie musste herausfinden, ob der Mörder die Leiche absichtlich hier zurückgelassen hatte oder ob er oder sie gezwungen gewesen war, seine Pläne zu ändern.

DCI Robertson wartete draußen. Louise spürte die Anspannung an der wachsenden Zahl der uniformierten Beamten am Tatort. Robertson verstand es, seinen Beamten eine wertschätzende Furcht einzuflößen. Er rief sie zu sich und ging mit ihr zum Friedhof an der Rückseite der Kirche.

„Louise“, sagte er, und sein schroffer Akzent ließ ihren Namen wie eine Anschuldigung klingen.

„Sir.“

Sie hielten an einem heruntergekommenen Grab an. Eine Platte aus grauem Beton ragte in einem schiefen Winkel aus dem überwucherten Gras. Louise las: *Elizabeth Bailey, geliebte Mutter von Robert und Mary. Gestorben 1932.*

Alter 58.

„Derselbe Mörder?“, fragte Robertson, der den Grabstein ignorierte.

„Es gibt kaum einen Zweifel. Das Opfer hat eine tiefe Wunde am Handgelenk. Diesmal ist es die linke Hand, aber sie sieht der Wunde von Veronica Lloyd sehr ähnlich.“

„Mein Gott. In einer Kirche“, sagte Robertson, ohne Ironie. „Ist er definitiv ein Priester?“

Louise nickte.

Robertson reichte ihr ein Blatt Papier mit zwei Bildern. „In dieser Kirche gibt es zwei Priester“, sagte er, aber Louise konnte bereits erkennen, welcher das Opfer war.

„Das ist er“, sagte sie und deutete auf das Bild von Pater Mulligan.

„Sind Sie sicher?“

Mulligan war der ältere der beiden Priester. Der graue Haarschopf und die tiefen Einkerbungen, die das Alter in seine Gesichtszüge gezeichnet hatte, waren nicht zu übersehen.

„Er ist jetzt zwar sehr rot, aber das ist er“, sagte Louise, die sich ärgerte, sich wiederholen zu müssen.

Robertson ignorierte ihre Gereiztheit. „Haben wir überhaupt einen ernst zu nehmenden Verdächtigen für Veronica Lloyd?“, fragte er, wobei er die Antwort kannte.

Sie wiederholte die Informationen, die Farrell ihr am Morgen bei der Besprechung gegeben hatte: „Nicht über ihren Drogendealer hinaus, und der hat nicht wirklich die Mittel für eine solche Sache.“ Sie dachte an den Tennistrainer, fand jedoch nicht, dass er erwähnenswert war.

„Ist das so?“

„Ja, Iain, so ist es. Kommen wir gleich zur Sache. Dieser Mord ist der Auftakt der Ermittlungen. Wir haben eine Verbindung, die wir untersuchen müssen, einen Modus Operandi für den Mord.“ Sie hasste es, so zu sprechen, während der Leichnam des Priesters noch im Beichtstuhl lag, aber sie wussten beide, dass sie recht hatte. Es gab bereits eine Reihe von Zusammenhängen. Das Alter der beiden Opfer, die mögliche Verbindung zu den katholischen Kirchen, und sie hatten noch nicht einmal damit begonnen, das Privatleben von Pater

Mulligan zu untersuchen. „Was ist los, Iain?", fragte sie, als ihr Vorgesetzter nicht antwortete.

Robertson schüttelte den Kopf. „Das wird eine schmutzige Angelegenheit werden. Zwei brutale Morde innerhalb weniger Tage. Einer an einem Strand, einer in einer gottverlassenen Kirche."

Louise runzelte die Stirn und fragte sich, ob sich der DCI seiner Wortwahl bewusst war. „Ich habe schon an solchen Fällen gearbeitet, Iain. Du weißt, dass ich die Erfahrung habe."

„Ich zweifle nicht an dir, Louise. Niemand tut das", fügte er ein wenig zu schnell für ihren Geschmack hinzu.

„Was ist es dann?"

„Du hast vielleicht schon an solchen Fällen gearbeitet, aber so etwas hat diese Stadt seit Menschengedenken noch nicht erlebt. Wir werden eine Menge Aufmerksamkeit bekommen. Es würde mich beunruhigen, wäre dies am Ende des Tages nicht landesweit in den Nachrichten. Vorhin hatte ich sogar den Abgeordneten am Telefon, der sich nach dem Stand der Ermittlungen erkundigt hat."

Louise war sich des Drucks bewusst, der auf Robertson lastete, und der Aufmerksamkeit, der sie alle ausgesetzt sein würden. „Das mag sein, aber ich konzentriere mich auf Veronica Lloyd und Pater Mulligan und darauf, den Verantwortlichen zu finden, wer auch immer das sein mag."

„Das ist bewundernswert, Louise, aber du musst realistisch bleiben. Als SIO wird das Hauptaugenmerk auf dir liegen."

Irgendetwas blieb unausgesprochen, sie drängte jedoch nicht darauf. „Mach dir keine Sorgen um mich, Iain."

Robertson nickte und ging zurück zur Kirche.

Louise sah ihm nach. Der Wind hatte aufgefrischt. Er brachte den Geruch des Meeres mit sich, stach in ihren Ohren und betäubte ihr Fleisch. Was hatte Robertson ihr nicht gesagt? Sie gestand sich ein, dass der Fall wahrscheinlich der aufsehenerregendste sein würde, den die Stadt seit einiger Zeit gesehen hatte, doch das erklärte Robertsons Verhalten nicht ganz. Seit jenem ersten Nachmittag nach dem Mord an Veronica hatte er sie behandelt, als wäre sie ein unerfahrener Neuling. Sie vermutete, dass es mit dem Walton-Fall zusammenhing, und fragte sich, ob sie dieses Andenken jemals loswerden würde.

Als sie ein paar Minuten später in die Kirche zurückkehrte, fand sie einen Tumult vor. Ein Mann mittleren Alters, der in einen langen schwarzen Mantel gehüllt war, stritt sich vor der Kirchentür mit Police Constable Hughes.

„Ma'am, das ist Pater Riley. Ich habe ihm erklärt, dass er die Kirche im Moment nicht betreten darf, aber …"

„Pater Riley, DI Blackwell. Sie sind hier der Gemeindepriester?"

„So ist es, und wenn etwas passiert ist, sollte ich informiert werden", sagte der Pater. Der Mann sah gut dreißig Jahre jünger aus als sein verstorbener Kollege. Er war groß und schlank, seine Gesichtszüge scharf und kantig. Er hatte Mühe, den Blickkontakt mit Louise zu halten, als er ihr antwortete, und seine müden Augen verrieten seine Erschöpfung.

„Gibt es einen Ort, an dem wir uns unterhalten können?", fragte sie.

„Das Pfarrhaus. Bitte folgen Sie mir", antwortete der Priester und ging mit großen Schritten auf ein kleines Gebäude hinter der Kirche zu. „Bitte entschuldigen Sie, ich war die ganze Nacht wach", sagte er und öffnete die Tür.

Die Luft fühlte sich drinnen kälter an als draußen, als Louise dem Priester in einen kleinen Küchenbereich folgte, wo er einen Wasserkocher aktivierte. Als das Wasser zu kochen begann, und er sie ansah, schien der Mann plötzlich zu begreifen. Schlagartig wurde sein Gesicht kreidebleich. „Pater Mulligan", murmelte er und begann zu schwanken.

Louise eilte dem Mann zu Hilfe und zog ihm einen klapprigen Stuhl heran, auf den er sich setzen konnte. „Geht es Ihnen gut, Pater Riley?"

„Ich wusste, dass etwas Ernstzunehmendes passiert sein muss. Warum sonst die ganze Polizei? Warum wurde ich nicht in die Kirche gelassen?"

„Ich fürchte, Pater Mulligan wurde Opfer eines schweren Verbrechens, das ihn das Leben gekostet hat."

Er starrte sie an. „Er ist ermordet worden? In der Kirche?"

Louise legte ihre Hand auf seine Schulter. Er war gebrechlicher, als sie gedacht hatte, und zitterte, als sie ihn berührte. „Ich fürchte, ja."

„Warum, um Himmels willen? Er ist Ende siebzig. Warum sollte ihm jemand so etwas antun?"

„Ich befürchte, das müssen wir erst herausfinden. Sie haben erwähnt, dass Sie die ganze Nacht wach waren?", fragte Louise, während sie dem Priester eine Tasse Tee einschenkte, den sie großzügig zuckerte.

„Ja. Ich war den ganzen Abend im Krankenhaus. Ich fürchte, wir haben gestern Abend eines unserer Pfarrmitglieder verloren, Gladys Vernon. Es war fürchterlich. Ihre Familie war da. Ich habe ihr die letzte Ölung gegeben und den Angehörigen in der Nacht meine Unterstützung angeboten."

„Wann haben Sie Pater Mulligan das letzte Mal gesehen?"

„Gestern, am frühen Abend, bevor ich ins Krankenhaus gerufen wurde."

„Früher Abend?"

„Gegen 17 Uhr. Zu dieser Zeit sollte Pater Mulligan seine Messe halten."

„Gestern Abend hat eine Messe stattgefunden?", fragte Louise.

„Ja. Pater Mulligan liest jeden Dienstagabend um 19 Uhr eine Messe. Wir haben selten mehr als sechs oder sieben Teilnehmer, aber es ist gut, diese Tradition am Leben zu halten. Das hilft, das Gemeinschaftsgefühl zu stärken. Wissen Sie, was ich meine?“

Die direkte Frage überraschte Louise. „Ja. Ich weiß, dass dies ein großer Schock für Sie sein muss, aber könnten Sie mir die Namen und Adressen der Pfarrmitglieder nennen, die gestern Abend anwesend waren?“

Der Priester erhob sich von seinem Stuhl und ging zur Anrichte hinüber. „Wir haben ein Computersystem, aber ich kann es verdammt noch mal nicht bedienen. Ich schreibe Ihnen eine Liste, aber ich kann nur raten“, sagte er und holte einen A4-Block und einen blauen Kugelschreiber heraus. Seine Hände zitterten, als er mit Tränen in den Augen schrieb.

„Soll ich Ihnen auch die Adressen aufschreiben?“

„Nein, schon in Ordnung.“ Er hielt inne und rieb mit dem Stift an seiner Nase. „Wie ... wie ist das passiert?“

Louise stellte sich den toten Priester vor, die tiefen Schnittwunden an seinen Armen und Beinen, das barbarische Loch in seinem Handgelenk. „Genau das versuchen wir gerade herauszufinden“, sagte sie.

„Ich muss ihn sehen, bevor er weggebracht wird.“

„Das lässt sich einrichten“, sagte Louise und nahm die Liste entgegen. Sie zögerte, bevor sie hinzufügte: „Ich fürchte, das ist nicht der erste Mord. Haben Sie von der Frau gehört, die am Strand gefunden wurde?“

„Meine Güte, ja. Schreckliche Sache. Sie wollen doch nicht etwas sagen ...“

„Wir glauben, dass die Morde in irgendeiner Weise zusammenhängen. Das andere Opfer hieß Veronica Lloyd. Sagt Ihnen dieser Name etwas?“

„Nein“, antwortete der Priester, ohne zu zögern.

Louise nickte. „Veronica war ein aktives Mitglied der St. Bernadette's Church.“

Verwirrt über diese Aussage legte Pater Riley seine Stirn in Falten.

„Es tut mir leid, das zu hören."

„Kennen Sie die Pfarrei gut?"

„Natürlich. Es ist die nächstgelegene Kirchengemeinde zu unserer, und natürlich war Pater Mulligan dort zwanzig Jahre lang der Priester."

KAPITEL DREIZEHN

In der Einsatzzentrale herrschte nervöse Aufregung, als Louise mit ihrem Briefing begann. Es war, als wäre das gesamte Personal der Zentrale in den Raum gepfercht worden, und viele der uniformierten Beamten mussten stehen, als Louise ihnen mitteilte, sie sollten ihre gesamte Energie auf die Verbindung zwischen den beiden Opfern und den beiden Kirchen – St. Michael's und St. Bernadette's – konzentrieren.

„Thomas. Hast du dich gestern mit dem Priester von St. Bernadette's getroffen?"

„Ja, Pater McGuire. Noch ziemlich jung. Hatte nur Gutes über Veronica Lloyd zu sagen. Er schien am Boden zerstört zu sein, als ich ihm die Nachricht überbrachte. Als ich ging, hatte er bereits eine Kerze angezündet und angefangen, für sie zu beten."

„Vereinbare innerhalb der nächsten Stunde einen Termin für mich."

Zurück in ihrem Büro starrte Louise auf ihr Telefon. Sie wollte auf Dempsey warten, bevor sie losfahren würde. Er hatte versprochen, sie anzurufen, sollte er etwas Wichtiges entdecken, doch das würde noch eine Weile dauern. Warum war sie also so unruhig? Sie hatte an diesem Morgen nichts von ihren Eltern gehört und hätte gerne gewusst, wie es Emily ging, aber das war es auch nicht. Es sich einzugestehen, fiel ihr schwer, doch ein Teil von ihr wartete auf eine SMS von Finch.

„Louise?"

Sie legte ihr Telefon mit dem Display nach unten auf den Tisch und sah Thomas in der Tür stehen.

„Ja?", fragte sie in einem schärferen Ton als nötig.

„Pater McGuire wartet in der St. Bernadette's Church auf dich. Er wusste bereits von dem Vorfall in St. Michael's."

„Okay, danke. Dann werde ich mich gleich auf den Weg machen."

„Soll ich mitkommen?"

Obwohl es gut gewesen wäre, etwas Gesellschaft zu haben, wollte sie sich in der St. Bernadette's Church allein umsehen.

„Nein, schon in Ordnung. Danke, Thomas."

St. Bernadette's war nur fünf Minuten zu Fuß entfernt, also ließ sie das Auto stehen und bereute ihre Entscheidung, als sie direkt in den beißenden Wind lief, der von der Küste herüberwehte. Auf dem Weg zur Kirche begegnete Louise niemandem, und es kam ihr vor, als würde weniger Verkehr auf den Straßen herrschen. Die Stadt war noch immer von Veronica Lloyds Tod erschüttert, und Louise konnte sich vorstellen, dass sich die Nachricht von Pater Mulligans Schicksal wahrscheinlich schon herumgesprochen hatte. Hielten sich die Menschen vermehrt in ihren Häusern auf, weil sie befürchteten, das nächste Opfer sein zu können?

St. Bernadette's war ein einfaches gelbes Backsteingebäude, das neben der gleichnamigen Grundschule stand. Sie trat ein und sah sich um, um herauszufinden, warum dieser Ort nicht wie eine Kirche wirkte. Trotz der religiösen Bilder, die an den Wänden hingen, und der Darstellung der Kreuzigung Christi über dem Altar hatte das Innere die Atmosphäre eines Bürogebäudes.

„Es liegt an den fehlenden Fenstern“, sagte eine Stimme.

Louise machte auf der Ferse kehrt, um sich dem Sprecher zuzuwenden – ein schlanker Mann mit einem dunklen Haarschopf. Er lächelte sie an, die Geste war so unschuldig und einladend, das Gesicht des Mannes so frisch und jung, dass sie einige Sekunden brauchte, um zu erkennen, dass er ein Priester war.

„Pater John McGuire“, sagte der Priester und reichte ihr die Hand.

„Aber bitte, nennen Sie mich John.“

„DI Blackwell.“

„Ja, ich habe von Ihrem Kollegen erfahren, dass Sie uns besuchen würden.“

„Können wir uns irgendwo anders setzen?“, fragte Louise, die sich in dieser Umgebung nicht wohlfühlte.

„Bitte, das Pfarrhaus befindet sich da drüben“, sagte Pater McGuire und führte sie um die Kirchenbänke herum.

Louise war katholisch getauft worden und erkannte den Kreuzweg, als sie dem Priester zum Pfarrhaus folgte. Die Bilder von Jesus, der das Kreuz trägt, waren modern, fast abstrakt, und Louise konnte nicht umhin, sich zu fragen, ob ein Kind sie gemalt hatte.

Im Gegensatz zu St. Michael's grenzt das Pfarrhaus von St. Bernadette's direkt an die Kirche. McGuire führte sie in sein Büro. Der Raum wirkte kalt, mit kahlen Böden und weiß gestrichenen Wänden. In der Mitte stand ein hölzerner Schreibtisch, und dahinter befand sich ein weiteres Kruzifix.

„Kann ich Ihnen einen Tee oder Kaffee anbieten?“, fragte McGuire.

„Nein, danke. Ich habe von DS Ireland erfahren, dass Sie

von dem Mord an Pater Mulligan in St. Michael's gehört haben?“

McGuires Lächeln bröckelte und sie bemerkte, dass seine Hände zitterten. Er griff unter seinen Schreibtisch, von wo er eine Schachtel Zigaretten hervorholte. „Macht es Ihnen etwas aus?“, fragte er, während er an dem Päckchen herumfummelte.

„Nein, nur zu.“

Er zündete sich die Zigarette mit der Sorgfalt eines Süchtigen an und Louise fragte sich, welche anderen Laster der junge Mann wohl noch verbergen könnte. „Wie lange arbeiten Sie schon hier?“, fragte sie, nachdem er seinen ersten langen Zug genommen hatte.

„Fünf Jahre.“

„Sie sind der Gemeindepriester?“

„Ja, momentan ganz allein. Mein letzter Kollege hat uns vor zwei Jahren verlassen und wir haben noch keinen Ersatz gefunden.“

„Das muss schwierig sein.“

„Das kann es sein, aber ich bekomme Unterstützung von den anderen Pfarrgemeinden. Wir kommen zurecht.“

„Ich kann mir vorstellen, dass die Nachricht über Veronica Lloyd ein Schock für Sie war“, sagte Louise in einem sanften Ton.

„Es ist unvorstellbar. Einer der unglücklichen Nebeneffekte des Priesterdaseins ist es, dass man sich an den Tod gewöhnt – doch eine solche Sache, und jetzt auch noch Pater Mulligan …“

Könnte ich mich jemals an den Tod gewöhnen?, dachte sie. Es gab eine klare Parallele zwischen der Arbeit des Priesters und ihrer eigenen, aber sie war sich nicht sicher, ob „gewöhnen“ das richtige Wort war. „Ich muss Sie das fragen, Pater. Fällt Ihnen jemand ein, der Veronica und Pater Mulligan Schaden zufügen wollte?“

Der Priester zögerte nicht. „Niemand würde Veronica jemals

etwas antun wollen. Sie war die sanfteste Seele, die ich je getroffen habe, und was Pater Mulligan betrifft, so war er ein alter Mann. Warum sollte ihm jemand so etwas antun?“

Louise ließ dem jungen Priester etwas Zeit, ließ ihn weiter an seiner Zigarette ziehen, bevor sie ihre nächste Frage stellte. „Auch das ist eine Frage, die ich stellen muss. Wir werden uns Pater Mulligans Vergangenheit ansehen müssen. Werden wir da etwas finden?“

Es dauerte ein paar Sekunden, bis Pater McGuire die Frage verstand. Sie hatte sie nicht gerne gestellt, aber bei all den historischen Sexskandalen, von denen die Kirche im Laufe der Jahre betroffen gewesen war, konnte sie das Thema nicht einfach unter den Tisch fallen lassen. Wenn es jemals ein Motiv geben sollte, eine so abscheuliche Tat zu begehen, dann musste ein Opfer von Kindesmissbrauch, das sich rächen wollte, in Betracht gezogen werden.

Pater McGuire begann den Kopf zu schütteln. „Wie können Sie so etwas nur unterstellen? Der arme Mann hat doch gerade erst sein Leben verloren.“

„Das ist mir bewusst, Vater, aber ich muss die Frage stellen. Wurde Pater Mulligan jemals etwas vorgeworfen, etwas Unangemessenes getan zu haben? Wir werden es so oder so herausfinden, aber wenn Sie uns jetzt die richtige Richtung weisen, könnte es uns helfen, seinen und Veronicas Mörder zu finden.“

„Ob Sie es glauben oder nicht, Inspector Blackwell, nicht alle von uns sind Triebtäter.“

„Niemand behauptet das, Pater McGuire.“

Der Priester hob die Hand. „Nein. Nein. Das werde ich nicht akzeptieren. Pater Mulligan wurde heute Morgen ermordet aufgefunden, und Sie ziehen bereits seinen Namen durch den Dreck.“

Louise runzelte die Stirn. Sie konnte den Priester verstehen, und respektierte, dass er seinen Kollegen verteidigte, doch die

Ermittlungen mussten weitergehen. „Niemand will seinen Namen beschmutzen, doch diese Frage muss gestellt werden. Und sie muss beantwortet werden“, fügte sie hinzu, sah ihn aufmerksam an und ließ McGuire keinen Zweifel an seiner Pflicht.

Der Priester seufzte. „Ich habe noch nie von einer Anschuldigung gegen Pater Mulligan gehört, und ehrlich gesagt ist diese Unterstellung lächerlich.“

Louise beschloss, es vorerst dabei zu belassen. Sie würde das Team anweisen, nachzuforschen, sobald sie zurück war. „Er war früher der Priester hier?“

„Ja, das hat man mir so gesagt.“

„Warum ist er gegangen?“

„Leider liegt diese Entscheidung selten in unserer Hand. Ich glaube, als er hier war, war er einer von drei Priestern. Wie Sie sehen können, ist jetzt nur noch ein Priester hier. Die Kirchengemeinde schrumpft. Er ist seit dreißig Jahren in St. Michael's.“

„Ist er jemals Veronica Lloyd begegnet?“, fragte Louise.

„Ich kann mir vorstellen, dass das möglich ist. Veronica war in der Pfarrei sehr aktiv und wir haben gelegentlich gemeinsame Veranstaltungen mit St. Michael's durchgeführt. Dennoch kann ich mich nicht erinnern, sie jemals zusammen gesehen zu haben. Pater Mulligans Gesundheitszustand war in den letzten Jahren nicht besonders gut, sodass er nicht mehr so viel unterwegs sein konnte, wie er es gerne gewesen wäre.“

Als Louise die zunehmende Verzweiflung von Pater McGuire spürte, beschloss sie, ihre Befragung über den ermordeten Priester langsam ausklingen zu lassen. Das Gespräch neigte sich seinem Ende zu. „Was Veronica betrifft, hat sie Ihnen jemals persönliche Dinge anvertraut?“

„Sie hat Beichte abgelegt, falls Sie das meinen.“

„Ich nehme an, Sie können das nicht näher erläutern.“

„Natürlich nicht, das Siegel des Beichtstuhls ist heilig.“

„Dennoch – außerhalb des Beichtstuhls – wussten Sie von persönlichen Problemen, mit denen Veronica zu kämpfen hatte?“, fragte sie.

„Natürlich war sie vom Tod ihrer Mutter am Boden zerstört, doch das ist schon eine Weile her, und sie war eine ältere Dame …“

Louise kam zur Sache. „Wir haben Heroin in Veronicas Haus gefunden.“

„Heroin? Nein, nein, nein. So etwas würde Veronica nie tun. Sie ist nicht so ein Mensch.“

Louise hatte schon unzählige Male zuvor gehört, dass Menschen so etwas abgestritten hatten. „Manchmal ist es schwer zu erkennen, ob jemand Drogen nimmt“, erwiderte sie.

„Das mag sein, aber ich denke, ich hätte es bemerkt. Veronica war das produktivste und wertvollste Mitglied unserer Volontäre. In der ganzen Zeit, in der ich sie kannte, hat sie nie einen Termin abgesagt, kam nie zu spät. Ich kann mir unmöglich vorstellen, dass sie drogenabhängig war.“

Louise beschloss, den jungen Priester nicht weiter zu drängen. „Danke, Pater McGuire, Sie haben uns sehr geholfen.“

„Bitte darf ich Sie hinausbegleiten?“, fragte der Priester und drückte seine zweite Zigarette aus.

Er führte sie durch die Kirche und den abstrakten Kreuzweg zurück.

„Interessante Architektur“, sagte Louise, als sie vor der Kirchentür stehen blieben.

McGuire nickte nüchtern. „Ja, es ist nicht ideal. Ich glaube, in den Achtzigern war das der letzte Schrei.“

„In den Achtzigern?“, fragte Louise.

„Wussten Sie das nicht? In den Achtzigerjahren gab es einen Brand, bei dem der größte Teil der Kirche zerstört wurde. Ein Teil des Gebäudes blieb stehen, doch es war zu desolat, um es zu erhalten. Daher haben wir dieses … moderne Gebäude.“

„Wann war das Feuer?“

„Neunzehn dreiundachtzig“, antwortete der Priester.

„Pater Mulligan war 1983 hier der Priester?“

Einen Moment lang sah der Pater verwirrt drein. „Ich schätze, das muss er gewesen sein, ja.“

KAPITEL VIERZEHN

Louise ging das kurze Stück von der Kirche zur Strandpromenade zu Fuß. Die Ebbe war hereingebrochen – das Meer konnte sich bei Ebbe bis zu anderthalb Kilometer vom Ufer zurückziehen – und hatte überall Schlamm hinterlassen. Immer wieder blieben Menschen im gefährlichen Watt stecken, und seit Louises Ankunft in der Stadt waren trotz der zahlreichen Warnschilder entlang des Strandes bereits zwei Menschen deswegen gestorben.

Von der Ufermauer aus blickte sie hinaus zu jener Stelle, an der Veronica Lloyds Leiche entdeckt wurde. Es war kaum zu glauben, dass das erst vor zwei Tagen passiert war. Ein Spaziergänger mit Hund trampelte über den Boden, auf dem das SOCO-Zelt gestanden hatte, und sein grauer Whippet schnüffelte über den Sand, als ahnte er, was an der Stelle geschehen war. Das Meer hatte ihre Chancen, weitere Beweise zu finden, zunichtegemacht, und Louise konnte nur hoffen, dass die SOCOs alles Notwendige zusammengetragen hatten. Sie erwartete, heute vom Institut für Forensik in Portishead zu hören. Es war möglich, wenn auch unwahrscheinlich, dass der Fall abgeschlossen werden könnte, sobald deren Bericht fertig war. Alles, was sie bräuchten, wäre eine DNA-Spur an Veronicas Körper von jemandem, der in ihrer Datenbank gespeichert war, und sie hätten einen Tatverdächtigen.

Doch obwohl Louise sicher war, dass sowohl an Veronica als auch an Pater Mulligan Spuren der DNA des Mörders zu finden wären, bezweifelte sie, dass es einen Treffer in der Datenbank geben würde. Sie hielt es für unwahrscheinlich, nicht weil sie glaubte, dass der Mörder zu organisiert oder zu professionell war, um seine DNA am Tatort zu hinterlassen, sondern weil sie vermutete, dass Veronica das erste Opfer des Mörders war. Wie er oder sie es mit Veronica gemacht hatte, hatte der Mörder auch die Leiche von Pater Mulligan an einem öffentlichen Ort hinterlassen, wo sie entdeckt werden würde. Es war unvorstellbar, dass jemand, der der Polizei bekannt war, so etwas tun würde, wenn er nicht gefasst werden wollte, und sie glaubte nicht, dass dieser Mörder es darauf anlegte, gefasst zu werden.

Zumindest noch nicht.

Ihr Telefon klingelte, als sie in einem Kiosk an der Strandpromenade einen Kaffee bestellte. Sie warf einen Blick auf das Display: ihr Bruder. Bei allem, was heute passiert war, hatte sie sich noch nicht mit dem Gedanken daran befasst, was er gestern angestellt hatte. Bislang hatte sie noch nicht mit ihrer Mutter gesprochen, die ihr vorhin per SMS mitgeteilt hatte, dass Emily ein paar Tage bei ihnen bleiben würde. Paul rief also entweder an, um ihr die Schuld zu geben oder um sie zu überreden, ihn im Kampf gegen ihre Eltern zu unterstützen. So oder so, Louise war nicht bereit, sich hineinziehen zu lassen. Gestern war während ihrer Dienstaufsicht ein Mann gestorben, und sie musste herausfinden, wer dafür verantwortlich war.

Sie wartete, bis das Telefon aufgehört hatte, zu klingeln, bevor sie zurück in Richtung der zahlreichen Spielhallen in der Regent Street ging. In den Wintermonaten waren sie zunehmend schlecht besucht und wurden zu einem Zufluchtsort für die örtlichen Drogendealer, wobei sie sich oft fragte, wie die Betreiber es sich leisten konnten, die blinkenden Lichter der Spielautomaten und die einarmigen Banditen in Betrieb zu halten. Sie erinnerte sich daran, wie aufgeregt sie als Kind gewesen war, wenn sie an dieser Ladenzeile vorbeigekommen war. Damals hatten die Arkaden die Vorfreude auf einen Jahrmarkt geweckt; jetzt wirkten sie billig und kalt. Verlassene, traurige Orte.

Sie musste an die St. Bernadette's Church und ihren Priester denken, deren erzwungene Modernität in krassem Gegensatz zu der altmodischen Atmosphäre von St. Michael's stand. Priester. Sie hatte heute drei von ihnen gesehen, wobei nur zwei von ihnen noch lebten. Wie die Kirchen waren auch Pater Riley und Pater McGuire grundlegend unterschiedlich. Riley, der alte, ehrwürdige Priester, den sie aus ihrer Kindheit kannte; McGuire, jung und unschuldig. Sie konnte sich nicht vorstellen, einem Priester in diesem Alter ihre Sünden zu beichten. Vielleicht lag es daran, dass sie jetzt älter war, oder daran, dass sie seit ihrem elften Lebensjahr keine Beichte mehr abgelegt hatte.

Nicht, dass McGuire völlig frei von Würde war. Als Louise den Verdacht von Kindesmissbrauch äußerte, war er sehr schnell bereit gewesen, Mulligan und die Kirche zu verteidigen. Hatte er sich an die internen Regeln gehalten oder hatte er etwas zu verbergen? Der Gedanke gefiel ihr zwar nicht, doch man würde in beiden Pfarrgemeinden wegen des Verdachts auf Missbrauch ermitteln müssen, und bei ihrer Erfahrung mit der katholischen Kirche konnte sie sich vorstellen, dass das problematisch werden könnte. In Bristol hatte sie schon einmal an Missbrauchsfällen gearbeitet. Die Kirche behielt die Dinge gerne für sich, und es war schwierig, direkte Antworten von ihnen zu bekommen. Das war eines der Hauptprobleme im Umgang mit einer Einrichtung, die glaubte, alle Verbrechen würden einem vergeben, wenn man nur intensiv genug betete.

Und dann war da noch das Feuer. McGuire hatte nicht erwähnt, dass irgendetwas daran verdächtig gewesen wäre, aber es war auch eine Sache, der sie unbedingt nachgehen wollte.

Als sie den Bahnhof betrat, sah sie Farrell. Er schenkte ihr sein übliches Lächeln, als er sie begrüßte: „Ma'am."

„Wo wollen Sie denn hin, Farrell?", fragte sie, ohne sich lange mit Floskeln der Höflichkeit aufzuhalten.

„Ich habe den mutmaßlichen Dealer von Veronica Lloyd in einer Bar in Hutton gesichtet. Ich werde ihn herbringen und ihn über Pater Mulligan befragen."

„Nehmen Sie eine Waffe mit."

Farrell runzelte die Stirn. „Ich brauche keine. Ich kenne diesen Kerl, echter Abschaum, er wird tun, was man ihm sagt."

„Tun Sie es einfach für alle Fälle."

Farrell wollte noch etwas erwidern, zuckte dann aber mit den Schultern. „Okay, Sie sind der Boss", antwortete er.

Louise gefiel es nicht, wie er Boss gesagt hatte, und auch nicht, wie er dazu mit den Schultern zuckte, aber sie ließ es ihm durchgehen.

Sie spürte die Spannung, als sie das Büro betrat. Ihre Beamten waren mit ihrer Arbeit beschäftigt, doch es herrschte eine ungewöhnliche Stille. Robertsons Tür war geschlossen, seine Jalousien heruntergezogen. „Was ist hier los?", fragte sie Thomas.

„Ich bin mir nicht sicher", sagte er und blickte von seinem Bildschirm auf.

„Wen hat Robertson da drin?"

Thomas runzelte die Stirn und sah schuldbewusst drein, als wäre er bei einem Geheimnis ertappt worden. „Jemand vom Hauptquartier."

„Aus Portishead?"

„Ich glaube, ja."

Louise ging in ihr Büro, setzte sich an ihren Schreibtisch und schloss die Augen. Das konnte nicht sein, nicht so kurz nach Beginn der Ermittlungen. Sie schaltete ihren Bildschirm ein und führte eine Suche nach dem Brand in der St. Bernadette's Church 1983 durch, konnte sich aber nicht auf die Ergebnisse konzentrieren. Sie musste nachsehen, mit wem Robertson sprach, musste sicherstellen, dass es nicht *er* war.

Sie spürte, dass alle Augen auf sie gerichtet waren, als sie einsam den Weg zu Robertsons Büro antrat. Es könnte etwas Harmloses sein, ein Routinebesuch, aber die gedämpfte Stimmung ließ etwas anderes vermuten. Sie klopfte an die Tür.

„Ja", hörte sie Robertson sagen.

Louise atmete tief durch und öffnete die Tür, wobei sie sich bemühte, ihren rasenden Herzschlag zu kontrollieren. Mit neutralem Gesichtsausdruck blickte sie erst zu Robertson und dann zu seinem Besucher.

Jetzt war ihr klar, warum weder gestern Abend noch heute Morgen eine SMS auf ihrem Handy eingegangen war.

DCI Finch hatte beschlossen, seine übliche Geheimhaltung zu umgehen und ihr stattdessen einen kleinen Besuch abzustatten.

KAPITEL FÜNFZEHN

Die Kanufahrer umkreisten die Insel nun schon seit dreißig Minuten. Worauf warteten sie?

Seit er sie entdeckt hatte, war Geoff wie angewurzelt auf dem Klippenrand der Insel liegen geblieben, und beobachtete, wie sie im Takt der Wellen wippend auf das Ufer zusteuerten, um dann wieder ein Stück wegzupaddeln. Sie würden sein Boot am Kieselstrand nicht sehen können, zogen sich jedoch auch nicht zurück, stattdessen durchleuchteten die Taschenlampen an ihren Helmen das dunkle Meer. Er durfte nicht zulassen, dass sie ihn auf der Insel entdeckten. Der Gefangene war sicher versteckt, und an sich durfte Geoff auf der Insel kampieren, doch wenn sie es herausfanden und anderen davon erzählten, dass sie hier jemanden gesehen hatten, könnte das alles gefährden, worauf er hingearbeitet hatte.

Zum Glück hatte Geoff das Glück doppelt auf seiner Seite: Das zunehmend schlechte Wetter und die gefährliche Brandung, die die Insel umspielte. Die Wellen konnten hier bis zu sieben Knoten erreichen. Die Kraft des Wassers war so stark, dass es selbst mithilfe eines Außenbordmotors schwer genug war, zur Insel zu gelangen. Sich der Insel weiter zu nähern, käme für die Kanufahrer einem Selbstmordkommando gleich, und angesichts der einbrechenden Dunkelheit wäre es leichtsinnig, zu versuchen, das Ufer zu erreichen.

Aber was würde er machen, sollten sie es dennoch tun? Während all seiner Planung hatte er dieses Szenario nie in Betracht gezogen. Die Kanufahrer waren unschuldig. Der Tod von Mrs. Lloyd und Pater Mulligan war gerechtfertigt gewesen, aber er konnte diesen beiden Menschen doch nichts antun, oder?

Geoff wurde von einem Moment purer Einsamkeit überwältigt. Ein verzweifelter Teil von ihm wünschte sich, es jetzt zu beenden, sich den Kanufahrern zu offenbaren und der ganzen erbärmlichen Angelegenheit ein Ende zu setzen. Er erinnerte sich an die vorangegangene Nacht und daran, wie ausgegrenzt er sich gefühlt hatte, als er gezwungen worden war, mit Malcolm und seinen Freunden zu trinken. War das eine Warnung gewesen? Eine Strafe für die Morde und jene Taten, die er noch begehen würde?

Gott, er vermisste seinen Vater. Er hätte gewusst, was zu tun war. Jeden Sonntag nach der Messe hatte er mit Geoff den Inhalt des Gottesdienstes besprochen. Er hatte ihn über die Predigt und die verschiedenen Evangelien ausgefragt, ihn auf Themen, Leitgedanken und Lektionen hingewiesen, die er vielleicht gelernt hatte. Ab und zu hatte er die Beherrschung verloren, wenn Geoff etwas falsch interpretiert hatte. Geoff erschauderte bei der Erinnerung an solche Situationen. Er schloss die Augen, kämpfte gegen das Geräusch des Gürtels seines Vaters auf seinem Fleisch an und versuchte, die Weisheit des alten Mannes heraufzubeschwören.

Er wurde auf die Probe gestellt. Er hatte gewusst, dass es irgendwann passieren würde und er sich damit auseinandersetzen müsste. John Maynard war ein Test gewesen, und er hatte ihn bestanden. Bevor er seine Vorderzähne verloren hatte, war der Junge ein Tyrann gewesen, ein Bösewicht, der jeden in der ersten Klasse und darunter gequält hatte, doch Geoff hatte ihn gerettet. Obwohl sie danach nie Freunde geworden waren, hatte dieser Moment den Jungen unwiderruflich verändert. Er hatte sich nie bei Geoff bedankt, doch Geoff stellte sich gerne vor, dass Maynard gelegentlich auf sein Leben zurückblickte und den Vorfall am Trinkbrunnen als Wendepunkt betrachtete.

Als ob sie Geoffs neu gewonnene Überzeugung verstanden hätten, unternahmen die Kanuten einen weiteren Versuch, das Ufer zu erreichen, bevor sie wendeten und zurück zum Festland paddelten, wobei das Licht ihrer Taschenlampen über das Meer blitzte. Bevor er sich aufrappelte, sah Geoff zu, wie sie sich zurückzogen, bis er sie nur noch als winzige Punkte erkennen konnte.

Er saß auf dem Klippenrand und starrte über das Meer auf die Küste. Weston war in Nebel gehüllt. Er strengte seine Augen an, als wollte er die winzigen Gestalten ausmachen, die sich auf dem Festland tummelten. Die Polizei hatte den Priester bestimmt schon gefunden, und der Gedanke daran verursachte ihm ein flaues Gefühl im Magen. Er war gestern Abend vorsichtig gewesen, dennoch war er ein Risiko eingegangen, indem er zuerst die Messe besucht hatte. Die trauernden Witwen hatten ihn sicher bemerkt, auch wenn sie sich geweigert hatten, seine Anwesenheit anzuerkennen. Er bezweifelte, dass ihr Erinnerungsvermögen allzu gut war, doch es bestand die Möglichkeit, dass sie ihn in irgendeiner Form beschreiben konnten. Und jetzt, nachdem die Kanufahrer hier gewesen waren, musste er auf der Insel doppelt vorsichtig sein.

Die Zeit wurde knapp. Er musste die nächsten beiden so schnell wie möglich erledigen.

KAPITEL SECHZEHN

DCI Robertson sah aus wie ein schuldbewusster Schuljunge, der bei etwas Verbotenem ertappt worden war, während Finch wie der personifizierte Charme lächelte. Sie konnte nicht leugnen, dass er sie früher regelmäßig mit seinem Lächeln überrumpelt hatte und dass sie seine arrogante Art attraktiv fand. In den letzten Jahren hatte er sich nicht sehr verändert. Finch war in die Rolle des DCI hineingewachsen, als wäre es sein Schicksal gewesen. Sein dunkler, marineblauer Anzug saß perfekt, und als er sich auf seinem Stuhl zu ihr drehte, während er sich mit der Hand durch sein dichtes, dunkles Haar fuhr, strahlte er das Selbstvertrauen von jemandem aus, der jedes Recht hatte, im Büro ihres Chefs zu sitzen, obwohl er in Wahrheit nur ein Eindringling war.

Louise hielt seinem Blick stand, passte sich sogar seinem Lächeln an.

„Du kennst DCI Finch", sagte Robertson, wobei sein Glasgower Slang nicht die übliche Intensität hatte.

„Tim."

„Louise, wie geht es dir?", fragte Finch.

Einen entsetzlichen Moment lang dachte sie, er wollte sie

umarmen. Er hielt ihr die Hand hin, die sie ohne mit der Wimper zu zucken schüttelte, während er fester zudrückte. „Gut“, antwortete sie und kämpfte gegen den Drang an, dem Mann die volle Ladung Pfefferspray aus ihrer Jackentasche in die Augen zu sprühen, während sie sich vorstellte, wie er sie in Waltons Bauernhaus warnte und ihr so einen Befehl erteilte. „Also, was führt dich hierher, Tim?“

„Bitte, setz dich zu uns“, sagte Robertson und tat so, als würde nichts Ungewöhnliches vor sich gehen.

Louise nahm den Platz neben Finch ein und ignorierte den Geruch seines üblichen Aftershaves. Sie war auf das, was er sagen würde, vorbereitet, hatte aber Mühe, ihren rasenden Puls zu kontrollieren.

„DCI Finch ist im Auftrag von Assistant Chief Constable Morley hier“, sagte Robertson.

„Es geht um den Fall Veronica Lloyd“, sagte sie, wobei ihr Tonfall vorerst neutral blieb.

„Terrence hat mich gebeten, herzukommen, um Hilfe anzubieten, falls nötig“, sagte Finch.

Beinahe hätte Louise über Finchs beiläufigen Gebrauch des Vornamens des Assistant Chief Constables gelacht. Es fehlte ihm an Raffinesse, aber er sagte es überzeugend. Er sprach Terrence Morley mit Vornamen an, was sie – aufgrund ihres Ranges – nicht tat. Morley war maßgeblich an ihrem Ausscheiden aus dem MIT beteiligt gewesen. Er war ein Polizist der alten Schule in seinen späten Fünfzigern, der die moderne Polizeipraxis und Büropolitik noch nicht vollständig verinnerlicht hatte. Er hatte immer noch rasch einen gewagten Witz oder einer anzüglichen Bemerkung bei der Hand, aber er tat oder sagte nie etwas, das ihn in Schwierigkeiten bringen würde. Die wenigen Male, die sie mit ihm zu tun gehabt hatte, hatte er sie zwar respektvoll behandelt, sie hatte jedoch das Gefühl gehabt, dass er nur ein Spiel spielte. Er hatte seine Lieblinge – einer davon war der Mann, der neben ihr saß –, den Rest tolerierte er. Sie wusste, dass Morley ihr die Schuld für die Geschehnisse in Walton gab und ihr wenig Wertschätzung entgegenbrachte, weil sie eine andere Geschichte erzählte als Finch.

„Und was hat Terrence zu seiner Verteidigung zu sagen?", fragte sie und bemerkte das Zucken von Robertsons Oberlippe, als sie Morleys Vornamen aussprach.

Finch nahm Notiz von der Stichelei, wandte sich aber zur Unterstützung an Robertson.

Ihr Chef hob die Hände von seinem Schreibtisch und seufzte. „DCI Finch ist hier, um dir seine Hilfe anzubieten, Louise. Niemand versucht, dir den Fall wegzunehmen."

Finch lächelte. „Du weißt, welche Ressourcen wir in Portishead haben, Louise. Und angesichts der Tatsache, dass auch noch die Leiche von Pater Mulligans gefunden wurde, ist es sicher leicht zu argumentieren, dass das MIT in dieser Sache ermitteln sollte."

Louise sah Robertson wütend an und hatte kaum Zweifel daran, dass ihr Gefühl der Empörung berechtigt wäre. Selbst nachdem er den Blick abgewandt hatte, starrte sie ihn weiter an und erzeugte absichtlich eine unangenehme Stille im Raum. Im Augenwinkel nahm sie wahr, dass Finch mit einem Stift auf seinen linken Oberschenkel tippte, ein nervöser Tick, den sie vorher nie bemerkt hatte. Sie wusste, dass dies ein entscheidender Moment war, dass er nicht nur diesen Fall, sondern auch ihre Arbeitsbeziehung zu Robertson und möglicherweise ihre Zukunft bei der Polizei bestimmen würde. „Danke, Tim, für dein freundliches Angebot, aber im Moment haben wir alles unter Kontrolle. Wenn du vielleicht der Forensik etwas Druck machen könntest, die Resultate von Veronica Lloyds Fundort zu schicken, wäre das hilfreich, aber des Weiteren ist im Moment alles in Ordnung."

Eine zweite Welle der Stille senkte sich über den Raum. Als

rangniedrigste anwesende Beamtin hatte sie diese Entscheidung nicht zu treffen, doch sie war weder bereit, mit Finch zusammenzuarbeiten, noch den Fall auf Vorschlag von Terrence Morley dem MIT zu übergeben, egal welchen Rang er hatte.

Finchs Lippen waren fest verschlossen. Mit großen Augen sah er Robertson an, als hätte er alles, was Louise gerade gesagt hatte, schon vorhergesehen, und würde nur darauf warten, den Satz „Ich hab's dir ja gesagt" auszusprechen zu können.

Robertson begann in einem unhörbaren Takt mit dem Kopf zu nicken. Die Pause, bevor der nächste Satz gesprochen wurde, kam Louise wie eine Ewigkeit vor. „Okay, danke. Wir haben im Moment alles im Griff, Tim, aber danke für das Angebot. Natürlich bleiben wir in Kontakt, sollte sich die Lage ändern."

Louise verbarg das Lächeln, das auf ihrem Gesicht aufzublühen drohte. Sie hatte Robertson noch nie so sehr bewundert wie in diesem Moment.

Finch tat so, als würde er die Abfuhr mit Fassung tragen, konnte jedoch die Erregung in seinen kalten Augen nicht verbergen. Louise hatte das Gefühl, dass sie nicht das letzte Mal von ihm gehört haben würden.

„Okay. Ich glaube, du machst einen Fehler, Iain. Dennoch, danke für deine Zeit."

Beide Männer standen auf und gaben sich die Hand. „Inspector", sagte Finch, als er zur Tür ging.

Louise blieb sitzen. „Tim."

Nachdem er Finch beim Verlassen des Büros nachgesehen hatte, kehrte Robertson an seinen Platz zurück.

„Danke, Iain, ich weiß das zu schätzen."

„Es ist noch zu früh, um mir zu danken. Finch wird es nicht auf sich beruhen lassen. Er hat die Unterstützung des Assistant Chief. Wir werden ihnen bald etwas vorweisen müssen, andernfalls werde ich es nicht verhindern können, dass sie den Fall übernehmen."

„Was weißt du über den Brand in St. Bernadette's?“, fragte sie, um das Thema zu wechseln.

„Das war vor meiner Zeit“, antwortete Robertson, der von der Frage überrumpelt erschien. „Warum?“

„Ich bin mir nicht sicher. Veronica Lloyd hat dort ehrenamtlich gearbeitet, und die Kirche hat eine enge Verbindung zu St. Michael's. Es ist wahrscheinlich, dass Pater Mulligan Veronica auf irgendeine Weise kannte.“

„Es ist zwar nur eine schwache Verbindung, aber immerhin. Hier“, sagte er und reichte ihr eine Visitenkarte. „Der Redakteur des *Mercury*. Er muss als Journalist gearbeitet haben, als die Kirche abbrannte. Ruf ihn an. Du wirst ihn mit Alkohol abfüllen müssen, aber wenn es eine Geschichte dazu gibt, wird er sie wissen.“

„Nochmals danke, Iain“, sagte Louise und stand auf.

„Danke mir noch nicht, Louise. Das ist alles nur geliehene Zeit.“

Als sie in ihr Büro zurückkehrte, beruhigte sie sich langsam. Sie konnte immer noch Finchs Aftershave riechen. Es klebte an ihrer Haut – die Erinnerung an seinen Duft war nun für immer mit den letzten Momenten in Waltons Bauernhaus verbunden – und sie wollte duschen, um den anhaltenden Geruch abzurubbeln. Sie hatte diesen Tag immer gefürchtet, und nun, wo er da war, konnte sie sich entweder mit Finchs geplanter Interferenz auseinandersetzen oder ihr Bestes tun, ihn zu ignorieren und den Fall ohne seine Hilfe zu lösen.

Ein hoher Pfeifton riss sie aus ihren Gedanken. Es war die Büroleiterin, Simone. „Wer war der heiße Typ?“, fragte die Frau.

Louise sah sie an, als wäre sie nicht ganz normal. „Was?“, fragte sie etwas unfreundlicher als beabsichtigt.

„Der Typ aus Portishead? Finch, nicht wahr?“

Louise konnte sich nicht daran erinnern, dass Simone jemals einen Kommentar über das Aussehen irgendeines

Mannes abgegeben hatte. Nachdem sie kein enges Verhältnis zueinander hatten und ihr Umgang miteinander gelegentlich mürrisch sein konnte, überraschte es sie, die Frau so reden zu hören, als wären sie geschwätzige Freundinnen. Sie fragte sich, ob Finch sie dazu angestiftet hatte. „Jemand, mit dem ich früher gearbeitet habe", antwortete sie.

Simone zog eine Augenbraue hoch. „Dann überrascht es mich, dass du dich überhaupt auf die Arbeit konzentrieren konntest."

Louise runzelte die Stirn und hoffte, Simone würde das Thema wechseln.

Simone spiegelte Louises Stirnrunzeln. „Wie auch immer, das hier ist für dich angekommen, als du in Robertsons Büro warst", sagte sie und reichte Louise eine Telefonnummer. „Forensic Investigation Unit. Toby Farley. Er sagt, du kannst ihn anrufen, aber er hat dir die Details auch gemailt."

„Danke, Simone." Louise wandte sich von der Büroleiterin ab und loggte sich auf ihren Laptop ein. Sie überflog die E-Mail der FIU, bevor sie den Bericht noch einmal genauer las. Wie sie es erwartet hatte, gab es zahlreiche DNA-Spuren vom Fundort. Die Spuren auf Veronicas Leiche waren viel geringer, doch keine der an ihrem Körper gefundenen DNA-Proben stimmte mit der PND, der Police National Database, überein. Entweder hatte der Mörder also keinen DNA-Eintrag in der Datenbank oder er hatte es irgendwie geschafft, den Tatort nicht zu kontaminieren. Letzteres war so unwahrscheinlich, dass Louise es fast von vornherein ausschließen konnte. Die forensischen Technologien hatten sich in den letzten Jahren so weit entwickelt, dass es nahezu unmöglich für einen Mörder war, keine Spuren am Tatort zu hinterlassen.

Sie schloss den Bericht. Das einzig Positive an der zweiten Leiche war, dass sie die DNA an beiden Tatorten abgleichen konnten.

Natürlich war das völlig bedeutungslos, solange sie keinen legitimen Verdächtigen hatten, den sie überprüfen konnten, aber es war zumindest ein Anfang. Jetzt musste sie nur noch herausfinden, wer zwei Menschen, beide um die siebzig, einer davon ein Priester, tot sehen wollte. Das Alter der Opfer war das, was einem Muster am nächsten kam. Zwar waren auch alte Menschen nicht davor gefeit, einem Gewaltverbrechen zum Opfer zu fallen, doch dies passierte üblicherweise in Zusammenhang mit gescheiterten Einbrüchen oder Raubüberfällen. Senioren wurden nur selten Opfer solch gezielter Morde, was darauf hindeutet, dass ihr Alter von Bedeutung war. Das – zusammen mit der vermuteten Verbindung zur St. Bernadette's Church – verschaffte ihnen etwas, wozu sie ermitteln konnten. Zum Zeitpunkt des Kirchenbrandes war Veronica Lloyd zweiunddreißig Jahre, Pater Mulligan fünfunddreißig Jahre alt gewesen.

Louise versuchte, die zweifelnden Stimmen in ihrem Kopf zu ignorieren, die ihr sagten, das Alter der Opfer und das Feuer wären irrelevant, als sie ihr Handy nahm und die Nummer anrief, die Robertson ihr gegeben hatte.

„Dominic Garrett", sagte der Mann, der sich meldete.

„Mr. Garrett. DI Louise Blackwell. Iain Robertson hat mir Ihre Nummer gegeben."

„Ah, Iain. Sehr nett von ihm. Louise Blackwell. Bei dem Namen klingelt es bei mir", sagte Garrett, der sehr humorvoll, und möglicherweise auch alkoholisiert klang, wenn man seinen undeutlichen Konsonanten Glauben schenken durfte. „Ah, ja, Sie sind für die Leiche am Strand zuständig. Veronica Lloyd, richtig?"

„Das ist richtig, Mr. Garrett, ich habe mich gefragt …"

„Neueste Entwicklungen, wie ich höre. Ein Priester aus Uphill", unterbrach Garrett sie. „Pater Mulligan?"

„Das ist richtig, Mr. Garrett. Ich habe …"

„Ich war es nicht."

„Was waren Sie nicht, Mr. Garrett?"

„Die Morde, natürlich. Ich habe ein lückenloses Alibi."

Louise seufzte, hielt dabei jedoch den Lautsprecher von sich weg. Es war erst drei Uhr nachmittags. „Ich bin sicher, dass Sie das haben, Mr. Garrett, aber deswegen rufe ich nicht an."

„Wie interessant."

Louise überlegte, ob sie das Gespräch beenden sollte. Die mögliche Verbindung zwischen dem Brand und den Morden war so gering, dass es sich kaum lohnte, sie weiterzuverfolgen, und sie wollte nicht, dass ein betrunkener Journalist wenig hilfreiche Informationen in der lokalen Zeitung veröffentlichte. „Das ist zwar vertraulich, aber ich hatte gehofft, etwas über den Brand in der St. Bernadette's Church im Jahr 1983 herausfinden zu können."

Es wurde still in der Leitung, dann hörte Louise, wie der Mann schluckte. „Sie faszinieren mich, DI Blackwell", sagte Garrett atemlos. „Ich sag Ihnen was, spendieren Sie mir ein Gin Tonic und ich werde Ihnen alles erzählen. Sagen wir, in einer Stunde im Royal Oak Hotel?"

Louise stimmte zu und legte auf.

Als sie gerade ihren Mantel anzog, kam Farrell zurück. Sein übliches Grinsen fehlte, als er seine Brieftasche und sein Handy mit überdurchschnittlich viel Schwung auf den Schreibtisch warf, um ihre Aufmerksamkeit zu erregen.

„Alles in Ordnung?", fragte Louise.

„Der Dealer ist ein Reinfall. Er hat ein wasserdichtes Alibi für die Nacht, in der Veronica Lloyd starb. War mit seinen Kumpels bis in die frühen Morgenstunden in Bristol. So wie er aussieht, wäre er zu nichts fähig gewesen. Ich werde das jetzt weiterverfolgen, aber es ist nicht gerade vielversprechend."

„Was hat er gesagt, als Sie ihn über Pater Mulligan befragt haben?"

„Der kleine Haufen Dreck war auf amüsante Weise entrüstet. Er sagte, er würde nie an Geistliche verkaufen, wäre moralisch dagegen oder so. Wir glauben aber nicht, dass Mulligan ein Junkie war, oder?“

„Das werden wir noch früh genug herausfinden.“

Draußen war es bereits dunkel, da die Uhren am vergangenen Wochenende um eine Stunde zurückgestellt worden waren. Sie ging die Walliscote Road in Richtung des Odeon-Kinos entlang und bemerkte einen Obdachlosen, der unter einem Haufen Schlafsäcken im Eingangsbereich eines stillgelegten Ladens kauerte. Bevor sie die Straße in Richtung High Street überquerte, notierte sie sich in Gedanken, dass sie einige uniformierte Beamte bitten würde, die aktuelle Situation der Notunterkünfte zu überprüfen. Die Lichter der Silica – ein dreißig Meter langes Kunstwerk, das als Bushaltestelle und Informationskiosk diente – strahlten am oberen Ende der Fußgängerzone in die Dunkelheit der Nacht. Bei einige Einheimischen galt sie als „Die Karotte“, und Louise störte ihrer Lage in der Stadt. In ihren Augen wirkte der spitz zulaufende Turm fehl am Platz und erfüllte keinerlei Nutzen. Obwohl die Silica schon seit über dreizehn Jahren in der Stadt stand, hatte Louise sie während ihres Aufenthalts in Bristol ganz vergessen, was bekräftigte, wie sehr sie die Verbindung zu jenem Ort verloren hatte, den sie als Kind so oft besucht hatte.

Der Gang durch die Fußgängerzone bot für gewöhnlich eine deprimierende Aussicht, und im Schatten der Straßenlaternen wirkten die tristen Schaufensterauslagen abgenutzt und matt, die Gegend trostlos, als wäre sie schon lange ausgestorben. Wieder einmal hatte sie das Gefühl, die Menschen würden drinnen bleiben, um sich vor der Unberechenbarkeit eines frei herumlaufenden Mörders zu verstecken, und sie wäre indirekt für die Welle der Angst in der Stadt verantwortlich.

Sie fand Dominic Garrett ohne große Schwierigkeiten in der

Hotelbar. Er war der einzige Gast und unterhielt sich mit einem irritiert aussehenden jungen Barkeeper.

„Ah, DI Blackwell, ich dachte, Sie hätten mich versetzt", erklärte er, als würde er sich an ein Theaterpublikum wenden. Seine Größe passte zu seiner Stimme. Er war gigantisch groß, sein Anzug, der sich über seine riesige Brust und seinen Bauch spannte, enthielt genug Stoff, um drei Männer durchschnittlicher Größe zu bedecken. „Barkeeper, noch mal dasselbe für mich. Was darf es für Sie sein, Inspector?"

„Für mich nur ein Wasser, danke", antwortete Louise.

„Unsinn. Ich werde nicht allein trinken", sagte Garrett und machte eine lange, theatralische Armbewegung. „Nun, was möchten Sie also trinken?"

Louise fehlte die Energie, um zu diskutieren. Sie trank nie im Dienst und hatte auch nicht vor, damit anzufangen, doch sie könnte zumindest einen Drink bestellen, um den Redakteur zu besänftigen. „Weißwein, bitte", sagte sie zu dem Barkeeper, der erfreut darüber aussah, sich nicht mehr allein mit Garrett herumschlagen zu müssen.

„Sollen wir uns setzen?", fragte sie.

„Ja, warum nicht? Nach Ihnen."

Louise steuerte auf einen Tisch mit Stühlen zu, bevor sie den Kurs änderte und auf zwei hell gestaltete Sofas zuging, da sie befürchtete, dass Garrett nicht in die engen Holzsitze passen würde. Sie setzte sich dem Mann gegenüber, als er sich auf das Sofa sinken ließ. „Ich bin nicht sicher, ob ich von hier wieder hochkomme", sagte er und lächelte. „Und wie gefällt Ihnen das Leben in Weston-super-Mare, Inspector?"

Sie konnte nicht anders, als Garrett nett zu finden. Er war selbstbewusst und selbstironisch, wenn auch ein wenig laut. „Sie können mich Louise nennen."

„Louise also", sagte er und hob sein Glas zum Anstoßen. „Dominic, bitte."

Louise stieß mit ihm an und nahm einen kleinen Schluck Wein, während er sich die Hälfte seines Getränks in den Rachen kippte.

„Es ist ein wenig wie ein Kulturwandel", sagte sie, als Garrett sich auf dem Sofa zurücklehnte.

„Das kann ich mir gut vorstellen. Du warst beim MIT, oder?"

„Das ist richtig."

„Wen hast du verärgert, um hier zu landen?"

Louise lachte. Garrett wusste bestimmt alles über den Walton-Fall, und sie schätzte seinen Ansatz. „Wen habe ich *nicht* verärgert?"

Garretts Lachen hallte in der Bar wider, als eine Gruppe von Büroangestellten die Zahl der Gäste vervierfachte. „Ich vermute, wir sind seelenverwandt, Louise", kicherte er, bevor er innehielt. „Und dieser neue Fall. Die Leiche am Strand und dieser Priester drüben in Uphill?"

Sie hatte sich nicht mit dem Redakteur getroffen, um den Fall zu besprechen, doch es war unvermeidbar. Der *Mercury* war – für Weston und die umliegenden Gebiete – eine wöchentlich erscheinende Lokalzeitung, im Gegensatz zur Tageszeitung *Bristol Post*, die einen Großteil des Südwestens abdeckte. Ein Bericht über einen Mord würde in der Lokalzeitung nicht so ausführlich behandelt werden, doch sie musste ihm etwas anbieten. „Tania Elliot berichtet für dich über die Sache?", fragte sie.

„Du hast deine Hausaufgaben gemacht. Gut."

Louise hatte mit der jungen Journalistin bei einigen Gelegenheiten vor dem Amtsgericht und dem Bezirksgericht in Worle gesprochen. Sie hatte jedoch noch mit keinem Journalisten über diesen speziellen Fall geredet, da sie alle Anfragen erfolgreich an das PR-Team in Portishead weitergeleitet hatte. „Vielleicht könnte ich mich einmal mit ihr zusammensetzen?"

„Wie würde es dir morgen früh passen?“, fragte Garrett, bevor er wieder einen Schluck von seinem Gin Tonic nahm.

„Das ist sicher möglich.“

„Großartig“, sagte Garrett und drehte sich in Richtung Bar.

„Dasselbe noch mal, Barkeeper“, rief er dem verwunderten jungen Mann hinter der Theke zu. „Also, dieses Feuer in St. Bernadette's?“

„Ja.“

„Es hat offensichtlich etwas mit dem Fall zu tun?“

„Ich würde es vorziehen, wenn wir das vorerst nicht öffentlich machen“, sagte Louise. Sie hatte in der Vergangenheit gelernt, dass ein solcher Vorbehalt bei Gesprächen mit der Presse immer wichtig ist.

„Wie ich schon sagte, meine Lippen sind versiegelt.“

Louise erzählte ihm von ihrer Begegnung mit Pater McGuire in St. Bernadette's, von Veronica Lloyds ehrenamtlicher Tätigkeit in der Kirche und davon, dass Pater Mulligan früher der Gemeindepriester gewesen war.

„Ich kann die Punkte sehen, die du hier als Verbindung identifiziert hast“, sagte Garrett.

„Momentan ist es nur eine Vermutung, der wir nachgehen“, sagte Louise.

Der Barmann brachte sein Getränk. „Guter Mann, der Rest ist für Sie“, sagte Garrett und reichte ihm einen Fünf-Pfund-Schein.

„Okay, Louise, das Feuer. Ich muss gestehen, dass ich sehr neugierig wurde, als du mich angerufen hast, denn ich erinnere mich sehr gut an das Feuer in dieser Kirche. Ich war damals ein junger Reporter und arbeitete für die damalige *Bristol Evening Post*. Es war die Rede davon, dass ich in die Fleet Street wechseln sollte, kannst du dir das vorstellen? Ich würde London hassen, da bin ich mir sicher. Aber ich schweife ab“, sagte er, und seine Stimme erhob sich wie die eines Bösewichts im Märchen. „Da ich ein Junge aus der Gegend war, durfte ich die Geschichte schreiben. Die offizielle Version lautete, dass das Feuer ein Unfall war. Eine brennende Kerze, die loses Material in Brand setzte. Das Feuer breitete sich im Laufe des Abends aus, und erreichte schließlich die Kirchenbänke und die Holzkonstruktion des Daches."

„Du hast nicht daran geglaubt, dass es ein Unfall war?"

Garrett beugte sich vor, seine Stimme wurde etwas leiser. „Sagen wir es so, Louise, ich war etwas misstrauisch. Und das nicht nur, weil das Gebäude fast bis auf die Grundmauern niedergebrannt war, bevor die Feuerwehr eintraf. Brandbeschleuniger in Form von Benzin – es wurde für ein Notstromaggregat des Pfarrhauses und der Kirche selbst verwendet – wurde am Tatort gefunden. Praktischerweise war es in einer kleinen Enklave gelagert."

„Der Schaden muss schwerwiegend gewesen sein?"

„Die Kirche war irgendwann einmal renoviert worden, und obwohl der Sockel aus Stein war – davon sind noch einige Teile erhalten – ‚bestand ein Großteil des Gebäudes aus Holz. Es war völlig ausgebrannt, daher der Wiederaufbau."

Louise nahm noch einen kleinen Schluck von ihrem warmen Wein. Sie konnte das Feuer in der Kirche riechen, konnte den schwarzen Rauch sehen, der in den Dachsparren der Kirche aufstieg. „Ich konnte in den Aufzeichnungen keinen Hinweis darauf finden, dass Brandstiftung vermutet wurde", sagte sie.

„Diese Ermittlungsspur wurde ziemlich schnell im Keim erstickt. Ich war davon überzeugt, dass es eine Geschichte gab, doch niemand, wirklich niemand, sprach darüber. Nicht die Polizei, nicht die Kirche. Ich trug meinen Verdacht meinem Redakteur sowohl hier als auch bei der *Post* vor, doch die waren nicht interessiert. Damals habe ich meine Unschuld verloren, Louise." Garrett hielt inne, sein Gesicht war todernst, dann brach er in Gelächter aus. „Der letzte Teil war ein Witz. Meine Unschuld war zu diesem Zeitpunkt längst dahin. Es waren die Achtziger. Ich hatte bereits genug Korruption und Vertuschung für ein ganzes Leben gesehen."

„Warum sollte jemand einen Brandanschlag auf eine Kirche vertuschen?"

„Das hängt vom Grund des Anschlags ab, nehme ich an. Die Leute vergessen, welche Macht diese Organisationen haben. Ihre Anzahl mag in diesem Land schrumpfen, aber die Kirche, ob anglikanisch oder katholisch, hat immer noch eine gewaltige Stimmkraft. Am Tag nach dem Brand wimmelte es dort von Vertretern der Kirche. Ich hätte schon beinahe erwartet, dass der Papst zu Besuch kommen würde. So etwas habe ich noch nie gesehen. Sie schlossen sich zusammen, wollten nicht mit mir sprechen, und ein paar Tage später lautete die offizielle Erklärung, dass es sich um einen Unfall gehandelt hätte."

Die Gruppe von Büroangestellten war gegangen, ohne etwas zu bestellen, und wieder waren sie die einzigen Gäste in der Bar. Louise trank noch etwas Wein und versuchte, nicht zusammenzuzucken, als die scharfe Flüssigkeit ihre Kehle hinunterrann. „Du kommst mir nicht wie ein Mensch vor, der so leicht aufgibt, Mr. Garrett."

Garrett erhob sein Glas auf sie und lächelte. „Ich habe ein paar Nachforschungen angestellt, aber die Nachrichten sind schnelllebig und es gab keine Ressourcen für eine investigative Reportage. Zugegeben nicht mein größter Erfolgsmoment."

„Du musst doch einen Verdacht gehabt haben", sagte Louise, die langsam befürchtete, dass der Redakteur ihr nichts Brauchbares liefern würde.

„Um auf deine Frage zurückzukommen: Wer würde eine Kirche in Brand setzen? Die offensichtliche Antwort wäre, dass es jemand sein muss, der wirklich sauer auf die Kirche ist, meinst du nicht auch?"

„Und warum sollte jemand auf eine Kirche sauer sein?", überlegte Louise laut.

„Genau. Der erste Gedanke wären Missbrauchsskandale und diese Art von schmutzigen Dingen, aber es könnte alles sein. Ich bin nicht gläubig, aber die Menschen sind gläubiger als du es dir vorstellen kannst, und wenn etwas schiefgeht, ist es leicht, dem großen Herrn da oben die Schuld zu geben. Tod in der Familie, chronische Krankheit, Scheitern der Ehe ... Die Liste ist endlos. Aber ich glaube, du bist auf der richtigen Spur, Louise. Es könnte Zufall sein, aber so wie es sich anhört, haben diese beiden Opfer eine Verbindung zu St. Bernadette's. Vielleicht hatte ihr Mörder auch etwas mit dem Brand zu tun."

„Wenn es nur so einfach wäre, Dominic."

„Wo bliebe da der Spaß, Louise? Kann ich dich dazu überreden, noch einen Absacker mit mir zu trinken?"

Sie stand auf. „Vielen Dank für deine Zeit, Dominic."

Er stemmte sich vom Sofa hoch und hatte Mühe, das Gleichgewicht zu halten. „Es war mir ein Vergnügen. Sagen wir 9:30?"

„09:30?"

„Dein Termin mit Tania morgen."

Obwohl das Letzte, was sie wollte, war, mit der jungen Journalistin zu sprechen, lächelte Louise. Tania Elliot würde ihr keine weiteren Informationen geben können. „Okay", sagte sie und gab sich geschlagen.

„Bravo, Louise. Sieht aus, als hätten wir doch noch eine Geschichte, an der sie sich festbeißen kann."

Louise ließ den Redakteur zurück, der an die Bar ging, um sich einen weiteren Drink zu besorgen, und trat rechtzeitig durch die Tür, um ein bekanntes Gesicht zu sehen. Sie wollte Thomas' Namen rufen, zögerte jedoch, als sie sah, dass er eine kleine Reisetasche bei sich trug und die Treppe zu den Zimmern des Hotels hinaufging.

KAPITEL SIEBZEHN

Louise wartete fünf Minuten lang draußen, bevor sie zur Zentrale zurückkehrte. Sie war ein wenig außer Atem, denn der Anblick von Thomas hatte widersprüchlichen Gefühlen in ihr hervorgerufen.

Thomas war mit einer reizenden Frau namens Rebecca verheiratet, die Louise einige Male bei gesellschaftlichen Anlässen der Polizei getroffen hatte. Thomas sprach nicht viel über sie, doch es hatte immer den Anschein gemacht, als wären sie glücklich miteinander. Vielleicht hatten sie sich gestritten und er hatte sich entschieden oder war gezwungen worden, im Hotel zu übernachten? Der Grund war irrelevant. Was Louise beunruhigte, war ihre eigene Reaktion. Sie hatte sich seit einiger Zeit vorgemacht, dass Thomas für sie, abgesehen von einer grundlegenden Anziehung, nur ein weiterer Kollege war. Doch wenn sie ehrlich war, fragte sich ein Teil von ihr – diesen Teil wollte sie sich nicht eingestehen –, ob er wieder zu haben war. Und obwohl sie niemals aktiv darauf reagieren würde, war ein schuldbewusster Teil von ihr von dieser Möglichkeit begeistert.

Zwei betrunkene Männer, die – für die Jahreszeit unpassend – in Shorts und T-Shirts gekleidet waren, begleiteten sie auf der

Hauptstraße zurück zur Zentrale. Sie schenkten ihr keinerlei Beachtung, zu sehr waren sie in ein undeutliches Gespräch über die Vorzüge bestimmter Fahrzeuge vertieft, die sie mit ziemlicher Sicherheit nie gefahren hatten. Als einer der beiden eine quietschende Version von ‚Danny Boy' anstimmte, beschleunigte Louise, bis sie außer Hörweite war.

Nur DCI Robertson war noch auf dem Revier, und der schwache Schein seiner Schreibtischlampe drang heraus in das dunkle Großraumbüro. Ein paar Berichte waren inzwischen in das IT-Informationssystem – HOLMES 2 – hochgeladen worden, das sie für größere Ermittlungen verwendeten. Thomas hatte die Liste der Mitglieder der Pfarrgemeinde durchgearbeitet, die Louise von Pater Riley erhalten hatte. Louises Aufmerksamkeit war geweckt, als sie die Aussagen dreier älterer Frauen über einen einzelnen Mann las, der an der Messe teilgenommen hatte. Keine der Frauen hatte den Mann erkannt, und es war die beste Spur, die sie bisher hatten. Thomas hatte veranlasst, dass sich die Frauen am Morgen auf dem Revier einfinden sollten, um an einer Befragung zur Gesichtserkennung teilzunehmen. Es überraschte Louise, dass Thomas sie darüber nicht direkt informiert hatte, doch sie hatte ihn an diesem Tag kaum gesehen. Wenn sie den Mann identifizieren könnten, könnten sie nach weiteren Augenzeugen suchen und vielleicht sogar auf einen Treffer der Überwachungskameras in der Umgebung zählen. Abgesehen davon fand Louise die neuesten Informationen von Farrell über den Drogendealer und das Ergebnis einer Befragung des Tennistrainers, den Estelle Ferguson, die Freundin von Veronica Lloyd, so verachtete. Beide Ermittlungsstränge schienen zu nichts zu führen.

Louise wandte ihre Aufmerksamkeit wieder dem Brand in St. Bernadette's zu. Sie fand einen alten Artikel aus der Zeit nach dem Feuer im *Mercury* und lachte, als sie das Bild eines viel jüngeren und unendlich viel schlankeren Dominic Garrett unter der Schlagzeile sah. Sie hatte den Artikel schon einmal gelesen, aber nach dem, was Garrett ihr erzählt hatte, hatte er einen anderen Nachklang. Wie er erklärt hatte, war die offizielle Version, dass das Feuer ein Unfall gewesen sei. Das Foto auf der Titelseite zeigte die Überreste der Kirche. Eine bestürzt wirkende Gruppe von Menschen tummelte sich auf dem Vorplatz, darunter mindestens drei Priester, die für immer in dieser Momentaufnahme der Verwirrung gefangen waren.

Es wurde kein Brandbeschleuniger am Tatort gefunden, und als sie die Berichte der Polizei und der Feuerwehr miteinander verglich, stellte sie fest, dass in beiden geschrieben stand, dass das Feuer zufällig ausgebrochen war. Es war enttäuschend, doch obwohl sie ihr nicht direkt half, gab ihr Garretts Enthüllung etwas, mit dem sie arbeiten konnte. Wenn sein Verdacht auf Vertuschung zutraf, deutete dies auf eine Verschwörung zwischen der Kirche und den Polizeibehörden hin. Heutzutage wäre so etwas eher unwahrscheinlich, doch für die damalige Zeit konnte sie es sich gut vorstellen. Es könnte ein Mittel zum Schutz der Kirche oder zum Schutz eines hochrangigen Mitarbeiters gewesen sein. Wenn sie Beweise dafür hätte, dass das Feuer absichtlich gelegt worden war, könnte es ein Fall für die Korruptionsabteilung sein, doch im Moment konnte sie nur darüber nachdenken, wie sich die Sache auf ihren Fall auswirkte; wie und ob es irgendeine Verbindung zum Tod von Veronica Lloyd und Pater Mulligan gab.

Dreißig Minuten später ließ sie DCI Robertson allein im Büro zurück. Sie fühlte sich körperlich ausgelaugt von den Ereignissen des Tages, und der Wein, den sie mit Garrett getrunken hatte, hatte sie schläfrig gemacht.

Sie wollte sofort nach Hause gehen, ins Bett fallen und die Erinnerungen an den Tag im Schlaf vergessen, fand jedoch trotz ihrer Müdigkeit keine Ruhe. Wie ferngesteuert fuhr sie zur St. Michael's Church in Uphill. Sie parkte, das grelle Licht ihrer

Scheinwerfer war die einzige Beleuchtung in der Gegend. Als sie die Scheinwerfer ausschaltete, umhüllte die Dunkelheit ihr Auto. Sie war überrascht, dass es keine Straßenlaternen gab, nur ein einsamer Lichtschein über dem Absperrband der Polizei, das den Eingang der Kirche beleuchtete. Laut Thomas' Bericht waren gestern Abend acht Personen beim Gottesdienst gewesen, sieben alte Damen und ein einsamer Mann. Louise stellte sich vor, wie die Frauen aus der Kirche in die Dunkelheit schlurften. Sie brauchte mehr Informationen. Waren sie mit dem Auto zur Kirche gefahren? Waren sie von hier? Mussten sie in dieser Dunkelheit allein gehen? Louise erschien es nicht sicher, und sie fragte sich, warum die Kirche nicht mehr für den Schutz ihrer Mitglieder getan hatte.

Wäre der Mörder in der vorangegangenen Nacht anwesend gewesen, wäre es ein Leichtes für ihn gewesen, unbemerkt in die Kirche hinein- und wieder hinauszuschlüpfen, doch es handelte sich um eine Wohngegend, und es hätte nur eines Nachbarn bedurft, der einen Blick aus dem Fenster warf, die Vorhänge zuzog oder die Mülltonnen hinausschob, um jemanden zu bemerken, der sich verdächtig verhielt. Oft waren es jene kleinen Zufälle, Ereignisse, die man nicht einkalkulieren konnte, die die sorgfältigsten Pläne zunichtemachten. Die Anwohner waren heute befragt worden, aber Louise würde darauf bestehen, dass diese Aktion am Morgen – mit besonderem Augenmerk auf den einsamen Mann in der Messe – noch einmal wiederholt würde.

Als sie sich auf den Heimweg entlang der Strandpromenade machte, war die Flut bereits hereingebrochen. In der Dunkelheit, mit dem Schimmer der Straßenlaternen, der sich auf der kräuselnden Wasseroberfläche spiegelte, sah das Wasser, dessen üblich schlammige Farbe vom Nachthimmel verdeckt wurde, verlockend aus. Louise wurde langsamer, als sie sich dem Marine Lake in Knightstone näherte. Der schnellste Weg nach

Hause wäre es, die alte Mautstraße über Kewstoke zurück nach Worle zu nehmen, aber sie ertappte sich dabei, wie sie rechts abbog und ins Landesinnere in Richtung des Boulevards und des Royal Oak Hotels fuhr.

Sie machte sich keine Illusionen darüber, warum sie hier war, wodurch sie sich jedoch auch nicht besser fühlte. *Du bist jämmerlich*, dachte sie bei sich, als sie vor dem Hotel langsamer wurde, um vielleicht einen Blick auf Thomas erhaschen zu können. Sie kam gerade rechtzeitig, um zu sehen, wie der torkelnde Dominic Garrett von zwei Männern aus der Bar begleitet und in ein wartendes Taxi gesetzt wurde. Keine Spur von DS Ireland.

Louise trat das Gaspedal durch, kalter Schweiß überzog ihre Haut. Was zum Teufel hatte sie sich nur dabei gedacht?

Zehn Minuten später war sie zu Hause. Als sie aus dem Auto stieg, war ihr Atem sichtbar, und die Fenster ihres Bungalows begannen langsam zu vereisen. Im Inneren ihres Hauses war es kaum wärmer als draußen. Sie schaltete den Gasofen im Wohnzimmer ein und zog sich in die Küche zurück, um ein Fertiggericht in die Mikrowelle zu stellen, während sie darauf wartete, dass es etwas wärmer würde.

Sie kam gerade noch rechtzeitig, um die ITV-Lokalnachrichten zu sehen, die mit dem Mord in St. Michael's begannen. Das Kamerateam musste, kurz nachdem sie gegangen war, am Tatort eingetroffen sein. Die Bilder zeigten eine Reihe uniformierter Beamter und die einsame Gestalt von Stephen Dempsey vor der Kirche. Einige wenige Anwohner wurden in der Nähe der Hauptstraße zu den Morden befragt, wobei ihre Antworten perfekt geschnitten waren, um die Verwirrung und Angst in ihren Gesichtern zu maximieren. Ein Metzger aus dem Ort behauptete, sein Geschäft leide bereits unter den Auswirkungen, die Menschen hätten Angst, ihre Häuser zu verlassen. Der örtliche Abgeordnete, mit dem Robertson gesprochen hatte, wiederholte die Besorgnis der ortsansässigen Unternehmen und Bewohner und betonte, dass alles getan werde, um den Mörder zu fassen. Der Bericht erweckte den Eindruck, als befände sich die Stadt im Belagerungszustand, und Louise seufzte, als sie an den wachsenden Druck dachte, der dadurch auf sie zukommen würde – genau wie Robertson sie gewarnt hatte.

Nachdem sie ihre geschmacksneutrale Mahlzeit beendet hatte, widmete sie sich ihrer selbst gebastelten Ermittlungswand, fügte die Bilder von Pater Mulligan hinzu und zog eine Linie zwischen den beiden Kirchen St. Michael's und St. Bernadette's. Sie hatte gerade „Feuer 1983?“ unter St. Bernadette's geschrieben, als sie das Ankommen einer Nachricht auf ihrem Telefon hörte.

Wie eine Süchtige bewegte sie sich darauf zu, teils schockiert über ihren Wunsch, die Nachricht zu sehen, teils neugierig, ob Finch sich versehentlich zu erkennen geben würde, nachdem er sie heute gesehen hatte.

Ihr Puls beschleunigte sich, als sie Thomas' Namen auf dem Bildschirm sah, und mit leicht zitternder Hand den Bildschirm entsperrte, um die Nachricht zu lesen:

Hallo Boss, ich hoffe, alles ist okay. Ich habe mich gefragt, ob du morgen vor der Arbeit Lust auf einen Kaffee hast?

KAPITEL ACHTZEHN

Die Rettung von Maynard hatte Geoffs Ansehen in der Grundschule kaum verbessert. Wenn überhaupt, betrachteten ihn seine Klassenkameraden danach mit mehr Misstrauen. Geoff wurde mit einer grausamen Effizienz ausgegrenzt. Niemand hatte jemals dazu Stellung bezogen, aber nach dem Vorfall durfte er weder beim Spielen noch beim Mittagessen einer der Gruppen beiwohnen. Während die anderen auf dem Sportplatz gegenüber der Schule Fußball oder Abfangen spielten, schlich sich Geoff in die angrenzende Kirche. Egal, wie oft er das Gebäude betrat, er verspürte immer noch das gleiche Kribbeln der Vorfreude, wenn sich die großen Holztüren öffneten und er das Innere der Kirche erblickte. Es sollte eigentlich nicht allein in der Kirche sein, doch tagsüber war nur selten jemand dort. Energie durchströmte ihn, als er erst niederkniete und sich dann zu einer der Kirchenbänke begab, wobei die wunderschöne Christusfigur wie ein Wächter auf ihn herabsah.

Damals waren seine Gebete durcheinandergewürfelt gewesen, da ihm die Differenziertheit, die er erst später entwickelte, fehlte. Er hatte begonnen, eine Kinderbibel mit den paraphrasierten Geschichten des Evangeliums zu lesen, doch sein

Verständnis war immer noch vage. Er wusste, dass Jesus am Kreuz gestorben war, um die Menschen von ihren Sünden zu erlösen, aber er verstand nicht genau, wie das funktionierte. Wenn er an seine Mitschüler dachte, die ihn ausgestoßen hatten, fragte er sich, warum Jesus sich diese Mühe gemacht hatte. Sie waren gemein und egoistisch. Er hatte einen Blick in die Offenbarung von Johannes dem Göttlichen in der Erwachsenenversion der Bibel geworfen, aber das hatte überhaupt keinen Sinn ergeben. Die Worte waren zu lang und hörten sich fremd an. Sein Vater hatte ihm jedoch ihre grundlegende Bedeutung vermittelt. Eines Tages würde jeder gerichtet werden, und manchmal, wenn er allein in der Kirche saß, konnte Geoff diesen Zeitpunkt kaum erwarten. Im Buch der Offenbarung spielt das Feuer eine wichtige Rolle, so viel wusste er. Während der Messe spielten die Priester oft darauf an, und wenn Geoff sich den Teufel vorstellte, war er immer in ein Meer von reinigenden Flammen gehüllt.

Diese Überfahrt war die schwierigste, die Geoff bisher erlebt hatte. Als Junge war er oft mit seinem Vater auf die Insel gefahren, doch in den Wintermonaten vermied sein Vater die Reise, und abgesehen davon wäre er niemals nachts gefahren. Einmal – im Winter – hatte Geoff ihn angefleht, über das Wochenende mit ihm hinüberzufahren. Trotz der Proteste seines Vaters hatte Geoff darauf beharrt, dass die See ruhig sei und sie die Insel für sich allein hätten. Er hatte zu viel gejammert und war zu Recht für seinen Ungehorsam bestraft worden.

Nachdem er seinen Gefangenen gefüttert und wieder festgebunden hatte – nebenbei hatte er die kläglichen Versuche des Mannes, mit ihm zu verhandeln, ertragen –, machte er sich vom Ufer aus auf den Weg. Selbst mit seinem Außenbordmotor hatte er mit der Kraft der Flut zu kämpfen. Als er die letzten Wellen durchbrochen hatte, war er völlig durchnässt. Schließlich begann es zu regnen. Er kauerte im Inneren des Bootes, als sich dieses aufbäumte, auf die dunkle See hinabstürzte und ein Schwall Wasser hereinspritzte. Es war ein Risiko, bei Nacht zu fahren, doch er hatte keine andere Wahl.

Am alten Pier war die Flut kaum geringer als auf Steep Holm. Notdürftig band er sein Boot an einem alten Stahlträger fest, landete jedoch bis zur Hüfte im eiskalten Wasser, als er hinaussprang. Seine Hände waren taub, als er an dem Metall zog und das Boot unter die Ruine des Piers und außer Sichtweite brachte. Erschöpft brach er zusammen und lag rücklings auf den Holzbrettern, während die Brise über das Meer strich und einen feinen Nieselregen über ihn brachte.

Es war nicht so, wie er es sich vorgestellt hatte. Er hatte es geschafft, seinen Plan zu romantisieren, sich perfekte Bootsfahrten im Mondschein und Nächte auf der Insel unter den Sternen vorzustellen. Die anderen Dinge, die er zu tun hatte, waren notwendig, waren *gerecht*, aber die Insel war das Einzige, was er nur mit Dad geteilt hatte, und er war mental nicht auf die Mühen der Reisen vorbereitet gewesen.

Er schlurfte das Ufer hinauf in das stillgelegte Innere des Piers. Der Wind wehte durch die klaffenden Löcher des Gebäudes, und auch drinnen war es nicht wärmer als draußen. Er zupfte am Schloss seiner Tasche und wollte schreien, weil die Kälte seine Finger steif machte und seinen Körper erzittern ließ. Er zog sich nackt aus, zog seine trockene Ersatzkleidung an und rollte sich zu einer Kugel zusammen, bis die Wärme in sein Blut zurückkehrte.

Da die Flut noch immer anhielt, würde es noch zwei Stunden dauern, bis er zu seinem Van zurückkehren könnte. Er musste mit den unbeleuchteten, morschen Holzbrettern des Piers vorliebnehmen. Selbst als Kind war er nur ein paar Mal am alten Pier gewesen. Er schien immer geschlossen oder zu gefährlich zu sein. An die wenigen Male, die er es geschafft hatte, ihn zu besuchen, konnte er sich nicht mehr erinnern. Er erinnerte sich schwach an ein Automuseum und einige alte Spielautomaten, bevor der Pier 1994 endgültig geschlossen wurde. Ständig war von einer Sanierung die Rede gewesen, aber nichts war geschehen, und jetzt verfiel er langsam. Als Teenager ging er bei Ebbe manchmal den steinigen Strand entlang und probierte, auf den kleinen Felsen der Insel Birnbeck zu gelangen, auf dem sich der Hauptteil des Piers befand. Auch jetzt noch versuchten Jugendliche gelegentlich ihr Glück. Vor ein paar Monaten musste eine Gruppe gerettet werden, nachdem sie durch die aufkommende Flut gestrandet war, aber zum Glück war jetzt niemand hier. Geoffs Weg über den verfallenen Steg war gut geübt; er hatte das Gefühl, jedes morsche Brett zu kennen, und dennoch brauchte er gut dreißig Minuten, um ihn zu bewältigen und über den Stacheldraht am Eingang des Piers zu klettern.

Im Van schaltete er die Heizung auf die höchste Stufe, um seinen Körper aufzutauen. Er war sich nicht sicher, wie oft er das noch tun könnte. Es war ein Wunder, dass er nicht entdeckt worden war oder einen Unfall gehabt hatte. Und sein Gefangener litt. Wie viele Nächte würde er noch auf der Insel aushalten können, ohne der Kälte zum Opfer zu fallen?

Als Geoff sich auf den Weg zum Haus seiner Mutter machte, beschloss er, dass es nur noch zwei weitere Überfahrten geben würde. Er würde seine beiden Opfer am nächsten Tag beobachten, bevor er auf die Insel zurückkehren würde, um nach dem Mann zu sehen. Dann würde er ein letztes Mal zurückkehren, um seine Arbeit zu beenden.

Als er am frühen Morgen am Haus ankam, war seine Mutter bereits zur Arbeit gegangen. Er fühlte sich wie ein Fremder, als er die Haustür öffnete, freute sich jedoch über die Wärme der

Zentralheizung, warf seine schmutzige Kleidung in die Waschmaschine und machte sich ein Frühstück bestehend aus Rührei und Bohnen, das er mit Kaffee hinunterspülte. Wenn er hier war, konnte sein Verstand ihm manchmal Streiche spielen. Die Wärme und Geborgenheit machten ihn sentimental, ließen ihn vergessen, was seine Mutter getan hatte.

Während seine Kleidung trocknete, gönnte er sich ein paar Stunden Schlaf, bis er schließlich mit seinem Van losfuhr.

Seinen ersten Auftrag hatte er in der Stadt, ein Umzug aus einer Wohnung in der Jubilee Road. Die Kundin war eine Frau in den Zwanzigern, die wieder bei ihren Eltern einziehen wollte. Geoff hatte Mühe, sie in ein Gespräch zu verwickeln, während er ihre spärlichen Habseligkeiten hinten in den Van hievte. Sie war hübsch, und ein paar Mal ertappte er sich dabei, wie er ihren schlanken Körper, ihr langes Haar und ihre großen Augen anstarrte, die ihre Traurigkeit nicht verbergen konnten. Er wandte sich schnell ab, als sie Blickkontakt aufnahm, und wünschte, er hätte den Mut, sie darauf anzusprechen. Nachdem er noch nie eine Freundin gehabt hatte, wusste er nicht, wo er anfangen sollte. Er erinnerte sich an die Frauen von neulich in der Bar, an die lockere Art, mit der Malcolm und seine Freunde mit ihnen gesprochen hatten, und an das einladende Lächeln, das die Frauen erwiderten. Sie waren unfassbar schön gewesen, genau wie diese Frau.

Als er älter wurde, hatte er einige unbeholfene Versuche unternommen, mit Mädchen zu kommunizieren, aber sie wollten nichts mit ihm zu tun haben. Er stand immer am Rande der Gesellschaft. Er hatte versucht, seinen Haarschnitt und seine Kleidung zu ändern, aber sie hatten seine Verkleidung stets durchschaut. Seit der Grundschule war er mit einem Stigma behaftet, das er noch nie ablegen konnte. Er war nicht gut im Sport, er war nicht besonders gebildet und er wusste einfach nicht, wie man mit Menschen spricht. Sein einziges wirkliches

Talent war die Holzschnitzerei, aber damit bekam er keine Mädchen.

Selbst in der Kirche hatten sie ihn ignoriert. Als sein Vater aufgehört hatte, zur Kirche zu gehen, ging Geoff allein hin – er saß immer auf der ersten Bank. Er hatte versucht, einigen der jüngeren Pfarrmitglieder zu erklären, was er empfand, wenn er dort war, das Gefühl, das seinen Körper erfüllte, wenn er in der Kirche saß. Er lernte bald, dass sie nur aus Höflichkeit lächelten. Ihr Blick wanderte zu seinen Händen, die in Handschuhen steckten, und Geoff konnte erkennen, dass sie an die Gerüchte dachten, die ihn plagten, seit er St. Bernadette's in der fünften Klasse verlassen musste.

„Sie können hinter mir herfahren, aber hier ist die Adresse, falls Sie sich verirren", sagte die Frau und reichte ihm einen Zettel.

Selbst aus der Entfernung, die durch ihren ausgestreckten Arm entstand, konnte er ihr Parfüm riechen. Der Duft war exotisch und entfachte in ihm ein Verlangen, das er schon lange für erloschen gehalten hatte. Er öffnete den Mund und überlegte, ob er sie um ein Date bitten sollte. Wie schwer könnte das schon sein? Er könnte sie fragen, ob sie später Lust hätte, sich auf einen Kaffee zu treffen. Da war doch nichts Unheimliches dran, oder? Wenn sie nicht wollte, könnte sie Nein sagen, und damit wäre die Sache erledigt. Sein Herz fühlte sich an, als würde es versuchen, sich aus seinem Körper zu befreien. Es wütete in ihm, schneller sogar als zu der Zeit, in der er mit Mrs. Lloyd und Pater Mulligan allein gewesen war.

Ein Laut kam über seine Lippen, der jedoch keinen Sinn ergab.

„Wie bitte?", fragte die Frau. Sie lächelte, und Geoff konnte ihre Freundlichkeit nicht ganz verstehen.

„Nichts", antwortete er, wandte sich ab und kletterte in seinen Wagen.

Er sah sie nie wieder. Ihre Eltern warteten in deren Haus in Bleadon auf sie, und ihr Vater bestand darauf, ihm zu helfen, ihre Habseligkeiten ins Haus zu tragen. Der Mann gab ihm ein Trinkgeld, nachdem er die letzte Kiste in den Flur gestellt hatte, als wollte er Geoff unbedingt loswerden.

Dad hatte ihm immer gesagt, er brauche sich keine Sorgen zu machen, er sei sowieso besser dran, wenn er allein sei. Geoff hatte am eigenen Leib erfahren, wie Beziehungen Menschen zerstören konnten, aber hin und wieder wünschte er sich, er hätte die Chance, etwas Zeit mit einer Frau zu verbringen, und sei es nur für eine Nacht.

Er erkannte die Frau von seinem nächsten Job wieder. Ihr Name war Katherine Huddleston, und sie waren im selben Jahrgang der Oberstufe gewesen. Sie hatten sogar einige Kurse gemeinsam besucht. Jetzt hieß sie Mrs. Watson, und entweder erkannte sie ihn nicht oder tat so, als würde sie ihn nicht erkennen, als sie an die Haustür ihres Hauses in Winscombe trat.

„Das Sofa steht im vorderen Wohnzimmer. Ich kann meinen Sohn bitten, Ihnen zu helfen, wenn Sie möchten."

Geoff nickte, und sie wandte sich ab und rief nach ihrem Sohn, der sich oben zu befinden schien. „Wir bekommen morgen ein neues Sofa, also müssen wir etwas Platz schaffen", fügte sie hinzu.

„Oh, wie schön", sagte Geoff.

Sie lächelte, sah dabei jedoch angespannt aus. Er konnte erkennen, dass sie versuchte, ihn einzuordnen. Seit der Schule waren über zwanzig Jahre vergangen. Die beiden Kinder, die sie gewesen waren, gab es nicht mehr. In ihren molligen Zügen sah er das Mädchen, das sie gewesen war, und fragte sich, ob sie in ihm den Jungen erkannte, der er einst war.

Ein Jugendlicher, der fast so groß war wie Geoff, rief vom oberen Ende der Treppe herunter. „Was?", fragte er.

„Hallo, mein Schatz. Könntest du bitte diesem Herrn helfen, das alte Sofa wegzubringen?“

Der Teenager seufzte und warf Geoff einen verächtlichen Blick zu, als er die unterste Stufe der Treppe erreichte. „Na dann“, sagte er.

Katherine seufzte ebenfalls, zuckte mit den Schultern in Geoffs Richtung, um sich so für das Verhalten ihres Sohnes zu entschuldigen, und führte ihn weiter ins Wohnzimmer. Sie hatte ihr Leben gut im Griff. Der Raum war warm und schön eingerichtet, und Geoff erkannte einen Ausdruck von Stolz auf ihrem Gesicht, als sie auf das Sofa zeigte. Jetzt war klar, dass sie ihn erkannt hatte.

„Wir bekommen ein Ledersofa von John Lewis als Ersatz für dieses schäbige alte Ding“, sagte sie.

Geoff nickte. Das Sofa sah für ihn gut aus und er konnte nicht verstehen, warum sie es ersetzen musste.

Obwohl er so groß war, grunzte und stöhnte der Junge den ganzen Weg zum Van. „Da“, sagte er, als er das Sofa in den Laderaum des Lieferwagens schob.

„Es soll bei der British Heart Foundation abgegeben werden, wie wir am Telefon besprochen haben“, sagte Katherine, die in der Tür ihres Hauses stand.

Geoff wollte sie fragen, ob sie sich an ihn erinnerte, schwieg jedoch, als sie ihm das Geld gab. Was würde sie wohl denken, wenn er ihr von seinem Gefangenen auf der Insel erzählte, von den beiden Menschen, die er getötet hatte? Würde es sie beeindrucken? *Was wäre das im Vergleich zu einem brandneuen Sofa aus einem überteuerten Kaufhaus?,* fragte er sich.

„Danke“, sagte Katherine und schob ihre Tür zu.

„Danke“, wiederholte Geoff.

Im Inneren des Vans angekommen, schaltete er die Heizung ein und betrachtete das Sofa auf der Ladefläche. Es sah gut aus dort hinten, und er war zu müde, um zur British Heart Foundation zu fahren, also beschloss er, es zu behalten. Es würde sein kleines Geheimnis bleiben. Eins zu null gegen Katherine Huddleston-Watson und all die Leute, die wie sie waren.

Er kaufte sein Abendessen in einem Fish-&-Chips-Laden auf dem Boulevard und fand einen Parkplatz auf der anderen Straßenseite, gegenüber jenem Laden, in dem die Frau ehrenamtlich arbeitete. Geoff kannte sie als Mrs. Forester aus der Schule. Sie war die Frau des Schulleiters und damals die Sekretärin der Schule gewesen. Es gibt Dinge, die man erst versteht, wenn man erwachsen ist. Die Art und Weise, wie Erwachsene mit Kindern umgingen, wie sie sich über sie lustig machten, wie sie ihnen Liebe und Schutz versprachen, obwohl sie das nicht immer geben konnten. Geoff hatte Mrs. Forester gemocht. Einmal war er in der Schule auf den harten Beton gestürzt und hatte sich dabei eine Wunde am Knie erneut aufgerissen, woraufhin sie ihn sehr freundlich behandelt hatte. Sie hatte die Wunde gesäubert und ihm einen Saft angeboten, während er in ihrem gut riechenden Büro saß. Er hatte an diesem Tag mindestens dreißig Minuten des Unterrichts verpasst, und sie war so nett gewesen, dass er sich wünschte, er könnte sich jeden Tag am Knie verletzen.

Und vielleicht war sie immer noch nett. Menschen machten Fehler, das verstand Geoff jetzt, und ein Mensch konnte nicht nur nach einigen seiner Taten beurteilt werden. Gott hätte ihr inzwischen vergeben, und bis vor Kurzem hätte Geoff vermutlich dasselbe getan. Er hatte in den letzten Jahren nicht viel über sie nachgedacht, aber nach dem, was mit Dad passiert war, hatte er verstanden, dass sie einen Teil der Schuld daran trug.

Gott mochte ihr vergeben haben, doch er konnte es nicht.

Nur so könnte er seinen Vater vor der Verdammnis bewahren, die ihm bevorstand.

Natürlich war sie jetzt älter, hatte jedoch immer noch diese schlanke Figur. In der Schule hatte man sie „Dick" und „Dünn" genannt – ihr Ehemann, Mr. Forester, war ein beleibter Mann, der seine Hosen immer über seinem Bauch trug, als ob nur dessen Umfang sie an ihrem Platz hielt. Geoff beobachtete, wie sie den Wohltätigkeitsladen verließ – das Licht der Straßenlaternen hob die Falten und das übertriebene Make-up in ihrem Gesicht hervor – und die etwa zwanzig Meter zur Bushaltestelle ging.

Sie hatte ihn neulich nicht erkannt, als er im Laden ein gebrauchtes Taschenbuch gekauft hatte. Sie hatte ihn angelächelt, als sie das Geld entgegennahm, doch er hatte den Mangel an Menschlichkeit hinter jener Geste erkannt. Ihr Lächeln war, wie so vieles an ihr, eine Maske, hinter der sie sich versteckte. Als Kind hatte sich Geoff davon täuschen lassen, doch jetzt konnte sie ihn nicht mehr täuschen. Als sie in den Bus stieg, beendete er seine Mahlzeit, bevor er den Motor startete und ihr nach Hause folgte.

KAPITEL NEUNZEHN

Regen prasselte auf die Windschutzscheibe, als Louise die Locking Road entlangfuhr. Ihre Scheibenwischer liefen auf Hochtouren, aber kaum hatten sie das Wasser entfernt, war ihre Sicht bereits wieder beeinträchtigt. Der Verkehr aus Weston heraus war zum Stillstand gekommen, und die geisterhaften Gestalten in den Fahrzeugen starrten verzweifelt auf das Schild der M5, während der Niederschlag unvermindert anhielt.

Louise machte sich auf den Weg in die Stadt, die Textnachricht von Thomas noch präsent in ihrem Gedächtnis. Die Nachricht selbst war harmlos, doch dass Thomas sie so spät geschickt hatte, und die Tatsache, dass sie ihn im Hotel gesehen hatte, veränderten ihre Interpretation der Nachricht. Aber vielleicht steigerte sie sich auch zu sehr hinein. Vielleicht wollte er sich einfach nur früher treffen, um den Fall zu besprechen, und war nicht sie es gewesen, die ihn erst vor ein paar Tagen zum Kaffee eingeladen hatte?

Sie seufzte, als der Regen endlich nachließ. Seit Veronica Lloyds Leiche am Strand gefunden worden war, hatte sie kaum geschlafen, musste jedoch achtgeben, dass die jüngsten Ereignisse sie nicht überwältigten. Die zweite Nacht in Folge hatte Finch ihr nun schon keine Nachricht geschickt. In gewisser Weise war die Funkstille noch beunruhigender als die regelmäßigen SMS. Es ließ sie nicht vermuten, dass er mit ihr fertig war. Als er ihr jede Nacht eine SMS geschickt hatte, hatte sie zumindest erahnen können, was er vorhatte, was er dachte. Jetzt hatte sie keine Idee, was er als Nächstes tun würde. Eines war jedoch ganz klar: Sie brauchte einen Kaffee.

Die Besitzerin des Kalimera begrüßte sie mit einem Lächeln. „Ihr Freund ist schon da", sagte sie und deutete in jene Ecke, in der Thomas bei einem Kaffee saß und auf die regennasse Strandpromenade hinausblickte.

Louise war sich nicht sicher, ob sie diese neue, gesprächige Version der Frau mochte. Sie bemerkte, dass sie die mürrischen Blicke und die verschwiegene Art der Frau fast vermisste. „Kaffee, bitte", sagte sie, ihre Anspielung ignorierend.

Als sie sich Thomas gegenübergesetzt hatte, blickte er zu ihr hoch. Sie konnte sich nicht erinnern, ihn jemals so zerzaust gesehen zu haben. Er hatte eindeutig mit einem Kater zu kämpfen. Sein Gesicht war von grauen und schwarzen Bartstoppeln übersät, unter seinen Augen hatten sich schwere Tränensäcke gebildet. Er trug denselben Anzug wie gestern, mit einem frischen Hemd und einer neuen Krawatte. „Alles in Ordnung?", fragte sie.

„Ja. War ein wenig spät gestern", antwortete er, während er an seinem Kaffee nippte.

Ihre Theorie war, dass er aus der ehelichen Wohnung rausgeflogen war oder sie freiwillig verlassen hatte und dann die Zeit damit verbracht hatte, seine Sorgen zu ertränken. Nicht, dass sie ihn darüber befragen wollte. Er wusste nicht, dass sie ihn gestern Abend gesehen hatte, und sie hatte auch nicht vor, es ihm zu sagen.

„Danke, Georgina“, sagte er, als die Besitzerin Louise eine mit Kaffee gefüllte Porzellantasse vorsetzte.

Als die Frau sich zum Tresen zurückzog, schüttelte Louise den Kopf. „Weißt du, seit ich nach Weston gezogen bin, komme ich hierher und bis jetzt kannte ich nicht einmal den Namen dieser Frau.“

„Ach, und da nennst du dich noch Detective?“, konterte Thomas und blinzelte, als würde ihm das Lachen Schmerzen bereiten. „Ich kenne sie entfernt. Sie ist mit meiner älteren Schwester zur Schule gegangen. St. Bernadette's, irgendwie lustig.“

Selbst wenn er verkatert war, hatte er etwas an sich – die dunkle Tiefe seiner Augen, die Rundung seiner Lippen –, wovon sie ihren Blick nicht abwenden wollte. „Du warst in St. Bernadette's?“

Thomas schüttelte den Kopf. „Nein, wir sind ein Stückchen weiter aufs Land gezogen, als meine Schwester dann in die Oberstufe ging, also bin ich in die Balgowan in Worlebury gegangen. Ich hätte auch mit dem Bus fahren können, aber wir haben es nicht so mit dieser ganzen Kirchensache, also hatte das keinen Sinn.“

„Bist du also auch einer dieser nicht praktizierenden Katholiken?“

„Gibt es auch noch andere?“

Louise trank ihren Kaffee; die Flüssigkeit fühlte sich wie Nektar an, als sie ihren Blutkreislauf erreichte. „Ich schätze, diejenigen, die bei Pater Mulligans letzter Messe anwesend waren, würden widersprechen.“

Thomas konnte kaum den Kopf heben, um sie anzusehen. „Das sind nur einsame alte Frauen. Ich bezweifle, dass sie gläubiger sind als wir.“

„Wie ich sehe, bist du heute Morgen ein echter Sonnenschein“, sagte Louise und nahm einen weiteren Schluck Kaffee.

„Entschuldigung. In meinem Alter sollte ich eigentlich schon wissen, wenn es genug ist.“

„Und, war es nett?“

Thomas sah zu ihr auf, seine Augen waren blutunterlaufen.

„Gestern Abend. Wo hast du dich betrunken?“

Das Zögern dauerte nur den Bruchteil einer Sekunde, sie bemerkte es dennoch. Dass er nicht gelogen hatte, war ihm hoch anzurechnen. „The Royal Oak“, gestand er.

Louise tat überrascht, als sie ihm erzählte, dass sie den Redakteur, Dominic Garrett, im selben Lokal getroffen hatte.

„Du musst ihn dort zurückgelassen haben. Er hat noch den ganzen Abend an der Bar verbracht.“

„Kennst du ihn?“, fragte sie.

„Wir haben uns gestern kennengelernt. Ich weiß, dass er gerne mal einen über den Durst trinkt. Allerdings hätte ich ihn gestern Abend in der Bar nicht unbedingt gebraucht. Die Stimme des Mannes wird auf Dauer etwas anstrengend.“

Louise wollte ihn fragen, mit wem er ausgegangen war, wollte ihn jedoch nicht zu einer Lüge verleiten. Sollte er ihr mitteilen wollen, warum er dort gewesen war, würde er es irgendwann tun. Stattdessen fragte sie: „Gibt es einen bestimmten Grund, warum du mich treffen wolltest?“

„Oh ja, tut mir leid. Ich habe über den Fall nachgedacht und kam zu dem Schluss, es wäre vielleicht sinnvoll, sich erst mal an einem ruhigen Ort zu treffen. Wir hätten es aber auch auf dem Revier besprechen können.“

„Du brauchst dich nicht zu entschuldigen, Thomas. Wenn es etwas gibt, worüber du mit mir reden möchtest, bin ich für dich da.“

„Das weiß ich zu schätzen, Boss.“

„Aber, Thomas ...“

Thomas starrte sie mit hochgezogenen Augenbrauen fragend an.

„Wenn du mich noch einmal Boss nennst, kann ich für nichts mehr garantieren."

Diesmal gelang es ihm, zu lächeln. Bevor sie gingen, besprachen sie kurz den Fall, wobei sie versuchten, keine allzu große Hoffnungen in den einsamen Mann zu legen, der in der Kirche gesichtet worden war. Louise ließ das Geld für ihren Kaffee auf dem Tisch liegen.

„Danke, Georgina", rief sie, als sie das Restaurant verließ.

u u u

Auf dem Rückweg zum Bahnhof rief Louise die Journalistin Tania Elliot an und verschob das Treffen, indem sie sich auf dringende Angelegenheiten bezüglich des Falles ausredete. Louise war von der vehementen Antwort der Journalistin überrascht. „Ich bin sicher, dass unsere Leser sehr enttäuscht sein werden, dass Sie keine Zeit haben, deren Sicherheitsbedenken zu besprechen", sagte sie.

Louise hielt an und hob das Telefon an ihr Ohr. „Das ist ein ziemlicher Schlag unter die Gürtellinie, Tania", sagte sie. Sie war erfahren genug, um einen Pressevertreter nicht mit einem Freund zu verwechseln, aber nachdem sie sich immer gut mit Tania verstanden hatte, erschien ihr die angedeutete Drohung unverhältnismäßig.

„Sie haben zugestimmt, sich mit mir zu treffen, Louise. Das ist die größte Sache, die jemals in dieser Stadt passiert ist, und Sie haben noch nicht einmal mit der lokalen Tageszeitung darüber gesprochen. Ich weiß nicht, ob Sie sich dessen bewusst sind, aber unsere Stadt steckt in einer Krise. Der Winter ist schon hart genug, auch ohne die Bedrohung durch einen Serienmörder, der frei durch die Straßen läuft."

„Ich denke, Sie übertreiben ein wenig."

„Zwei Morde in drei Tagen, und Sie meinen ich würde übertreiben? Ist das eine Standardantwort?“

„Nein, ist es nicht, Tania“, sagte Louise und erinnerte sich selbst daran, dass sie mit einer Journalistin sprach. „Natürlich legen wir höchste Priorität darauf, die Sicherheit der Stadt aufrechtzuerhalten, im Moment besteht jedoch keine direkte Gefahr für die Bevölkerung.“

„Wollen Sie damit sagen, dass der Mörder es auf bestimmte Opfer abgesehen hat? Es scheint ja auch eine Verbindung zwischen den beiden Kirchen St. Michael’s und St. Bernadette’s zu geben.“

„Dazu kann ich mich im Moment nicht äußern, und ich würde es begrüßen, wenn Sie in Ihren Artikeln nicht darauf anspielen würden.“

„Die Verbindung ist offensichtlich. Warum sollte ich sie nicht erwähnen?“

„Die Verbindung könnte durchaus ein Zufall sein, und ich denke, es wäre unverantwortlich, Spekulationen zu veröffentlichen. Ich werde Sie natürlich persönlich über die neuesten Entwicklungen auf dem Laufenden halten.“

Damit schien die Journalistin vorerst beruhigt zu sein, und nach Beantwortung einiger weiterer Fragen, die polizeilichen Ermittlungen zur Aufklärung des Falles betreffend, versprach Louise erneut, dass sie in Kontakt bleiben würden.

u u u

Die ersten der *alten Ladys* – wie sie im Büro genannt wurden – trafen um 9 Uhr ein. Louise verfolgte per Videoverbindung, wie Thomas zusammen mit einem E-FIT-Spezialisten versuchte, den Mann zu identifizieren, der am Abend von Pater Mulligans Tod in der Messe gewesen war. Sie hatten einen langen Tag vor sich. Eine Frau, Edith Case, befand sich mitten in ihren Achtzigern, und ihre Erinnerung war – wenn überhaupt vorhanden – bestenfalls verschwommen. Immer wieder beschrieb sie den Mann als groß, mit hängenden Schultern. Als sie ging, war das signifikanteste Merkmal, das sie hatten, langes, fettiges Haar, dessen Länge sich irgendwo zwischen unterem Nacken und Schulter befand.

Die letzten beiden Damen waren auch nicht viel besser. Wie Edith schon gesagt hatte, bestätigten beide, dass der Mann, den sie gesehen hatten, groß war, doch keine von ihnen erwähnte sein fettiges Haar, ob lang oder nicht. Am Ende wurde das E-FIT – das elektronische Erstellen eines Phantombildes – zu einer sinnlosen Übung. Keine der drei Frauen schien allen Punkten zustimmen zu können. Als Thomas ihnen aus Verzweiflung Fotos von bekannten lokalen Kriminellen zeigte, schüttelten sie bei jedem Foto den Kopf. Louise fragte sich, ob sie überhaupt die leiseste Ahnung hatten, wie der Mann aussah, oder ob sie nur aus purer Einsamkeit zugestimmt hatten, teilzunehmen.

„Wir suchen also einen übergewichtigen großen, kleinen Mann, der schulterlanges, fettiges Haar hat oder auch nicht", sagte Farrell zu Beginn eines Meetings, das Louise um die Mittagszeit einberufen hatte.

Selbst Louise unterdrückte ein Lachen. Sich zu erinnern war ohnehin oft schwierig, doch wenn man nicht einmal wusste, dass man Zeuge eines Verbrechens war, konnte es zu einem Ding der Unmöglichkeit werden. Das änderte jedoch nichts an der Tatsache, dass der einsame Mann immer noch ihre vielversprechendste Spur war.

„Wir müssen die Suche intensivieren. Gehen Sie noch einmal von Tür zu Tür und überprüfen Sie, ob jemand etwas Verdächtiges gesehen hat. Erwähnen Sie die Größe des Mannes und sein Haar, falls nötig. Er muss irgendwie zur Kirche gekommen sein. Ist er mit einem Auto gefahren? Wenn ja, was war es für ein Auto? Welche Route hat er genommen? Wenn nicht, wie ist er dorthin gekommen?“ Louise dachte nur laut nach, aber es tat gut, ihre Gedanken auszusprechen. Sie ignorierte das kollektive Aufstöhnen ihrer Zuhörer und beschloss, ihre Informationen über den Brand in St. Bernadette's vorerst nicht weiterzugeben. Dann teilte sie Aufgaben zu und erinnerte alle daran, dass sie jetzt eine mögliche Verbindung hatten. Zwei Opfer, zwei mögliche Motive. Auf dem Whiteboard im Besprechungsraum zog sie eine rote Linie zwischen Veronica Lloyd und Pater Mulligan und setzte ein Fragezeichen darunter. „Lassen Sie es uns herausfinden“, sagte sie, bevor sie das Team entließ.

Sie war beunruhigt, dass Robertson während der Besprechung in seinem Büro geblieben war, und wollte gerade zu ihm gehen, als sie eine SMS erhielt. Diesmal nicht von Thomas oder Finch, sondern von ihrer ehemaligen Kollegin Tracey Pugh. Sie hatte seit ihrem neulichen Treffen in Bristol nicht mehr mit ihr gesprochen, und sie freute sich, von ihr zu hören – bis sie die Nachricht las. Louise las sie ein zweites Mal und versuchte herauszufinden, ob es einen versteckten Code gab, den sie nicht bemerkt hatte:

Sieht so aus, als würden sie das Team wieder zusammenstellen. Wir sehen uns heute Nachmittag bei dir. T x

DCI Robertson stand neben seiner Bürotür, als sie von ihrem Telefon aufblickte und versuchte, ihre ansteigende Wut zu zügeln.

„Louise, auf ein Wort“, sagte er und zog sich in sein Büro zurück.

Louise atmete tief durch und sah sich um, um herauszufinden, ob noch jemand in die Sache eingeweiht war, bevor sie langsam in Robertsons Büro ging.

„Nimm Platz“, sagte er.

„Bist du nicht der Meinung, dass du so etwas erst mit mir

besprechen solltest, Iain?“, sagte Louise und hielt ihr Telefon hoch.

„Oh, du hast es schon gehört“, antwortete er, während er versuchte, in ihrem Gesicht zu lesen. „Es ist gerade erst abgesegnet worden. Der stellvertretende Polizeipräsident war der Meinung, wir bräuchten Hilfe, und wer bin ich, zu widersprechen?“

„Das ist in Ordnung, Iain, aber was genau beinhaltet diese Hilfe?“

„Nur eine Beamtin aus dem Hauptquartier. Deine ehemalige Kollegin, DI Tracey Pugh. DCI Finch meinte, das würde gut passen, da ihr früher – soweit ich es verstanden habe – ein gutes Arbeitsverhältnis hattet. Ist dies nicht der Fall?“

Louise wusste, dass es nicht Traceys Schuld war, und wenn sie sich jemanden aus ihrem alten Team für die Zusammenarbeit hätte aussuchen können, wäre es sie gewesen. Was sie beunruhigte, war, dass Finch sich einmischte. „Tracey ist großartig, aber darum geht es nicht, oder?“, fragte sie.

„Ich verstehe nicht, was dein Problem ist, Louise. Unser Team ist für diese Art von Dingen nicht wirklich gerüstet. Wenn du nicht so viel Erfahrung hättest, wäre die Sache bereits an das MIT weitergeleitet worden. Ich dachte, du würdest es begrüßen, einen weiteren erfahrenen Beamten in deinem Team zu haben.“

Sie warf einen Blick aus dem Fenster und versuchte, ihre Emotionen zu kontrollieren. Trotz ihrer Freundschaft war Tracey verpflichtet, alles, was sie herausfand, an Finch zu melden. An sich hätte sie das nicht beunruhigen sollen – er konnte alle Informationen, die er wollte, leicht bekommen –, doch das tat es. Finch war dabei, sich in die Ermittlungen einzuschleichen, und mit Tracey hatte er bereits einen Fuß in der Tür für den Fall, sich zu entscheiden, die Leitung zu übernehmen. Sie wollte Robertson ihre Befürchtungen mitteilen, doch das würde sie nur schwach, wenn nicht gar paranoid erscheinen lassen.

„Okay, auf deine Verantwortung“, sagte sie.

„Was genau meinst du damit?“

„Ich dachte, du wolltest diesen Fall, Iain. Jetzt lässt du zu, dass man ihn dir wegnimmt.“

Robertsons zog seine Augenbrauen zusammen, sein Ärger war deutlich zu spüren. Die ganze Zeit über, die sie ihn kannte, hatte sie nie einen Grund gehabt, seine Professionalität infrage zu stellen, doch jetzt fragte sie sich, warum er sich nicht ein bisschen mehr gewehrt hatte. Sollte das Hauptquartier die Leitung übernehmen, würden sie für jedes Resultat den Ruhm ernten. Vielleicht gab es einen Grund dafür, dass er seit so vielen Jahren denselben Rang innehatte.

„Du bist aufgebracht. Ich weiß zwar nicht warum, aber so ist es, also vergesse ich deine letzte Bemerkung. Aber lass mich klarstellen, dass mir oder uns nichts weggenommen wurde. Wir sind hier Teil eines größeren Ganzen, Louise. Vielleicht ist das etwas, worüber du nachdenken solltest.“ Er betonte das ‚du‘ mit seinem Glasgower Akzent und wandte sich wieder dem Papierkram auf seinem Schreibtisch zu.

Nachdem Louise den Wink mit dem Zaunpfahl verstanden hatte, stand sie auf. Er erwartete keine Entschuldigung, also bot sie ihm auch keine an.

Zurück an ihrem Schreibtisch antwortete sie Tracey und bestätigte, dass sie sich darauf freue, sie zu sehen. Tracey war eine ausgezeichnete Detektivin mit einem guten Auge für Details, erinnerte sich Louise. Außerdem verstand sie es, jedes Team, dem sie angehörte, mitzureißen. Louise hatte noch niemanden getroffen, mit dem Tracey nicht ausgekommen wäre, und das war eine Qualität, die sie bewunderte. Hoffentlich würde Tracey dazu beitragen, das Team zusammenzubringen.

Sie berief ein Meeting für jene Uhrzeit ein, zu der Tracey

ankommen würde. Im Moment war das Büro leer, abgesehen von Simone und ein paar Verwaltungsangestellten. Louise nahm sich die Zeit, um ihren HOLMES-Bericht zu aktualisieren. Den Ermittlungsstand zu verschriftlichen, verdeutlichte die prekäre Lage, in der sie sich befanden. Zwei Leichen, und der einzige Verdächtige, den sie hatten, war ein nicht identifizierter, einsamer Mann, der an einem Gottesdienst teilgenommen hatte.

War die Positionierung der beiden Leichen von Bedeutung? Beide Opfer waren an Orten gefunden worden, an denen sie leicht entdeckt werden konnten. Hatten die Fundorte etwas zu bedeuten? Waren der Strand und die Kirche relevant? Je mehr sie die Beweise untersuchte, desto chaotischer erschienen ihr die beiden Fälle. Veronica Lloyds Leiche war bewegt worden, aber Pater Mulligan wurde an Ort und Stelle gefunden. Beide Opfer waren gefesselt worden und anscheinend durch einen Gegenstand getötet worden, der ihnen durch das Handgelenk gebohrt worden war, jedoch war es bei Lloyd das rechte Handgelenk, bei Mulligan das linke gewesen.

Sie dachte gerade über die endlosen Anomalien nach, als Simone anrief, um ihr mitzuteilen, dass sie Stephen Dempsey in der Leitung habe.

Louise nahm ihr Telefon ab. „Stephen."

„Louise. Ich habe es geschafft, meinen Rückstand aufzuholen, sodass ich mich auf die Autopsie von Pater Mulligan konzentrieren konnte."

„Großartig, was hast du für mich?", fragte Louise, während sie sich darüber wunderte, wie man einen Rückstau an toten Menschen bewältigen konnte.

„Ich muss noch einiges untersuchen, aber ich denke, die Todesursache ist die durchtrennte Radialarterie am linken Handgelenk des Opfers. Eine beinahe spiegelbildliche Kopie dessen, was mit Veronica Lloyd passiert ist. Nachdem ich die

Wunde an Pater Mulligans Handgelenk vermessen habe, würde ich sogar die Vermutung wagen, dass dasselbe Objekt in sein Handgelenk getrieben wurde. Die Maße sind identisch, wobei das aktuell nur eine Hypothese ist."

„Haben wir irgendeine Idee, um welches Objekt es sich dabei handeln könnte?"

„Schwer zu sagen. Die Wunde selbst ist nicht besonders groß, hat einen Durchmesser von dreizehn Millimetern. Wir werden das mit Veronica Lloyd abgleichen, um festzustellen, ob es in der Wunde die gleichen Fasern gibt. Interessant – überaus interessant, wie ich finde – ist die Position der Wunde. Wie ich bereits sagte, ist sie identisch mit jener bei Veronica Lloyd, und ich verwende diesen Begriff nicht unbedacht. Die Eintrittsstelle befindet sich im Unterarmknochen, nahe am Handgelenk. Bei der Leiche von Mrs. Lloyd dachte ich, es handle sich vielleicht um einen Zufall, aber der Mörder hat es geschafft, den Gegenstand – was auch immer er dazu benutzt hat – in beiden Fällen zwischen acht kleine Knochen zu treiben."

„Das klingt sehr spezifisch."

„Ja. Ich habe ein paar Ideen, werde mich diesbezüglich jedoch wieder bei dir melden."

„Danke, Stephen, halte mich auf dem Laufenden", sagte Louise und legte auf, bevor er Zeit hatte, sie in einen Smalltalk zu verwickeln.

Eigentlich hätte sie sich über diese Enthüllung freuen sollen, doch im Moment warf sie mehr Fragen auf, als sie Antworten lieferte. Es schien, als würden sie nach jemandem suchen, der sehr geschickt und präzise vorging, und das beunruhigte sie. Wenn der Mörder bereits so versiert war, war der Mord an Veronica Lloyd möglicherweise nicht sein Erster gewesen. Auch deutete es darauf hin, dass Pater Mulligan nicht sein letzter sein würde.

u u u

Tracey wartete im Empfangsbereich auf sie. Louise begrüßte sie mit einer Umarmung, und obwohl sie sie erst neulich abends gesehen hatte, war es ein beruhigendes Gefühl, wieder ein freundliches Gesicht zu sehen.

„Das ist also dein neues Revier?“, fragte Tracey und überblickte die triste Einrichtung des Eingangsbereichs.

„Das ist es schon seit achtzehn Monaten, aber ja.“

„Spendierst du mir einen Kaffee?“

„Ich hole dir einen Kaffee aus der Kantine, aber ich kann nicht dafür garantieren, dass er dir schmeckt.“

„Zeig mir den Weg“, sagte Tracey.

Die Kantine war eine kleine Gastroküche im Herzen des Gebäudes. Louise schenkte ihnen Kaffee aus der Maschine ein, in der zum Glück echte Kaffeebohnen verwendet wurden, und sie nahmen auf den Plastikstühlen im Speisesaal Platz. „Das ist ja eine Überraschung“, sagte sie.

„Wem sagst du das? Finch hat es mir erst heute Morgen mitgeteilt. Anscheinend habt ihr hier Personalmangel?“

Louise zuckte mit den Schultern, ging aber nicht näher darauf ein. Sie wollte sich mit Tracey nicht auf eine Diskussion über DCI Finch einlassen. Zwar war sie eine loyale Freundin, dennoch hatte sie nicht das gleiche toxische Verhältnis zu dem Mann. „Wir können die Hilfe immer gebrauchen. Wie du weißt, ist die Kriminalabteilung hier sehr klein und dieser Fall nimmt immer mehr an Wichtigkeit zu“, erklärte sie, wobei sie ihre Worte mit Bedacht wählte.

Sie verbrachte die nächsten dreißig Minuten damit, Tracey über den Fall und ihre neuen Kollegen aufzuklären. Während sie sprach, wurde der Mangel an Fortschritten offensichtlich, doch Tracey gab keinen Kommentar dazu ab, da sie wusste, dass

Ermittlungen oft eine Eigendynamik hatten und sich der Fokus innerhalb weniger Stunden ändern konnte.

Am späten Nachmittag hatten sich die Teammitglieder wieder versammelt und nachdem Louise Tracey dem Team vorgestellt hatte, präsentierten alle ihre Tagesberichte. Die einzige vernünftige Neuigkeit kam von Thomas. Ein Anwohner der Clarendon Road, fünfzig Meter von der Kirche entfernt, hatte berichtet, dass er am Abend von Mulligans Ermordung eine einsame männliche Person in Richtung St. Michael's gehen sehen hatte.

„Der Zeuge beschrieb ihn als etwa 1,88 bis 1,95 Meter groß. Er trug einen langen Trenchcoat und hatte eine stämmige, kräftige Statur. Er äußerte sich zu dessen seltsamer Art zu gehen – er hatte hängende Schultern und hinkte leicht mit seinem linken Bein", sagte DS Ireland.

Louise wies darauf hin, dass diese Beschreibung mit einigen Aussagen der alten Ladys in Pater Mulligans Messe übereinstimmte. „Thomas, nimm dich dieser Sache gemeinsam mit Tracey an", sagte sie. „Wir müssen herausfinden, welchen Weg er zur Kirche genommen haben könnte, also geht von jenem Ort aus, an dem er gesehen wurde, und verfolgt alle möglichen Straßen und Wege zurück, bis wir auf Überwachungskameras stoßen. Mal sehen, ob wir ihn entdecken können. Wie üblich: alle Geschäfte, Kneipen, Restaurants überprüfen. Irgendjemand muss ihn noch gesehen haben."

Auch diesmal beschloss sie, ihre Erkenntnisse über den Brand in St. Bernadette's in den Achtzigerjahren noch nicht mit ihrem Team zu teilen. Das war etwas, das sie vorerst allein bewältigen konnte, doch sie war mit Veronica Lloyds alter Pfarrgemeinde noch nicht fertig. Sie wies ihr Team an, die Interviews mit den Kirchenmitgliedern zu wiederholen und deren Wissensstand über St. Michael's und Pater Mulligan abzugleichen. „Vergesst nicht: Mulligan war früher der Priester in St.

Bernadette's. Lasst uns herausfinden, was die Leute über ihn wissen, und ob es irgendeinen Hinweis darauf gibt, warum jemand seinen Tod wollen könnte."

Als das Team an die Arbeit ging, widmete sie ihre Aufmerksamkeit wieder dem Brand. Sie hielt es zwar für bedenklich, dass sie dem Feuer mehr Aufmerksamkeit schenkte, als es verdiente, aber nachdem sie mit Garrett gesprochen hatte, nagte es immer noch an ihr. Der Polizeibericht über den Vorfall war nicht digitalisiert, sodass sie Papierkopien in der Zentrale anfordern musste. Sie wollte mit dem zuständigen Ermittler sprechen und selbst feststellen, ob der Fall, wie Garrett angedeutet hatte, nicht ordnungsgemäß untersucht worden war.

An diesem Abend war sie die letzte Person, die das Büro verließ. Robertson verabschiedete sich um acht Uhr von ihr, aber sie blieb noch eine Stunde, um HOLMES auf den neuesten Stand zu bringen und die aktuellen Berichte ihres Teams durchzulesen.

Sie entdeckte den Mann, sobald sie das Hauptgebäude verlassen hatte. Er lungerte auf dem Bürgersteig vor dem Parkplatz herum, zehn Meter von ihrem Auto entfernt. Mit einem langen schwarzen Mantel bekleidet war er mindestens 1,80 m groß, entsprach jedoch nicht der von Thomas gelieferten Beschreibung eines kräftigen Mannes. Sein Mantel hing auf seinen schmalen Schultern, sein Körper war schlank und kantig.

Der Parkplatz war gut beleuchtet, und Kameras waren aus verschiedenen Richtungen auf ihn gerichtet. Dennoch behielt sie eine Hand an ihrem Pfefferspray, während sie ihren Schlagstock von ihrem Gürtel löste und sich dem Mann näherte. Fünf Meter vor ihm blieb sie stehen. „Kann ich Ihnen helfen?", fragte sie.

Als sich der Mann umdrehte, sah sie den Römerkragen um seinen Hals. *Großartig, noch ein Priester*, dachte sie, als der Mann sie anlächelte. Er war älter, als er aus der Ferne ausgesehen hatte, und das Licht der Straßenlaternen hob die dicken Furchen auf seiner Stirn hervor. „DI Louise Blackwell?“, fragte er.

„Richtig“, antwortete Louise, während ihre Finger den Schlagstock fester umklammerten.

„Mein Name ist Monsignore Ashley, Inspector Blackwell. Ich glaube, wir sollten uns unterhalten.“

KAPITEL ZWANZIG

Eine weitere unruhige Nacht. Zu schlafen war schon seit Jahren schwierig für sie, doch die letzten paar Abende hatte Eileen gekämpft, um zumindest ein paar Stunden Schlaf zu bekommen. Sie war zu sehr damit beschäftigt, an Mr. Lanegan zu denken. Vermutlich war es nichts, aber sie wurde den Gedanken nicht los, dass in seinem Haus etwas nicht gestimmt hatte. *Du bist nur eine alberne alte Dame*, redete sie sich jeden Abend vor dem Schlafengehen ein – Mr. Lanegan könnte sich eine Auszeit genommen haben, auch wenn er vergessen hatte, ihr seine Abreise mitzuteilen –, doch die Dunkelheit schürte ihre Ängste, und am Morgen war sie sicher, dass etwas Schlimmes passiert sein musste.

Aber was konnte sie tun, wem konnte sie es sagen? Es gab niemanden in ihrem Leben, der ihr näherstand als Mr. Lanegan, und sie hatte nicht einmal eine Telefonnummer von ihm. Und selbst wenn es noch jemanden gäbe, dem sie es erzählen könnte, was würde sie sagen? Dass mit dem Haus etwas nicht stimmte, dass eine Kälte herrschte, die sie dort noch nie erlebt hatte? Unwahrscheinlich. Man würde sie in irgendein grässliches Altersheim oder vielleicht in eine Irrenanstalt stecken. Sie hatte keine andere Wahl; sie musste zu seinem Haus zurückkehren und herausfinden, wo er war.

Nachdem sie zum Frühstück ein paar Löffel warmen Porridge und etwas Zitronentee zu sich genommen hatte, machte sie sich in der frühmorgendlichen Dunkelheit auf den Weg. Die Temperatur war in den letzten Tagen um ein paar Grad gesunken, und der kalte Wind brannte in ihren Augen und trübte ihre ohnehin schon schlechte Sicht. „Man sollte mich wie ein lahmes Pferd einschläfern", murmelte sie, als sie den Hügel hinunter zum Ufer ging. Der nächste Bus fuhr erst in zwei Stunden, also nahm sie ihren üblichen Weg. Die Flut war in vollem Gange, und sie hielt an der RNLI-Station für Rettungsboote an, um das rauschende Wasser zu bewundern – ein Anblick, an dem sich selbst ihre alten Augen nie satt sehen würden.

Den Hügel hinaufzugehen fiel ihr noch schwerer als sonst. Es war das erste Mal seit zwanzig Jahren, dass sie die Steigung zweimal in einer Woche bewältigt hatte, und ihr Körper war nicht bereit dafür. Der Schmerz war enorm und ließ keinen Teil von ihr unberührt. Das Knacken ihrer Gelenke war hörbar, während sie sich eine gefühlte Ewigkeit nach oben kämpfte, und ihre entzündeten Muskeln schmerzten, als wären sie ihr von den Knochen gerissen worden. Dennoch, die Genugtuung, als sie den Gipfel erreichte, war einzigartig. Siegessicher blickte sie auf ihre Geburtsstadt hinunter – die Sonne ging hinter dem dichten grauen Himmelsvorhang auf –, bevor sie den Weg zu Mr. Lanegans Haus fortsetzte.

Erst als sie an seiner Tür ankam, wurde ihr klar, dass es keine besonders christliche Tageszeit war, um anzuklingeln. Sollte Mr. Lanegan zu Hause sein und auch nur einen Funken Verstand besitzen, läge er höchstwahrscheinlich noch im Bett. Sie spähte durch das Fenster an der Vorderseite und dann durch den Briefschlitz, bevor sie beschloss, die Tür mit ihrem Ersatzschlüssel zu öffnen. Wenn er schlief, dann sollte er schlafen. Sie musste nur herausfinden, ob es ihm gut ging.

Die Kälte und etwas anderes tief in ihren Adern, das sie nicht zuordnen konnte, ließen ihre Hand zittern, als sie den Schlüssel in die Öffnung steckte. Beim ersten Versuch gelang es ihr nicht, die Türe aufzusperren, und sie musste ihre freie Hand benutzen, um den Schlüssel mit Gewalt zu drehen. Vorsichtig öffnete sie die Tür. „Mr. Lanegan", rief sie, obwohl sie inzwischen davon überzeugt war, dass sich niemand im Haus befand.

Drinnen angekommen warf sie einen Blick auf den elektrischen Thermostat an der Wand. Das Haus brauchte fast genauso dringend Wärme wie sie. Nach einigen Minuten des Studiums drückte sie auf das +-Symbol auf dem Bildschirm und staunte, als die Zahl von fünfzehn auf zweiundzwanzig stieg und der Boiler in der Küche ansprang.

Während die Heizkörper brummten, ging sie langsam die Treppe hinauf und rief nach Mr. Lanegan. Oben an der Treppe angekommen, musste sie sich ausruhen. Alles sah noch genau so aus, wie sie es letztens verlassen hatte, aber sie hoffte trotzdem, Mr. Lanegan schlafend vorzufinden, als sie seine Schlafzimmertür öffnete.

Doch sie wurde enttäuscht. Sein Bett war gemacht; es sah so aus, als wäre er – seit sie das letzte Mal hier gewesen war – nicht mehr zurückgekommen. Es fühlte sich ein wenig respektlos an, aber sie nahm auf Mr. Lanegans Bett Platz, während die Geschwindigkeit ihres Aufstiegs und ihre wachsende Besorgnis ihr den Atem raubten. Warum beunruhigte sie das so? Es könnte genauso gut sein, dass Mr. Lanegan in Urlaub war.

Sie ging von Zimmer zu Zimmer und versuchte zu verstehen, warum sie sich so in die Sache hineinsteigerte. Versuchte, die Situation zu rationalisieren, doch ihre Gedanken kehrten immer wieder zu der überwältigenden Tatsache zurück, dass Mr. Lanegan noch nie weggegangen war, ohne ihr Bescheid zu sagen. Und das konnte nur eines bedeuten: Er war krank geworden und hatte sich ins Krankenhaus begeben.

Vom Festnetz aus wählte sie die Nummer 999, in deren Leitung ihr eine empörte Frau mitteilte, dass sie nicht den Notdienst anrufen solle, um zu prüfen, ob jemand ins Krankenhaus eingeliefert worden sei.

„Aber es *ist* ein Notfall", sagte Eileen, verwirrt von der herzlosen Art, auf die die Frau mit ihr sprach.

„Ich befürchte, dass es eben kein Notfall ist. Sie werden die örtlichen Krankenhäuser anrufen müssen."

„Aber das möchte ich ja gerade herausfinden. In welches Krankenhaus wurde er gebracht?"

Die Frau seufzte, als würde sie mit einem Kind sprechen. „Von wo aus rufen Sie an?"

Eines Tages wirst du wie ich sein, dachte Eileen. „St. Ives", sagte sie.

„Ich würde vorschlagen, dass Sie es im West Cornwall Hospital versuchen. Dort wird man Ihnen weiterhelfen können."

„Können Sie mir die Nummer geben?"

Die Frau seufzte erneut, bevor sie eine Reihe von Ziffern durchsagte und auflegte.

Eileen sprach mit drei weiteren Personen, bis ein Mann ihr mitteilte, dass Mr. Lanegan im letzten Monat in keinem der Krankenhäuser in Cornwall eingeliefert worden war. „Sie könnten sich vielleicht an die Polizei wenden, wenn Sie denken, dass Ihr Freund abgängig ist", sagte der Mann, der viel hilfsbereiter war als die erste Frau, mit der sie gesprochen hatte.

Zu diesem Zeitpunkt war Eileen bereits zu müde, um nach einer Telefonnummer zu fragen. In der Stadt gab es ein Polizeirevier, und sie beschloss, dass es einfacher wäre, den Weg zurück hinunter zu bestreiten, als eine weitere Anzahl von Telefonaten zu führen.

Erst einmal brauchte sie einen Muntermacher. Zurück in der Küche füllte sie den Wasserkocher, und während sie darauf wartete, dass er kochte, durchsuchte sie Mr. Lanegans Küchenschränke, in der Hoffnung, ein paar Kekse zu finden. In einer der Schubladen fand sie eine Dose mit Mürbegebäck. Er war immer so großzügig, dass sie sicher war, es würde ihm nichts ausmachen.

Der Tee war himmlisch, und sie gönnte sich einen zweiten Keks, den sie in ihre Tasse tunkte. Es war eine friedliche Gegend, in der Mr. Lanegan lebte, die Ruhe kam ihr gelegen. Ihre Gedanken kreisten – wie sie es immer taten, wenn es still war – um ihren Sohn Terrence. Nachdem sie neulich das Haus von Mr. Lanegan verlassen hatte, wollte sie ihn anrufen, doch sie wusste nicht, wie viel ein Anruf nach Australien kosten würde. Nicht, dass sie ein Telefon gebraucht hätte. Terrence rief sie nie an. Die einzigen Personen, die sie jemals anriefen, waren jene, die ihr Dinge verkaufen wollten oder sie davon zu überzeugen versuchten, dass sie einmal in einen Unfall verwickelt gewesen war. Ab und zu machte es sie wütend. Wie schwer konnte es sein, den Hörer in die Hand zu nehmen, und die eigene Mutter anzurufen? Er war nie das herzlichste Kind gewesen und ein schwieriger Teenager, der sich mit den falschen Leuten eingelassen hatte, doch jetzt war er ein Mann, und sie hatte gedacht, er würde im Alter zumindest gelegentlich an sie denken.

Sie schüttelte den Kopf, und erst als sie aufstand, um ihre Teetasse auszuspülen, bemerkte sie, dass das Schloss der Hintertür aufgebrochen war.

KAPITEL EINUNDZWANZIG

„Es ist schon ziemlich spät, Monsignore Ashley. Können wir uns morgen früh treffen?", fragte Louise. Die Ereignisse des Tages hatten sie ausgelaugt, und ihr fehlte die Energie für ein weiteres Gespräch.

„Ich denke, Sie werden zu schätzen wissen, was ich zu sagen habe", antwortete Ashley.

„Ich bin sicher, das kann bis morgen früh warten", konterte Louise und sperrte ihr Auto mit der Fernbedienung auf.

„Was wäre, wenn ich Ihnen sagen würde, dass ich glaube, dass es drei weitere Morde geben wird?"

Louise hielt inne. Seufzend schloss sie ihre Autotür. „Ich würde sagen, wir sollten etwas trinken gehen."

Sie führte ihn in eine kleine Bar in der Nähe der Zentrale, die noch leerer war als sonst. „Entschuldigen Sie meine Unkenntnis, aber was genau ist ein Monsignore?", fragte sie, als sie beide gemütlich saßen. Obwohl sie gerne etwas Alkoholisches getrunken hätte, bestellte sie ein Mineralwasser mit Kohlensäure, während der Monsignore ein großes Glas Guinness trank, wobei der weiße Schaum in seinem ergrauten Bart hängen blieb.

„Es ist nur ein Titel. Ich bin im Grunde ein Priester mit einem ausgefallenen Namen, nicht so prunkvoll wie ein Bischof, fürchte ich."

„Sind Sie in offiziellem Auftrag hier?"

Ashley lächelte, seine Augen waren voller Wärme. „Ich bin nur ein besorgter Bürger."

„Es handelt sich also nicht um eine Vorahnung oder etwas Ähnliches?"

Ashley gluckste und nahm einen weiteren Schluck von seinem Getränk. „In der Kirche kann es schon mystisch zugehen, aber Vorahnungen sind uns aktuell fremd."

„Warum glauben Sie, dass es noch drei weitere Morde geben wird?", fragte Louise und senkte dabei ihre Stimme.

„Sind Sie religiös, DI Blackwell?"

„Spielt das eine Rolle?"

„Ich denke nicht. Ich nehme an, Sie kennen die Geschichte der Passion Christi?"

„Sie meinen, als Jesus gekreuzigt wurde?", fragte Louise und erinnerte sich an die grobe Darstellung des Kreuzweges in der St. Bernadette's Church.

Der Monsignore lächelte anerkennend. „Was können Sie mir über die Art und Weise sagen, wie Ihre beiden Mordopfer gestorben sind?", fragte er mit sattem Bariton.

„Ich kann Ihnen nicht mehr sagen, als öffentlich bekannt ist."

Ashley nickte, als hätte er ihre Antwort erwartet. „Ein Gegenstand wurde in Veronica Lloyds rechtes Handgelenk getrieben – zwischen die acht Knochen ihres Unterarms in Richtung Handgelenk. Das gleiche Schicksal ereilte Pater Mulligan, nur am linken Handgelenk. Ist das korrekt?"

Louise versuchte, ihre Überraschung zu verbergen. „Sie scheinen mehr zu wissen als die Öffentlichkeit. Wie sind Sie an diese Informationen gekommen?"

Ashley streckte seine Arme aus. „Zwei Morde, zwei katholische Kirchen – es war sehr wahrscheinlich, dass wir es herausfinden würden."

„In welcher Rolle sprechen Sie noch mal mit mir?"

Ashley gluckste. „Wie ich schon sagte, Inspector, inoffiziell. Was ich gleich sagen werde, ist etwas, das Sie nicht öffentlich machen wollen."

Louise war neugierig. Sie konnte sich ein nervöses Lachen nicht verkneifen, als sie sich vorstellte, wie der Priester ihr von einem Fluch aus dem Alten Testament erzählen würde. Beinahe hätte sie gefragt, ob das Ende aller Tage hereingebrochen sei, wollte jedoch nicht respektlos klingen. „Okay, Sie haben mein Interesse geweckt."

„Wunderbar", sagte der Monsignore und nahm einen weiteren Schluck Guinness. „Kein schlechter Tropfen. Also, das Rätsel um die Passion." Ashley nahm die Kette um seinen Hals ab und zeigte sie ihr. „Wissen Sie, was das ist?", fragte er sie.

„Ein Rosenkranz", antwortete Louise. Sie hatte selbst noch nie einen besessen, erinnerte sich jedoch daran, dass die älteren Gemeindemitglieder in ihrer Kirche einen trugen. Er bestand aus einer Reihe von Perlen. Sie erklärte ihm, dass – soweit sie wusste –jede Perle für ein Gebet stand.

„Sehr gut", sagte Ashley und spielte mit den Perlen. „Diese kleineren Perlen sind in sogenannten Dekaden angeordnet, zehn Perlen, die zehn Ave Maria darstellen. Im Grunde sind sie Zählhilfen, damit man sich auf das Gebet konzentrieren kann, statt zu zählen. Die größeren Perlen sollen an die fünf heiligen Wunden erinnern, die Christus bei seiner Kreuzigung zugefügt wurden", fügte er hinzu, bevor er innehielt.

„Fünf heilige Wunden?", fragte Louise, die ein mulmiges Gefühl verspürte.

„Für die katholische Kirche sind diese Wunden von großer Bedeutung. Die ersten beiden heiligen Wunden sind die Nägel, die in die Hände oder Handgelenke von Christus geschlagen wurden."

Louise starrte den Monsignore an und versuchte ihr Bestes, den Mann einzuschätzen. Er wirkte aufrichtig, aber sie hatte nur sein Wort, dass er überhaupt ein Priester war. Sie bestellte eine weitere Runde Getränke, dieses Mal ein Gin Tonic für sich selbst.

„Damit ich das richtig verstehe. Sie glauben, dass Veronica und Pater Mulligan gekreuzigt wurden?", fragte sie mit gedämpfter Stimme, als sie von der Bar zurückkam.

„Nicht exakt, aber ich glaube, Ihr Mörder stellt die Wunden nach, die unser Herr erlitten hat. Ich fürchte, wir haben ähnliche Dinge schon einmal gesehen."

„Ähnlich wie?"

„Haben Sie schon von Stigmata gehört, Inspector?"

„Ja, natürlich. Aber die sind selbst verschuldet. Es sei denn, man glaubt an Magie."

Nachdem er einen weiteren Schluck Guinness genommen hatte, begann Ashley zu lachen. Er hustete und entschuldigte sich. „Wir nennen es nicht Magie, Inspector. Wie Sie wissen, sind Stigmata die Manifestation von körperlichen Wunden, die jenen Wunden entsprechen, die Christus am Kreuz erlitten hat. Und zwar die fünf heiligen Wunden. Obwohl Sie recht haben, dass sich Menschen diese Wunden oft selbst zufügen, glauben einige, dass jene Zeichen ohne äußeren Einfluss erscheinen oder sich manifestieren."

Louise versuchte, nicht skeptisch zu klingen. „Und Sie glauben das?"

„Wir als Kirche mögen unsere Wunder", sagte Ashley mit einem Hauch von Verschmitztheit.

„Wie hängt das zusammen?"

„In den meisten Fällen handelt es sich zwar um aus Jux selbst zugefügte Wunden, aber es ist auch bekannt, dass es schon Wunden gab, die Menschen durch andere Personen zugefügt wurden. Anfang des zwanzigsten Jahrhunderts wurde ein Kardinal in Italien dabei erwischt, wie er den Kommunionswein mit Betäubungsmittel versetzte und seine ahnungslosen Pfarrmitglieder verwundete."

„Aber das ist mehr als Stigmata. Wer auch immer so etwas tut, belässt es nicht bei einer einfachen Wunde."

„Ja, natürlich. Ich denke, was signifikant ist, ist die Platzierung der Nägel."

Sie hielt inne, ihr Glas in der Luft. „Niemand hat etwas über Nägel gesagt."

„Nein, aber was auch immer in die Handgelenke der Opfer getrieben wurde; es geschah mit äußerster Präzision. Wenn man sich die meisten Bilder der Kreuzigung ansieht, sind die Nägel, die Christus an Ort und Stelle halten, durch seine Hand- und Fußflächen hindurch angebracht. Aber in Wahrheit: Wären die Nägel genauso angebracht worden, hätte das schiere Gewicht seines Körpers dazu geführt, dass ihm die Hände abgerissen worden wären. Die Römer waren leider Gottes sehr gut in solchen Dingen. Ihr Mörder hätte die Nägel einfach durch die Handflächen der Opfer schlagen können, aber die Tatsache, dass beide Eintrittsstellen so präzise waren, lässt darauf schließen, dass er wusste, was er tat. Und es gibt fünf heilige Wunden, das heißt, es fehlen noch drei."

„Also wird dem nächsten Opfer ein Nagel durch den Fuß getrieben?", fragte Louise, während sie gegen die Absurdität ihrer eigenen Worte ankämpfte.

Es lag keinerlei Leichtfertigkeit in Ashleys Blick. „Wenn Ihr Mörder nach demselben Muster weitermacht, dann ja. Zwei der heiligen Wunden befanden sich an den Füßen oder Knöcheln von Christus."

„Und die Fünfte?"

„Jeder gute ungläubige Thomas sollte die fünfte heilige Wunde kennen, Inspector", sagte Ashley, dessen Grinsen zurückgekehrt war.

„Das schon wieder."

„Die fünfte heilige Wunde befand sich an der Seite der Brust Christi. Die Römer durchbohrten den Körper, um sicher zu sein, dass ihre Opfer tot waren. Es wird angenommen, dass Christus diese Wunde Thomas nach seiner Auferstehung gezeigt hat."

„Ich verstehe", sagte Louise und nahm einen großen Schluck. Obwohl sie bereits überzeugt war, dass der Mörder noch nicht fertig war, schien der Gedanke an drei weitere Morde schwer vorstellbar. „Okay, das sind die schlechten Nachrichten. Was haben Sie noch für mich?"

„Ich fürchte, das war's, DI Blackwell. Ein freundlicher Hinweis in die richtige Richtung."

Louise seufzte. „Nun, danke. Das ist etwas, womit wir arbeiten können, würde ich sagen. Was können Sie mir über den Brand in St. Bernadette's 1983 erzählen?", fügte sie hinzu und versuchte, den Priester zu überrumpeln.

Ashley schien nicht beunruhigt zu sein, obwohl ihr auffiel, dass er nach seinem Drink griff, bevor er antwortete. „Ein tragischer Unfall. Warum fragen Sie?"

„Glauben Sie das wirklich, Monsignore Ashley?"

„Ich fürchte, ich weiß nur wenig über den Vorfall. Wenn ich mich recht erinnere, gab es ein Sicherheitsproblem, und zum Glück wurde niemand verletzt. Wir haben weltweit über dreihunderttausend Kirchen, da kann so etwas schon mal vorkommen. Warum fragen Sie?", wiederholte er.

Jetzt war Louise an der Reihe, sich zu zieren, während sie an ihrem beruhigenden Gin Tonic nippte. Sie wollte Garretts Theorie, dass das Feuer kein Unfall gewesen war, nicht teilen, aber aus Ashleys Antworten schloss sie, dass er mehr wusste, als er zugeben wollte. „Pater Mulligan arbeitete zum Zeitpunkt des Brandes in der Kirche. Zufälle kommen vor, aber da Veronica Lloyd ein aktives Mitglied von St. Bernadette's war, muss ich mich fragen, ob die Ereignisse zusammenhängen."

„Deshalb sind Sie der Detektiv und ich nur ein Priester. Ich wünsche Ihnen viel Erfolg bei Ihrer Suche", sagte Ashley, stand auf und streckte ihr seine lange, dünne Hand entgegen, um ihre zu schütteln.

Sie sah ihm hinterher und bestellte noch einen Drink, bevor das Lokal schließen würde, da sie es nicht mehr eilig hatte, in ihren leeren Bungalow zurückzukehren. Sie konnte sich schon die Schlagzeile vorstellen: Der Kreuziger oder eine andere religiöse Konnotation dieser Art. Die Wunden an Veronicas und Pater Mulligans Handgelenken stimmten mit Ashleys Theorie überein, aber das allein reichte nicht aus, um eine Untersuchung darauf aufzubauen. Sie würde es Robertson und ihren Kollegen gut verkaufen müssen, denn in diesem Moment klang es nach dem besten und einzigen Ermittlungsansatz. Für den Moment vergaß sie, wie der Priester an die Informationen gekommen war, und dachte über die Präzision der Einstichstellen an den Handgelenken der Opfer nach. Das an sich war schon eine potenzielle Spur. Es war möglich, dass der Mörder in irgendeiner Weise einen medizinischen Hintergrund hatte.

Sie stellte ihr leeres Glas auf den Tresen und verließ die Bar mit einem leichten Schwindelgefühl, als sie eilig in der kalten Brise zurück zu ihrem Auto ging. Sie hatte nur zwei Gläser Gin getrunken, dennoch plagte sie das schlechte Gewissen, möglicherweise das Limit überschritten zu haben, als sie sich auf den Heimweg machte. Die Locking Road war menschenleer, die meisten Bewohner der Stadt befanden sich hinter den Steinmauern ihrer Häuser in Sicherheit.

Auf dem Heimweg dachte sie an den Monsignore und die unbeschwerte Art, mit der er seine Theorie vorgetragen hatte. Vielleicht war es einfach sein übliches Auftreten, die geübte Art, wie er schlechte Nachrichten überbrachte. Ihr Telefon machte *ping* und sie blickte nach unten, um festzustellen, dass die Nachricht von einem unbekannten Teilnehmer stammte. Ihr Herz machte einen Sprung. Sie konnte es sich nicht erklären, doch es war ihr lieber, wenn Finch mit ihr in Kontakt war. Vielleicht hatte es etwas mit dem alten Sprichwort zu tun, dass man seinen Feinden nah sein sollte.

Sie wartete, bis sie zu Hause war, um die Nachricht zu öffnen, warf jedoch erst einen Blick auf ihre Ermittlungswand und vermerkte die Verletzungen von Lloyd und Mulligan. Was zunächst wie ein fieberhafter Angriff ausgesehen hatte, erwies sich nun als vorsätzlich und präzise.

„Okay, Finch, was hast du diesmal für mich?“, fragte sie und tippte auf den Bildschirm ihres Telefons.

KAPITEL ZWEIUNDZWANZIG

Sergeant Joslyn Merrick hatte das morgendliche Briefing auf dem Polizeirevier von St. Ives bereits beendet und ihrem kleinen Team von Polizei- und Unterstützungsbeamten Aufgaben zugewiesen, als PC James Lewis gerade zur Arbeit erschien.

„Auf ein Wort", sagte sie und unterbrach den jungen Mann, als dieser zu sprechen begann.

In ihrem Büro wies sie ihn an, sich zu setzen, bevor sie ihre Bürotür schloss. Sie blieb dreißig Sekunden lang an der Tür stehen und forderte ihn auf, sich zu ihr umzudrehen.

„Wie alt sind Sie, James?", fragte sie, als sie schließlich hinter ihrem Schreibtisch Platz genommen hatte.

„Fünfundzwanzig", antwortete der Polizist, der sich erst seit sechs Monaten in der Probezeit befand.

„Wissen Sie, wie alt ich bin?"

James blieb der Mund offen stehen, als ihm durch den Kopf ging, welche Auswirkungen eine Antwort seinerseits haben könnte.

„Ich bin fünfundvierzig Jahre alt, James." Sie hob ihre Hand. „Ich weiß, ich sehe nicht so aus. Aber ich bin zwanzig Jahre älter als Sie."

Der PC schaute verwirrt, also fuhr sie fort und genoss die Position, in der sie sich befand. „Sie sind Single, nicht wahr, James?“

„Na ja, sozusagen“, antwortete James mit einem nervösen Zittern in der Stimme.

„Aber Sie sind nicht verheiratet?“

Er schüttelte den Kopf.

„Und Sie haben keine Kinder?“

„Nein.“

„Ach wirklich, also haben Sie auch keine sieben- und neunjährigen Kinder, die auf verschiedene Schulen gehen?“

„Nein.“

„Ach, das ist interessant, James. Wissen Sie was? Ich schon. Und ich habe sie heute Morgen aus dem Bett geholt, ihnen Frühstück gemacht, sie umgezogen und zu ihren jeweiligen Schulen gebracht – fragen Sie lieber nicht – und ich habe es trotzdem geschafft, dreißig Minuten vor Beginn meiner Schicht hier zu sein.“

Wenn überhaupt, dann sah James jetzt entspannter aus, als würde er denken, sie würde sich lediglich über ihr Privatleben auslassen. Joslyn änderte seine Annahme mit einem strengen Ton in ihrer Stimme. „Setzen Sie sich gerade hin, Constable, wenn

ich mit Ihnen spreche.“

James richtete sich kerzengerade auf, während sich seine Wangen röteten.

„Wenn ich im hohen Alter von fünfundvierzig Jahren und mit zwei kleinen Kindern pünktlich zur Arbeit kommen kann, können Sie mir dann erklären, warum Sie das nicht schaffen?“

„Tut mir leid, Sergeant, ich habe verschlafen.“

Joslyn schnaubte laut. Es wurde immer schwieriger, so weit im Südwesten Cornwalls Nachwuchskräfte zu finden – ganz zu schweigen von guten –, doch manchmal war es ihr ein Rätsel, wie es einige dieser jungen Offiziere überhaupt schafften, die Berufsakademie erfolgreich abzuschließen. Sie verließen sich mehr und mehr auf die Gemeindebeamten, und die, die ihr zur Verfügung standen, waren nützlicher als jener junge Mann vor ihr, der so unerfahren war, wie sie es noch nie zuvor erlebt hatte.

Während er mit seinen Fingern spielte, öffnete sie seine Akte auf ihrem iPad. Der junge Mann war außerordentlich intelligent, hatte einen erstklassigen Abschluss von der Durham University, sodass sie seine Unfähigkeit nicht ganz verstehen konnte. „Hören Sie zu, James, das ist das vierte Mal in diesem Monat, dass Sie zu spät kommen. Ich möchte, dass Sie in dieser Funktion erfolgreich sind, aber Sie müssen auch etwas dazu beitragen. Hätte ich diese Entschuldigung für mein Zuspätkommen in meiner Probezeit vorgebracht, hätte man mich rausgeschmissen. Gibt es etwas, das Sie mir verschweigen? Irgendetwas, bei dem ich Sie unterstützen kann?"

„Nein."

Es stimmte, sie wollte ihm helfen, doch er musste ihr etwas liefern, womit sie arbeiten konnte. „Wenn das so ist, notiere ich mir den Vorfall. So kann es nicht weitergehen. Dies ist kein normaler Bürojob, James, das wissen Sie. Von jetzt an werden Sie dreißig Minuten vor Schichtbeginn bei der Arbeit erscheinen. Habe ich mich klar ausgedrückt?"

James begann den Kopf zu schütteln, und für eine Sekunde dachte sie, dass er es wagen würde, ihr zu widersprechen.

„Ja, Sergeant."

„Gut. Vermasseln Sie es nicht, James. Cornwall und Devon haben viel Geld in Sie investiert, und ich möchte nicht dafür verantwortlich gemacht werden, wenn das alles den Bach hinuntergeht. Haben wir uns verstanden?"

„Sergeant."

„Und als zusätzliche Belohnung dürfen Sie heute Morgen

mit mir zusammenarbeiten. Ich sehe Sie in fünf Minuten draußen."

Während PC Lewis davonschlich, lud Joslyn die Akte von gestern hoch. Eine ältere Dame, Eileen Boswell, hatte eine vermisste Person mit dem Namen Richard Lanegan gemeldet.

Die Frau war bei Lanegan als Reinigungskraft beschäftigt, was Joslyn angesichts ihres Alters überraschte.

Laut Eileen war Lanegan immer zu Hause, wenn sie putzte, doch diese Woche war er nicht da gewesen, und als sie drei Tage später zurückkehrte, hatte sie festgestellt, dass das Schloss an der Hintertür aufgebrochen war. Die Reinigungskraft kannte weder Lanegans Telefonnummer noch eine Kontaktperson für Notfälle, und Joslyn hatte sich bereit erklärt, der Sache nachzugehen, hatte jedoch gestern weder Zeit noch Ressourcen gehabt, um jemanden nachsehen zu lassen.

„Hören Sie, Sergeant, es tut mir leid wegen heute Morgen. Ich verspreche, dass es nicht wieder vorkommen wird", sagte James auf dem Parkplatz vor dem Revier.

Joslyn sah ihn an. Er war ein guter Junge, aber sie fürchtete, dass er noch zu naiv war, um auf Streife zu gehen. Das Beste, was sie für ihn tun konnte, war, ihm zu helfen, Erfahrung zu sammeln. „Gut, James. Enttäuschen Sie mich nicht."

Sie fuhren zum Haus, und Joslyn schaltete das Autoradio ein, um die unangenehme Stille zu füllen. Lanegans Haus befand sich auf einem kleinen Grundstück in der Nähe der Feuerwache. Die ältere Frau hatte ihr einen Schlüssel gegeben, aber Joslyn wollte die Tür nur öffnen, wenn es unbedingt notwendig wäre. Nachdem sie geklopft hatte, spähte sie durch die vorderen Fenster, bevor sie James anwies, den Weg hinten herum zu nehmen.

Einige Minuten später kam er zurück, um ihr mitzuteilen,

dass die Hintertür offen sei und das Schloss offenbar aufgebrochen wurde.

„Okay, notieren Sie sich die Uhrzeit. Wir gehen rein."

Sie traten durch die vordere Türe ein. Das Erste, was ihr auffiel, war die Hitze. Der Thermostat stand auf zweiundzwanzig und sie schaltete ihn aus, während sich Schweiß auf ihrer Stirn bildete.

„Irgendetwas stimmt hier nicht", sagte James, als er zur Küche und der kaputten Hintertür ging.

Joslyn schnaubte. Sie hatte keine Zeit dafür, wie sich Dinge anfühlten. Das war etwas fürs Fernsehen. Alles, womit sie sich beschäftigen müsste, war ein kaputtes Schloss und ein überhitztes Haus. Die Putzfrau war in der letzten Woche zweimal da gewesen, also könnte sie die Heizung angestellt und vergessen haben, und das kaputte Schloss könnte harmlos sein. „Ziehen Sie keine voreiligen Schlüsse, James. Wir müssen irgendwelche Kontaktdaten von diesem Mr. Lanegan finden. Sehen Sie nach, ob Sie ein Adressbuch oder irgendetwas mit einer Telefonnummer finden können."

Entweder war Lanegan peinlich genau, was Sauberkeit anbelangte, oder die Reinigungskraft hatte ganze Arbeit geleistet. Die Wohnung befand sich in einem makellosen Zustand, alles war überdurchschnittlich ordentlich. Joslyn öffnete die Schubladen in Lanegans Schlafzimmer und fand alles in einer fast zwanghaften Weise geordnet. Sogar die Unterwäsche des Mannes war gefaltet und ordentlich sortiert. Sollte die Putzfrau dafür verantwortlich sein, würde es sich vielleicht lohnen, mit ihr zu sprechen.

Joslyns Haus war das genaue Gegenteil von diesem. Ihr Mann arbeitete im Schichtbetrieb einer Fabrik in Falmouth, und es war schon schwer genug für sie zu arrangieren, dass immer einen Elternteil zu Hause war, ganz zu schweigen davon, die Wohnung in Ordnung zu halten. Doch im Gegensatz zu ihrem Haus, das voller Liebe war, schien Lanegan ein Leben in Einsamkeit und Einfachheit zu führen. Es gab keine Fotos im Haus, keine Bücher – abgesehen von Kopien aus der Bibel und ein paar anderen religiösen Texten, die in den Zimmern verteilt waren – und keinen Fernseher. Joslyn versuchte, andere Menschen nicht danach zu beurteilen, wie sie lebten, denn sie wusste, dass die meisten sie selbst als schlampig verurteilen würden, würden sie das Chaos sehen, in dem sie lebte. Die Menschen kamen auf unterschiedliche Weise zurecht, und Lanegan konnte in dieser minimalistischen Umgebung durchaus glücklich sein.

Sie durchsuchte seinen Nachttisch, und unter der King-James-Bibel fand sie, was sie gesucht hatte: ein altmodisches Adressbuch mit kleinen alphabetischen Einzügen. Sie blätterte durch den Inhalt, erpicht darauf, das Haus zu verlassen, und bemerkte die tadellose Kalligrafie des Schreibstils des Mannes. Der Inhalt lieferte genügend Informationen, um weiter nachzuforschen, also rief sie zu James hinunter. „Wir fahren zurück zum Revier. Sie werden ein paar Telefonate führen müssen.“

KAPITEL DREIUNDZWANZIG

Die Nachricht von Finch war enttäuschend. Keine Erwähnung seines Besuchs in Weston oder des laufenden Falls, nur die altbekannten Zeilen:

Gute Nacht, Louise. Schlaf gut x

Alles andere hätte ihn vielleicht verraten, dennoch war sie enttäuscht, dass er sich nicht zu erkennen gegeben hatte. Sie erinnerte sich an die Art und Weise, wie er sie in Robertsons Büro angesehen hatte, als ob nichts zwischen ihnen vorgefallen wäre, als ob es nicht seine Schuld wäre, dass sie in dieser Stadt festsaß. Wenn es gerechtfertigt wäre, könnte er diese Rolle durchaus spielen. Sie hatte Jahre gebraucht, um ihn zu durchschauen, also konnte sie Robertson und den anderen nicht verübeln, dass sie auf diesen Mann hereinfielen. Irgendwann jedoch würde ihm ein Fehler unterlaufen, davon war sie überzeugt, und sie würde auf diesen Moment vorbereitet sein.

u u u

Robertson rief sie an, als sie am nächsten Morgen auf dem

Weg nach Weston war. Es war, als würde dieser Mann nicht schlafen.

„Wann wirst du uns mit deiner Anwesenheit beglücken, Inspector Blackwell?", fragte er mit einer raueren Stimme als gewöhnlich über die Freisprecheinrichtung des Wagens. Es war 7 Uhr morgens. „Zehn Minuten."

„Beeil dich", sagte Robertson und beendete das Gespräch.

Auch dir einen guten Morgen, dachte Louise. Die schwarzen Wolken hingen tief, als sie mit Schwung auf den Parkplatz in der Walliscote Road einbog, als drohte der Himmel einzustürzen. Der Beamte am Empfang begrüßte sie mit einem knappen Nicken, als sie das Hauptgebäude betrat, und die gedämpfte Stimmung reichte fast aus, um sie wieder durch die Türe hinauszuschicken. Im Vergleich zu Bristol war es hier immer langweilig, aber aktuell hatte es die Energie einer Leichenhalle, und das mitten in einem hochkarätigen Fall von Mehrfachmord.

Sie schenkte sich einen Kaffee ein, bevor sie Robertsons Büro betrat. Er versuchte sein übliches Machtspiel zu spielen, indem er den Kopf gesenkt hielt und so tat, als würde er die Notizen vor sich lesen, als sie den Raum betrat.

„Kaffee, Iain?", fragte sie und stellte eine Tasse vor ihm ab.

Er überraschte sie, indem er ihr ein Exemplar einer nationalen Boulevardzeitung überreichte. „Seite sieben", sagte er.

„Nicht dein üblicher Lesestoff, Iain."

„Nein. Normalerweise würde ich mir damit nicht den Hintern abwischen, aber ich halte mich gern über die Geschehnisse in meiner Stadt auf dem Laufenden."

Louise schlug die Zeitung auf Seite sieben auf und verdrehte die Augen, als sie die Schlagzeile sah: Pensionisten-Mörder schlägt in Küstenstadt zu. „Es fehlt das gewisse Etwas", sagte Louise.

„Ach wirklich?"

„Das ist doch kein guter Name, oder?"

„Hör verdammt noch mal auf, abzulenken, es ist wichtig. Lies den Teil, in dem es heißt, dass wir keinen Verdächtigen haben. Und dann kannst du einen kurzen Blick ins Internet werfen, um zu sehen, wie groß die Trauer ist, vor allem um den verdammten Priester."

Louise las den Artikel. Die Morde waren reißerisch dargestellt und schlecht recherchiert worden.

Es wurde angedeutet, dass sich die Stadt schon fast in einer Art Lockdown befand, und dass die ohnehin bereits angeschlagene Tourismusbranche durch die Morde noch weiter in Mitleidenschaft gezogen werden würde.

„Komm schon, Iain, das hat keinen Einfluss auf die Art und Weise, wie wir den Fall bearbeiten. Ich will genauso wie jeder andere, dass dieser Bastard gefasst wird. Ich habe selbst gesehen, was er Pater Mulligan und Veronica Lloyd angetan hat. Die Nörgelei an uns in der Presse und im Internet ändert nichts daran."

„Sei nicht so verdammt naiv. Du und ich treffen heute Morgen Assistant Chief Constable Morley. Er kommt hierher. Seit ich in dieser Stadt lebe, hat er dieses Revier noch nie besucht. Ich werde von allen Seiten bedrängt, Louise, und ich fürchte, dass dies am Ende des Tages nicht mehr unser Fall sein wird, es sei denn, du lässt dir ganz schnell etwas einfallen."

Louise legte die Zeitung weg, obwohl sie sie eigentlich nach ihrem Vorgesetzten werfen wollte. Dasselbe Manöver wiederholte sie mit ihrer Tasse Kaffee. Die Sache trug Finchs Handschrift. Er hatte ausgezeichnete Kontakte zur Presse, sogar zu den nationalen Medien. Sie hatte in der Vergangenheit beobachtet, wie er sie umgarnte, die Lokalreporter mit Bier versorgte und Informationen weitergab, wenn es ihm und seinen Ermittlungen zugutekam. Gab es einen besseren Weg, ihr den Fall wegzunehmen? „Was willst du von mir hören, Iain?"

„Ich möchte, dass du mir sagst, dass du einen Verdächtigen

hast. Ich möchte, dass du mir sagst, dass du irgendetwas hast, was ich dem Assistant Chief Constable anbieten kann."

Louise verstand den Druck, unter dem Robertson stand, aber er wusste genauso gut wie sie, dass es nicht so einfach war. Alles änderte sich, wenn man es mit einem Mehrfachmörder zu tun hatte.

Die normale Vorgehensweise, zuerst die Familie, enge Freunde und Arbeitskollegen zu befragen, änderte sich, wenn es mehr als eine Leiche gab. Man konzentrierte sich nun darauf, eine Verbindung zwischen den Opfern zu finden und ein Motiv festzustellen. Obwohl sie das Motiv des Mörders noch nicht kannten, war die Wahrscheinlichkeit hoch, dass er oder sie die Opfer gezielt ausgewählt hatte. Ihr Alter mochte eine Rolle spielen, Louise hielt jedoch die Verbindung zu den Kirchen für ebenso wichtig, insbesondere nach ihrem Gespräch mit dem Monsignore. Es hatte sich herauskristallisiert, dass der Mörder wusste, was er tat, und dass er seine Morde präzise ausführte.

Louise holte tief Luft und erzählte Robertson von ihrem Treffen mit Monsignore Ashley. Sie berichtete von den fünf Wunden und Ashleys Theorie, dass es mindestens drei weitere Morde geben würde.

Robertson sah sie an, als wäre sie völlig verrückt. „Das ist fantastisch. Es wird Morley gefallen. Noch drei Morde und wir können den Fall ad Acta legen."

„Das gibt uns einen klaren Fokus für unsere Ermittlungen."

„Es sei denn, dieser Monsignore – gibt es so etwas überhaupt? – ist ein Verrückter. Hast du ihn schon überprüft?"

„Ich habe ihn erst gestern Abend getroffen. Nachdem ich all seine Daten habe, werde ich ihn gleich überprüfen."

„Das ist eine fadenscheinige Aussage, um weiterzumachen, Louise."

„Ja und nein. Wir haben ein aktives Pfarrmitglied der einen

katholischen Kirche und den Priester einer anderen Kirche als Opfer. Die Methode der Tötung stimmt mit der historischen Methode der Kreuzigung – wie von Monsignore Ashley erklärt – überein.“

„Das ist noch zu klären.“

„Ja, aber diese Information stammt direkt aus der Autopsie, und der Bericht des Arztes bestätigt, dass der Gegenstand bei beiden Opfern die acht Handknochen verfehlte. Ich bin davon überzeugt, dass das kein Zufall sein kann. Meiner Meinung nach muss der Mörder – auf die eine oder andere Weise – von der Kreuzigung Christi besessen sein.“

Robertson nahm einen Schluck Kaffee, während er sie unaufhörlich anstarrte. „Machst du dich über mich lustig, Louise? Das ist kein Motiv.“

„Nein, aber es ist ein Ermittlungsansatz.“

„Hoffen wir, dass der Assistant Chief das auch so sieht.“

u u u

„Eine Akte ist gerade vom Hauptquartier für dich hereingekommen“, sagte Simone, als Louise in ihr Büro zurückkehrte. Louise nickte zustimmend mit dem Kopf, die morgendliche Besprechung mit dem DCI hatte ihre Energie verbraucht. Sie wollte das Dokument gerade öffnen, als Tracey eintraf.

„Alles klar, Boss?“, fragte sie mit übertrieben amerikanischem Akzent.

„Du scheinst glücklich zu sein“, sagte Louise und bemerkte den Geruch von Nikotin und einem schwachen Hauch von Alkohol hinter dem fast schon überwältigenden Parfümduft. „Gute Nacht gehabt?“

„Das kann man so sagen. Erzähle ich dir später. Ich habe gestern einige Kontakte zur St. Michael's Pfarrgemeinschaft geknüpft, aber es ist schwer, auch nur ein Wort aus den Leuten herauszubekommen. Ich würde sagen, in dieser Gegend herrscht ein ausgeprägtes Misstrauen gegenüber der Polizeigewalt. Die Menschen, mit denen ich gesprochen habe, waren, wie du dir vorstellen kannst, zutiefst schockiert, aber auch sehr traurig. Die Gefühle für Pater Mulligan sind in dieser Gemeinschaft definitiv sehr stark ausgeprägt. Und das, obwohl er nur einen einzigen Gottesdienst pro Woche abhielt. Diesen Sonntag wird eine Messe für ihn abgehalten. Ein Besuch könnte sich lohnen."

Falls ich bis dahin noch an dem Fall arbeite, dachte Louise. „Danke, Tracey. Ich werde die Besprechung in dreißig Minuten abhalten."

„Boss", sagte Tracey, während sie kurz vor ihr salutierte.

Louise beobachtete, wie ihre Freundin zwischen den anderen Beamten umherging, und jeder schien sich zu freuen, sie zu sehen. Louise bewunderte die Leichtigkeit, mit der Tracey mit Menschen umgehen konnte. Nicht die Last einer Führungsposition zu tragen, vereinfachte es für sie, doch Louise musste viel härter dafür arbeiten, um solche Beziehungen aufzubauen, und fragte sich, ob das der Grund dafür war, dass sie noch nicht über den Rang eines Inspector hinaus befördert worden war.

Sie riss an dem großen braunen Briefumschlag, den Simone ihr hinterlassen hatte, und freute sich, die altmodischen Aktennotizen vom Brand in St. Bernadette's darin zu finden. Die braune Karte, datiert auf Mai 1983, roch muffig und war mit einer feinen Staubschicht überzogen. Der leitende Beamte zu dieser Zeit war Detective Sergeant Ben Farnham gewesen. Louise kannte weder seinen Namen, noch war sie mit den Papieren selbst vertraut. Soweit sie es beurteilen konnte, war die Untersuchung gründlich durchgeführt worden. Farnham hatte täglich Berichte erstellt, die Zeugenaussagen und Informationen von unterschiedlichen Rettungsdiensten enthielten. Die Fotos, die sie in der alten Ausgabe des *Mercury* gesehen hatte, waren ebenso vorhanden wie eine Reihe anderer Schwarz-Weiß-Bilder.

Sie verließ ihr Büro, um sich einen Kaffee zu holen. Thomas stand in der kleinen offenen Küche und wartete darauf, dass das Wasser im Wasserkocher kochte. „Morgen“, sagte er, als sie sich ihm näherte.

„Hi, Thomas. Kurze Frage. Erinnerst du dich an einen DS Ben Farnham?“

Thomas’ Augen zuckten, seine Mundwinkel leicht nach unten geneigt. Er trug einen sauberen Anzug und ein frisches Hemd. Müdigkeit stand ihm immer noch ins Gesicht geschrieben, er sah jedoch besser aus als an jenem Morgen, an dem sie ihn im Kalimera getroffen hatte.

„Ich erinnere mich an ihn“, sagte er grinsend.

„Klingt gut.“

„Ich hatte nie ein gutes Verhältnis zu dem Mann. Als ich in der Kriminalabteilung anfing, stand er ein Jahr vor der Pensionierung, und so verhielt er sich auch. Ich habe mit ihm an einer Reihe von Fällen gearbeitet, aber er zählte schon seine Tage. Zu dieser Zeit war er für mich nicht sehr nützlich.“

„Kannst du mir sonst noch etwas zu ihm sagen?“

„Nicht wirklich. Ich habe gehört, dass er mal gut gewesen sein soll. In den späten Achtzigern hatte er eine Glückssträhne, in der er eine ganze Reihe von Drogenhändlern verhaftete, die die Stadt von Bristol aus infiltriert hatten. Er war auch ein ziemlich harter Brocken, habe ich gehört. Ein ehemaliger Boxer, aber als ich hierherkam, hatte er seine besten Jahre schon verlebt. Warum fragst du?“

„Der Brand in St. Bernadette's im Jahr 1983. Er war der leitende Ermittlungsbeamte.“

„Möchtest du einen Tee?“, fragte Thomas und füllte heißes Wasser in seine Tasse, der Duft von Minze erfüllte die Luft.

Louise schüttelte den Kopf. „Pfefferminztee? Fühlst du dich nicht gut, Sergeant?“

„Ein wenig gerädert. Ein paar von uns sind gestern Abend noch etwas trinken gegangen.“

Louise verbarg ihre Überraschung. Sie hatte den Alkohol an Tracey gerochen, und jetzt war Thomas verkatert. So wie es sich anhörte, waren sie ohne sie ausgegangen. Es war lächerlich – sie hätten viele Gründe dafür gehabt haben können, sie nicht eingeladen zu haben –, aber sie spürte trotzdem einen Anflug von Eifersucht. „Ich bin mir nicht sicher, ob der Pfefferminztee da helfen wird.“

„Du hast vermutlich recht, aber bei dem Gedanken an Kaffee muss ich würgen. Also, Farnham, er war der leitende Ermittler, sagtest du?“

„Ja. Der Bericht ist ziemlich detailliert, aber ich würde gerne mit ihm sprechen.“

„Ich werde seine Nummer ausfindig machen und ihn anrufen. Er wohnt noch in der Stadt, also sollte es kein Problem sein.“

„Danke, Thomas.“

Thomas zog als Antwort die Augenbrauen hoch und trug seinen Minztee zu seinem Schreibtisch. Alle Mitglieder ihres Teams waren entweder am Telefon oder an ihre Bildschirme gefesselt. Nur Farrell war nicht anwesend, und Louise fragte sich, ob auch er mit den Nachwirkungen der vergangenen Nacht zu kämpfen hatte.

u u u

Nach dem morgendlichen Briefing ging Louise zur St. Bernadette's Church. Auf der Website der Kirche hatte sie gelesen, dass freitags eine Vormittagsmesse stattfand, und Louise sah dies als eine mögliche Gelegenheit, mit einigen Mitgliedern der Pfarrgemeinde zu sprechen. Sie war daran interessiert, Pater McGuire vor der Gemeinschaft in Aktion zu sehen.

Ihre paranoide Seite erinnerte sich an den Zeitungsartikel, den sie am Morgen gelesen hatte. Die Straßen wirkten weniger bevölkert als sonst. Die wenigen Menschen, denen sie auf dem Weg zur Kirche begegnete, schienen sie feindselig zu betrachten, als wüssten sie, dass sie Polizistin war und somit irgendwie die Verantwortung für das Trauma trug, das die Stadt gerade durchmachte.

Als sie um die Ecke zur St. Bernadette's Church bog, sah sie zu ihrer Überraschung eine Reihe von Kindern, die von ihren Lehrern in die Kirche geführt wurden. Es waren Schüler aus jener Schule, die an die Kirche angrenzt. Sie gingen schweigend, Hand in Hand, und trugen alle die gleiche blaue Uniform. Es musste sich um die Kinder der Vorschulklasse handeln, die von einer streng aussehende Frau in einem langen, wallenden Kleid herausgeführt wurden. Einige von ihnen waren unglaublich jung und bewegten sich wie Kleinkinder, obwohl sie genauso alt waren wie Emily. Es brach ihr das Herz, wenn sie daran dachte, wie sehr sich die Dinge für ihre Nichte in den letzten paar Jahren verändert hatten. Sie hatte ihre Mutter verloren, und nun war sie vorläufig von ihrem Vater getrennt. Louise versuchte, sie jedes Wochenende zu sehen, und trotz der Dringlichkeit des Falles versprach sie sich, sie morgen zu besuchen.

„Hallo."

Louise erschrak und verbarg schnell ihre Überraschung über die Begrüßung, die von einem elegant gekleideten Mann ausgegangen war, der sich ihr von der Seite genähert hatte. „Hi", antwortete sie.

„Wir haben uns noch nicht kennengelernt. Ich bin Simon Goulding, Schulleiter hier in St. Bernadette's."

Louise nickte und lächelte. Goulding stand auf ihrer Liste

der zu kontaktierenden Personen. „Louise Blackwell. Diese Kinder haben aber ein hervorragendes Benehmen."

„Es muss etwas damit zu tun haben, dass sie gerade auf dem Weg in die Kirche sind", erwiderte Goulding, der sie nun ebenfalls anlächelte. „Sie sind nicht immer so ... diszipliniert."

„Fällt die Morgenmesse aus?", fragte sie.

„Nein, Sie sind herzlich eingeladen, sich uns anzuschließen. Wir feiern Allerheiligen."

„Hat das etwas mit Halloween zu tun?", fragte Louise den Lehrer bewusst provokativ, um seine Reaktion abschätzen zu können.

„Nicht unbedingt", antwortete Goulding zögerlich. „Ich habe Sie noch nie in der Kirche gesehen, aber Sie kommen mir bekannt vor."

Louise teilte ihm mit, wer sie war. „Ich würde gerne einmal mit Ihnen sprechen", sagte sie.

Seine Reaktion war herzlich, jedoch bemerkte sie, dass er sein Körpergewicht von ihr weg in Richtung der Kirche verlagerte. „Ich muss jetzt die Kinder begleiten."

„Ich bleibe. Wir können nachher reden", sagte Louise, ohne dem Schulleiter die Möglichkeit zu geben, zu widersprechen.

Er nickte, woraufhin sie Goulding in die Kirche folgte und im hinteren Teil Platz nahm. Die Messe war anders als jene, an die sie sich aus ihrer Kindheit erinnerte. Eine Gruppe älterer Kinder saß an der Seite des Altars und hielt jeweils ein Musikinstrument in der Hand. Nachdem Pater McGuire alle begrüßt, seiner Gemeinde Frieden gewünscht und als Antwort ein „Friede sei mit euch" erhalten hatte, begannen die Kinder zu spielen, während sich alle zum ersten Lied erhoben. Louise hatte nicht mit einer so positiven Reaktion auf die Messe gerechnet. Bisher war sie der institutionellen Religion gegenüber bestenfalls neutral eingestellt gewesen. Sie erkannte zwar den positiven Einfluss, den sie auf die Gemeinschaft haben konnte, dennoch wurde sie das Gefühl nicht los, dass die Beteiligten getäuscht wurden und das ganze Unternehmen etwas sektenhaftes an sich hatte. Doch das erlebte sie jetzt nicht. Die Kinder amüsierten sich gut. Die Lieder handelten ebenso von Liebe und Frieden wie die Predigten von Pater McGuire und die Abschnitte aus den Evangelien. Es stand ihr nicht zu, über die Menschen hier zu urteilen, und am Ende der Messe musste sie zugeben, dass sie sich ein wenig besser fühlte. Eine Stunde des Sitzens und Zuschauens hatte sie erfrischt, und sie fühlte sich, als hätte sie mehr Energie für den Rest des Tages.

„Inspector", sagte Goulding, als er die Kinder aus der Kirche führte. „Können wir uns in meinem Büro treffen? Ich brauche nur fünf Minuten."

„Danke, Mr. Goulding", sagte Louise und zog den Blick eines der Mädchen am Eingang auf sich, das sie anlächelte.

uuu

Das Büro des Schulleiters war ein kleiner Raum im vorderen Teil des Schulgebäudes. Es war in einem dezenten Gelbton gestrichen, und hinter Gouldings Schreibtisch hing ein Bild der Kreuzigung.

„Hat Ihnen die Messe gefallen, DI Blackwell?"

„Sehr sogar. Sie haben hier eine schöne Schule."

„Wir haben großes Glück. Ich nehme an, Sie sind hier, um über die beiden schrecklichen Todesfälle zu sprechen."

„Ja. Wir versuchen, die gesamte Gemeinschaft zu befragen. Leider haben beide Opfer Verbindungen zu St. Bernadette's, wie Sie wahrscheinlich wissen."

Goulding rieb sich das Gesicht. „Es waren ein paar schreckliche Tage. Mrs. Lloyd unterrichtete hier, und einige der Kinder kannten sie aus der Kirche. Sie war fast jeden Tag dort. Sie war so etwas wie eine inoffizielle Hausmeisterin, würde ich sagen.

Wir werden sie so unglaublich vermissen. Auf so eine Art und Weise gehen zu müssen. Es war sehr schwierig, die Kinder davor zu schützen."

„Wissen sie, dass sie gestorben ist?"

„Ja. Es war fast eine unmögliche Aufgabe, mit den Kindern darüber zu sprechen. Wir haben darüber diskutiert und uns mit den Eltern beratschlagt. Natürlich haben wir nur gesagt, dass sie verstorben ist – keine weiteren Details –, und dasselbe gilt für Pater Mulligan, aber wir wissen, dass die älteren Kinder bereits darüber sprechen. Sie lesen die Zeitung und sprechen mit den jüngeren Kindern. Es ist eine entsetzliche Situation."

„Wie kommen Ihre Lehrer damit zurecht?"

„Wir alle machen einfach weiter, Inspector. Ich denke, die beste Strategie war es, nicht zu sehr an die schrecklichen Verletzungen zu denken, die diesen beiden Seelen zugefügt wurden. Wir haben für sie gebetet und werden das auch weiterhin tun, und wir werden den Kindern helfen, darüber hinwegzukommen."

„Kannten Sie Veronica Lloyd persönlich?"

„Wie ich schon sagte, habe ich sie täglich gesehen. Ich habe nicht immer mit ihr gesprochen, aber wir haben ab und zu ein paar Worte gewechselt."

„Und Pater Mulligan?"

„Ihn habe ich nicht wirklich gut gekannt. Ich habe ihn gelegentlich zufällig getroffen, aber ich kann nicht behaupten, ihn wirklich gekannt zu haben."

„Er war in den Achtzigerjahren der Gemeindepriester hier?"

„Ich glaube, ja."

„Zur gleichen Zeit, als Veronica eine der Lehrerinnen auf dieser Schule war."

„Ich denke, da müsste stimmen. Ich bin erst seit fünf Jahren hier und stamme nicht aus Weston."

„Woher stammen Sie ursprünglich?"

„Leicester."

„Was hat Sie ans Meer geführt?"

Gouldings Gesicht erhellte sich. „Die Liebe", antwortete er und lächelte. „Ich habe ein Mädchen aus Weston geheiratet."

Louise erwiderte sein Lächeln und versuchte immer noch zu entschlüsseln, ob er ihr etwas verheimlichte. „Ist Ihre Frau ein Mitglied der Pfarrgemeinde?"

„Jetzt schon, davor ging sie in einer unserer Schwestergemeinden in Worle zur Kirche."

„Sie war also noch nicht hier, als Veronica hier unterrichtete?"

„Nein, sie ist nicht auf diese Schule hier gegangen." Gouldings Lächeln war nun wie eingefroren, doch Louise bemerkte, dass ihn die Fragen über seine Frau verunsicherten.

„Ich muss Sie fragen, Mr. Goulding. Fällt Ihnen ein Grund ein, warum jemand Veronica Lloyd oder Pater Mulligan Schaden zufügen wollte?"

„Natürlich nicht. Allein der Gedanke ist absurd."

Louise verharrte in ihrem Stuhl, sagte jedoch nichts, um Gouldings Reaktion zu beobachten. Es vergingen einige Augenblicke, bevor der Schulleiter wieder das Wort ergriff. „Gibt es noch etwas, womit ich Ihnen helfen kann, Inspector?"

„Zu der Zeit, als Veronica Lloyd an dieser Schule als Lehrerin tätig und Pater Mulligan der Priester war, gab es hier ein Feuer."

„Ich glaube ja, aber wie gesagt, ich bin erst seit ein paar Jahren hier. Ich weiß nicht wirklich etwas darüber."

„Es war ein Unfall", sagte Louise, eher als Feststellung, weniger als eine Frage.

„Ja", antwortete Goulding verblüfft.

„Aber es gab Gerüchte?"

Goulding setzte sich aufrechter in seinen Stuhl. „Gerüchte? Ich fürchte, jetzt stehe ich auf der Leitung, Inspector."

„Gerüchte über Brandstiftung.“

Goulding schnaubte. „Von so etwas habe ich noch nie gehört. Aber wie ich schon sagte …“

„Sind Sie erst seit ein paar Jahren hier“, unterbrach Louise. „Mit wem soll ich Ihrer Meinung nach über den Brand sprechen, Mr. Goulding? Ihr aktueller Priester war auch nicht sehr gesprächig, was das Thema angeht.“

„Ich weiß es nicht. Sie können mit meinen Vorgängern sprechen, nehme ich an.“

„Ihre Vorgänger?“

„Mein direkter Vorgänger war Mr. Nathan Forester. Die Schule wurde von einem Team geleitet, und seine Frau Janet war die Schulsekretärin. Sie waren über zwanzig Jahre lang hier, bis sie in den Ruhestand gingen. Ich glaube, zum Zeitpunkt des Feuers waren sie hier. Ja, ich bin sogar sicher, dass sie das waren. Als ich hier ankam, haben wir darüber gesprochen, welche Auswirkungen der Brand auf die Schule hatte.“ Goulding tippte auf der Tastatur seines Computers herum. „Ich nehme an, es verstößt nicht gegen die Datenschutz-Richtlinien, wenn ich Ihnen ihre Daten gebe?“

„Nein, das ist sehr hilfsbereit von Ihnen“, sagte Louise und notierte die Details in ihrem Notizbuch.

u u u

Als sie zur Zentrale zurückging, wartete bereits eine Nachricht von Thomas auf ihrem Handy: *Ich habe mit Farnham gesprochen. Er ist im Moment in der Türkei. Kommt nächste Woche zurück. Er sagt, er wird dich als Erstes aufsuchen.*

Louise steckte das Telefon zurück in ihre Tasche. Der graue Himmel kündigte Regen an, und sie beschleunigte ihr Tempo auf dem Weg zurück ins Büro. Hätte sie nicht an dem Treffen mit Assistant Chief Constable Morley auf dem Revier teilnehmen müssen, wäre sie zu den Foresters gefahren, die in Worlebury wohnten. Sie musste sich vorbereiten, alles gerade ziehen, bevor sie sich der Demütigung stellen müsste, dafür zu plädieren, ihre eigenen Ermittlungen weiterführen zu dürfen. Sie konnte nicht mit einem halbherzigen Argument über den Brand in einer Kirche zu Morley gehen, selbst wenn dies die einzige solide Verbindung zwischen Veronica Lloyd und Pater Mulligan war.

Sowie sie das Revier betreten hatte, konnte sie feststellen, dass irgendetwas passiert war. Die uniformierten Mitarbeiter waren konzentrierter und arbeiteten mit einer Intensität, die Louise als aufgezwungen erschien. „Was ist hier los?", fragte sie den diensthabenden Sergeant.

„Hoher Besuch."

Louise überprüfte ihr Telefon. „Morley?", fragte sie. Der Assistant Chief Constable sollte erst in einer Stunde eintreffen.

„Genau der. Er ist oben in Ihrer Abteilung und unterhält sich mit Robbo."

„Perfekt." Sie fasste sich ein Herz und machte sich auf den Weg in ihre Abteilung.

Es schien, als hätte sich die neue Arbeitsmoral dort ebenfalls ausgebreitet. Jeder war entweder am Telefon oder studierte seinen Computerbildschirm, als hinge sein Leben davon ab.

„Ich wollte dich gerade anrufen", sagte Tracey, die von ihrem Schreibtisch herüberkam. Sie sah etwas frischer aus als vorhin, der Alkoholgeruch in ihrem Atem war nicht mehr wahrnehmbar.

„Wie lange ist er schon hier?"

„Zehn Minuten."

„Ist er allein gekommen?"

„Sein Assistent ist bei ihm."

„Wer ist das? Superintendent Rouse?"

„Ja, Dan Rouse. Den Arschkriecher erkennt man schon von Weitem“, scherzte Tracey.

Die Erleichterung darüber, dass Morley nicht von Finch begleitet wurde, wurde durch dessen Entscheidung, eine Stunde früher zu erscheinen, relativiert. Hatte Robertson davon gewusst oder war es auch für ihn eine Überraschung gewesen?

Es war typisch für Morley. Früher erscheinen und alle überraschen. Die ganze Sache war eine Ablenkung und nicht das, was sie brauchten, wenn ihre ganze Aufmerksamkeit darauf gerichtet sein sollte, den Mörder zu finden. Die Jalousien in Robertsons Büro waren geöffnet und sie konnte den Rücken des grauhaarigen Morley und seines Möchtegern-Nachfolgers Rouse sehen, die ihm gegenübersaßen. „Gehst du rein?“, fragte Tracey.

„Ich werde warten, bis ich gerufen werde.“

In ihrem Büro angekommen rief sie bei den Foresters an und wurde mit dem Anrufbeantworter verbunden, auf dem Mr. Forester sie bat, eine Nachricht zu hinterlassen. Seine Stimme klang leicht melodisch, südafrikanisch, wenn sie sich nicht irrte.

„Mr. und Mrs. Forester, hier spricht Detective Inspector Louise Blackwell, Crime Investigation Department in Weston. Ich wäre Ihnen dankbar, wenn Sie mich so bald wie möglich kontaktieren würden“, sagte sie und hinterließ ihre Nummer, bevor sie auflegte.

„Sie wollen dich jetzt sehen“, sagte Simone, die wie ein Gespenst an Louises Schreibtisch erschienen war.

Louise loggte sich auf ihren Laptop ein, bevor sie in Robertsons Büro ging, um sich ein paar Minuten Zeit zu gönnen, bevor sie Morley gegenübertreten müsste. In wenigen Minuten könnte ihr der Fall entzogen werden. Letztendlich war Morley für ihre Versetzung nach Weston verantwortlich gewesen.

Er war schon jahrelang eng mit Finch befreundet, und sie hatte seine Freude gespürt, als er ihr vor achtzehn Monaten die

Nachricht überbracht hatte. Er war enttäuscht gewesen, als sie die Entscheidung mit Fassung akzeptiert hatte. Sie war sich sicher, dass er gerne einen Ausbruch erlebt hätte, um sich in seiner Macht zu suhlen, doch sie hatte keine Lust gehabt, sich zu erniedrigen. Was er wirklich wollte, war ihr Rücktritt, aber sie wäre verdammt, würde sie sich von Männern wie Morley etwas vorschreiben lassen würde.

„Ah, Louise, setz dich", sagte Robertson, als sie an die Tür klopfte.

„Sir, Sir", grüßte Louise, wobei sie sich an Morley und Rouse wandte, die ihr beide kaum Beachtung schenkten.

„Sie wissen, warum ich hier bin", sagte Morley, noch bevor sie Platz genommen hatte.

Nicht, um meine Ermittlungen zu unterstützen, dachte Louise. „Sir", sagte sie.

„DCI Robertson hat mich freundlicherweise über den aktuellen Stand der Ermittlungen informiert. Ich sehe keine großen Fortschritte, wenn ich ganz ehrlich bin."

Es war weniger als eine Woche her, und es handelte sich um einen Serienmörder. Was zum Teufel hatte er denn erwartet? „Es ist ein sehr komplexer Fall, Sir."

Morley blickte finster drein, sein Gesicht war von Unmut gezeichnet. „Es ist ein komplexer Fall, DI Blackwell. Es ist auch ein sehr prominenter Fall. Sie haben heute Morgen die Boulevardblätter gelesen, nehme ich an?"

„Sir."

„Wie nennen sie ihn noch mal?", fragte Morley und wandte sich an Rouse.

„Der Pensionisten-Mörder", antwortete Rouse, halb stirnrunzelnd, halb grinsend.

„Ja, der Pensionisten-Mörder", wiederholte Morley.

„Etwas reißerisch, nicht wahr?", erwiderte Louise fragend.

„Das ist nicht zum Lachen, Inspector. Abgesehen von der

negativen Presse, die wir dadurch bekommen, können Sie sich vorstellen, welche Auswirkungen so etwas auf Ihre Stadt hat? Ich muss Ihnen sicher nicht sagen, dass Weston nur durch den Tourismus überlebt, und einen Großteil davon, vor allem im Winter, machen die Pensionisten aus. Wer, der bei klarem Verstand ist, würde im Moment hierherkommen wollen?“

Louise hatte diese Art von Argumentation schon oft geführt. Zweifellos stand Morley auf seine eigene Art unter Druck. *Scheiße fällt immer nach unten*, dachte sie. Sie warf Robertson einen Hilfe suchenden Blick zu und war froh, als der DCI das Wort ergriff.

„Wir haben volles Verständnis für die Situation, Sir. Wir arbeiten unermüdlich daran, die verantwortliche Person zu finden. Wir brauchen nur etwas Zeit.“

„Ich glaube nicht, dass der Mörder es speziell auf Pensionisten abgesehen hat“, sagte Louise.

„Wirklich?“, fragte Morley und teilte seine Ungläubigkeit mit einem Blick zu Rouse.

„Ja, die beiden Opfer waren um die siebzig, und ich glaube, sie wurden gezielt ausgewählt. Allerdings nicht wegen ihres Alters.“ Louise fuhr fort, ihre Ermittlungen über die St. Bernadette's Church und den Brand zu erläutern, einschließlich ihres Treffens mit Monsignore Ashley.

Morley zeigte sich unbeeindruckt. „Sie haben nichts Konkretes“, sagte er und strich sich über das Gesicht. Dann seufzte er, und blies die Luft durch seine Finger. „Und religiöse Mystik wird auch nichts Gutes bringen. Wenn es nach mir ginge, würde ich Ihnen den Fall sofort entziehen. Aber ich denke, das würde ein schlechtes Licht auf die Abteilung werfen, also bin ich bereit, Ihnen Aufschub zu gewähren. Ich gebe Ihnen bis Montagabend Zeit, etwas Konkretes vorzulegen, oder ich übergebe den Fall an das MIT. Sind wir uns einig?“, fragte er und stand auf.

Alle anderen im Büro standen ebenfalls auf. „Ja, Sir“, sagte Louise.

Morley nickte, als Robertson hinter seinem Schreibtisch hervortrat. „Ich begleite Sie beide hinaus“, sagte er und sah Louise an, als er ging. Sie konnte nicht sagen, ob er erleichtert war, triumphierte oder ob es eine Mischung aus beidem war.

KAPITEL VIERUNDZWANZIG

Geoff hatte sich wie ein Perverser gefühlt, als er in seinem Van saß und Mrs. Forester beim Betreten ihres Hauses beobachtete. Er kannte ihre Adresse, war also dem Bus vorausgefahren, in dem sie saß, und hatte auf ihre Ankunft gewartet, wobei er seinen Wagen auf der gegenüberliegenden Straßenseite geparkt hatte – wie immer weit genug entfernt, um keinen Verdacht zu erregen, jedoch nahe genug, dass er das Haus noch sehen konnte.

Er war enttäuscht gewesen, als er gesehen hatte, dass alle Lichter an der Vorderseite des Gebäudes ausgeschaltet waren. Das Zuhause der Foresters war eine Doppelhaushälfte in Worlebury Hill, dem wohlhabendsten Viertel der Stadt. Hinter dem Haus verlief eine Gasse, die zur angrenzenden Straße führte, und Geoff hatte den Bereich überprüft, bevor Mrs. Forester zurückkehrte. Die Lichter im hinteren Teil des Hauses waren ebenfalls ausgeschaltet, sodass er nur vermuten konnte, dass Mr. Forester noch unterwegs war.

Zurück im Van hatte er mit der Hand gegen das Lenkrad geschlagen. Er hatte nicht in Erwägung gezogen, dass die Foresters getrennt unterwegs sein könnten. Wie Mrs. Forester war auch Mr. Forester gelegentlich ehrenamtlich tätig, aber ansonsten waren sie immer zusammen. Er war in diesem Monat schon fünfmal hier gewesen, um seine Tat zu planen, und jedes Mal waren beide zu Hause gewesen. Er wollte nicht die Nerven verlieren, aber er konnte nicht ohne Mr. Forester anfangen.

Sie mussten zusammen sein.

Letztendlich hatte er bis 22:30 Uhr gewartet, bevor er die Gegend verließ. Ein einsamer Spaziergänger mit Hund und ein junges, Händchen haltendes Paar, hatten ihn bereits komisch angeschaut, und er konnte nicht riskieren, entdeckt zu werden.

Wo zum Teufel war Mr. Forester, und warum hatte er sich genau jenen Abend ausgesucht, um abwesend zu sein?

Die Wolken, die den ganzen Tag über der Stadt gehangen hatten, hatten sich in ein Unwetter aufgelöst, als er zurück ins Zentrum fuhr. Es regnete unablässig, und die Sicht war so schlecht, dass er gezwungen war, anzuhalten. Der Regen rann von der Windschutzscheibe und prasselte auf seinen Van, und die Tropfen waren so dick, dass sie wie winzige Steine klangen, die an der Karosserie abprallten. Der lange Tag hatte seinen Tribut gefordert, und alles, was er noch wollte, war, zu seiner Mutter zu fahren und sich auszuruhen. Doch er hatte den Mann zu lange allein gelassen und war gezwungen, eine weitere Überfahrt nach Steep Holm zu machen.

Obwohl er auf dem Rückweg noch einmal nass wurde, war es auf der Insel so ruhig, dass er sie nicht wieder verlassen wollte. Nachdem er nach dem Gefangenen gesehen hatte, verbrachte er die Nacht im warmen Besucherzentrum, wobei ihm der lange Weg über die dunkle Insel – in Anbetracht der Aussicht auf eine heiße Dusche – nichts ausmachte.

Er hatte den Schlaf der Gerechten geschlafen und war aufgewacht, als Sonnenstrahlen durch die Jalousien des kleinen Zimmers fielen, in dem er die Nacht verbracht hatte. Er war wahrhaftig der König von allem, was er überblicken konnte. In der kleinen Küche machte er sich Kaffee und Toast und beschloss, zu seinem Gefangenen zurückzukehren. Seine Füße sanken geräuschvoll in den Schlamm, als er die Insel überquerte, doch die Sonne stand hoch und es gab keine Meeresbrise, die ihn abkühlen konnte.

Die nächtliche Ruhe hatte ihn mit neuem Optimismus erfüllt, der jedoch durch den Anblick des Gefangenen zunichtegemacht wurde. Es schien, als sei der Mann in der Nacht um ein Jahrzehnt gealtert. In der Dunkelheit hatte Geoff weder die graue Blässe seiner Haut noch das Gelb seiner Augen erkennen können. Eine Krankheit hatte ihn befallen, und der Mann erinnerte ihn an Pater Mulligan Sekunden vor dessen Tod.

„Hier ist etwas Wasser", sagte Geoff, hob den Kopf des Mannes an und hielt ihm eine Flasche an die trockenen Lippen. „Wie fühlst du dich?"

Der Mann ließ sich das Wasser in den Mund laufen, antwortete jedoch nicht.

Geoff fluchte und ließ seinen Gefangenen wieder auf den Boden sinken. Was sollte er nur tun? In Wahrheit hatte er genug vom Festland. Er hatte sich nicht von seiner Mutter verabschiedet, hielt es jedoch auch nicht für notwendig. Sie würde nicht verstehen, was er vorhatte, und wenn er sich von ihr verabschiedete, würde sie sich nur aufregen und Ärger machen.

Aber was sollte er mit den Foresters machen? Als er seinen Plan ausgeklügelt hatte, hatte alles so einfach ausgesehen. Jetzt jedoch würde es einen gewaltigen Aufwand erfordern, das zu beenden, was er begonnen hatte, und er war sich nicht sicher, ob er darauf vorbereitet war. Er würde noch einmal nach Weston zurückkehren müssen, um das Haus der Foresters zu beobachten – in der Hoffnung, sie wären zu Hause –, bevor er nach Steep Holm zurückfahren könnte.

Jede Fahrt war ein Risiko, eine weitere Möglichkeit, erwischt zu werden.

Hatte er schon genug getan?

Er hatte Mrs. Lloyd und den ungläubigen Priester bestraft. Wäre es ein solches Verbrechen, den Schuldirektor und seine Frau am Leben zu lassen?

Geoff begann den Kopf zu schütteln. „Nein, nein, nein", wiederholte er für sich selbst. Nein, er konnte nicht zulassen, dass sie am Leben blieben. Sie trugen genauso viel Schuld wie Lloyd und Mulligan. Vielleicht nicht so viel Schuld wie der Mann zu seinen Füßen, doch sie hatten eine Chance gehabt. Wenn sie auf ihn gehört hätten, wäre das alles nicht passiert.

Er stellte sich seinen Vater in einem schwerelosen Fegefeuer vor. Seine Vorstellungskraft reichte nicht aus, sich etwas anderes vorzustellen als einen Mann, der für die Ewigkeit in jenen Wolken gefangen war, doch er wusste, dass er die Fähigkeit hatte, genau das zu verhindern. Doch um seinen Vater vor dieser ewigen Strafe zu bewahren, mussten diejenigen, die ihm Unrecht getan hatten, bestraft werden.

Genau wie der Herr würden auch sie die fünf heiligen Wunden erleiden.

u u u

Er verbrachte den Nachmittag damit, alles zusammenzupacken, und brauchte drei Anläufe, um alles zu verstauen. Im Schuppen des Besucherzentrums hatte er eine Sackkarre gefunden, und der Mann protestierte nicht, als Geoff ihn auf das Gerät hievte, seine Arme und Beine sicher in seinem versifften Schlafsack verstaute, sein Körper leicht wie eine Feder. „Wir werden dich sauber machen", sagte Geoff. „Dir dann etwas Warmes zu essen geben. Ich habe einen Eintopf auf dem Herd. Wie hört sich das an?"

Sein Gefangener reagierte nicht, sein starrer Blick war auf den Himmel über ihm gerichtet. Auf der Rückfahrt zum Besucherzentrum fiel er dreimal hinunter, die Räder der Sackkarre verfingen sich im Schlamm und sein Schlafsack war mit dem Zeug vollgesogen, als Geoff ihn in die Holzhütte hob.

Er realisierte, dass er das Zentrum von Anfang an hätte nutzen sollen. Anfangs hatte er nicht riskieren wollen, dass jemand dem Besucherzentrum einen Überraschungsbesuch abstattete, doch seine Befürchtungen waren unbegründet gewesen.

Die Insel war in den Wintermonaten eine Geisterinsel, und abgesehen von dem Schreck mit den Kanufahrern war außer ihm und seinem Gefangenen niemand hier gewesen.

Der Mann zitterte, als Geoff ihn aus dem Schlafsack befreite. Der Geruch war unerträglich, die Kleidung des Mannes durchnässt und voll von seinen eigenen Exkrementen. Geoff wollte ihn nicht anfassen, doch nachdem er sich weigerte, sich zu bewegen, zerrte Geoff ihn ins Badezimmer, wo die Dusche lief. Der Mann kroch unter den Wasserstrahl und lehnte sich mit dem Rücken an die gekachelte Wand. Allmählich kehrte Leben in ihn zurück: Der Dreck rann seinen Körper hinunter, die Farbe kehrte auf seine schlaffe Haut zurück.

„Das ist wie Jesus, der seinen Jüngern die Füße wäscht", sagte Geoff, schaltete die Dusche aus und reichte dem Mann ein Handtuch.

„Vergleichst du dich jetzt mit unserem Herrn?" Die Stimme des Mannes war heiser, einige seiner Worte gingen verloren, als er sich bemühte zu sprechen.

„Natürlich nicht."

„Gut, denn es gibt nichts Heiliges an dieser Situation."

„Es ist heiliger, als du denkst", sagte Geoff und dachte darüber nach, was er geplant hatte.

Die frischen Kleider, die er ihm gab, waren ein paar

Nummern zu groß, und sein Gefangener sah aus wie ein Clown, als er in den Hauptraum der Unterkunft stolperte. Trotz des Alters und der mangelnden Kraft des Mannes war Geoff immer noch vorsichtig. Er könnte nicht weglaufen, könnte jedoch jederzeit irgendeine Art von Angriff inszenieren. Er deutete auf den langen Holztisch. „Setz dich."

„Was ist das? Ein letztes Abendmahl?", fragte der Mann, als Geoff heißen Eintopf in seine Schüssel schüttete.

Nicht ganz, dachte Geoff, als der Mann die Mahlzeit verschlang, die rotbraune Flüssigkeit schlürfte und am Brot riss, als hinge sein Leben davon ab, wobei er zwischen den einzelnen Bissen kaum Luft holte. „Langsam, du wirst dich noch übergeben müssen."

Der Mann lachte, und der Eintopf tropfte aus seinem Mund und rann über den Tisch zu Geoff. „Wie kommt es, dass dir mein Wohlergehen auf einmal so wichtig ist? Du hast mich in diesem Loch verrotten lassen, und jetzt bist du nett zu mir."

„Pater Mulligan ist tot", sagte Geoff und wechselte das Thema.

„Was?"

„Du hast richtig gehört."

„Was, wie?", fragte der Mann und seine Hand zitterte, als ihm die Erkenntnis dämmerte. „Du hast ihn getötet? Warum?"

Diese Information preiszugeben, hatte Geoff nicht so triumphierend gestimmt, wie er erwartet hatte, und er konnte die Frage nicht sofort beantworten.

„Warum tust du das? Ich kann dir helfen, Geoffrey. Du musst mir nur sagen, was los ist."

Geoffs Verwirrung verschwand im Nu. „*Du* willst *mir* helfen?", fragte er, stand auf und ging auf den Mann zu. Als er gerade nach einem weiteren Stück Brot griff, fesselte er seine skelettartigen Hände hinter seinen Rücken. „Ihr habt mir noch nie geholfen. Keiner von euch."

„Lass mich dir jetzt helfen", sagte der Mann. „Geht es um deinen Vater?"

Geoff schüttelte den Kopf und warnte den Mann, nicht weiterzumachen, als Hitze durch seinen Körper schoss. Die Wirkung kam dem Gefühl gleich, das er in der Kirche verspürt hatte. Sie durchströmte ihn und durchflutete jede Sehne seines Körpers, doch das war keine willkommene Erfahrung.

Nach dem Vorfall – sie nannten es immer „der Vorfall" und weigerten sich, laut auszusprechen, was geschehen war – hatte sein Vater aufgehört, in die Kirche zu gehen, hatte beinahe aufgehört, zu glauben. Geoff war weiterhin in die Kirche gegangen, sowohl aus eigenem Wunsch heraus als auch aus dem Bedürfnis heraus, seinen Vater zu schützen. Wenn sein Vater nicht in die Kirche ging, dann musste Geoff an seiner Stelle gehen. Wenn er aufgehört hatte zu glauben, dann musste Geoff doppelt so stark glauben.

Er hatte es gehasst, zu sehen, wie sich sein Vater verändert hatte, seine Gefügigkeit, die Art und Weise, wie er sich der Zerstörung seines Glaubens ergeben hatte, und das schürte teilweise Geoffs eigene Wut. In der Oberstufe war er in unzählige Schlägereien verwickelt gewesen. Anfangs hatte er sich nur zum Selbstschutz geprügelt – sein Status als Außenseiter galt für die Rüpel als Warnung –, doch schon bald zettelte er selbst Schlägereien an. Er redete sich ein, er wolle Unrecht wiedergutmachen, doch in Wahrheit genoss er das Gefühl, wenn Knochen auf nachgiebiges Fleisch trafen. Er beichtete seine Sünden jedem beliebigen Priester, der ihm zuhörte, und obwohl er Gott versprach, seine Taten nicht zu wiederholen, kehrte die Wut schon bald zurück, und er fing wieder von vorne an.

Doch das war lange her. Jetzt konnte er sich beherrschen. Er war genau und er war gerecht, und der Mann vor ihm würde seine Strafe erhalten, wenn die Zeit reif wäre.

„Dafür ist es viel zu spät“, sagte Geoff, stopfte dem Mann einen Knebel in den Mund und führte ihn in einen kleinen Raum.

KAPITEL FÜNFUNDZWANZIG

Mr. Thornton starrte Louise zornig an, als sie am Samstagmorgen das Haus verließ. Er machte seine Mülltrennung wie ein Puzzle, zerriss Kartons und sortierte sie in den kleinen schwarzen Behälter.

„Morgen", sagte Louise, als sie an ihrem Auto angekommen war.

„In der Tat", antwortete Thornton und schloss seine Haustür hinter sich.

„Charmant", sagte Louise.

Im Auto sitzend, wartete sie darauf, dass die Heizung die Windschutzscheibe abtaute. Nachdem sie das Büro erst um 11:00 Uhr verlassen hatte, waren ihr in der vergangenen Nacht nur fünf Stunden Schlaf geblieben. Der alte Schulleiter von St. Bernadette's, Nathan Forester, hatte endlich auf ihren Anruf geantwortet und einem Treffen am Nachmittag zugestimmt, was das einzig Positive war, das sie vom Vortag mitgenommen hatte. Das Treffen mit dem Assistant Chief Constable und seinem Handlanger Rouse war ein Desaster gewesen, und nun hatte sie auch noch eine Deadline. Der Gedanke, den Fall an das MIT zu verlieren, war unerträglich. Sie konnte sich schon den selbstgefälligen Gesichtsausdruck von Finch vorstellen, wenn ihm der Fall übergeben würde. Es war, als würde Morley wollen, dass sie versagte. Ihr war bewusst, dass der Mann nach dem Walton-Fall ein Problem mit ihr hatte, doch das Ausmaß seiner Feindseligkeit verblüffte sie.

Das Haus der Foresters war eine hübsche Doppelhaushälfte in den Hügeln von Worlebury. Louise hatte sich einige Immobilien in dieser Gegend angesehen, bevor sie sich für den Bungalow entschieden hatte. Obwohl die Autobahn nur ein paar Kilometer entfernt war, war es ihr damals etwas zu abgelegen erschienen.

Eine schlanke Frau mit silberblondem Haar öffnete die Tür. „Janet Forester", sagte die Frau, nachdem Louise sich vorgestellt hatte, wobei ihr Lächeln ein Spinnennetz aus Falten auf ihrem stark geschminkten Gesicht entstehen ließ.

Sie wurde in den hinteren Teil des Hauses geführt, wo die Regale mit gerahmten Fotos gefüllt waren. „Ihre?", fragte Louise und zeigte auf Fotos von zwei lächelnden Jungen in dunkelblauer Schuluniform.

„Ja genau, obwohl sie jetzt viel älter sind, fürchte ich."

„Was machen sie beruflich?"

„Arthur ist Arzt, Monty Ingenieur."

Der Stolz stand der Frau ebenso ins Gesicht geschrieben wie ihre Selbstgefälligkeit. „Nathan, DI Blackwell ist hier, um mit dir zu sprechen."

Ein rundlicher Mann in einem Sweatshirt erhob sich von einem Küchenstuhl. Louise fiel auf, dass seine Shorts hoch über seine Taille gezogen waren und eng an seinem Bauch anlagen. „Nathan Forester", sagte er mit einem Anflug von Misstrauen. „Bitte nehmen Sie Platz."

Louise nahm das Angebot zum Tee an und bat Mrs. Forester,

sich zu ihnen zu setzen. Sie wollte ein lockeres Gespräch führen, da sie die Foresters vorerst auf ihrer Seite brauchte. „Wenn Sie mir die Frage gestatten, woher kommt Ihr Akzent? Ich kann ihn nicht zuordnen."

„Normalerweise bemerkt das niemand", antwortete Nathan. „Ich schätze, deshalb sind Sie der Detektiv. Wir stammen beide ursprünglich aus Südafrika, sind jedoch seit den frühen Achtzigern hier."

„Als Sie St. Bernadette's übernommen haben?"

„Richtig. Ist es das, worüber Sie mit uns sprechen wollen?", fragte Janet. Die Frau lächelte, doch Louise kannte diese Art von Lächeln. Sie brauchte ihr nur in die Augen zu sehen, um zu erkennen, dass sie keine Wärme ausstrahlte. „Wie ich bereits am Telefon sagte, untersuche ich den Tod von Veronica Lloyd und Pater Mulligan. Ich glaube, Sie kannten beide."

„Tragisch, absolut tragisch", sagte Nathan und schüttelte den Kopf. „Was für eine schreckliche Sache der Pfarrgemeinschaft widerfahren ist. Ja, wir kannten beide, Veronica und Pater Mulligan."

„In welcher Funktion haben Sie sie gekannt?"

„Veronica war eine meiner Lehrerinnen. Sie war bereits da, als ich Schulleiter wurde, und ging ein Jahr vor mir in den Ruhestand."

„Vor uns", fügte Janet hinzu, als wäre sie verärgert darüber, ausgeschlossen worden zu sein.

„Und Pater Mulligan?", fragte Louise.

„Er war der damalige Hauptpriester der Kirchengemeinde. Ein wunderbarer Mann. Ich ... wir ... haben ihn jeden Tag gesehen. Er kam immer in die Schule und hielt sehr interessante Vorträge. Er hatte wirklich Talent, die Aufmerksamkeit von Vier- bis Elfjährigen aufrechtzuerhalten. Er war eine Respektsperson, wissen Sie. Die Kinder himmelten ihn an."

„Und Veronica?"

Louise beobachtete, wie das Ehepaar Blicke austauschte.

„Sie war eine großartige Lehrerin. Ziemlich altmodisch, könnte man sagen."

„Altmodisch?"

„Sie war eine Art Zuchtmeisterin. Führte ein strenges Regiment. Aber sie war sehr angesehen. Ehemalige Schüler kamen immer wieder in die Schule, um sie zu sehen."

„Gab es jemals irgendwelche Probleme, an die Sie sich erinnern können? Vielleicht verärgerte Schüler oder Eltern?"

Nathan schüttelte den Kopf, sein Blick wanderte wieder zu seiner Frau und dann zurück zu Louise. „Nichts Besonderes, an das ich mich erinnern kann. Probleme mit Eltern gibt es immer, wie Sie sich vorstellen können. Manche neigen dazu, sich zu sehr einzumischen, andere mischen sich überhaupt nicht ein. Ein Teil meiner Aufgabe war es, die Erwartungen der Eltern zu erfüllen, die vor allem in den letzten Jahren oft unrealistisch waren."

„Inwiefern unrealistisch?"

„Jedes Kind ist wichtig, das versteht sich von selbst, aber oft sitzen bis zu zweiunddreißig Kinder in einer Klasse und nicht jedes Kind kann die individuelle Aufmerksamkeit bekommen, die sich die Eltern wünschen. Als ich St. Bernadette's übernahm, hatten wir keine Lehrassistenten, oder wenn, dann arbeiteten diese auf Teilzeitbasis, sodass die Lehrer allein für ihre Klassen zuständig waren."

„Und die jetzigen Lehrer glauben, dass sie es heutzutage schwer haben", warf Janet ein.

„Einige der Eltern nahmen es Veronica also übel, dass sie ihren Kindern nicht genug Aufmerksamkeit schenkte?"

„Wir trafen uns gelegentlich mit den Eltern, aber wie ich schon sagte, war dies hauptsächlich ein Phänomen der letzten

Jahre. Ich fürchte, die Leute haben das Gefühl, dass sie in den letzten Jahren mehr Mitspracherecht bekommen haben."

Louise war sich nicht sicher, ob der Wunsch, das Beste für das eigene Kind zu wollen, bedeutete, dass ein Elternteil mehr oder weniger Mitspracherecht hatte, aber sie ging nicht weiter darauf ein. „Hatten viele dieser Treffen mit Veronica Lloyd zu tun?"

„Nein, nein. Das war eine allgemeine Sache. Tatsächlich erinnere ich mich nicht an viele Elterngespräche, in denen es um Veronica ging."

„Wahrscheinlich hatten sie zu viel Angst", fügte Janet hinzu und erntete einen tadelnden Blick von ihrem Mann.

„Angst?"

Janet runzelte die Stirn, als wollte sie sich verteidigen, weil sie etwas gesagt hatte, das sie nicht hätte sagen sollen. „Wie mein Mann sagte, konnte Veronica eine ziemlich Respekt einflößende Frau sein."

„Wie hat sie sich mit Pater Mulligan verstanden?"

Nathan zuckte mit den Schultern. „Das ist schon eine Weile her, verstehen Sie? Soweit ich weiß, hatten sie eine normale Arbeitsbeziehung. Veronica war eine sehr gläubige Katholikin und ging mindestens einmal pro Woche zur Messe."

„Also keine Feindseligkeit zwischen den beiden?"

„Nein, natürlich nicht."

Louise seufzte, denn sie spürte, dass das Gespräch in eine Sackgasse geraten war. „Ich glaube, es gab einen Brand in der Kirche, als Sie der Schulleiter waren, Mr. Forester?"

Die beiden tauschten wieder Blicke aus, und Louise konnte nicht sagen, ob es sich dabei nur um eine Sache zwischen Ehemann und Ehefrau handelte, oder ob sie etwas vor ihr verbargen. „Ja, es gab ein Feuer. Eine schreckliche Tragödie", antwortete Nathan.

„Was hat das mit Ihren Ermittlungen zu tun?“, fragte Janet, die Louise leicht säuerlich ansah.

„Leider ist das Feuer nicht mehr die einzige Tragödie, die jemals in St. Bernadette's stattgefunden hat. Veronica Lloyd und Pater Mulligan waren zu dieser Zeit in der Schule und in der Kirche tätig.“

„Ja, aber ich wüsste nicht, wie …“

„Schon gut“, unterbrach Nathan seine Frau und legte eine Hand auf ihr Knie. „Ich kann verstehen, warum Sie diese Frage stellen, doch es gibt keinen Zusammenhang zwischen diesen drei tragischen Ereignissen. Das Feuer war ein Unfall. Ein furchtbarer, tragischer Unfall.“

Louise dachte an den Brandbeschleuniger, den der Zeitungsredakteur Garrett erwähnt hatte. „Sind Sie sicher, dass es ein Unfall war?“

„Was für eine seltsame Frage“, sagte Janet. „Das war vor über fünfunddreißig Jahren. Natürlich war es ein Unfall. Warum stellen Sie diese Fragen?“

„Ich weiß, dass es schon lange her ist, aber Sie müssen die mögliche Verbindung verstehen. Veronica Lloyd war Lehrerin an Ihrer Schule und Pater Mulligan war der Gemeindepriester, und jetzt, etwa fünfunddreißig Jahre später, wurden sie ermordet.“

Janet lehnte sich in ihrem Stuhl zurück und schüttelte den Kopf, während sie ihren Mann zur Unterstützung ansah.

„Es war ein Unfall“, bestätigte Nathan ohne Überzeugung.

„Damals hielt man es nicht für verdächtig“, sagt Louise. „Fällt Ihnen irgendjemand ein, der Interesse daran gehabt haben könnte, die Kirche in Brand zu setzen?“

„Warum sollte jemand eine Kirche niederbrennen wollen?“, fragte er.

Louise fielen viele Gründe ein, auf die sie jedoch nicht weiter einging. Die Atmosphäre im Raum wurde immer angespannter, und im Moment würde sie von den Foresters nichts mehr erfahren.

Sie bedankte sich bei den beiden und stand auf. Sie würde sie erneut befragen, doch dafür wollte sie ihnen Zeit geben, über die Auswirkungen ihrer Antworten nachzudenken.

Nathan brachte sie zur Tür, während seine Frau auf dem Sofa sitzen blieb.

„Danke, ich melde mich wieder", sagte Louise und reichte ihm ihre Karte.

„Rufen Sie mich bitte an, wenn Ihnen etwas einfällt, das hilfreich sein könnte."

„Ja, natürlich."

„Noch eine Sache, bevor ich gehe. Sie erwähnten, dass Pater Mulligan zum Zeitpunkt des Brandes der Hauptpriester der Kirchengemeinde war."

„Ja", antwortete Nathan, und seine Augen verengten sich.

„Sie hatten also mehr als einen Pater zu dieser Zeit?"

„Ja. Die Pfarrei St. Bernadette's war damals viel größer.

Nach dem Brand haben sich die Dinge geändert."

„Wer war der andere Priester?"

Sie bemerkte, dass Nathan innehielt, bevor er antwortete. „Ein Mann mit dem Namen Pater Lanegan. Er war ein sehr beliebter Priester, alle mochten ihn."

Wie alles andere, was die beiden ihr erzählt hatten, fühlte sich auch diese Information unvollständig an. Sie war überzeugt davon, dass die Foresters ihr etwas verheimlichten. Es konnte etwas Harmloses sein, eine persönliche Angelegenheit, von der sie nicht wollten, dass sie an die Öffentlichkeit gelangte, doch sie war entschlossen, herauszufinden, was sie vor ihr verbargen. Louise hatte schon oft festgestellt, dass die Leute zugänglicher waren, wenn sie erst einmal über eine Sache schlafen konnten und sich die Sorgen gelegt hatten.

Sie hielt ihren Blick auf Nathan gerichtet, als er den Blick von ihr abwandte.

„Lebt er noch in der Gegend?“

„Nein. Er ist Ende der Achtzigerjahre aus dem Priesteramt ausgeschieden. Ich glaube, er hat sich irgendwo am Meer zur Ruhe gesetzt.“

KAPITEL SECHSUNDZWANZIG

Eileen konnte sich nicht daran erinnern, wann sie das letzte Mal so viel Aufmerksamkeit erhalten hatte. Bei ihrem ersten Besuch auf dem Revier war sie kurzerhand wieder nach Hause geschickt worden. Der mürrisch aussehende Beamte hinter dem Schreibtisch hatte ihre Personalien aufgenommen, aber sie hatte bemerkt, dass er nur die Formalitäten erledigte. Deshalb hatte es sie überrascht, als der junge, gut aussehende Beamte am Morgen angerufen und sie wieder auf die Wache bestellt hatte. Bis zu jenem Anruf hatten ihre Pläne für den Tag aus leichter Hausarbeit und einem Nachmittag vor dem Fernseher bestanden. Ihr Sohn hatte ihr vor Jahren zu Weihnachten eine Art Vorrichtung für ihren Fernseher gekauft. Angeblich hatte sie nun Hunderte von zusätzlichen Kanälen, aber nachdem sie nicht verstand, wie es funktionierte, begnügte sie sich mit den vier terrestrischen Kanälen – selbst Kanal fünf war für sie schon zu schwer zu erreichen.

Der Spaziergang in die Stadt war wundervoll gewesen. Es war ein wunderschöner Spätherbsttag, die Sonne beleuchtete den strahlend blauen Himmel, der sich glasklar im Meer widerspiegelte. An Tagen wie diesen konnte sie nicht verstehen, wie jemand fern der Küste leben konnte. Sie hatte Mitleid mit den Menschen, die im Landesinneren lebten, gefangen in den Grenzen, die sie selbst gezogen hatten. So viele junge Leute wählten heutzutage einen solchen Weg. Sie wollten unbedingt weg von hier, verführt von den Verlockungen der großen Städte. Sie konnte es sogar in den Augen des jungen Offiziers erkennen, der in diesem Moment eine Tasse Tee vor ihr abstellte – eine Unruhe lag in seinen Augen, als würde er überall anders lieber sein wollen als hier.

Im Gegensatz zu ihm hatte die in Jeans und einen dicken Pullover gekleidete Frau, die sich als Sergeant Joslyn Merrick vorgestellt hatte, einen leichten kornischen Akzent und ein Gesicht, das von den Jahren am Meer und der Sonne gezeichnet war.

„Danke, dass Sie gekommen sind, Mrs. Boswell. Darf ich Sie Eileen nennen?", fragte sie.

Eileen quittierte ihre Höflichkeit mit einem Nicken. „Sie dürfen", sagte sie.

„Vielen Dank, dass Sie heute zu uns gekommen sind, vor allem am Wochenende."

Eileen bemerkte den Blick der Frau auf den jungen Polizisten, als wollte sie ihn zurechtweisen. „Es war mir ein Vergnügen, herzukommen. Was für ein herrlicher Tag."

„Wunderbar, nicht wahr? Schön, dass das schlechte Wetter der letzten Zeit etwas nachgelassen hat."

„Sehr richtig. Wie kann ich Ihnen helfen, Sergeant?"

Die Polizistin lächelte, und Eileen bemerkte ihre Freude darüber, dass kein weiteres Geplauder nötig war.

„Zunächst einmal möchte ich Ihnen dafür danken, dass Sie uns über Mr. Lanegan informiert haben. Als wir gestern bei ihm zu Hause waren, haben wir das kaputte Schloss an seiner Tür bemerkt. Wir sind sein Adressbuch durchgegangen, aber im Moment haben wir Schwierigkeiten, ihn zu finden. Ich weiß, dass wir Sie bereits gefragt haben, aber ich wollte wissen, ob Sie eine Handynummer von Mr. Lanegan haben."

„Nein. Ich habe mit dieser ganzen modernen Technik nichts am Hut. Ich habe einen Festnetzanschluss, auf dem mich aber nie jemand anruft."

Verdrossenheit machte sich in den Augen der Polizistin bemerkbar, und Eileen wünschte, sie könnte mehr helfen.

„Wie lange arbeiten Sie schon für Mr. Lanegan?"

„Seit über zwanzig Jahren. Er ist mein letzter überlebender Kunde."

„Wow, das ist eine lange Zeit. Wie haben Sie ihn kennengelernt?"

Eileen wollte gerade antworten, als sie von etwas zurückgehalten wurde, eine Erinnerung, die sie verlegt hatte. Plötzlich fühlte sie sich in dem fensterlosen Raum gefangen. „Kann ich ein Glas Wasser haben?", fragte sie.

„Natürlich. James?", wies der Sergeant an. „Ist alles in Ordnung, Eileen? Sie wissen doch, dass wir nur versuchen, Mr. Lanegan ausfindig zu machen."

Der männliche Polizeibeamte reichte ihr einen Pappbecher. Das Wasser war warm, und Eileen spürte, wie Tropfen an ihrem Kinn hinunterliefen, während die Hand, die den Becher hielt, ein wenig zitterte. Sie sahen sie mitleidig an, als ob sie sich für ihr Alter schämen müsste. Nun, sie konnte ihr Alter jetzt spüren, aber sie war stolz, nicht beschämt, und hatte keinerlei Verständnis für deren Mitleid.

Aber warum konnte sie sich nicht daran erinnern, wie sie Mr. Lanegan kennengelernt hatte, und warum zögerte sie jetzt, ihnen davon zu erzählen? Sie war sich sicher, dass es nichts Schändliches war, obwohl sie sich jetzt daran erinnerte, dass Mr. Lanegan ein Geheimnis mit ihr geteilt hatte und sie sein Vertrauen nicht missbrauchen wollte. Die Erinnerungen prasselten auf sie ein, jede einzelne vernebelt wie ein Traum, und sie war sich nicht sicher, ob sie den Bildern in ihrem Kopf trauen konnte. Dennoch, sie musste den Beamten helfen, Mr. Lanegan zu finden, also sagte sie ihnen, was sie wusste.

„Ich habe ihn in der Kirche kennengelernt. Ich bin nicht gläubig, verstehen Sie? Es war auf einem Sommerfest drüben in Hayle. Ich bin im Sommer immer mit dem Zug an der Küste entlanggefahren, wegen der Landschaft, und in der Kirche neben dem Bahnhof fand ein Fest statt, also bin ich durch die Stände gegangen und habe Mr. Lanegan gesehen. Er war ein so gut aussehender Mann. Das ist er immer noch“, sagte sie und lächelte. „Wir kamen ins Gespräch, und er erzählte mir, dass er gerade in die Gegend gezogen sei, und als ich ihm sagte, was ich beruflich mache, beschloss er, mich auf der Stelle als Reinigungskraft einzustellen.“

Die betagte Dame hatte eine lyrische Stimme, ihr kornischer Akzent war so stark, dass sogar Joslyn teilweise Mühe hatte, ihn zu entschlüsseln. Sie war eindeutig in diesen Mr. Lanegan verliebt, und zwar schon seit dem Tag, an dem sie ihn auf dem Kirchenfest kennengelernt hatte. Ihr Körper war zerbrechlich, aber in ihren Augen lag eine Stärke, die Joslyn selten gesehen hatte. Joslyn war sich sicher, dass die Frau kurz davor war, ihr etwas Wichtiges mitzuteilen, doch sie hielt sich zurück.

„James, könntest du Mrs. Boswell bitte eine Tasse Tee bringen? Und für mich einen Kaffee.“

James sah sie entgeistert an, und einen unglaublichen Moment lang dachte sie, er würde sich weigern, doch sie kniff ihre Augen zusammen, woraufhin er schnell aufstand.

„Er sieht auch nicht gerade schlecht aus“, sagte Eileen, nachdem James den Interviewraum verlassen hatte.

„Dazu kann ich nichts sagen“, sagte Joslyn mit einem verschwörerischen Lächeln. „Gibt es etwas, das Sie mir sagen möchten, bevor Constable Lewis zurückkommt, Eileen?“

Der innere Konflikt war auf dem Gesicht der alten Dame zu

erkennen. „Es ist wirklich nicht von Bedeutung, nehme ich an. Mr. Lanegan hat mir ein Geheimnis anvertraut, und – dumm wie ich bin – ist es mir erst jetzt wieder eingefallen, als Sie mich gefragt haben, wie ich ihn kennengelernt habe."

Joslyns Mutter war an Demenz erkrankt gewesen. Die Krankheit hatte sich langsam in sie hineingefressen, bis sie weder Joslyn noch irgendjemanden aus ihrer Familie mehr erkannte, und es war fast eine Erleichterung gewesen, als sie starb. Joslyn verstand die Unwägbarkeiten des Gedächtnisses besser, als ihr lieb war, und so akzeptierte sie ohne zu fragen, was Eileen, die Ende achtzig war, ihr gerade mitgeteilt hatte. „Sie können es mir ruhig sagen, Eileen. Wir sind hier, um Mr. Lanegan zu finden, sonst nichts."

„Ich denke, es wird nicht schaden. Es war an meinem ersten Arbeitstag bei ihm, als er es mir sagte. Es war ein weiterer herrlicher Sommertag, und er hatte mir etwas Wein eingeschenkt, nachdem ich mit dem Putzen fertig war. Ich hatte das Gefühl, dass es nicht seine erste Flasche an diesem Tag war. Er hatte damals so eine charmante Art an sich. Das hat er natürlich immer noch, aber damals war da dieses besondere Knistern." Sie wandte den Blick ab, als ihre Wangen etwas rot wurden. „Hören Sie, ich klinge ... Jedenfalls haben wir etwas getrunken und ich habe ihn nach seiner Vergangenheit gefragt, und dieses Funkeln in seinen Augen verschwand und ... ich muss zugeben, dass mir der Ersatz für das Funkeln nicht gefallen hat."

„Und dann?", fragte Joslyn.

Eileen runzelte die Stirn, und das ganze Ausmaß ihres Alters zeigte sich in den zahlreichen Falten in ihrem Gesicht. „Das war, als er mir sagte, wovor er davonlief."

KAPITEL SIEBENUNDZWANZIG

Es wurde schon hell, als Geoff aus dem Bett stieg, nachdem sein alter Wecker ihn im Stich gelassen hatte. Er zog sich eilig an, zwang seinen Gefangenen zu etwas Wasser und Brot und sprintete zu seinem Boot.

Es war windstill, und obwohl die Flut stark war, konnte er mit wenig Mühe in dem Gewässer vorankommen. Es war noch dunkel genug, sodass die Gefahr, entdeckt zu werden, minimal war, und als er sich schließlich dem verlassenen Steg am alten Pier auf dem Festland näherte, war sein Boot das einzige weit und breit.

Er kämpfte sich zurück an Land, schaffte es, trocken zu bleiben, als er das Boot in sein Versteck zog und sich am Pier entlang bewegte, war dieser noch in die letzten Reste der Nacht gehüllt.

Zurück im Van stieß er einen langen Seufzer aus, als hätte er den Atem angehalten, seit er Steep Holm verlassen hatte. Hätte er nur eine halbe Stunde länger geschlafen, hätte er an diesem Tag nicht mehr zurückkehren können, und das hätte wiederum das Risiko mit sich gebracht, alles zu vermasseln. Dies sollte das letzte Mal sein, dass er nach Weston zurückkehrte. Er hatte seinen Gefangenen gewaschen und gefüttert, und obwohl er angekettet und geknebelt war, befand er sich jetzt an einem warmen Ort, sodass er ihn für ein oder zwei Tage allein lassen konnte.

Er würde zu Ende bringen, was er begonnen hatte, und dann würde er ein letztes Mal auf die Insel zurückkehren.

u u u

Mutter war schon aufgestanden, als er ins Haus zurückkehrte. Sie bereitete gerade ein warmes Frühstück zu und trug eine gestreifte Schürze über ihrem Morgenmantel.

„Hallo, Liebling", sagte sie auf die behutsame Art, in der sie immer mit ihm sprach. Er bemerkte, dass sie ihn fragen wollte, wo er gewesen war, doch sie wusste, dass sie das nicht tun sollte. „Ich habe dir Frühstück gemacht, möchtest du etwas essen? Ich dachte, du schläfst noch."

Geoffs Magen knurrte. „Ja, danke", sagte er, setzte sich und goss Orangensaft in einen Plastikbecher. Seine Mutter sah so glücklich über seine Antwort aus, dass er ihr beinahe verzeihen wollte.

„Hier, Liebling", sagte sie und stellte ihm einen Teller hin, der randvoll mit Speck, Würstchen und Eiern gefüllt war. „Hier ist der Toast. Ich habe das Gefühl, dich in den letzten Wochen kaum gesehen zu haben", fügte sie hinzu, als sie sich ihm gegenübersetzte.

„Ja", grunzte Geoff, während er sich das Essen in den Mund schob und das fettige Fleisch mit noch mehr Orangensaft hinunterspülte.

„Wie läuft die Arbeit?"

Geoff wischte sich mit dem Handrücken über den Mund. „Gut."

Seine Mutter lächelte, und für eine Sekunde wurde in Geoff

eine Kindheitserinnerung wach. Er erinnerte sich daran, wie er mit seinen Eltern in genau diesem Zimmer saß. Damals hatte er es nicht ausdrücken können, und auch jetzt fiel es ihm schwer, aber er war zufrieden gewesen, als er die glücklichen Gesichter seiner Eltern gesehen hatte, während sie über Erwachsenendinge sprachen und er seinen Toast in sein gekochtes Ei tauchte.

Nein, es war mehr als das.

Er hatte sich sicher gefühlt.

Und er vermutete, dass dies der Grund war, warum die darauffolgenden Ereignisse – er konnte nicht sagen, ob es Wochen, Monate oder sogar mehrere Jahre nach dieser heraufbeschworenen Erinnerung waren – eine solche Wirkung auf ihn hatten.

Seine Mutter blickte auf seine Hand, die in einem Handschuh steckte, und er nahm sie vom Küchentisch, als sie sie berühren wollte. „Ich liebe dich, Geoffrey", sagte sie mit Tränen in den Augen.

Trotz allem, was passiert war, spürte er, wie sich auch in seinen Augen Tränen bildeten. Seit jenem Tag vor all den Jahren hatte sie immer wieder dasselbe zu ihm gesagt, doch er hatte es nie erwidert. Nicht, dass er nicht kurz davor gewesen wäre, es zu sagen. Damals war er neun gewesen, groß für sein Alter, aber immer noch ein kleiner Junge. Er hatte sie zu dieser Zeit gebraucht, aber seine Sturheit hatte ihm durch diese schwierige Zeit geholfen. Jahre nach dem Vorfall vergab sein Vater ihr, und obwohl er dankbar für die Loyalität seines Sohnes war, hatte er Geoff angewiesen, freundlicher zu seiner Mutter zu sein. Doch Geoff würde ihr das, was geschehen war, nie verzeihen können, und jetzt war es zu spät: Es war unmöglich, jene Worte auszusprechen.

Er schloss die Augen, als sie ihre Hand nach seiner ausstreckte, und sie zu schluchzen begann. Er dachte daran, was er getan hatte – an die beiden Menschen, die er getötet, und den

Mann, den er eingesperrt hatte –, und seine Entschlossenheit verblasste für einen Moment. Er war wieder ein Kind und ließ sich von seiner Mutter trösten. Vielleicht war er ihr das schuldig, eine letzte Chance, ihren Sohn festzuhalten.

„Ich liebe dich, mein Sohn“, sagte sie.

Geoff nickte, riss sich los und lief die Treppe hinauf in sein Zimmer.

u u u

Eine Stunde später holte er seinen Werkzeugkoffer aus dem Schuppen und verließ das Haus. Mrs. Forester arbeitete morgens ehrenamtlich im Wohltätigkeitsladen, aber an den Wochenenden waren sie und ihr Mann unregelmäßiger unterwegs. Der Boulevard war überfüllt, sodass er gezwungen war, im Grove Park zu parken. Abgesehen von der Kälte war es wie an einem Sommertag. Der strahlend blaue Himmel war wolkenlos, als er am Playhouse vorbeiging, wo er an Weihnachten mit seinen Eltern einen Pantomimen gesehen hatte, hinüber zum Flohmarkt, wo sein Großvater einst einen Stand gehabt hatte. Geoff hatte seinem Großvater manchmal an den Wochenenden helfen dürfen und sich wie ein Millionär gefühlt, wenn er mit seinem Lohn von 2 Pfund zurückgekommen war. Üblicherweise war er über die Hauptstraße nach Hause gegangen, wobei er meist an den Computerläden angehalten hatte, um auszurechnen, wie viel Geld er sparen müsste, um sich einen eigenen Computer kaufen zu können. Er lächelte, als er sich daran erinnerte, wie seine Eltern ihm zu seinem neunten Geburtstag einen Commodore VC-20 geschenkt hatten.

War er damals wirklich so alt gewesen?

Das bedeutete, dass es im darauffolgenden Sommer geschehen sein musste.

Seltsam, welche Streiche einem die Zeit spielt, dachte er, als er auf den Boulevard in Richtung jenes Ladens abbog, in dem Mrs. Forester aushalf. Er beobachtete den Laden von der anderen Straßenseite aus, bis er die dünne Silhouette ihres Körpers sah. Froh darüber, dass sie vor Ort war, ging er weiter den Boulevard entlang bis zur Bibliothek. Als Kind hatte er hier viel Zeit verbracht und den langen Weg entlang der Winterstoke Road immer ganz allein bewältigt. Um dem Streit seiner Eltern zu entgehen, hatte er nach dem Vorfall fast jeden Tag dort verbracht. Er konnte nicht mehr sagen, wie viele Bücher er in dieser Zeit verschlungen hatte, und als er durch die nun automatische Türe trat, fühlte er sich durch den Geruch der alten Bücher in diese Zeit zurückversetzt. Nur wenige der Bücher aus seiner Kindheit waren noch da, doch das machte nichts. Der Ort hatte sich kaum verändert, und nachdem er die Treppe zum Lesesaal hinaufgegangen war, suchte er sich einen Sitzplatz und schloss die Augen.

Was würde er der neunjährigen Version von sich selbst sagen, wenn er ihr begegnete? Würde er ihm raten, die schlechten Gefühle loszulassen oder den Schmerz anzunehmen und jene bezahlen zu lassen, die die Verantwortung tragen? Er wusste es nicht, aber es war zu spät, um umzukehren. Als ihn der Schlaf übermannte, sagte ihm eine ferne Stimme, dass er nicht nervös sein müsste und dass am Ende alles gut werden würde.

Er schnappte kurz nach Luft, als ihn einige Zeit später eine Hand an der Schulter berührte und aus dem Schlaf riss. Ein hochgewachsener Mann in einer tadellos gebügelten Hose blickte stirnrunzelnd auf ihn herab.

„Tut mir leid, Sir, aber Sie haben geschnarcht“, sagte er.

Geoff rüttelte sich wach und entschuldigte sich.

„Sie sind nicht der Erste und werden nicht der Letzte sein“, sagte der Bibliothekar und ging.

Geoff brauchte ein paar Sekunden, um zu begreifen, was er gemeint hatte.

u u u

Als er ein Teenager war, gelang es ihm schließlich, seine Wut zu kontrollieren. In der Schule entdeckte er die Kunst der Holzbearbeitung und kanalisierte seine Energie in seine Werke. Er hatte einen natürlichen Hang zu diesem Material und fand heraus, dass er es fast ganz nach seinen Vorstellungen formen konnte. Seine Mutter sagte ihm, er hätte damit erfolgreich werden können, hätte er nicht immer und immer wieder dasselbe Design verwendet. Geoff war das egal. Er liebte seine Werke. Ungeachtet der Bedenken seiner Mutter war jeder Entwurf anders. Ja, die Unterschiede waren subtil, doch Geoff konnte jede noch so kleine Abweichung im Design nachweisen. In einer Sache hatte er seine Mutter sogar einmal eines Besseren belehrt, indem er einige der Objekte verkaufte, bevor er beschloss, dass sie nicht für die breite Öffentlichkeit bestimmt waren.

Jetzt verstand er, dass die Holzbearbeitung eine Art von Therapie dargestellt hatte. Sie hatte ihm geholfen, sich von dem, was geschehen war, und seiner Reaktion darauf, abzulenken. Er hatte gehasst, was mit seinem Vater geschehen war, die Art und Weise, wie sich sein Leben unwiderruflich geändert hatte, aber die Kombination aus seiner Schnitzerei und seinen fast täglichen Kirchenbesuchen hatte seinen Geist beschäftigt.

Und dann war sein Vater gestorben.

u u u

Er zwang sich dazu, im Fish-&-Chips-Laden am Boulevard zu Mittag zu essen. Er wusste nicht, was die Nacht bringen würde, und er wollte nicht hungrig sein, während er darauf warten würde, dass sich ihm eine Gelegenheit bot. Er hatte den Laden fast für sich allein, nur das Hin- und Herschlurfen der Kellnerin zwischen Küche und Essbereich erinnerte ihn daran, dass noch jemand anwesend war. Seit er die Bibliothek verlassen hatte, verspürte er ein Gefühl von Wehmut. Er verstand, warum – er verabschiedete sich von der Stadt, die das einzige Zuhause war, das er je gekannt hatte –, doch er konnte das Gefühl nicht abschütteln.

Nachdem er bezahlt und der Kellnerin ein großzügiges Trinkgeld gegeben hatte, verließ er das Lokal und war überrascht, Janet Forester dreißig Minuten vor Ende ihrer Schicht aus dem Wohltätigkeitsladen kommen zu sehen. Als hätte er seine Überraschung ausgesprochen, blickte sie über die Straße zu ihm hinüber, und den Bruchteil einer Sekunde starrten sie sich gegenseitig an, bis sie schließlich den Bann brach, indem sie sich in Richtung Bushaltestelle abwandte.

Kein Grund zur Aufregung, dachte Geoff, als er zurück zu seinem Van eilte. Er riss den Strafzettel von der Windschutzscheibe – er war zu abgelenkt gewesen, um daran zu denken, ein Ticket zu kaufen – und manövrierte sein Fahrzeug vom Parkplatz.

Mrs. Forester stand nicht an der Bushaltestelle, also fuhr er weiter in Richtung Worlebury, wie er es schon so oft getan hatte. In den letzten Wochen hatte es Momente gegeben, in denen er den Schulleiter und seine Frau hätte erledigen können, doch er hatte gezögert, und jetzt könnte genau das alles ruinieren.

In Milton holte er den Bus ein und erhaschte einen Blick auf die Our Lady's Church neben dem Baytree Park, wo er einst eine erfolglose Saison lang für eine lokale Jungenmannschaft Fußball gespielt hatte. Seine Hand juckte, als er im Stau stand. Es gab keinen echten Grund, der Frau auf diese Art zu folgen – er kannte ihr endgültiges Ziel –, doch er wollte nichts dem

Zufall überlassen. Sein Werkzeug lag hinten im Van bereit, und sollte sich die Gelegenheit bieten, würde er handeln. Sollte er jedoch bis morgen warten müssen, könnte er auch das tun. Die Foresters gingen jeden Sonntag in einer kleinen Kapelle in Worlebury zur Kirche, aßen im Old Pier Tavern, einem Pub, zu Mittag und waren ab 15 Uhr zu Hause. Wenn er noch einen Tag länger warten müsste, sollte es eben so sein.

Er überholte den Bus und parkte an einer Stelle, von der aus er Mrs. Forester dabei beobachten konnte, wie sie auf das Haus zuging. Ihr Aussehen hatte sich im Laufe der Jahre nicht sehr verändert. Sie hatte die gleiche Figur, eine Statur, die man nur durch chronische Unterernährung erreichen konnte, und von hinten sah sie viel jünger aus, als sie tatsächlich war. Jene Illusionen wurden zerstört, als er ihr gealtertes, geschundenes Gesicht, ihre hageren Züge und ihre schlaffe Haut sah.

Ihr fetter Ehemann öffnete die Tür und würdigte sie kaum eines Blickes, als sie das Haus betrat. In der Schule hatte es Gerüchte über das Paar gegeben; Janet hätte eine Affäre mit dem Hausmeister gehabt, und den Schulleiter hätte es nicht gestört. Geoff hatte damals nicht verstanden, was die anderen Kinder meinten. Für ihn war das nur Schulhofklatsch gewesen, den er mit einem wissenden Nicken zur Kenntnis genommen hatte, doch einmal hatte er sie allein mit dem Hausmeister im Büro gesehen, und rückwirkend betrachtet stellte er fest, dass sie sich seltsam verhalten hatte, als hätte sie befürchtet, erwischt zu werden.

Vielleicht war das der Grund dafür gewesen, dass sie Geoff nicht geglaubt hatte, und dass ihr Mann ihm behauptet hatte, er würde nur Geschichten erzählen. Sie waren zu sehr mit ihren eigenen Betrügereien beschäftigt gewesen, um sich mit den Lügen zu befassen, die Geoffs Familie auseinanderrissen.

Der Gedanke rückte alles ins richtige Licht, und Geoff begrüßte die aufkommende Wut und die damit verbundene

Fokussiertheit. Seine Konzentration war so hoch, dass er zunächst das Auto ignorierte, das rückwärts in die Parklücke gegenüber dem Haus einparkte. Er stieg aus dem Van, bereit, diese Etappe zu Ende zu bringen. Seine Aufmerksamkeit kehrte erst zurück, als eine Frau aus dem Auto stieg und den Weg zum Haus der Foresters hinaufging.

Geoff begann zu zittern. Er hatte die Frau schon einmal gesehen, am Strand, nachdem er Veronica Lloyd getötet hatte. Er kannte ihren Namen nicht, doch er wusste, dass sie die polizeilichen Ermittlungen leitete, um ihn zu fassen.

KAPITEL ACHTUNDZWANZIG

Das Büro war voll, als Louise von ihrem Gespräch mit den Foresters zurückkam. Alle waren mit den Ermittlungen beschäftigt, und jedem war bewusst, dass sie das Wochenende durcharbeiten würden. Sie hatte beschlossen, ihren Mitarbeitern nicht mitzuteilen, dass die Gefahr bestand, die Abteilung könnte die Herrschaft über die Ermittlungen an das MIT verlieren, sollten sie bis Montag nicht zumindest einen glaubwürdigen Verdächtigen gefunden haben. Sie könnten nicht noch härter arbeiten. Die Kenntnis darüber würde nur unnötigen Druck auf das Team ausüben, was wiederum möglicherweise zu Fehlern führen würde.

Tracey sah schon wieder müde aus, und Louise fragte sich, ob sie mit Kollegen aus der Abteilung unterwegs gewesen war und zu viel getrunken hatte.

„Ich spendiere dir nachher einen Kaffee, Lou, ich brauche deinen Rat", sagte sie, und blieb dabei kurz an ihrem Schreibtisch stehen.

Louise nickte, da sie nicht in der Stimmung war, ihre Freundin zu einem weiteren privaten Gespräch zu motivieren. Sie suchte im Internet nach Pater Lanegan, doch das Einzige, was sie finden konnte, war ein Foto der St. Bernadette's Church, auf dem eine Tafel mit allen Priestern der letzten fünfzig Jahre zu sehen war.

Mr. Forester hatte gesagt, dass Lanegan in den Ruhestand getreten war und nicht mehr in der Priesterschaft tätig war. Vorerst hatte sie dieser Bemerkung keine große Beachtung geschenkt, aber nach einigen Nachforschungen war Louises Interesse geweckt. Priester traten zwar in den Ruhestand, blieben jedoch häufig als Priester im Amt, wobei einige gelegentlich als Aushilfspriester arbeiteten, da der weltweite Mangel an Geistlichen mittlerweile sehr groß war. Wenn die Foresters recht hatten und Lanegan das Priesteramt aufgegeben hatte, musste Louise wissen, warum, und beschloss daher, Monsignore Ashley anzurufen. Sie holte die Karte heraus, die der charismatische Priester ihr gegeben hatte, und rief seine private Nummer an.

„Inspector Blackwell, es ist mir ein Vergnügen. Wie kann ich Ihnen behilflich sein?"

Die Wärme und der schöne Klang der Stimme des Priesters entlockten Louise ein Lächeln. „Ich weiß, es ist Wochenende, aber ich hatte gehofft, dass wir uns vielleicht treffen könnten. Ich habe ein paar Fragen, bei denen Sie mir vielleicht helfen können."

„Natürlich. Zufällig bin ich gerade in der Gegend. Wenn es Ihnen nichts ausmacht, würde ich mich lieber nicht auf dem Polizeirevier mit Ihnen treffen, aber ich könnte mich dazu hinreißen lassen, mit Ihnen zu Abend zu essen?"

Louise willigte ein, ihn in einer Stunde in einem kleinen Fischrestaurant in der Nähe der Marine Parade zu treffen. Bevor sie ging, lud sie Tracey, die in ein Gespräch mit Farrell vertieft war, ins Kalimera auf der anderen Straßenseite ein.

Das Lokal war leer, also setzten sie sich an einen Tisch am

Fenster. „Danke", sagte Tracey, als Louise ihr die große Tasse mit heißer Schokolade reichte, die sie bestellt hatte.

„Ist es wieder mal spät geworden?"

„Das kann man wohl sagen", antwortete Tracey mit einem kleinen Milchbart, nachdem sie an ihrem Getränk genippt hatte.

„Du scheinst dich gut einzuleben. Vielleicht solltest du dauerhaft bei uns bleiben", sagte Louise lächelnd.

„Ein wenig zu gut", erwiderte Tracey.

„Was meinst du damit?"

Tracey schaute verlegen, als sie einen weiteren Schluck von der heißen Schokolade nahm. „Möglicherweise habe ich etwas getan, das ich nicht hätte tun sollen."

Louise schloss die Augen und war für eine kurze Sekunde in ihrer eigenen Welt verloren. „Will ich es hören?"

„Möglicherweise nicht. Aber ich denke, du solltest es wissen."

„Also, jetzt muss ich es tatsächlich erfahren, Trace."

„Das glaube ich auch. Ich sage dir das aber als Freundin, nicht als mein Boss."

„Das klingt nicht besonders beruhigend!"

„Mein Gott, Lou, du wirst mich umbringen." Tracey sah wirklich beschämt, und sogar etwas verängstigt aus.

„Ach was, so schlimm kann es doch nicht sein."

„Okay. Dann raus damit. Wir waren gestern Abend wieder etwas trinken. Wenn ich ‚wir' sage, meine ich nur mich und eine weitere Person."

Louise dämmerte die Erkenntnis. „Ich verstehe."

„Eines führte zum anderen, und schließlich verbrachte ich die Nacht bei ihm."

Louise verdrehte die Augen. „Wer war es?"

Tracey zog die Wangen ein und hielt sich die Hand vor den Mund. „Thomas", sagte sie und blickte Louise an, als suchte sie Bestätigung.

Weißes Rauschen schien Louises Kopf zu erfüllen. Sie mochte Thomas, hatte sich gerade erst selbst eingestanden, dass sie etwas für ihn empfand, doch das erklärte nicht die heftige körperliche Reaktion, die sie jetzt erlebte. Ihre Wut war deutlich spürbar. Tracey wusste nicht, was sie für Thomas empfand, und sie hatte sicher keinerlei Einfluss auf ihn, dennoch spürte Louise, wie die Hitze in ihr aufstieg.

„Du weißt, dass er verheiratet ist?“, fragte sie und bereute, dass sie Thomas’ Ehe als Mittel zur Verschleierung ihrer Eifersucht benutzte.

„Ich weiß. Sie machen gerade eine schwierige Zeit durch. Er hat die letzten paar Nächte in einem Hotel verbracht. Hör zu, Lou, ich weiß, ich habe eine Grenze überschritten. Ich habe mit Thomas gesprochen und wir werden es von jetzt an professionell halten. Es war nur ein dummer Ausrutscher. Zu viele Drinks, wir haben uns beide etwas verletzlich gefühlt.“

„Warum hast du dich verletzlich gefühlt, Tracey?“, fragte Louise in einem schärferen Ton, als sie beabsichtigt hatte.

Tracey wirkte sichtlich erschüttert über diese Frage. „Komm schon, Lou. Die ersten paar Tage in einer neuen Abteilung, in einer neuen Stadt, ich dachte, du würdest das verstehen.“

Louise dachte an ihren One-Night-Stand mit Dempsey, als sie noch neu in der Stadt gewesen war, und daran, dass sich diese Küstenstadt auch jetzt noch nicht wie ein Zuhause anfühlte. Sie war sauer auf Tracey, weil es Thomas war, und das war ihrer Freundin gegenüber nicht fair.

„Tut mir leid, Tracey, das war unfair. Was ist mit deinem Kerl in Bristol?“

„Ja, ich fühle mich deswegen ein wenig schuldig. Ich treffe mich heute Abend mit ihm.“

„Wirst du es ihm sagen?“

Tracey seufzte. „Voraussichtlich nicht“, antwortete sie.

Louise ging mit Tracey zurück und blieb am Eingang der Zentrale stehen. „Wir werden das für uns behalten“, sagte sie.

„Danke, Louise.“

„Was ist mit Thomas? Meinst du, ich sollte mit ihm sprechen, um zu sehen, ob es ihm gut geht?“

„Er hat nicht wirklich viel über seine familiäre Situation erzählt, aber er hat sie gestern Abend anscheinend versucht zu vergessen. Er scheint ein netter Kerl zu sein. Ich habe das Gefühl, dass ich die Situation eventuell etwas heraufbeschworen habe. Heute Morgen hat er ein wenig erschüttert gewirkt.“

Louise nickte. Es war eine seltsame Bitte, aber sie brauchte jemanden, der ein Auge auf Thomas hatte, und Tracey war immer noch die einzige Person auf dem Revier, der sie vertrauen konnte. „Lass es mich wissen, wenn du irgendwelche Bedenken hast.“

„Natürlich.“

„Aber Tracey, beherzige meinen Rat, geh nicht mehr mit den Kollegen aus.“

„Verstanden, Boss.“

u u u

Der Monsignore saß draußen im Biergarten des Restaurants, von dem man auf die Strandpromenade sehen konnte. Der Himmel hatte sich verdunkelt, und die feurige Spitze der dünnen Zigarre, die er an seine Lippen geführt hatte, glühte wie ein Glühwürmchen. „Inspector, entschuldigen Sie bitte“, sagte er und stand auf.

„Ist Ihnen nicht kalt?“, fragte Louise und schüttelte dem Priester die Hand, dessen Handfläche sich glatt und warm anfühlte.

„Ich mag dieses Wetter. Es ist vitalisierend. Sind Sie hungrig, Inspector?“

Louise nickte. „Sie können mich Louise nennen."

„Ich weiß. Ich sage nur gerne das Wort ‚Inspector' – es klingt so dramatisch."

Louise wartete, während er seine Zigarre zu Ende rauchte. Die Flut war angebrochen, und das Wasser wurde von einer Reihe von Straßenlaternen beleuchtet.

Normalerweise liebte Louise das Meer, aber in Weston war sie noch nie in Versuchung geraten, baden zu gehen. Sie vermutete, dass es an der Farbe lag, dem undurchdringlichen Braun des Meeresbodens, das das Wasser verfärbte. Ein unglücklicher Umstand, unter dem Weston zu leiden hatte. Louise fragte sich, wie es der Stadt wohl ergehen würde, wäre der Meeresgrund aus goldenem Sand und das Wasser strahlend blau wie in den Nachbarstädten, die Küste entlang in Richtung Devon und Cornwall.

„Ich war angenehm überrascht, Ihren Anruf zu erhalten, Inspector", sagte Ashley, als sie im Restaurant saßen. In der Ecke des Raumes brannte ein Kaminfeuer, dessen rauchiger Geruch unsichtbar in der Luft lag.

„Sie waren bereits in der Nähe, sagten Sie?"

„Pfarrangelegenheiten drüben im Süden von Bristol. Nichts besonders Aufregendes, befürchte ich."

„Nun, danke, dass Sie so kurzfristig kommen konnten."

„*Salute*", sagte der Monsignore und hielt sein Glas Rotwein hoch.

„Cheers."

Ashley war ein charmanter Zeitgenosse und ein guter Zuhörer. Ehe Louise sich versah, hatte sie ihm alles über ihre Familie und ihre Tagesausflüge nach Weston als Kind erzählt und ihm damit in wenigen Minuten mehr offenbart, als sie es gegenüber einiger ihrer Freunde getan hatte. Nach der Hälfte des Essens fragte Louise ihn nach Pater Lanegan.

„Mr. Lanegan, wie er leibt und lebt", sagte Ashley und

bestellte ein zweites Glas Wein. „Das geht in Ordnung, ich benutze die öffentlichen Verkehrsmittel“, fügte er hinzu und bemerkte Louises fragenden Blick.

„Ja, das wollte ich Sie fragen. Ist das nicht etwas ungewöhnlich?“

„Dass er kein Priester mehr ist?“

„Ja.“

„Ja und nein. Leider verlieren wir viele Priester, und das aus verschiedenen Gründen.“

„Zum Beispiel?“

Ashley seufzte, und in seinen Augen lag eine Traurigkeit, die sie davor noch nicht gesehen hatte. „Das Priesteramt ist eine Berufung, Louise, eine Begabung. Es ist eine Respekt einflößende Verpflichtung, ein Leben, das – auf Kosten von allem – ausschließlich Gott gewidmet ist. Eine ziemliche Verpflichtung, da werden Sie mir sicher zustimmen.“

„Ich nehme an, dass nicht jeder dazu in der Lage ist?“

„Leider nicht.“

„Und Pater Lanegan? Warum hat er sich entschieden zu gehen?“

Ashley nahm einen Schluck von seinem Wein und ließ sich Zeit zum Nachdenken. „Mr. Lanegan war in vielerlei Hinsicht ein guter Priester, aber ich glaube, dass das Priesteramt letztlich nichts für ihn war.“

„Das verdeutlicht die Dinge nicht wirklich, Monsignore.“

„Nein, ich vermute, das tut es nicht“, antwortete Ashley mit einem Grinsen. „Sagen wir einfach, er war nicht in der Lage, sich ganz auf Gott einzulassen.“

Louise betrachtete den betagten Priester. Zwei schräge Falten schlängelten sich über seine Stirn zu seinen Augen, die zwischen Humor und Melancholie schwankten. „Sie meinen, er wollte Beziehungen führen?“

„Wollte und hat es auch getan. Aber natürlich ...“

„Darüber haben Sie mir noch nichts erzählt. Welche Art von Beziehungen?“, fragte Louise, der es unangenehm war, diese Frage zu stellen.

„Es ist eine Sünde für einen Priester, sich auf irgendeine Art von Zusammenkunft einzulassen. Lanegan war ein sehr einnehmender Mensch und hatte eine Schwäche für fleischliche Gelüste. Zu Beginn seiner Laufbahn gab es einige Zwischenfälle, für die er mit Zeiten des Nachdenkens Buße tat.“

„Zwischenfälle?“

Ashley zuckte mit den Schultern. „Fehltritte.“

„Beziehungen? Mit Mitgliedern der Pfarrgemeinde?“

„Ich muss mit dem, was ich sage, sehr vorsichtig sein, Inspector. Ich möchte Ihnen so gut wie möglich helfen, aber ich kann ... keinen Skandal riskieren.“

„Eines Ihrer Pfarrmitglieder und einer Ihrer Priester sind tot,

Monsignore. Ist es dafür nicht etwas spät?“

„Ich kann Ihre Spekulation weder bestätigen noch dementieren, Inspector.“

„Ich muss diese Frage stellen, diese Fehltritte, die waren mit ...“

„Frauen“, antwortete Ashley und bewahrte Louise damit vor einer unangenehmen Frage. „Frauen, die einverstanden waren“, fügte er hinzu, und Louise fragte sich, warum er diesen Zusatz für nötig hielt.

„Verheiratete Frauen?“, fragte Louise.

„Wie ich schon sagte, Inspector, kann ich mich dazu nicht äußern.“

Das Gespräch verlief stockend, während sie ihre Mahlzeiten beendeten. Ashley wirkte eher nachdenklich, als würde er bedauern, die Information weitergegeben zu haben.

„Wissen Sie, wo sich Mr. Lanegan momentan aufhält?“, fragte sie, nachdem sie die Rechnung bezahlt hatte.

„Er ist in den Achtzigerjahren aus dem Priesteramt ausgeschieden, daher habe ich diesbezüglich keine Information für Sie."

„War es seine Entscheidung?"

„Er hat darum gebeten, gehen zu dürfen. Das ist ein ziemliches Prozedere, aber ja, letztendlich war es seine Entscheidung."

Der Priester nahm Louises Angebot an, sie bis zum Bahnhof mitzunehmen. In der Enge des Wagens konnte sie den Wein in seinem Atem und den leichten Hauch von Schweiß auf seiner Haut riechen. Sie parkte und begleitete ihn zum Bahnsteig, wo der Zug nach Bristol Temple Meads in fünf Minuten eintreffen sollte. „Danke, dass Sie sich die Zeit genommen haben", sagte sie und nahm noch einmal seine Hand.

Die Müdigkeit in den Augen des Priesters verschwand augenblicklich, das Funkeln kehrte zurück, als er sie anlächelte.

„Bevor Sie losmüssen, muss ich Ihnen noch eine letzte Frage stellen", sagte Louise.

„Ich wäre enttäuscht gewesen, hätten Sie das nicht getan", antwortete Ashley mit einem verschmitzten Lächeln.

„Einer von Pater Lanegans Fehltritten. Könnte Veronica Lloyd daran beteiligt gewesen sein?"

„Das kann ich nicht bestätigen, Inspector."

„Hatte Pater Lanegan einen Beichtvater? Ist das der richtige Begriff?"

„Ja, auch Priester müssen die Beichte ablegen. Wir sind genauso anfällig für Sünden wie jeder andere Mensch auch."

„Haben Sie Pater Lanegan die Beichte abgenommen?"

„Manchmal."

„Und können Sie mir deshalb nichts über Veronica Lloyd erzählen?"

Der Zug fuhr ein, und das Geräusch von Metall, das auf Metall kratzte, hallte in den Steinmauern des Bahnhofs wider. Der Priester schaute sie an, seine Miene verriet nichts. „Wie gesagt, Inspector, das ist etwas, das ich nicht bestätigen kann."

KAPITEL NEUNUNDZWANZIG

Als Geoff nieste, hielt er sich nicht die Hand vor die Nase, woraufhin Spucke auf die Innenseite der Windschutzscheibe traf. Der Motor seines Vans brummt laut, als er auf dem Parkplatz des Bahnhofs von Weston auf die Rückkehr der Polizistin wartete.

Nachdem er gesehen hatte, wie sie das Haus der Foresters betreten hatte, war er in einer Art Trance im Wagen sitzen geblieben. Er versuchte – und scheiterte – zu verstehen, warum sie die Foresters befragen wollte. Es musste mehr als Routine dahinterstecken. Die Foresters gehörten nicht einmal mehr der St. Bernadette's Church an. Warum sollte sie sich also die Mühe machen, sie in ihrem Haus aufzusuchen?

Egal, von welcher Perspektive er es betrachtete, er kam immer wieder auf eine Sache zurück. Sie hatte die Verbindung hergestellt.

Nachdem sie das Haus verlassen hatte, war er zwischen zwei Möglichkeiten hin- und hergerissen: zu bleiben und den Foresters ihren letzten Besuch abzustatten, wie er es geplant hatte, oder der Polizistin zu folgen.

Vor allem, weil er nicht wusste, was sie ihnen erzählt hatte,

hatte er sich für Letzteres entschieden. All das könnte eine Falle gewesen sein. Sollte sie sie gewarnt haben, dass sie sich in Gefahr befanden, würden sie in Panik geraten, sobald sie ihn sahen. Einer von ihnen wäre in der Lage, die Polizei zu rufen, und selbst wenn es ihm gelingen würde, sie zu töten, wäre es nicht so, wie er es geplant hatte, und er würde nie wieder nach Steep Holm zurückkehren.

Es wurde noch schlimmer, nachdem er der Polizistin gefolgt war. Zunächst zur Polizeistation und dann zur Strandpromenade, wo sie einen weiteren Priester getroffen hatte. Geoff hatte keine Ahnung, wer der große, schlaksige Mann war, doch sein Anblick sorgte nur für noch mehr Verwirrung in seinem Kopf.

Wussten sie, dass Pater Lanegan vermisst wurde?

Er fühlte sich hilflos, war angewidert von sich selbst, als er den Tränen nahe war, während die Scheibenwischer in einem ewigen Kampf das Wasser vor ihm wegwischten. Was hatte die Polizistin mit dem Priester zu tun? Wollten sie gemeinsam den Zug nehmen oder jemanden abholen? Vorhin hatte er sich so positiv gefühlt, seine schwankende Motivation war zurückgekehrt, und nun war das Chaos über ihn hereingestürzt.

Sein Herz klopfte gegen seine Brust, als die den Bahnhof verließ. Die Frau war etwas jünger als er, vielleicht Ende dreißig. Sie war hübsch, mit zurückgebundenem dunkelbraunem Haar. Der Regen durchnässte ihren Mantel, dennoch eilte sie nicht zu ihrem Auto zurück, als würde ihr das Wetter nichts ausmachen. Geoff dachte an die jungen Frauen, die er an jenem Abend in der Bar gesehen hatte, als er Malcolm Harris von seiner alten Schule getroffen hatte. Die Polizistin war älter, hatte jedoch etwas an sich, das sie im Vergleich zu ihnen auszeichnete. Fasziniert beobachtete er, wie sie sich mit der Hand über ihr feuchtes Haar strich, bevor sie die Autotür öffnete und er von einem Gefühl des Friedens übermannt wurde.

Er wollte sehen, was ihr nächstes Ziel war, und bog in den

Verkehr ein, sobald sie losgefahren war. Er musste vorsichtig sein, denn er konnte sich vorstellen, dass sie darauf achtete, verfolgt zu werden. Er hielt Abstand und stellte sicher, dass sich immer drei oder vier Autos zwischen ihnen befanden, als sie auf die Locking Road in Richtung Worle abbog, wobei es jetzt so stark regnete, dass er das Auto vor sich kaum noch sehen konnte.

Ein paar Kilometer später bog sie links in die Tavistock Road ein, die zur Mead-Vale-Siedlung in Worle führte. Geoff fuhr weiter die Hauptstraße entlang und beschloss, dass es zu auffällig wäre, ihr zu folgen.

Er tankte bei Sainsbury's, bevor er zur Tavistock Road zurückkehrte. Es dauerte nicht lange, bis er ihr Auto gefunden hatte. Es war in der gleichen Straße in einer kleinen Einfahrt neben einem Doppelhaus-Bungalow geparkt.

Das war also die Art von Ort, an dem Polizistinnen lebten? Das kleine Gebäude erschien ihm nicht der richtige Ort zu sein. Die Straße selbst war in Ordnung, doch der Bungalow würde eher zu einem Pensionisten passen, dem es schon schwerfiel, Treppen zu steigen, als zu einer jungen, aktiven Polizistin. War dies Teil einer ausgeklügelten Falle? Geoff parkte weiter unten an der Straße, sodass er das Haus aus der Sicherheit des Vans betrachten konnte. Im Inneren des Bungalows brannte kein Licht, und er fragte sich, ob sie bereits schlafen gegangen war. Er fühlte sich schuldig, weil er da war. Die Frau hatte mit seinem Plan nichts zu tun, und er hatte kein Recht, hier zu sein. Dennoch konnte er sich den unerlaubten Nervenkitzel nicht verkneifen, ihr Haus ohne ihr Wissen zu beobachten.

Was nun? Alles, was außerhalb seines Plans lag, war ein Risiko. Wenn er sie aus dem Weg schaffte, hätte er freie Bahn, um die Foresters zu erledigen. Aber eine ermordete Polizistin würde nur unerwünschte Aufmerksamkeit mit sich bringen. Geoff wollte wissen, was sie wusste, doch es gab einen einfacheren Weg, das herauszufinden. Mr. und Mrs. Forester würden es wissen, und er würde sie dazu bringen, es ihm zu sagen, bevor er ihnen die letzten Nägel durch die Knochen bohren würde.

Aber nicht heute Abend. Auch wenn die Polizistin jetzt zu Hause war, wäre es zu gefährlich, noch einmal zu den Foresters zu fahren. Das Erscheinen der Polizistin hatte ihn verunsichert, und er musste vorsichtiger sein. Er würde warten. Der alte Mann könnte noch ein oder zwei Nächte allein in der Hütte überleben. Er hatte ein Dach über dem Kopf und Proviant, also gab es keinen Grund, überstürzt zurückzukehren.

Als Geoff gerade gehen wollte, verließ der Nachbar der Polizistin sein Haus. Er trug einen schwarzen Müllbeutel, den er wie eine Waffe vor sich hielt. Am Ende der Straße blieb er stehen und sah sich um, als wollte er etwas Illegales entsorgen. Er beförderte die Tüte in eine dunkle Mülltonne und starrte Geoff direkt an. Er befand sich in einiger Entfernung und Geoff parkte in der Dunkelheit, sodass er bezweifelte, dass der Mann ihn sehen konnte, doch der Mann starrte immer noch auf den Lieferwagen und ignorierte den Regen, der auf ihn niederprasselte.

Geoff wartete, bis er wieder hineingegangen war, bevor er sich zurückzog.

KAPITEL DREISSIG

In der Kirche in Uphill gab es nur Stehplätze. Obwohl Louise mit Tracey schon früher eingetroffen war, standen sie ganz hinten, als Pater Riley die Prozession um die Kirchenbänke von St. Michael's anführte, flankiert von einer Prozession von Ministranten. Weihrauch strömte aus dem goldenen Kelch, den der Priester beim Gehen schwenkte, und der Duft erfüllte das Innere jenes Gebäudes, in dem nur wenige Tage zuvor Pater Mulligan brutal ermordet worden war.

Am frühen Sonntagmorgen hatte Louise das Team zusammengerufen und sie über ihre Treffen mit Janet und Nathan Forester und Monsignore Ashley informiert. Die unmittelbare Aufgabe bestand darin, Richard Lanegan ausfindig zu machen und alle Personen, mit denen sie bereits gesprochen hatten, über Lanegans Beziehung zu Veronica Lloyd zu befragen. Es war noch zu früh, um Lanegan als Verdächtigen zu benennen, doch Louise wollte Assistant Chief Constable Morley zur Deadline am Montag unbedingt etwas Konkretes liefern.

Die Fahrt vom Bahnhof nach St. Michael's mit Tracey war sehr anstrengend gewesen. Nach Traceys Enthüllung über Thomas hatte sich eine Unbehaglichkeit zwischen ihnen entwickelt, und Louise war besorgt, dass ihre Beziehung das nicht überleben würde. Es war traurig zu denken, dass ihre jahrelange Freundschaft so leicht zerstört werden könnte. Zum Teil gab sie sich selbst und ihren eigenen Gefühlen für Thomas die Schuld. Wäre es jemand anders als er gewesen, hätte es sie dann auch so sehr gestört? Tracey hatte sich unprofessionell verhalten, doch das hatte Thomas auch.

Die Sache war vorbei, und sie sollte sich nicht mehr damit beschäftigen, dennoch war es immer noch ein Thema zwischen ihnen.

„Es kann doch nicht immer so viel los sein“, flüsterte Tracey, als Pater Riley die Kanzel erreichte.

Louise fühlte sich schwindelig vom Weihrauch und wünschte, sie hätte sich hingesetzt. „Das wage ich auch zu bezweifeln“, antwortete sie.

Obwohl die Messe geplant gewesen war, war sie inoffiziell auch als Gedenkfeier für den verstorbenen Pater Mulligan angesetzt worden, dessen Beerdigung immer noch auf Eis lag und von den Ermittlungen abhing. Die Vielfalt der Menschen in der Pfarrgemeinde überraschte Louise. Die betagten Damen, die sie befragt hatten, waren anwesend, aber auch viel jüngere Leute, Familien und Einzelpersonen, die zusammenkamen, um den Verlust des alten Priesters zu betrauern. Viele der Pfarrmitglieder trauerten offen, als Pater Riley die Trauerrede über seinen verstorbenen Kollegen hielt. Louise fühlte sich wie ein Eindringling, als die Gemeinschaft zusammen trauerte. Sie bemerkte die seltsamen Blicke, die in ihre Richtung gerichtet waren, denn die Gemeinschaft scheute sich nicht, ihren Unmut darüber zu zeigen, dass zwei Polizeibeamte in ihre Messe eingedrungen waren.

Die Zeremonie war anders als die, die Louise Anfang der Woche in St. Bernadette's erlebt hatte. Sie spürte hier keine Freude, und das lag nicht nur daran, dass sie um Pater Mulligan trauerten. Die Messe erinnerte sie an jene wenigen Sonntage, an denen sie als Kind die Kirche besucht hatte. Die Lesungen aus dem Evangelium waren übermäßig lang, und es wurde viel gekniet. Gedämpfte Vorfreude lag über der Kirche, als Riley die Sakramente segnete und einer der älteren Messdiener nach jedem Segen eine goldene Glocke läutete.

Dann strömte einer nach dem anderen zum Altar, während Pater Riley die Kommunion verteilte. Louise hatte als Kind einmal daran teilgenommen. Damals hatte sie die Bedeutung nicht verstanden, und jetzt war ihr brüchiger Glaube so verfallen, dass sie das Gefühl hatte, die Gemeinde mache sich selbst etwas vor, indem sie den Leib ihres Erlösers in ihre Seelen aufnahm.

Als die Messe zu Ende war, taten ihr die Beine weh. Sie ignorierte die Blicke, die ihnen zugeworfen wurden, als die Mitglieder der Pfarrgemeinde die Kirche verließen, um Pater Riley die Hand zu schütteln und ihm ihr Beileid auszusprechen. Im Innenhof der Kirche freute sich Louise, Monsignore Ashley zu sehen. Der ältere Priester kam auf sie zu und stellte sich Tracey mit einem schiefen Lächeln vor.

„Die Beteiligung war großartig“, sagte Tracey.

„Ach, ja. Pater Mulligan war ein sehr beliebtes Mitglied des Klerus. Es ist ein schrecklicher Verlust. Ich bin überrascht, Sie hier zu sehen, Inspector Blackwell. Sie hatten nicht erwähnt, dass Sie teilnehmen würden.“

Sie hatte den Priester erst am Abend zuvor gesehen, als sie ihn zum Zug begleitet hatte, nachdem er von dem Wein, den er beim Essen getrunken hatte, etwas wackelig auf den Beinen gewesen war. „Ich wusste auch nicht, dass Sie teilnehmen würden, Monsignore Ashley. Wenn ich das gewusst hätte, hätte ich Sie vom Bahnhof abholen können.“

Ashleys Gesichtsausdruck wurde etwas strenger, und es war das erste Mal, dass sie diese Seite des Priesters zu sehen bekam.

„Ich nehme an, Sie sind nur aus Respekt für Pater Mulligan hier. Es wäre bedauerlich und unpassend, wenn Sie an einem solch ehrenvollen Tag irgendwelche offiziellen Angelegenheiten erledigen wollten“, sagte er.

Louise überlegte, ob sie ihn daran erinnern sollte, dass sie zwei Mordopfer zu beklagen hatten und ein verkommener Mörder frei herumlief, sah jedoch keinen Grund, den Mann zu verärgern. „Wie Sie schon sagten, wir sind nur hier, um unseren Respekt zu erweisen.“

„Wunderbar“, sagte Ashley, und das Funkeln kehrte in seine Augen zurück. „Ich wünsche Ihnen einen schönen Tag.“

„Was hat er denn vor?“, fragte Tracey, nachdem der Priester sie verlassen hatte.

„Ich bin mir nicht ganz sicher. Manchmal denke ich, dass er helfen will, und dann wieder erscheint er mir ziemlich hinderlich.“

„Hat er dir von diesen fünf heiligen Wunden erzählt und von diesem anderen Priester, Lanegan?“, fragte Tracey.

„Er hat die Wunden erwähnt, aber das mit Lanegan habe ich von den Foresters erfahren. Warum? Glaubst du, er versucht, uns abzulenken?“ Tracey sah unsicher aus. „Ich stelle dich nicht infrage, Louise.“

„Ich weiß.“

Sie standen sich schweigend gegenüber, bis es unangenehm wurde. „Weißt du, ich bin wegen Thomas zu dir gekommen, weil ich dir vertraue“, sagte Tracey.

„Das weiß ich zu schätzen, Tracey.“

„Können wir es dann einfach hinter uns lassen? Ich fühle mich so schon beschissen genug, auch ohne dass mir meine beste Freundin bei der Polizei auf die Pelle rückt.“

Louise seufzte. Tracey hatte recht. Sie war egoistisch, zu denken, dass es nur um sie ging. „Es tut mir leid, Trace. Es ist dieser verdammte Fall. Ich habe Angst, ihn zu verlieren, wenn wir nicht bis morgen etwas haben, und ich bin mir nicht sicher, ob ich es ertrage, dass Finch die Sache übernimmt."

„Nun, dann sollten wir etwas finden, das es ihnen unmöglich macht, uns den Fall wegzunehmen."

Louise nickte. „Warte, bis der Monsignore gegangen ist, und sprich dann mit Riley. Versuch herauszufinden, wie die Beziehung zwischen Mulligan und Lanegan war. Mulligan war zum Zeitpunkt des Brandes praktisch Lanegans Chef. Finde heraus, ob es irgendeine Form von Feindseligkeit zwischen den beiden gab. Wenn es für dich okay ist, nehme ich das Auto?"

„Sicher."

„Ach, und Tracey?"

„Ja?"

„Es freut mich zu hören, dass du mich als deine beste Freundin bezeichnest", fügte Louise mit einem Augenzwinkern hinzu.

Tracey grinste, und die ganze Spannung zwischen ihnen löste sich mit diesem einfachen Wortwechsel in Luft auf.

u u u

Die Journalistin Tania Elliot hielt Louise an ihrem Auto an. „Ich wusste nicht, dass Sie in die Kirche gehen", sagte die Frau, die gegen die Kälte in einen langen Wollmantel gehüllt war.

Der *Mercury* hatte in seiner Wochenausgabe vom Freitag einen Artikel über die beiden Morde veröffentlicht. In dem Artikel war man nicht sehr detailliert auf die Morde eingegangen, doch Tania hatte eine Reihe von Interviews beigefügt, in denen die Bevölkerung befragt wurde. Es war von verminderten Hotelbuchungen die Rede und von Befürchtungen, dass das Sommergeschäft, das noch Monate entfernt war, beeinträchtigt werden könnte. Tania griff die Polizei darin nicht direkt an, dennoch hatte Louise eine unterschwellige Spannung zwischen den Zeilen in ihren Artikeln wahrgenommen, und ihr war klar, dass die junge Journalistin eine Chance sah, ihre Karriere voranzutreiben. „Hallo, Tania. Was führt Sie hierher?"

„Ich zolle nur meinen Respekt."

Louise nickte. „Das ist sehr aufmerksam von Ihnen."

„Was können Sie mir über die Entwicklung der Ermittlungen mitteilen, Inspector?"

„Es gibt nichts Neues, Tania. Ich habe versprochen, Sie auf dem Laufenden zu halten, und das werde ich auch."

„Können Sie mir etwas sagen, das ich zitieren kann, um unsere Leserschaft zu beruhigen?"

„Das müssen Sie wirklich über unsere Pressestelle abwickeln. Das wissen Sie aber, Tania."

„Die Menschen schließen sich in ihren Häusern ein, Inspector. Die Hotelbuchungen sind für diese Jahreszeit rückläufig. Würden Sie das bitte kommentieren?"

Louise hatte den Winter in Weston schon einmal erlebt. In den Wintermonaten hielten sich nie viele Touristen in der Stadt auf, es sei denn, es gab ein bestimmtes Ereignis, wie etwa das Beach-Motocross-Event, das für das folgende Wochenende geplant war. Sie vermutete, dass Tania versuchte, eine Geschichte zu erfinden, die es nicht gab, obwohl sie zugeben musste, dass sich die Stadt in den letzten Tagen noch leerer angefühlt hatte. „Kein Kommentar, Tania. Wenn Sie mich jetzt entschuldigen würden, ich muss los."

Tania schwieg, als Louise in ihr Auto stieg, und als sie wegfuhr, sah sie, wie die Journalistin ihren Mantel eng an sich zog, als hätte der Wind gerade aufgefrischt.

u u u

Robertson war nicht in der Zentrale. Louise hatte seit dem Treffen mit Morley am Freitag kaum mit ihm gesprochen. „War

Robertson heute schon da?", rief sie zu Thomas hinüber, der gerade ein Gespräch beendet hatte.

„Er war für dreißig Minuten da und ist dann gegangen. Er trug seinen Mantel, falls das hilft", antwortete Thomas.

Louise sah ihm einige Augenblicke lang bei der Arbeit zu. Wusste er, dass sie über ihn und Tracey Bescheid wusste? Solange es die Ermittlungen nicht beeinträchtigte, ging es sie nicht wirklich etwas an. Tracey war zwar so gesehen Thomas' Vorgesetzte, doch der Unterschied zwischen ihren Dienstgraden war nur minimal, und es wäre nicht die erste Beziehung dieser Art zwischen Kollegen gewesen. Dem DS standen immer noch Spuren eines lang anhaltenden Katers ins Gesicht geschrieben, und sie fragte sich, ob er schon nach Hause zurückgekehrt war oder immer noch in diesem elenden Hotel wohnte. Gerade als sie ihn fragen wollte, ob er einen Kaffee möchte, sprach Greg Farrell sie an.

„Boss, ich habe heute Morgen nach der Messe mit einem Pfarrmitglied von St. Bernadette's gesprochen. Er ist Witwer in den Sechzigern und sagt, er erinnere sich an unseren Pater Lanegan. Offenbar hatte Lanegan nie viel Zeit für ihn. Dieser Mann sagte, er sei so etwas wie ein Frauenheld gewesen, können Sie das glauben?"

„Ein Frauenheld?", wiederholte Louise fragend, und erinnerte sich an die Fehltritte, von denen Ashley gesprochen hatte.

„Das hat er zumindest gesagt." Farrell schlug sein Notizbuch auf und begann zu lesen, wobei sich bereits die Andeutung eines Grinsens auf seinem Gesicht abzeichnete. „Er war gut aussehend, wenn man so etwas mag. Alle Frauen waren verrückt nach ihm und er war scharf auf sie."

Louise konnte die Anziehungskraft von etwas Unerreichbarem nachvollziehen. Seltsamerweise musste sie an eine Fernsehserie denken, die sie als Kind kurz einmal gesehen hatte.

In *Die Dornenvögel* hatte sie einen eleganten Richard Chamberlain in der Rolle eines Priesters gesehen, der zwischen seiner Beziehung und seiner Karriere in der katholischen Kirche hin- und hergerissen war. „Haben Sie nach Veronica gefragt?“

„Ja, es gab Gerüchte, dass er eine Affäre mit ihr hatte, aber dieser Typ war sehr voreingenommen. Ich glaube, seine Frau könnte vielleicht in den jungen Pater Lanegan verknallt gewesen sein. Immerhin hat er mir ein paar Namen genannt, denen ich nachgehen soll. Frauen, von denen er glaubt, dass Lanegan sich mit ihnen eingelassen hat.“

Konnte Lanegan wirklich so offen gewesen sein? Priester unterlagen einem Zölibatsgelübde, und sollte er sein Gelübde gebrochen haben, hätte sie eine gewisse Diskretion erwartet. Wie Farrell schon sagte, könnte es durchaus sein, dass der Witwer sauer war, doch wenn er recht hatte, und der Priester eine Affäre mit Veronica Lloyd gehabt hatte, könnte das eine signifikante Wendung für den Fall bedeuten. „Gute Arbeit, Farrell. Gehen Sie diesen Hinweisen nach und lassen Sie es mich wissen, sobald Sie weitere Informationen haben.“

„Boss.“

Farrells Entdeckung machte es noch dringlicher, Lanegan ausfindig zu machen. Das Team hatte den ganzen Vormittag nach Richard Lanegans gesucht, doch sie hatten noch keine eindeutige Adresse des ehemaligen Priesters gefunden. Louise starrte auf ihren Computerbildschirm und suchte verzweifelt nach einer Inspiration. Sie bezweifelte, dass die mögliche Verbindung zwischen Veronica und Lanegan ausreichen würde, um Morley aufzuhalten, und somit hatte sie nun weniger als vierundzwanzig Stunden Zeit, den Mann ausfindig zu machen.

Sie erinnerte sich daran, was Monsignore Ashley ihr über Lanegan erzählt hatte – er wollte sich an der Küste zur Ruhe setzen –, und beschloss, die Datenbanken der Polizeidienststellen in Küstennähe zu überprüfen, da sie keinen Treffer im

PND gelandet hatte. Louise begann mit der nächstgelegenen Dienststelle, der Polizei von Devon und Cornwall, und hatte innerhalb weniger Minuten ein Ergebnis. Sie konnte nicht glauben, was für ein Glück sie hatte.

Ein Mann namens Richard Lanegan war gerade von Sergeant Joslyn Merrick als vermisst gemeldet worden, obwohl es dem Bericht zufolge möglich war, dass Lanegan schon seit fast einer Woche vermisst wurde oder zumindest nicht auffindbar war.

Ein Police Constable namens James Lewis nahm ihren Anruf im Büro in St. Ives entgegen, wo Merrick arbeitete. „Kann ich mit Sergeant Merrick sprechen?", fragte Louise.

„Sie hat heute frei. Kann ich Ihnen weiterhelfen?"

Louise erklärte die Situation und fragte den Beamten, ob er ihr Merricks private Handynummer geben könne.

„Ich befürchte, das kann ich nicht tun, Ma'am, aber ich habe Sergeant Merrick begleitet, als sie Mr. Lanegans Haus einen Besuch abstattete."

Louise verbarg ihre Ungeduld. „Was können Sie mir darüber sagen?"

„Es gab möglicherweise einen Einbruch. Die Hintertür war aufgebrochen, aber wir konnten nicht feststellen, ob sie gewaltsam geöffnet wurde oder nicht."

„Gab es etwas Religiöses in dem Haus?"

„Warum fragen Sie?"

„Ich frage Sie, James ... James ist doch korrekt, oder?"

„Ja, Ma'am."

„Okay, James. Ich frage, weil ich in einem Fall von Mehrfachmord ermittle, der eng mit einer katholischen Kirche in Verbindung steht, in der ein Priester namens Pater Lanegan arbeitete. Pater Richard Lanegan. Die Boulevardpresse war voll davon. Verstehen Sie jetzt, worauf ich hinauswill, Constable?"

„Da waren ein paar Kruzifixe. Und einige Bibeln."

„Na da haben wir es doch, endlich." Louise tippte St. Ives in Google Maps ein. Die Fahrt dorthin würde gute drei Stunden dauern. „James, ich möchte, dass Sie Sergeant Merrick mitteilen, dass ich mich jetzt auf den Weg nach St. Ives mache, und in den nächsten drei Stunden ankommen werde. Können Sie das für mich tun?"

„Das kann ich nicht tun, Ma'am, es ist ihr freier Tag."

Louise konnte nicht glauben, was sie da hörte. Sie gab dem Constable ihre Nummer. „James, es wäre besser, wenn ich in der nächsten Stunde einen Anruf von Sergeant Merrick bekäme. Es ist mir egal, ob Sie zu ihr nach Hause fahren oder sie irgendwie aufspüren müssen, aber ich werde in der nächsten Stunde mit ihr sprechen. Haben wir uns verstanden?"

Sie hörte, wie der Constable etwas murmelte, hatte jedoch schon aufgelegt, bevor er richtig antworten konnte.

u u u

Tracey kam zurück, als Louise gerade das Büro verließ. „Pater Riley behauptet, dass er Pater Lanegan nicht besonders gut gekannt hat. Ich habe ihm so viel Druck wie möglich gemacht, aber ich glaube immer noch, dass er mir etwas vorenthält." Louise erzählte ihr von der möglichen vermissten Person.

„Brauchst du etwas Gesellschaft?"

„Nein, am besten du kümmerst dich darum, dass die Dinge hier weiterlaufen. Sprich mit Farrell. Er hat einige Informationen über Lanegan, die es wert sind, weiterverfolgt zu werden."

Auf der M5 in Richtung Süden war es ruhiger, als sie erwartet hatte, und sie erreichte Exeter in etwas mehr als einer Stunde. Sie hatte noch keine Antwort von dem jungen Polizisten erhalten, also rief sie ihn über die Freisprecheinrichtung an, als sie auf die A30 auffuhr. „James, noch einmal DI

Blackwell. Hatten Sie Glück bei der Suche nach Sergeant Merrick?"

Der Beamte zögerte, bevor er mit verwirrter Stimme sprach. „Ich habe ihr ein paar Nachrichten hinterlassen, aber sie hat sich nicht gemeldet."

Louise atmete tief durch. „Ich glaube, Sie verstehen nicht, wie wichtig das ist, Constable Lewis. Ich habe Sie nicht darum gebeten, ein paar Nachrichten zu hinterlassen. Ich wollte, dass Sie Ihren Sergeant aufspüren. Haben Sie ihre Adresse?"

„Ja, aber ..."

„Hören Sie, James. Ich werde in weniger als zwei Stunden in St. Ives sein. Warum machen Sie es sich nicht etwas leichter?"

„Ich kann nicht einfach ihre Adresse herausgeben."

„Rufen Sie auf dem Revier in Weston an und lassen Sie sich meine Anfrage bestätigen. Dann schicken Sie mir ihre Adresse. Ich erwarte, dass sie nicht überrascht sein wird, wenn ich auftauche, also schlage ich vor, dass Sie sie vor mir finden. Ich gebe Ihnen hiermit eine zweite Chance, James. Haben Sie mich verstanden?"

„Ja, Ma'am."

Louise seufzte. „Ich habe das Gefühl, dass wir hier ein Problem bekommen könnten, James. Es ist mir ernst. Ihre Karriere könnte davon abhängen", sagte sie, wobei die Kälte in ihren Worten nicht gespielt war.

„Ich verstehe, Ma'am", antwortete der Constable mit unsicherer Stimme.

Fünf Minuten später traf eine verifizierte Privatadresse von Sergeant Joslyn Merrick auf ihrem Telefon ein.

u u u

Während Weston-super-Mare in ihrer Kindheit für Tagesausflüge reserviert gewesen war, hatte Louise eine Vielzahl von

Sommerferien in Cornwall verbracht. Als Familie waren sie fast jeden Tag an den Strand gegangen, egal wie das Wetter war. Ihre Erinnerungen waren überwiegend positiv. An Tage, an denen sie mit Paul in die Wellen gesprungen war, gelernt hatte, mit dem Boogie-Board umzugehen – man musste lediglich flach auf dem Styropor-Surfbrett liegen, während das Wasser einen ans Ufer spülte –, oder die Felsbecken an den verschiedenen Stränden erkundet. Sie hatten immer gerne miteinander gespielt, bevor Paul in die Pubertät kam und sich anderen Dingen zuwandte. Obwohl sie es damals nie zugegeben hätte, war Paul das, was einem besten Freund am nächsten kam. In der Schule war sie mit einigen Mädchen befreundet gewesen, aber sie spielte jeden Tag mit Paul, und es hatte vermutlich mehr wehgetan, als sie je vermutet hätte, als er ihr schließlich entwachsen war.

Sie wischte sich bei der Erinnerung daran über die Augen, während sie ein Wohnmobil überholte, das sich die steile Steigung nach Bodmin hinaufquälte. Louise fühlte einen Stich der Einsamkeit, als die Straße durch die karge Landschaft endloser, windgepeitschter Felder führte. War dies vergebliche Mühe, der verzweifelte Versuch, einen potenziellen Verdächtigen zu finden und so der Gefahr jenes Damoklesschwertes auszuweichen, Finch könnte den Fall übernehmen? Sie hatte keine Ahnung, ob der vermisste Lanegan in St. Ives der alte Priester aus St. Bernadette's war. Robertson hätte ihr gesagt, sie sei nur verzweifelt, ja sogar unkoordiniert, doch mittlerweile war sie nur noch etwas weniger als eine Stunde entfernt.

Der weibliche Sergeant wohnte in einer Stadt namens Hayle, nur wenige Kilometer von St. Ives entfernt. Als sie fünfzig Minuten später die A30 verließ, wurde sie von einem großen Schild begrüßt, das verkündete, die kleine Küstenstadt hätte „Drei Meilen goldenen Sand“.

Joslyn Merrick wohnte in einem Reihenhaus in der Nähe

der Hauptstraße in Hayle. Louise manövrierte ihren Wagen durch eine Reihe von Seitenstraßen, bevor sie das Haus fand. Sie hatte ein schlechtes Gewissen, weil sie unangekündigt vorbeikam, und hoffte, dass der nicht sehr effiziente PC sie vorgewarnt hatte.

Hinter Merricks Haustür ertönte Geschrei. Louise konnte nicht sagen, ob der Lärm der Kinder fröhlich war oder nicht. Sie klopfte, und in der Sekunde wurde es drinnen leise. Zehn Sekunden später sah sie durch die verglaste Tür eine schemenhafte Gestalt auf sie zukommen. Ein Mann, noch im Morgenmantel, stand in der Tür und sah sie an. Seine Augen müde, sein Gesicht voller Bartstoppel.

„Hallo", sagte er.

„Hallo. Mein Name ist Detective Inspector Louise Blackwell." Louise zeigte ihm ihren Ausweis. „Ich bin hier, um Joslyn zu treffen. Ist sie da?"

Der Mann antwortete nicht sofort. Er schaute unsicher, als würde er Louises Bitte abwägen, dann rief er wie aus dem Nichts: „Joss!", bevor er den Flur zurückging.

Der Mann wurde durch einen Jungen in Emilys Alter ersetzt, der sie verwirrt ansah. „Ich bin Zach, wer bist du?", fragte er.

„Ich bin Louise, freut mich, dich kennenzulernen."

„Ja", stimmte der Junge zu, als eine Frau die Treppe herunterlief, ihr Haar in ein Handtuch gewickelt.

„Hi, entschuldigen Sie bitte meinen Aufzug. Ich bin Joslyn Merrick. Kann ich Ihnen helfen?"

„Hi Joslyn, DI Louise Blackwell. Ich habe vorhin auf Ihrem Revier angerufen. Ich würde gerne mit Ihnen über Richard Lanegan sprechen, Ihre vermisste Person."

„Oh, tut mir leid, ich habe nichts vom Revier gehört. Mit wem haben Sie gesprochen?"

„PC James Lewis."

„Ja, das ergibt Sinn. Und er hat Ihnen meine Adresse gegeben?"

„Ich habe ihn dazu gedrängt", antwortete Louise und zeigte der Frau ihren Dienstausweis.

„Okay, dann kommen Sie besser rein. Entschuldigen Sie bitte die Unordnung. Wir waren gestern Abend bei einem Rugby-Abendessen, deshalb sind wir im Moment nicht voll funktionsfähig."

„Keine Sorge. Es tut mir wirklich leid, dass ich Sie zu Hause belästigen muss, aber mir läuft im Moment die Zeit davon."

Joslyn führte sie durch das chaotische, aber einladende Haus. Sie zeigte auf ein junges Mädchen, das sich hinter der Anrichte in der Küche versteckte. „Das ist Matilda. Zach kennen Sie ja bereits."

„Hallo, Matilda", sagte Louise, steckte ihren Kopf hinter den Tresen und wurde von dem Mädchen mit einem aufgeregten Quietschen begrüßt. „Sieht aus, als hätten Sie hier alle Hände voll zu tun."

„Wäre mir gar nicht aufgefallen. Sie haben meinen Mann ja schon kennengelernt", sagte Joslyn kichernd. „Kaffee?"

„Sehr gerne."

Sobald sie sich gesetzt hatten, erläuterte Louise die Situation in Weston.

„Ich habe über den Fall gelesen. Klingt furchtbar. Denken Sie, dass dieser Lanegan ein Verdächtiger sein könnte?", fragte Joslyn skeptisch.

„Mir wurde gesagt, dass er sich ans Meer zurückgezogen hat, und es gibt nicht viele Richard Lanegans da draußen. Als ich Ihre Vermisstenanzeige sah, dachte ich, das könnte eine vielversprechende Spur sein."

„Nun, ich denke, es handelt sich vermutlich um dieselbe Person", bestätigte Joslyn. „Er wurde von seiner Putzfrau als vermisst gemeldet, und bis jetzt haben wir noch keine Kontaktnummer herausgefunden. Das Schloss an der Hintertür war kaputt, es gibt jedoch keine eindeutigen Anzeichen dafür, dass es mutwillig aufgebrochen wurde. Es ist sehr wahrscheinlich, dass er in den Urlaub gefahren ist und vergessen hat, es der Reinigungskraft mitzuteilen, obwohl dies von keiner der in Lanegans Adressbuch aufgeführten Personen bestätigt wurde. Der einzige Grund, warum ich ihn als vermisst gemeldet habe, ist das Schloss und die Dauer seiner Abwesenheit. Außerdem ist die arme Frau, die sein Haus putzt, völlig außer sich."

„Warum glauben Sie also, dass er jener Richard Lanegan ist, den ich suche?"

„Die Reinigungskraft hat mir erzählt, dass er früher Priester war."

Louise hielt ihre Aufregung über diese Enthüllung zurück. „Entschuldigen Sie, dass ich Ihnen das zumute, aber könnten Sie mir sein Haus zeigen?"

Joslyn zuckte mit den Schultern. „Warum nicht? Er kann sich auch einmal um die Erziehung kümmern", sagte sie und schenkte Louise ein wissendes Lächeln.

u u u

Lanegans Haus befand sich in einer örtlichen Siedlung oben auf dem Hügel nahe dem Zentrum von St. Ives. Alle Gebäude hatten die gleiche Größe und Form und waren von außen in einem wettergegerbten Grau gehalten.

„Die Putzfrau hat uns einen Schlüssel gegeben", sagte Joslyn und öffnete die Eingangstür.

Innen wirkte das Haus, als wäre jemand gerade erst ein- oder ausgezogen. Zu behaupten, die Einrichtung sei minimalistisch, wäre eine Untertreibung, fand Louise. Es gab nur wenig, was über das Nützliche hinausging: Sofa und Sessel im Wohnzimmer; Esstisch mit zwei Holzstühlen; Herd, Wasserkocher und Toaster in der Küche. An den schlichten weißen Wänden hingen keine Bilder, und nur ein kleines Bücherregal im Hauptschlafzimmer – das mit verschiedenen religiösen Texten bestückt war – deutete darauf hin, dass der Besitzer irgendwelche persönlichen Gegenstände besaß.

„Ich denke, dass er früher Priester war, erklärt die Einrichtung“, sagte Joslyn, als sie wieder in der Küche ankamen. „Mangel an Besitztümern, Hingabe an Gott, und so weiter.“

Louise zeigte ihr ein Bild von Lanegan, das sie aus einer alten Ausgabe des Weston *Mercury* ausgedruckt hatte. „Hatte die Putzfrau ein Foto von ihm?“

„Nein, aber ich kann mir vorstellen, dass sie ihn einem Zeichner gut genug beschreiben könnte. Ich glaube, sie muss schon seit zwanzig Jahren in den Mann verknallt sein. Sicher wird sie bestätigen können, ob er das ist oder nicht.“

„Was hat sie Ihnen über ihn erzählt?“

„Er kam vor über dreißig Jahren nach Cornwall. Sie lernte ihn auf einem Kirchenfest kennen, in Hayle, eigentlich nur die Straße entlang. Als sie anfing, mir davon zu erzählen, dachte ich, es würde eine wunderbare Liebesgeschichte werden, doch die Geschichte war eigentlich ziemlich traurig. Lanegan zog nach Cornwall, nachdem ihm das Priesteramt entzogen worden war, oder wie auch immer man das nennt, wenn man einen Priester entlässt. Nachdem ich oft direkt das Schlimmste annehme, dachte ich zuerst an eine Art Missbrauchsskandal, doch das war es nicht. Er musste gehen, weil er sich verliebt hatte.“

Louises erster Gedanke fiel auf Veronica Lloyd, doch sie wollte ihren Namen nicht unaufgefordert erwähnen. „In wen war er verliebt?“

„Nach allem, was ich gehört habe, war es eine verheiratete Frau. Mrs. Boswell zufolge hatte er eine Affäre mit dieser Frau. Sie waren verliebt, doch weder konnte sie ihre Familie verlassen noch er den Klerus. Also trennten sie sich, doch Lanegan konnte sie nicht vergessen und verließ Weston einige Jahre später, um der Erinnerung an sie zu entgehen. Mrs. Boswell war der Meinung, er würde sich immer noch nach ihr sehnen."

Louise konnte nicht anders, als enttäuscht zu sein. Veronica Lloyd war nie verheiratet gewesen. „Hat Mrs. Boswell Ihnen einen Namen der mysteriösen Frau genannt?"

„Nein, Lanegan hat ihn ihr nie gesagt."

KAPITEL EINUNDDREISSIG

Nachdem sie das Haus von Lanegan abgeschlossen hatten, folgte Louise Joslyn aus der Stadt. Von der Spitze des Hügels war das Meer zu sehen, die Sonne lugte durch die Wolken und ließ die Wellen glitzern.

Eileen Boswell war eine Naturgewalt. Um die achtzig Jahre alt, lebte allein in einem alten Bauernhaus an einer langen Straße außerhalb von St. Ives. „Ich bin nicht an Besuch gewöhnt", sagte die Frau und führte sie durch eine altmodische Küche, in der ein alter Aga-Herd den Raum mit der niedrigen Decke beheizte. Sie bestand darauf, ihnen Tee zu machen, den sie gemeinsam mit alten Keksen servierte. Das Funkeln in ihren Augen, als sie über Lanegan sprach, war offensichtlich. Sie hatte ihren eigenen Mann zehn Jahre, bevor sie Lanegan kennenlernte, verloren, und obwohl sie es nicht direkt aussprach, konnte Louise erkennen, dass er ihr Ersatz geworden war, auch wenn dies möglicherweise nicht auf Gegenseitigkeit beruhte.

Der alten Frau standen die Tränen in den Augen, als sie das Schwarz-Weiß-Foto von Lanegan aus dem *Mercury* in der Hand hielt. „Das ist er", bestätigte sie.

Louise befragte sie zu Lanegans Geschichte, doch die alte

Frau konnte ihr nicht mehr sagen, als sie Joslyn bereits erzählt hatte. „Wir haben nach diesem Abend nie wieder darüber gesprochen. Ich glaube, er hatte an diesem Tag etwas zu viel Wein getrunken und bereute es vielleicht. Aber ich weiß, dass es ihn immer noch schmerzt. Ich sehe es ihm jedes Mal an, wenn ich zum Putzen vorbeikomme." Es hatte keinen Sinn, Eileen zu fragen, ob sie Lanegan für fähig hielt, Veronica Lloyd und Pater Mulligan getötet zu haben.

Ihr Urteilsvermögen war getrübt, und Louise sah keine Notwendigkeit, das Bild, das sie von diesem Mann hatte, zu trüben. Louise nannte ihr die Namen der Opfer, doch sie hatte noch nie von ihnen gehört. Eileen bot ihnen noch mehr Tee an und genoss offensichtlich die Gesellschaft.

„Es tut mir leid, Eileen, ich muss zurück nach Weston-super-Mare."

„Glauben Sie, dass Sie ihn finden werden?", fragte Eileen ernsthaft besorgt.

„Ich werde mein Bestes tun, und wir werden Ihnen Bescheid geben, sobald wir ihn gefunden haben. Ist das in Ordnung, Eileen?"

„Ich schätze, das ist alles, worum ich Sie bitten kann."

„Leben Sie hier allein?", fragte Louise.

„Ich werde doch jetzt keine Gäste bekommen, oder Liebes?"

„Keine Familie?"

„Ich habe einen Sohn", antwortete Eileen mit einer Mischung aus Stolz und Traurigkeit. Sie erhob sich von ihrem Sessel und holte ein schmales Fotoalbum von der Anrichte. „Er lebt in Australien. Ich habe zwei Enkelkinder. Süße Dinger. Aber ich fürchte, es ist zu weit weg, um sie zu besuchen."

Louise nahm das Album entgegen. Zwei lächelnde blonde Mädchen im frühen Teenageralter grinsten sie von dem letzten Bild an. Die Fotos waren mit Datumsstempeln versehen. Das letzte war vor fünfzehn Jahren aufgenommen worden.

„Sie sind wunderhübsch“, sagte Louise und gab das Album zurück.

u u u

Als Louise nach Weston fuhr, gingen ihr die Fotos nicht aus dem Kopf. Eileens Enkelkinder waren jetzt erwachsen, und entweder hatte die alte Dame das nicht erkannt oder sie ignorierte diese Tatsache absichtlich. Und was war mit ihrem Sohn? Wie konnte er seine Mutter in einer solchen Isolation zurücklassen? Der Gedanke veranlasste sie, ihre eigene Mutter über die Freisprecheinrichtung des Autos anzurufen.

„Hi, Mum“, sagte sie, und ein Gefühl der Abgeschiedenheit überkam sie, als sie die verlassene A30 entlangfuhr.

„Hi, Lou, alles in Ordnung?“

„Ja, viel zu tun heute. Ich wollte nur nachfragen, wie es gestern mit Paul gelaufen ist.“

Emily wohnte immer noch bei ihren Großeltern, während Paul versuchte, sein Leben in den Griff zu bekommen. Louise wollte von Angesicht zu Angesicht mit ihm sprechen, um ihn daran zu erinnern, was er zu verlieren riskierte, hatte jedoch noch keine Zeit gehabt.

„Oh, es war ganz okay. Emily hat ein paar Tränen vergossen, als er am Abend ging, aber heute war wieder alles in Ordnung.“

„Was hat Paul gesagt?“

„Nicht viel. Ich konnte sehen, dass er verkatert war, aber er hat nicht gefragt, ob Emily mit ihm nach Hause kommen könnte. Ich bin etwas besorgt, dass er diesen Weg bevorzugt. So hat er mehr Freiheit, auszugehen und sich zu betrinken.“

„Ich bin sicher, dass das nicht der Fall ist, Mum. Er betet Emily an.“

„Daran zweifle ich nicht, aber er ist ein Süchtiger, Lou. Du weißt selbst, wie solche Menschen sein können.“

Louise wusste es nur zu gut. In ihrer Zeit bei der Polizei hatte sie alles gesehen. Wracks von Menschen, die alles für einen weiteren Drink oder härtere Drogen geopfert hatten.

Paul war noch nicht ganz so weit, aber sie machte sich Sorgen, dass die Einschätzung ihrer Mutter richtig war und die Trennung von Emily einen negativen Effekt haben könnte. „Hast du noch einmal mit ihm darüber gesprochen, dass er sich Hilfe suchen soll?“

„Diesmal nicht. Ich hoffe, er wird zur Vernunft kommen und es freiwillig tun. Er war so süß zu Emily. Ich weiß, dass er sie so sehr vermisst. Wir werden sehen, wie diese Woche verläuft.“

Louise warf einen Blick auf das Navi. Noch dreihundert Kilometer zu fahren, danach Papierkram und Meetings. „Okay, Mum, wie du meinst. Ich habe keine Ahnung, wann ich es schaffe, Paul zu besuchen.“

„Was ist mit dir, mein Schatz? Wir hatten gestern keine Zeit, uns richtig zu unterhalten. Ich weiß, dass du im Moment diesen großen Fall hast. Wie läuft es damit?“

Gut, dachte Louise. *Der einzige Verdächtige, den ich habe, sofern man ihn überhaupt als Verdächtigen bezeichnen kann, ist verschwunden, und wahrscheinlich wird mir der Fall morgen entzogen. Abgesehen davon könnte es nicht besser laufen*. Sie starrte auf die Straße, die vor ihr lag. „Es läuft den Umständen entsprechend gut.“

„Ich bin so stolz auf dich, Louise. Das sind wir beide. Weißt du das?“ „Danke, Mum, ich weiß. Ich rufe dich im Laufe der Woche wieder an. Sag Bescheid, wenn ich vorbeikommen und mit Emily helfen soll.“

„Konzentrier du dich einfach auf deine Arbeit. Wir haben hier alles im Griff.“

„Okay, Mum. Ich liebe dich.“

„Ich liebe dich.“

uuu

Kurz vor zehn kam sie in Weston an. Es war zu spät, um noch in die Zentrale zu fahren, doch sie konnte es nicht ertragen, in ihren einsamen Bungalow zurückzukehren.

Sie kicherte vor sich hin, als sie die M5 verließ, denn sie befürchtete, dass sie einen ähnlichen Weg wie Eileen Boswell einschlagen würde. Würde sie in vierzig Jahren immer noch in dem Bungalow leben, im Ruhestand und allein? Sie parkte vor ihrem Haus und ging die kurze Strecke über den unbeleuchteten Gehweg zum Pub neben dem Supermarkt. Es würde schon in dreißig Minuten schließen, und die schwach beleuchtete Bar war voll von Gästen, die die letzten Minuten des Wochenendes genossen.

Der Geräuschpegel sank, als Louise die Bar betrat. Alle warfen ihr einen kurzen Blick zu, bevor sie sich wieder ihren Gesprächen widmeten. Sie war nur einmal hier gewesen, zum Mittagessen mit ihren Eltern, kurz nachdem sie eingezogen war. Der Barkeeper begrüßte sie misstrauisch, als wüsste er, dass sie von der Polizei war. „Was kann ich für Sie tun?“, fragte er.

„Einen großen Gin Tonic, danke.“

Der Barkeeper runzelte die Stirn, bevor er ihr den Drink einschenkte.

„Kümmere dich nicht um ihn, er ist immer so nett zu Fremden.“

Louise drehte sich um und erblickte die Quelle der Stimme, einen dünnen, drahtigen Mann, vermutlich Ende dreißig, der am Ende der Bar stand. Louise schenkte ihm ein kleines Lächeln und bemerkte den schmuddeligen Trainingsanzug, den er trug.

Sie nahm den Drink und setzte sich in die Ecke der Bar, wobei sie betete, dass der Mann im Trainingsanzug sich nicht zu ihr gesellen würde. Es war, als hätte sie einen neuen Tiefpunkt erreicht: allein in einer schäbigen Siedlungskneipe in Worle an einem Sonntagabend, nur weil sie es nicht ertragen konnte, in ihr einsames Zuhause zu ihrer selbst gebauten Ermittlungswand zurückzukehren. Sie versuchte, über den Fall nachzudenken, konnte sich jedoch bei dem Lärm der Musik und dem Geschwätz der Betrunkenen nicht konzentrieren.

Als der Barkeeper die letzte Runde ankündigte, bestellte sie einen zweiten Drink und fragte sich, ob Paul so angefangen hatte. Der gelegentliche Drink allein in der örtlichen Bar, der zu ausgewachsenem Alkoholismus führte.

Nachdem sie nicht die letzte Person sein wollte, die das Lokal verließ, trank sie ihr Glas in drei riesigen Schlucken aus. Als sie ging, saß der Mann im Trainingsanzug immer noch an der Bar, aber sie beschloss, den längeren Weg nach Hause durch die besser beleuchtete Wohnsiedlung zu nehmen, sollte er beschließen, ihr zu folgen. Sie verlangsamte ihr Tempo, als sie um die Ecke in ihre Straße einbog, und weigerte sich, sich von dem Gedanken, verfolgt zu werden, einschüchtern zu lassen. Die Nacht war still und eine dicke Wolkenschicht verdeckte die Sterne und den Mond.

In ihrer Küche angekommen, schenkte sie sich einen letzten Drink ein. Allein zu trinken war auch nicht ideal, aber sie konnte noch nicht schlafen gehen. Im Wohnzimmer schaltete sie den Fernseher ein, konnte sich jedoch nicht auf die flimmernden Bilder konzentrieren, denn die Fotos und Namen auf ihrer Ermittlungswand rangen um ihre Aufmerksamkeit. Sie starrte auf die Bilder von Veronica Lloyd und Pater Mulligan, als könnten sie mit ihr kommunizieren. „War es Lanegan?“, flüsterte sie ihnen zu. „Warum hat er euch das angetan?“

Das Vibrieren ihres Telefons ließ sie zusammenzucken, und sie kippte den Rest ihres Getränks in die Spüle, bevor sie die Nachricht las:

Die Zeit wird knapp, Louise.

Sie fand Finchs Nummer in ihren Kontakten, ihr Finger schwebte über der Anruftaste, als das Adrenalin und der Alkohol in ihrem Körper sie dazu drängten, ihn anzurufen.

Sie hatte diese ganze Scheiße satt und wollte Finch und einigen ihrer anderen Kollegen genau sagen, was sie von ihnen hielt. „Scheiße“, schrie sie, warf das Telefon auf das Sofa und machte sich auf den Weg in ihr Schlafzimmer.

Bevor sie es geschafft hatte, sich auszuziehen, war sie bereits eingeschlafen.

KAPITEL ZWEIUNDDREISSIG

Montagmorgen war Louise die Erste im Büro. Sie hatte sich darüber erschrocken, in ihrer Kleidung eingeschlafen zu sein, nachdem die gestrige Reise, zwei Gin Tonic und ein Wodka sich als perfektes Mittel gegen Schlaflosigkeit erwiesen hatten. Sie wollte sich ausziehen und zurück ins Bett kriechen, doch vom ersten Moment an war ihr Kopf sehr beschäftigt. Sie kochte Kaffee und nahm eine Tasse mit ins Badezimmer, bevor sie sich ein nicht mehr ganz frisches Croissant nahm und in die Stadt eilte.

Ganz allein im Büro wurde das Geräusch ihrer Finger auf der Tastatur von dem gleichmäßigen Brummen der Klimaanlage begleitet, das sie vorher noch nie wahrgenommen hatte. Wahrscheinlich lag es an ihrer Müdigkeit, aber der Ort kam ihr so fremd vor, als wäre sie zum ersten Mal hier. Während sie auf die Ankunft von DCI Robertson wartete, brachte sie HOLMES auf den neuesten Stand, indem sie Berichte über ihren Besuch in St. Ives und ihr Treffen mit Sergeant Joslyn Merrick und Eileen Boswell einspeiste. Schon jetzt kam ihr vor, der kurze Besuch in Cornwall läge eine Ewigkeit zurück. Sie beschrieb Lanegans Haus und bestätigte, so gut sie konnte, dass er in den frühen Achtzigern einer der Priester in St. Bernadette's gewesen war.

Auf einem separaten Blatt Papier notierte sie einige Gedanken darüber, warum Lanegan Veronica Lloyd und Pater Mulligan getötet haben könnte. Eileen hatte gesagt, der Priester sei vor einer Affäre geflohen, und obwohl Eileen behauptete, die Frau sei verheiratet gewesen, war es denkbar, dass Veronica Lloyd die ehemalige Geliebte des Priesters gewesen sein könnte. Er wäre nicht der erste Mann, der einer Frau, die ihn verschmäht hat, das Leben nahm, also hatte sie ein mögliches Motiv. Aber warum sollte er Mulligan töten?

Vielleicht wusste der Priester zu viel oder er hatte Veronica geholfen, die Affäre zu beenden. Louise legte ihren Bleistift beiseite. Würde Robertson sie nicht schallend auslachen, dann würden es sicher Morley und Finch tun. All das war weit davon entfernt, als Indiz durchzugehen. Lanegan war kaum mehr als ein potenzieller Verdächtiger. Als Vermisster befand er sich in einer Grauzone, und wenn er der Mörder war, wo war dann die Verbindung zu der von Monsignore Ashley postulierten Theorie der fünf heiligen Wunden? Wen würde Lanegan als Nächstes umbringen, und warum?

DS Farrell kam als Zweiter an. Als er das Büro betrat, pfiff er. Er trug einen gut sitzenden dunklen Anzug, als würde er zu einer Beerdigung gehen, und sein vertrautes Grinsen erschien auf seinem Gesicht, als er Louise sah. Sie sollte sich von dem Mann nicht so provozieren lassen, konnte es jedoch nicht verhindern.

„Guten Morgen, Boss, Sie sind aber früh da."

„Guten Morgen, Greg. Es gibt Kaffee, wenn du willst."

„Danke. Ich bin froh, dass Sie hier sind. Es ist mir gestern gelungen, mit einem anderen ehemaligen Mitglied der Pfarrgemeinde von Lanegan zu telefonieren. Er wollte nicht am Telefon mit mir sprechen, hat aber zugestimmt, sich heute Morgen mit mir zu treffen."

Louise sagte ihm, er solle es in die HOLMES Datei aufnehmen, und da sie niemandem sonst davon erzählen konnte, berichtete sie ihm von ihrer Fahrt nach Cornwall.

Farrell wirkte aufrichtig erfreut über diese Nachricht. „Sieht so aus, als hätten wir einen offiziellen Verdächtigen", sagte er.

Louise konnte seine Begeisterung nicht teilen. „Wir haben eine vermisste Person, oder so etwas in der Art. Ich bin mir im Moment nicht sicher, ob es viel mehr ist als das."

„Kommen Sie schon, Boss. Es wäre ein Riesenzufall, wenn Lanegan genau zu jenem Zeitpunkt verschwindet, zu dem zwei Personen, die eine Verbindung zu ihm hatten, ermordet werden."

„Wir werden sehen", erwiderte Louise, während Farrell in die Küche ging, um seinen Kaffee zu holen.

Als Farrell zurückkam, hatte er auch für sie einen Kaffee dabei. „Ich habe nachgedacht, Boss. Haben Sie schon in Betracht gezogen, dass Lanegan eher ein potenzielles Opfer als ein Verdächtiger sein könnte?"

Louise nickte, verärgert über Farrells Andeutung. Natürlich hatte sie das in Erwägung gezogen, vor allem, nachdem sie das aufgebrochene Schloss in seiner Küche gesehen hatte. „Es ist nicht auszuschließen, aber wenn er ermordet wurde, warum hat der Mörder seine Leiche dann nicht auch präsentiert? Die beiden anderen Morde deuten darauf hin, dass er stolz auf sein Werk ist."

„Vielleicht war Lanegan ein Testlauf, und es ist ja nicht so, dass wir aktiv nach seiner Leiche gesucht hätten."

Sie nickte erneut. Ihr war klar, dass der DS recht hatte. Obwohl Joslyn Gespräche mit Lanegans Nachbarn arrangiert hatte, war keines der Häuser durchsucht worden. Möglicherweise wartete Lanegans Leiche darauf, irgendwo auf seinem

Anwesen in Cornwall entdeckt zu werden. „Ich denke, bevor wir weiter ermitteln, sollten wir herausfinden, ob Lanegan ein potenzielles Opfer oder ein Verdächtiger ist", sagte sie, als Greg an seinen Schreibtisch zurückkehrte.

Während sie auf das Eintreffen von DCI Robertson wartete, zog Louise jede Möglichkeit in Erwägung und grinste vor sich hin, als sie sich vorstellte, wie Eileen Boswell Lanegan irgendwo in ihrem Haus festhielt.

Tracey und Thomas trafen gemeinsam ein, und Farrell grinste schon wieder, als er sah, wie Louise zu den beiden hinüberblickte. Sie hoffte, deren zeitgleiche Ankunft wäre ein weiterer Zufall. Tracey hatte ihr versprochen, dass es eine einmalige Sache gewesen war, und abgesehen von ihrer schwindenden Eifersucht war deren mögliche Affäre etwas, auf das Louise in ihrer Abteilung gut verzichten konnte. Als hätte sie ihre Gedanken gelesen, schüttelte Tracey den Kopf, als sie guten Morgen sagte.

Des Wartens müde berief Louise ein Meeting ein, um das Team über ihre Reise nach St. Ives zu informieren. Sie wiederholte Farrells Worte und teilte ihnen mit, dass Lanegan nun ein potenzieller Verdächtiger und ein potenzielles Opfer sei. Sie wusste nicht, wie Robertson reagieren würde, und wollte nicht, dass das Team erfuhr, dies könnte möglicherweise deren letzter Tag in diesem Fall sein, zumindest unter ihrer Leitung. Sie konnte nur die Dringlichkeit betonen und sie bitten, sie auf den neuesten Stand zu bringen, sobald sie etwas Relevantes zu berichten hätten.

Nach dem Meeting rief sie Joslyn in St. Ives an und bat sie, die Häuser in Lanegans Umgebung durchsuchen zu lassen. Der weibliche Sergeant klang skeptisch und beklagte sich über mangelnde Ressourcen, erklärte sich aber bereit zu helfen.

Als Robertson eine halbe Stunde später eintraf, präsentierte Louise ihm alle Informationen. Er hörte geduldig zu, was sie zu sagen hatte, was man ihm hoch anrechnen musste. „Ich habe deine Berichte über das Wochenende gelesen", sagte er. „Ich stimme dir zu, dass dies möglicherweise ein fruchtbarer Boden ist."

„Aber?"

„Aber ich fürchte, dass es für Morley nicht ausreichen wird."

Louise holte tief Luft. „Was denkt er, wird passieren, wenn er Finch involviert?"

„Ich verstehe deine Argumentation, Louise, aber du wirst ihm etwas Handfesteres anbieten müssen. So wie ich das sehe, ist die Wahrscheinlichkeit groß, dass dieser Lanegan-Typ in den nächsten Tagen einfach aus dem Urlaub zurückkehrt, oder von wo auch immer er sich befindet, und wo stehen wir dann?"

„Lanegan hat früher mit Pater Mulligan zusammengearbeitet. Er war der örtliche Priester von St. Bernadette's, als Veronica Lloyd an der dortigen Schule arbeitete. Jetzt ist er ohne jegliche Vorankündigung, verschwunden. Ich weiß wirklich nicht, was Morley von mir will."

„Komm schon, Louise. Du könntest damit anfangen, Lanegan ausfindig zu machen."

„Wir sind gerade dabei, das zu tun, Iain. Ich habe verdammt noch mal erst am Samstag von ihm erfahren."

„Ich sage nur, was Morley sagen wird. Wenn ich an deiner Stelle wäre, würde ich das Angebot der Unterstützung mit Wohlwollen annehmen. Auf diese Weise kannst du weiter an dem Fall dranbleiben. Du könntest sogar deine Position als SIO behalten."

Louise beugte sich vor. „Du weißt, was mir in Bristol passiert ist, nicht wahr, Iain?", fragte sie.

Robertson schloss die Augen, als er sich in seinem Stuhl zurücklehnte, als würde er vor ihren Worten zurückschrecken. Sie hatten den Fall Walton noch nie ausführlich diskutiert, sondern immer nur darum herumgeredet, wobei er nie nach

Details über jene Nacht gefragt, und sie ihm keine Informationen dazu angeboten hatte. Er hatte zwar die Berichte gelesen, kannte die offiziellen Erklärungen und ihre Version der Geschichte, aber er wusste nicht wirklich, was passiert war.

„Er hat gelogen“, sagte sie.

„Dafür ist jetzt nicht der richtige Zeitpunkt, Louise.“

„Nein, du wirst mir verdammt noch mal zuhören, Iain“, sagte Louise, während sich Wut in jedem Teil ihres Körpers ausbreitete.

„DCI Finch hat unter Eid gelogen. Er hat mir gesagt, dass der Mann, den ich erschossen habe, eine Waffe in der Hand hielt. Nun, er mag sich geirrt haben oder aus seinen eigenen verdrehten Gründen gelogen haben, aber er hat mir gesagt, dass das Opfer eine Waffe in der Hand hatte, und ich habe so reagiert, wie es mir beigebracht worden ist. Unter Eid bestritt er, dies jemals gesagt zu haben. Er sagte, ich sei in Panik geraten und hätte deshalb den unbewaffneten Mann erschossen.“

„Ich weiß, was passiert ist“, sagte Robertson mit tiefer, warnender Stimme.

„Nein, das tust du nicht, Iain. Du weißt, was Finch vor Gericht gesagt hat, aber er hat gelogen.“

„Louise, du bringst dich in große Schwierigkeiten, wenn du das immer wieder jemandem erzählst. Weißt du, was du da unterstellst?“

„Ja, ich unterstelle, dass jener Mann, der meinen Fall übernehmen soll, mir befohlen hat, einen unbewaffneten Mann zu erschießen. Ich weiß nicht, ob er zu jenem Zeitpunkt der Meinung gewesen ist, er sei bewaffnet, und seine Geschichte dann geändert hat, um sich selbst zu schützen …“, sagte sie und bemerkte, dass sie sich wiederholte, konnte jedoch nicht aufhören, „… aber wenn ich ehrlich bin, glaube ich, dass er mich absichtlich angelogen hat. Er sah eine Gelegenheit und nutzte sie. Ich war die erste Wahl für die DCI-Stelle und danach hatte ich Glück, noch einen Job zu haben."

Robertson stand auf. „Ich habe keine Ahnung, was du von mir in dieser Sache erwartest."

„Glaubst du mir?", fragte Louise, die immer noch auf ihrem Stuhl saß.

„Das ist irrelevant, Inspector. Ich werde über diese Diskussion kein Wort verlieren, aber ich schlage vor, dass du deine Anschuldigungen für dich behältst."

„Das ist alles?"

„Mein Gott, Louise, du musst lernen, dir selbst zu helfen. Morley wird heute Nachmittag hier sein. Sieh zu, dass du ihm etwas zu bieten hast, oder sei bereit, die Konsequenzen zu tragen."

Louise fühlte sich, als hätte Robertson ihr einen Schlag in den Magen versetzt. Sie stand auf und verließ das Büro, ohne ihm in die Augen sehen zu können.

KAPITEL DREIUNDDREISSIG

Geoff hatte gearbeitet, während der Mann schlief. Als er auf die Insel zurückgekehrt war, hatte er ihn erneut ausziehen und unter die Dusche setzen müssen. Wie ein Hund, der bei etwas erwischt wurde, das er nicht tun sollte, hatte er auf den Boden gestarrt, während das Wasser die Pisse und Exkremente von ihm abgewaschen hatte.

Das ist das letzte Mal, hatte sich Geoff versprochen, während er das Holz abgeschliffen hatte. Das nächste Mal, wenn er dorthin zurückkehren würde, würde er es beenden. Er lächelte, als er sich die Szene vorstellte, und betete, dass der Mann die Kraft haben würde, das Erforderliche zu tun.

Als er mit dem Schleifen fertig gewesen war, hatte er das Objekt aus dem Besucherzentrum geschleppt. Es war ein sehenswürdiger Anblick, die Verbindungsstellen fast unsichtbar.

Jetzt, wo er im Haus seiner Mutter auf die Dunkelheit wartete, träumte er davon. Sie musste heute Morgen nicht arbeiten, und er hörte sie herumhantieren, während er auf seinem Bett lag. Als er das letzte Mal das Haus verlassen hatte, war er davon ausgegangen, es wäre das letzte Mal gewesen, dass er sie sah. Wieder im Haus überkam ihn ein leeres Gefühl, und er schloss die Augen, um seine innere Schwäche zu bekämpfen. Er wollte es ihr sagen, ihr erklären, warum er jene Dinge getan hatte. Irgendwann würde sie es herausfinden, und zweifellos würde die Polizei ihn als einen Psychopathen oder etwas in der Art bezeichnen. Sie würde die Schuld auf sich nehmen und es bestand die Möglichkeit, dass sie aus der Gemeinschaft ausgeschlossen würde.

Wie sein Vater hatte auch sie schon vor Jahren aufgehört, in die Kirche zu gehen, aber sie hatte immer noch Freunde an ihrem Arbeitsplatz und in den verschiedenen Organisationen, denen sie angehörte. Wie würden sie sie behandeln, wenn sie erst einmal wüssten, dass ihr Sohn ein mehrfacher Mörder war?

Eine Notiz zu hinterlassen, in der er seine Gründe darlegte, würde alles nur noch schlimmer machen. Sie würde sich die Schuld geben, und obwohl sie damit recht hätte, wollte Geoff ihr nicht noch mehr Schmerz zufügen. Sie war betrogen, im Stich gelassen und genauso enttäuscht worden wie er. Sie hatte eine Schwäche gehabt, doch die war ausgenutzt worden, und sie hatte ihre gerechte Strafe erhalten. Wenn er könnte, würde er sie aus der Sache heraushalten, aber ihre Beteiligung war unvermeidlich, ein letzter Teil ihrer Buße.

„Geoff, bist du wach?“, rief sie vor der Tür.

„Nicht wirklich.“

„Ich habe deine Wäsche gewaschen. Darf ich sie dir hineinbringen?“

„Ich denke, ja.“

Sie lächelte, als sie die Tür öffnete, einen großen Stapel ordentlich gefalteter Kleidung unter dem Arm. „Hier, lass mich das für dich wegräumen“, sagte sie, während sie begann, seine Schubladen zu öffnen.

Als seine Mutter seine Kleidung einräumte, fühlte sich Geoff in seine Kindheit zurückversetzt, in eine Zeit, in der er seine Hände nicht mit Handschuhen bedecken musste. Damals war alles viel einfacher gewesen. Er konnte das Parfüm seiner Mutter riechen, das sie jetzt nicht mehr verwendete, und für eine Sekunde war er wieder in diese Zeit der Sicherheit und des Glücks zurückversetzt. Er lag auf dem Bett, las seine Computerzeitschrift und wartete darauf, dass sein Vater später am Nachmittag zurückkehren würde.

„Ist alles in Ordnung, Schatz?", fragte seine Mutter und zwang ihn in die Gegenwart zurück.

Er wollte etwas sagen, aber die Worte blieben ihm im Hals stecken. Wenn er es ihr nur sagen könnte, vielleicht könnte sie ihm helfen. Sie könnte ihm sagen, dass er einen schlimmen Fehler begangen hatte, aber dass es einen Ausweg gab, dass er jetzt aufhören könnte, dass er nicht auf die Insel zurückkehren müsste.

Er wünschte sich, er könnte ihr ein letztes Mal sagen, dass er sie liebte, aber ihm fehlten die Worte, also sagte er: „Alles in Ordnung, Mum."

„Das ist gut, Liebling", sagte sie. „Das ist gut."

u u u

Er wartete, bis seine Mutter die Haustür geschlossen hatte, bevor er sein Zimmer verließ. Seine Mutter hatte sein Mittagessen in den Kühlschrank gestellt, er aß es am Küchentisch und spülte es mit einem Glas Milch hinunter. Das Töten störte ihn nicht. Er hatte es jahrelang studiert, und trotz seiner anfänglichen Zögerlichkeit – als er erst Mrs. Lloyd gefangen genommen hatte – war es für ihn rasch zur Gewohnheit geworden.

Er war gerecht, das wusste er. Mrs. Lloyd hatte den Tod verdient, ebenso wie Pater Mulligan und die Foresters. Sie hatten ihm etwas genommen, sein Leben zerstört, aber Geoff könnte das nun beenden; er könnte seinen Vater erlösen.

Dennoch konnte er das leere Gefühl in seinem Bauch und seiner Brust nicht bekämpfen.

Er hatte von Anfang an gewusst, dass er solche Momente des Selbstzweifels erleben würde. Sie waren aufgetreten, als er Mrs. Lloyd ermordet hatte, und er musste jetzt genauso dagegen ankämpfen, wie er es damals getan hatte.

Es ist kein Ende, sondern ein Anfang, sagte er sich, als er zum letzten Mal das Haus verließ.

u u u

Als er mit dem Van nach Worlebury fuhr, empfand er ein Gefühl der Gelassenheit. Er fuhr wie in Zeitlupe durch den Verkehr, das einzige Geräusch, das er wahrnahm, war sein eigenes hohes Pfeifen. Ohne sich an den letzten Kilometer seiner Fahrt zu erinnern, fand er sich vor dem Haus der Foresters wieder, wo er einparkte.

Er hatte nur ein Zeitfenster von drei Stunden zur Verfügung, um seine Arbeit abzuschließen und zum alten Pier zurückzukehren, bevor er die Flut verpassen würde. Bevor er seine Meinung ändern könnte, holte er seine Werkzeugtasche aus dem hinteren Teil des Vans und ging zur Haustür der Foresters.

Es war Mrs. Forester, die die Türe öffnete. Im Nachhinein betrachtet hatte sie immer so getan, als stünde sie über allen anderen, und er hätte wissen müssen, dass sie ihn abweisen würde, als er mit Mr. Forester über das, was er gesehen hatte, sprechen wollte. Nun, jetzt würde sie ihn nicht abweisen. Sie lächelte auf jene falsche Art, ihre Lippen bewegten sich, doch auf dem Rest ihres Gesichts war keine Wärme zu sehen, während sie versuchte, sich daran zu erinnern, wo sie Geoff zuvor gesehen haben könnte.

„Hallo, Mrs. Forester“, sagte er und bemerkte die Millisekunde der Erkenntnis und Angst, als sie begriff, wer er war, bevor er die Metallklinge seitlich gegen ihr Gesicht presste.

Er schob sie hinein und schloss die Tür. Von weiter hinten im Flur hörte er die Geräusche ihres Ehemannes, seines ehemaligen Schulleiters, und er ließ Mrs. Forester zu Boden gleiten, während er sich auf den Angriff vorbereitete.

Doch er kam nicht. Anstatt zu versuchen, seiner Frau zu helfen, versuchte der feige Mann, durch den Garten zu fliehen. Mrs. Forester war bewusstlos, und Geoff drehte sie auf die Seite, bevor er den Flur entlangging.

Mr. Forester hantierte an der Tür des Wintergartens herum, seine Hände zitterten so stark, dass er den Schlüssel im Schloss nicht drehen konnte. „Was willst du?“, fragte er, während er mit der Tür kämpfte.

„Es ist jetzt vorbei, Mr. Forester“, sagte Geoff und legte dem Mann die Hand auf die Schulter.

KAPITEL VIERUNDDREISSIG

„Alles in Ordnung, Lou?", fragte Tracey und stellte ihr einen Kaffee auf den Schreibtisch.

„Hast du uns gehört?"

„Deine Meinungsverschiedenheit mit Robertson? Ich glaube, die ganze Zentrale, wenn nicht sogar die ganze Stadt, hat es gehört."

„Ich weiß nicht, was ich tun soll, Tracey. Ich glaube, sie werden den Fall dem MIT übergeben."

Tracey kannte die Vorgeschichte und wusste, wie kontrovers die Entscheidung des Major Investigation Teams gegen sie gewesen war. Seit Louise nicht mehr da war, war es Finch gelungen, drei weitere Teammitglieder, die sich für sie eingesetzt hatten, in andere Abteilungen zu versetzen. „Wir haben immer noch diesen Pater-Lanegan-Typen. Wir machen unseren Job weiter und versuchen, ihn zu finden, wir haben immer noch eine Chance."

„Danke, Tracey."

Tracey hielt an der Tür inne. „Nimm dir etwas Zeit für dich."

Louise war niemand, der einfach aufgab, doch es fiel ihr schwer, sich zur Weiterarbeit zu motivieren, wenn ihr der Fall vermutlich in den nächsten Stunden entzogen werden würde. *Es ist schon schlimm genug, in dieser verdammten Stadt zu arbeiten,* dachte sie, *aber wenn jeder vernünftige Fall mit dem MIT enden würde, was wäre dann der Sinn dahinter?*

Alle Augen waren auf sie gerichtet, als sie das Büro verließ. Unten schienen sie die uniformierten Beamten und sogar die wenigen anwesenden Zivilisten anzustarren, als wüssten sie, was vorgefallen war.

Draußen kamen ihr der kalte Luftzug, der fernen Geruch des Meeres und die Kakofonie der Möwen, die am Himmel über ihr kreisten, gerade recht.

Es wäre einfach, aufzugeben und die Stadt für immer zu verlassen, aber sie würde nicht zulassen, dass man sie noch einmal so behandelte. Sie würde weiter an dem Fall arbeiten, bis man sie stoppen würde, und das bedeutete vorerst, Lanegan zu finden.

Ihr erster Schritt bestand darin, zum Haus der Foresters zurückzukehren. Als sie die beiden über den Brand befragt hatte, hatte Mr. Forester Lanegans Namen erwähnt. Sie hatte das Gefühl gehabt, man würde ihr etwas vorenthalten, und jetzt wollte sie noch einmal unauffällig nachhaken.

Es war dunkel gewesen, als sie an diesem Morgen ihren Bungalow verlassen hatte, und auch jetzt war es dunkel. So war der Winter in der Stadt am Meer, eine Jahreszeit der unerbittlichen Dunkelheit und des Schattens. „Heiterer Gedanke“, murmelte sie zu sich selbst, als sie den Wagen bis zum Stillstand herunterbremste. In ihrem Rückspiegel sah sie die blinkenden Lichter eines Krankenwagens, die vom Heulen der Sirene eines Polizeiautos begleitet wurden. Sie rief in der Zentrale an und erfuhr, dass es einen Kilometer weiter einen Verkehrsunfall gegeben hatte.

Als sich das Auto vor ihr wieder weiterbewegte, wendete sie und fuhr jenen Weg zurück, den sie gekommen war, bis sie schließlich eine Abzweigung fand, die auf anderem Weg nach Worlebury zurückführte. Ihr Magen knurrte, als sie an einem Fish-&-Chips-Laden vorbeikam. Seit ihrem Croissant am Morgen hatte sie nichts mehr gegessen, doch dafür war jetzt keine Zeit. Morley könnte jeden Moment anrufen, und der Gedanke, Finch könnte den Fall übernehmen, verdrängte alle Gedanken ihren Hunger betreffend.

Eine Vielzahl anderer Autofahrer hatte dieselbe Entscheidung getroffen, und so saß sie weitere zwanzig Minuten auf dem Worlebury Hill fest, bevor sich der Verkehr entspannte und sie in Richtung der Foresters abbog.

Da es in der Straße der Foresters keine freien Parkplätze gab, war sie gezwungen, zwei Straßen weiter zu parken, und stieg genau in jener Sekunde aus ihrem Auto, in der sich die Wolkendecke lichtete. Ein eisiger Wind fegte um ihren Körper, ihr Regenschirm war gegen den strömenden Regen nahezu nutzlos, und als sie schließlich das Haus erreichte, war sie völlig durchnässt.

Sie schüttelte ihren Regenschirm aus, klopfte an die Haustür und stellte fest, dass diese bereits geöffnet war.

KAPITEL FÜNFUNDDREISSIG

Geoff beobachtete, wie die Polizistin im Regen zu dem Haus stapfte. Der Angriff hatte ihm die Kraft geraubt, und er hatte die letzten paar Minuten im Van verbracht, die Bilder von Mr. und Mrs. Forester noch frisch vor Augen, seine Haut und seine Kleidung noch glitschig von ihrem Blut.

Nachdem Geoff seine Schulter berührt hatte, hatte sich Mr. Forester gewehrt. Anfangs hatte er einen ziemlichen Kampf begonnen, und die darauffolgende Auseinandersetzung hatte Geoff unvorsichtig werden lassen. Nachdem er Mr. Forester überwältigt hatte, hatte sich ein roter Nebel über ihn gelegt, und selbst jetzt war die Erinnerung an die darauffolgenden Minuten noch getrübt. Er hatte mit einem Eifer an den beiden gearbeitet, wie er ihn noch nie verspürt hatte, doch seine Arbeit war schlampig und unprofessionell. Die Schnitte an den Knöcheln waren übereilt und ungenau ausgeführt worden. Er konnte immer noch das Knacken von Mrs. Foresters Knochen hören, als der Nagel ihren Knöchel zertrümmerte, ihre Schreie waren selbst durch den Knebel in ihrem Mund hörbar gewesen.

Letztendlich wollte er es einfach hinter sich bringen. Aber er konnte sich jetzt noch nicht losreißen. Die Polizistin telefonierte, und es wäre nur eine Frage von Minuten, bis ihre Kollegen zu ihr stoßen und herausfinden würden, was er ihnen hinterlassen hatte. Warum bewegte er sich also nicht?

Er kauerte sich in seinem Sitz zusammen, während sie die Straße abscannte – ihre Sicht wurde durch den peitschenden Regen stark getrübt –, bevor sie ins Haus ging.

Wie einfach es sein würde, ihr hinein zu folgen, dachte er. Würde eine zusätzliche Leiche etwas ausmachen? Sie verdiente es nicht zu sterben, aber sie war ihm auf der Spur, so viel war sicher.

Seine Gedanken kreisten um Dad und was er für ihn tun musste. Der Gefangene wartete immer noch auf Steep Holm auf ihn, und Geoff wollte seine Chancen auf eine Rückkehr nicht aufs Spiel setzen.

Doch die Frau war sicher unbewaffnet, und er hatte seine Kraft und das Überraschungsmoment auf seiner Seite. Ja, er würde ein Risiko eingehen, aber konnte er es riskieren, es nicht zu tun?

uuu

Der Geruch schlug ihr entgegen, als sie sich durch die Tür schob: Blut und Exkremente, Schweiß und die verblassende Glut der Angst. Diesmal hatte sie keine Waffe dabei, nur ihr Pfefferspray und ihren ausziehbaren Schlagstock. Als sie ins Wohnzimmer trat, dauerte es ein paar Sekunden, bis sich ihre Augen an den roten Schleier gewöhnt hatten. Das Wohnzimmerlicht beleuchtete die blutüberströmten Leichen von Janet und Nathan Forester, als hätten sie ihre eigenen Scheinwerfer. Die beiden waren mit Seilen aneinandergefesselt, und ihre aufgequollenen, leblosen Augen starrten Louise an, als stünden sie immer noch unter Schock.

Louise drang nicht weiter in den Tatort ein. Sie untersuchte den Raum und versuchte, sich nicht mit den verstümmelten

Beinen des Paares auseinanderzusetzen. Rechts vom Wohnzimmer befand sich die Küche, und sie schob sich an den Wänden entlang, das Pfefferspray vor sich, während sie den Bereich absicherte.

Vermutlich war der Mörder schon lange weg, dennoch schlich sie langsam zum Flur zurück und beschloss, die Treppe hochzugehen, wobei sie sich immer wieder selbst davon überzeugte, dass dies nicht das Walton-Farmhaus war.

Ein süßlicher, ekelhafter Geruch, eine Mischung aus Potpourri und Desinfektionsmittel, schlug ihr entgegen, als sie die Badezimmertür öffnete. Louise wich zurück, das weiße Porzellan des Waschbeckens und das gesamte Bad glichen einer einzigen Blutlache. War der Mörder so gelassen gewesen, dass er die Ruhe und die Zeit gehabt hatte, das Blut abzuwaschen, bevor er das Haus verließ?

Sie sicherte die anderen Zimmer im Obergeschoss und hielt auf dem Treppenabsatz inne, als sie hörte, wie sich die Haustür knarrend öffnete.

u u u

Geoff fuhr los, Sekunden bevor die heulenden Sirenen die Straße erreichten. Was zum Teufel hatte er sich nur dabei gedacht? Es war, als hätte er gewollt, erwischt zu werden. Die Polizistin war nicht Teil des Plans, gehörte nicht zu den fünf, und doch hatte er den Drang verspürt, seine Handlungen an ihr zu wiederholen. Ein Teil von ihm wollte erneut das Gefühl von Metall in Fleisch und Knochen genießen, und er verstand nicht ganz, was das zu bedeuten hatte, als er zum alten Pier fuhr.

Auf dem Parkplatz kletterte er in den hinteren Teil des Vans und zog sich um, wobei er den kupfernen Geruch der Kleidung genoss, die er von seiner Haut schälte. Es spielte keine Rolle mehr, ob er sie im Wagen zurückließ. Bis sie das Fahrzeug gefunden und überprüft hätten, was sich darin befand, wäre bereits alles vorbei. Dennoch, es hatte keinen Sinn, ein Risiko einzugehen, also wickelte er die Kleidung in einen schwarzen Müllbeutel, stopfte sie in seinen Rucksack und machte sich auf den Weg zum Pier.

Es regnete immer noch, und der kleine Laden am Fuß des Piers hatte längst geschlossen. Niemand, der bei Verstand war, würde sich bei diesem Wetter draußen aufhalten, und das kam Geoff zugute. Ein Metalltor, das oben mit Stacheldraht versehen war, versperrte den Zugang zum Pier, doch es gab einen einfachen Weg um die Ufermauer herum. Solange er einen sicheren Stand hatte und sich gut an den Metallgeländern festhielt, würde es keine Probleme geben. Er war jetzt so nah dran, dass es ihm nicht fair erschien, jetzt noch zu versagen.

Aber das Wetter war anderer Meinung. Der Wind hatte sich zu einem Orkan ausgeweitet, und sein Regenmantel blähte sich um seinen Leib auf, als seine Hände von dem Geländer abrutschten. „Nicht jetzt!“, schrie er, und seine Worte gingen im Sturm unter, als sein linkes Bein nachgab.

u u u

Farrell war der Erste, der durch die Tür trat, seinen Schlagstock vor sich ausgefahren, als er seine Anwesenheit verkündete. Louise bewegte sich von ihrer Position am oberen Ende der Treppe. „Gehen Sie nicht weiter, Greg“, sagte sie und ließ den DS erstarren.

„Mein Gott, Boss, Sie haben mich zu Tode erschreckt. Alles in Ordnung?“

„Zwei Leichen dort drüben“, antwortete sie und deutete auf die Wohnzimmertür. „Sichern Sie die Vordertür. Ich will niemanden mehr hier drin haben, bis die SOCOs eintreffen.“

Innerhalb weniger Minuten war das Gebiet abgeriegelt,

Rettungsdienste säumten die Straße. Louise kümmerte es nicht, dass es regnete, ihre Kleidung war bereits durchnässt; sie war einfach nur froh, das Haus zu verlassen und draußen an der kalten, frischen Luft zu sein.

Das Ausmaß der Situation wurde ihr bewusst, als sie DCI Robertson vorfahren sah. Sie hatte die Foresters am Samstag getroffen, und jetzt, achtundvierzig Stunden später, waren sie dem Mörder zum Opfer gefallen. Wie weit war sie von der Ergreifung des Mörders entfernt gewesen? Wäre der Verkehrsunfall in Milton nicht gewesen, wäre sie dreißig Minuten früher angekommen. Und dann? Wäre es ihr gelungen, den Mörder in Schach zu halten, oder wäre sie ein weiteres Opfer geworden?

„Wie geht es dir, Louise?“, fragte Robertson und reichte ihr den Schirm, den er bei sich trug.

„Danke. Es geht mir gut. Es tut mir leid, dass ich nicht früher hier war.“

„Darüber musst du dir keine Sorgen machen.“ Er hielt inne, bevor er fortfuhr. „Warum warst du überhaupt hier?“

„Ich wollte den Foresters ein paar weitere Fragen zu Lanegan stellen“, antwortete sie und studierte seine Reaktion so gut sie es in der Finsternis des strömenden Regens konnte. „Der Tod der Foresters deutet darauf hin, dass meine Theorie richtig ist. Nach dem, was ich im Wohnzimmer gesehen habe, wurde den Foresters die dritte und vierte Wunde an den Knöcheln zugefügt, sodass die nächsten Stunden für die Ergreifung des Mörders entscheidend sein werden.“

Robertson nickte, sagte jedoch nichts mehr, bevor er ins Haus schlenderte, um den Tatort zu untersuchen.

Eine Stunde später traf Assistant Chief Constable Morley in Begleitung von DCI Finch ein.

u u u

Die Zeit schien sich zu verlangsamen, als Geoff nach dem Geländer griff, seine Finger kämpften, um das Metall zu greifen, bevor er Halt fand und sich wieder hochzog. Nachdem er die Mauer hinter sich gelassen hatte, beugte er sich vorne über, und das Geräusch des Regens, der auf seinen Regenmantel prasselte, passte zum Pochen seines Herzschlags.

Er lachte darüber, wie nahe er daran gewesen war, in die aufgewühlten Wellen zu stürzen, bevor er sich über das letzte Hindernis auf die morschen Holzbretter des alten Piers hievte.

Der Sturm war jetzt so stark, dass er ihn wie eine unsichtbare Hand nach hinten drückte und seine Füße auf dem schmutzigen Holz rutschen ließ. Unter ihm schlugen die Wellen gegen die rostigen Metallpfeiler und erweckten den Eindruck, der Steg sei nicht mehr befestigt und werde von der steigenden Flut weitergeschoben. Jeder Teil von ihm war durchnässt, und obwohl ihm der Unterschlupf am Ende des Piers willkommen war, bot er keine Wärme.

Zitternd schob er sich durch die Türen der alten Rettungsbootstation zu jener Betonplattform, an der er das Boot angekettet hatte.

Nur, dass das Boot nicht mehr da war.

KAPITEL SECHSUNDDREISSIG

Louise hatte die Zentrale noch nie so belebt gesehen. Der Hauptempfang war überfüllt mit Zivilisten und Beamten, sowohl in Uniform als auch in Zivil, einige aus der Gegend, andere, die Louise vom MIT kannte. Die große Menge an Menschen in Kombination mit einer überaktiven Heizung machte das Klima im Raum heiß und schwül. Sie konnte den Schweiß in der Luft schmecken; er klebte an ihrer Haut wie der Geruch von Blut und Körperflüssigkeiten aus dem Haus der Foresters. Wie Louise waren auch die meisten anderen Menschen durchnässt. Sie wollte sich nur noch ausziehen und eine lange, heiße Dusche nehmen.

In der Einsatzzentrale herrschte ebenso reges Treiben. Als sie ankam, richteten alle ihre Augen auf sie, was sie an die Zeit nach der Walton-Affäre erinnerte. Sie war mit einer Mischung aus Ehrfurcht, Mitleid und Abscheu angesehen worden, je nach Perspektive des Betrachters. Louise ignorierte alle bis auf Tracey, die ihr zustimmend zunickte, schloss die Jalousien ihres Büros und zog sich trockene Kleidung an, wobei ihre blasse Haut aufgrund des Temperaturwechsels kribbelte.

Sie war im Haus der Foresters geblieben, bis die Fotos und

Videos gemacht und die SOCOs fertig gewesen waren, und hatte dann zusammen mit Dempsey die Leichen untersucht. Diese Morde schienen hektischer abgelaufen zu sein. Das Paar lag zusammen in einer Blutlache, die sich überall im Raum zu verteilen schien. Janet Forester hatte ein stumpfes Schädeltrauma, was Dempsey als Todesursache vermutete, nachdem ihre Beine und Knöchel auf abscheulich brutale Weise misshandelt worden waren. Auch Nathan schien bei Bewusstsein gewesen zu sein, als seine Beine zerstückelt wurden. Dempsey wies auf jene Stelle hin, an der Gewebe und Muskeln zerfetzt waren und wo Nathans vordere Schienbeinarterie durchtrennt worden war. Er vermaß die Einstichwunden an den Resten der Knöchel der Foresters und kam zu dem Schluss, dass Form und Größe mit jenen Wunden übereinstimmten, die an Veronica Lloyds und Pater Mulligans Handgelenken gefunden worden waren.

Louise hatte versucht, die Anwesenheit von Morley und Finch zu ignorieren. Sie hatten den Tatort jedenfalls schnell erreicht, und obwohl die beiden Männer Abstand zu ihr hielten, sprachen sie eifrig mit den SOCOs und den anderen an der Untersuchung beteiligten Beamten, als hätten sie schon immer zum Team gehört. Und jetzt warteten sie in Robertsons Büro auf sie.

Der DCI war verschwunden, kurz nachdem er mit Morley und Finch angekommen war. Als sie in die Zentrale zurückgekommen war, hatte sie kurz mit ihm gesprochen, wobei er etwas verärgert geklungen hatte, als ob die jüngsten Entwicklungen irgendwie ihre Schuld wären.

Nachdem sie sich umgezogen hatte, setzte sie sich an ihren Schreibtisch und bereitete sich auf das vor, was ihr bevorstand. In der Vergangenheit hätte sie gedacht, dass man es nicht wagen würde, ihr den Fall zu entziehen, aber die bittere Erfahrung hatte sie zu einer Realistin gemacht. Bei der Polizei herrschte eine strenge Hierarchie, und sie brauchten ihr keinen Grund zu nennen, egal, was sie dagegen einwenden würde. Alles, was sie tun konnte, war, ihre Fortschritte gut zu verargumentieren und zu versuchen, nicht die Beherrschung zu verlieren. Sie bedauerte ihren vorangegangenen Streit mit Robertson. Er hatte sie immer unterstützt, und ihr Ausbruch wegen Finch, so berechtigt er auch gewesen sein mochte, hatte ihre Beziehung zu einem Zeitpunkt erschüttert, an dem sie seine Unterstützung mehr denn je brauchte.

Robertson kam zurück und klopfte an ihre Tür. „Fertig“, verkündete er.

„Sir.“

Er hielt inne und zögerte, als würde er die Szene in seinem Kopf durchspielen.

„Louise. Hör dir an, was sie zu sagen haben“, sagte er mit einem deutlich warnenden Tonfall.

Louise nickte und folgte ihm in sein Büro.

„DI Blackwell“, eröffnete Morley, als sie Robertson hinein folgte. „Was für eine Nacht.“

„Ja, Sir.“ Louise setzte sich auf den Stuhl neben Finch. Sie konnte den vertrauten Geruch seines Rasierwassers riechen und ihr wurde übel, als sie sich daran erinnerte, wie intim sie einmal gewesen waren.

Sie richtete ihre Aufmerksamkeit wieder auf Robertson. Noch nie hatte sie ihren Vorgesetzten so unbehaglich gesehen wie in diesem Moment, schon gar nicht in seinem eigenen Büro, und sie fragte sich, was Morley davor zu ihm gesagt hatte.

„Louise, ich habe den Herren so gut wie möglich erklärt, was du mir vorhin über den Stand der Ermittlungen und den Grund für deinen heutigen Besuch bei den Foresters erzählt hast. Kannst du uns deine Version mitteilen?“

Der anklagende Ton in der Frage war nicht zu überhören,

und nachdem Robertson seinen Satz beendet hatte, senkte er den Blick, als wolle er signalisieren, dass er unter Zwang stand.

Louise hielt inne, bevor sie antwortete. Morley und Finch wollten sie von dem Fall abziehen, und Ärger oder Widersetzlichkeit zu zeigen, würde ihren Untergang nur beschleunigen. Langsam erzählte sie ihnen von Anfang bis Ende alles über ihre Ermittlungen, als würde sie eine Klasse von Auszubildenden unterrichten. Als sie schließlich von ihrer Fahrt nach Cornwall berichtete, unterbrach Morley sie.

„Sie sind den ganzen Weg nach St. Ives gefahren?“, fragte er wenig beeindruckt.

„Von der Dienststelle vor Ort konnte ich keine eindeutigen Antworten erhalten, also habe ich die Sache selbst in die Hand genommen.“ Sie erzählte von Lanegan und dessen Verbindung zu den Foresters.

„Aber du hattest doch schon mit den Foresters gesprochen“, sagte Finch und legte den Kopf schief, als sei er von seiner eigenen Offenbarung überrascht.

„Ja.“

„Warum wolltest du sie also innerhalb so kurzer Zeit noch einmal befragen?“

Louise hielt Finchs Blick stand und fragte sich, wie es möglich war, einen Menschen so sehr zu hassen, wie sie ihn in diesem Moment hasste. „Die Foresters waren es, die mich im Endeffekt zu Lanegan geführt haben. Zu jenem Zeitpunkt hatte ich den Eindruck, sie würden etwas verheimlichen, und nachdem ich mit Eileen Boswell gesprochen hatte, wollte ich sie herausfordern.“

„Wären Sie nur eine Stunde früher gekommen“, sagte Morley.

„Sir“, sagte Louise, die ihre Verachtung für die Aussage des Assistant Chief Constable nicht verbergen konnte.

Sie diskutierten hin und her und erörterten die Fragen und

die Art und Weise, wie sie mit dem Fall umgegangen war. „Es scheint, als wäre Monsignore Ashleys Behauptung über die fünf Wunden korrekt", argumentierte Louise. „Das bedeutet, dass es noch ein weiteres Opfer geben wird."

„Wir müssen mit diesem Ashley sprechen", sagte Finch, als hätte er jetzt das Sagen.

Louise ignorierte ihn. „Ich werde noch einmal mit ihm sprechen, aber momentan bleibt Lanegan unsere oberste Priorität. Wenn wir ihn finden, finden wir entweder den Mörder oder das fünfte Opfer."

Es gab eine natürliche Pause, als Morley gestikulierte, dass er gleich sprechen würde. „Ich habe die Angelegenheit mit DCI Robertson besprochen, und ich glaube, dass es vernünftig ist, wenn Sie als SIO bei dem Fall bleiben, DI Blackwell."

Louise reagierte nicht, als sie bemerkte, dass sich auf Robertsons Gesicht ein winziges Lächeln bildete. Es wäre ein Verbrechen gewesen, ihr den Fall wegzunehmen, aber sie befürchtete, dass der Assistant Chief Constable ihr nur ein Lippenbekenntnis abringen wollte.

„Wie auch immer", fuhr Morley fort, „ich habe keine andere Wahl, als DCI Finch und das Major Investigation Team einzuschalten. Der Fall ist zu aufsehenerregend, als dass wir nicht unsere ganze Erfahrung einsetzen sollten. Die beiden Teams werden ab sofort zusammenarbeiten", sagte er, als wäre das nicht ohnehin schon in vollem Gange.

„Bist du sicher, dass du weitermachen kannst, Louise?", fragte Finch.

Er wollte sie aufstacheln, was ihm beinahe gelang. „Was meinst du damit?"

„Es war ein schreckliches Szenario, und wie du selbst zugegeben hast, wärst du nur eine Stunde oder so früher dort gewesen ..."

Ich muss Sie unterbrechen, Tim", sagte Robertson.

Louise wusste den Zwischenruf ihres Chefs zu schätzen. Finch war ein guter Manipulator. Unter dem Vorwand der Besorgnis unterstellte er ihr, sie sei schwach und nicht in der Lage, den Fall zu lösen, und machte sie zusätzlich für den Tod von Nathan und Janet Forester verantwortlich. Sie war sich sicher, dass er Walton und seine eigene verzerrte Sicht jener Ereignisse erwähnt hätte, hätte er nicht ihre Reaktion gefürchtet. Es war absurd, dass Morley sie zusammenarbeiten ließ, und es würde keinem von ihnen etwas nützen, Walton jetzt zu erwähnen.

„Schon in Ordnung, Iain. Ich bin sicher, dass Tim nicht andeuten wollte, ich wäre für den Tod von Mr. und Mrs. Forester verantwortlich. Nicht wahr, Tim?"

„Natürlich nicht", antwortete Finch, der jeden Tropfen seiner Verachtung in seine Antwort einfließen ließ.

„Gut. Dann, bei allem Respekt, halte ich deine Frage für überflüssig. Wie du bin auch ich Polizeibeamte. Ich bin an solche Tatorte gewöhnt und meine Priorität ist es jetzt, den Mörder zu finden. Wenn es also nichts weiter gibt, meine Herren?"

„Danke, Inspector", sagte Morley, als Louise das Büro verließ.

u u u

Es war 2 Uhr morgens, als sie nach Hause kam. Nachdem Morley und Finch gegangen waren, hatte Robertson als Entschuldigung eine Flasche Single Malt aufgemacht. Der Schluck der brennenden Flüssigkeit hatte ihren Blutkreislauf in Wallung gebracht, als wäre er ihr direkt in die Adern gespritzt worden, und kurz darauf war sie gegangen, bevor der Schlaf sie übermannte.

Keine SMS wartete auf sie, als sie sich einen Wodka-Shot aus dem Gefrierschrank einschenkte, und ihn in einem Zug austrank, als wäre er eine bittere Medizin. Finch würde es nicht riskieren, sie jetzt zu kontaktieren. Warum sollte er auch, wenn er sie im Büro ganz öffentlich provozieren konnte?

Vor dem Schlafengehen aktualisierte sie ihre Ermittlungswand, fügte die Bilder der Foresters hinzu und setzte ein Fragezeichen neben das unscharfe Bild, das sie von Lanegan hatte.

Sollte Lanegan der Mörder sein, was wäre sein Motiv? Sollte er das letzte Opfer sein, wo könnte er sich dann befinden?

Die Fragen quälten sie, kreisten in ihrem Kopf, begleiteten ihre Erinnerungen an die Szene im Haus der Foresters, während das Pfeifen der kalten Luft, die durch die kleinen Ritzen in ihrem Schlafzimmerfenster entwich, sie schließlich in den Schlaf wiegte.

KAPITEL SIEBENUNDDREISSIG

Geoff starrte ungläubig auf die schäumenden Wellen hinaus. Er hatte das Boot an den Stahlträgern weit über dem höchstmöglichen Wasserstand angekettet, sodass das Meer es nicht losgerissen haben konnte. Er schwankte im peitschenden Regen, seine Kleidung bereits vollständig durchnässt, während er überlegte, was er als Nächstes tun könnte. Das Letzte, was er wollte, war, zurück an den Pier zu robben, und einen weiteren Tag hierzubleiben, kam auch nicht infrage. Selbst wenn er eine Unterkühlung umgehen könnte, würde das Problem in der nächsten Nacht bestehen bleiben.

Er war sich seiner Selbst zu bewusst, selbst *in extremis*, um daraus zu schließen, dass es sich um eine Art Test handelte. *Das Problem, vor dem ich stehe, ist auf reines Pech zurückzuführen*, dachte er, als plötzlich ein Lichtstrahl seine Augen traf.

„Ich dachte, es wären ein paar Kinder. Sie sollten sich schämen“, sagte derjenige, der ihn angeleuchtet hatte, ein schwergewichtiger Mann, der seine Taschenlampe wie eine Pistole vor sich hielt.

„Was meinen Sie?“, fragte Geoff, verblüfft über diese surreale Erscheinung.

„Ich habe Sie beobachtet“, antwortete der Fremde, seine Taschenlampe nur Zentimeter unter Geoffs Augen gerichtet.

„Mich beobachtet?“, fragte Geoff und befürchtete das Schlimmste.

„Sie benutzen diesen Ort wie Ihren eigenen verdammten Anlegeplatz. Sie sollten sich schämen.“

Wusste der Mann, wo er gewesen war, und warum? „Wo ist das Problem?“

„Wo das Problem ist? Können Sie nicht lesen? Überall stehen Betreten-verboten-Schilder. Wie sind Sie überhaupt hierhergekommen?“

„Ich bin rübergeklettert.“

„Genau. Was, wenn Ihnen etwas zugestoßen wäre? Wir haben die Schilder aus einem bestimmten Grund aufgestellt. Zu Ihrem Schutz. Vor ein paar Monaten hatten wir hier eine Bande Jugendlicher, die von der Flut erfasst wurde. Die Rettungskräfte mussten ihr Leben riskieren, um sie in Sicherheit zu bringen.“

Es klang, als hätte der Mann keine Ahnung, was er getan hatte. Er war nur ein Wichtigtuer, dessen Hauptinteresse den Sicherheitsrisiken des verfallenen Gebäudes galt. „Wo ist mein Boot?“, fragte Geoff.

Der Mann hob die Taschenlampe höher und blendete Geoff kurzzeitig, als er etwas aus seiner Manteltasche zog. „Machen Sie sich darum keine Sorgen“, erwiderte er und hob das Telefon an sein Ohr.

„Was tun Sie da?“

„Was denken Sie wohl? Ich rufe die Polizei.“

Geoff zitterte, das Adrenalin verflog, die Kälte seiner feuchten Kleidung sickerte in seine Knochen. Er war auf eine solche Situation nicht vorbereitet gewesen und wusste nicht, wie er reagieren sollte. „Bitte nicht. Ich bin mir sicher, dass wir das untereinander klären können.“

Angewidert von dem Vorschlag schüttelte der Mann den Kopf. „Dafür ist es jetzt zu spät."

Geoff konnte nicht zulassen, dass er diesen Anruf tätigen würde. Es würde das Ende bedeuten. Der Grund für alles, für jede Handlung, wartete auf der Insel auf ihn. Lanegan musste geopfert werden, es musste fünf Wunden geben.

Erst redete er sich ein, er habe den Mann nicht verletzen wollen, doch die Grausamkeit seines Angriffs ließ ihn begreifen, dass er tief in seinem Inneren genoss, was er tat, was er getan hatte. Er rannte mit voller Wucht los und riss dem Fremden das Telefon aus der Hand, als er gegen dessen Brust prallte. Die Taschenlampe wirbelte durch die Luft und beleuchtete das verwirrte Gesicht des Mannes, der mit dem Kopf auf den scharfkantigen Beton unter ihm aufschlug. Das Geräusch erinnerte Geoff daran, wie John Maynard mit den Zähnen auf das Metall aufgeprallt war. Die Taschenlampe landete neben ihm und ermöglichte es Geoff zu sehen, wie sich die Augen des Mannes veränderten, als er dessen Hinterkopf wieder und wieder auf einen losen Stein schlug –Rhythmus und Intensität wurden immer hektischer –, weit über jenen Punkt hinaus, von dem an es notwendig gewesen wäre, weiterzumachen. Nach einiger Zeit stoppte er die Bewegung – seine Hand nass von Blut und anderen Substanzen –, als würde er aus einem Traum erwachen, bis er schließlich mit dem Rücken gegen die Innenwand des Piers sackte.

Was hatte er getan? Bezüglich Mrs. Lloyd, Pater Mulligan und den Foresters war alles geplant gewesen. Jeder Mord war notwendig gewesen, aber dieser Mann – *Lieber Gott, ich weiß nicht einmal, wie der arme Mann heißt* – war ein Unschuldiger. Ja, er hatte ihn aus Selbstschutz getötet, aus dem Bedürfnis heraus, zu Ende zu bringen, was er begonnen hatte, aber er musste sich selbst eingestehen, dass ein Teil von ihm, jener Teil nämlich, der völlig losgelöst von der Tat war, genossen hatte, was er getan hatte. Es war eine andere Freude als jene, die er zuvor erlebt hatte.

Sie war roh und brutal, und selbst jetzt noch zitterte sein Körper angesichts der Macht, die er über den Mann gehabt hatte. Aber es gab einen Nachgeschmack, den er bei den anderen nicht erlebt hatte. Beim Anblick des leblosen Körpers neben ihm, dessen Gesicht nicht mehr erkennbar war, überkam ihn ein Gefühl des Bedauerns, das er mit einem Schrei zu vertreiben versuchte, der durch das tosende Wasser unter ihm gedämpft wurde.

uuu

Das Boot war in die alte Rettungsstation geschleppt worden und lag unter einer Plastikplane versteckt. Zum Glück lag es auf einem kleinen Wagen, er fragte sich jedoch, ob der Mann das Boot ganz allein bewegt hatte. Wenn er Hilfe gehabt hätte, würde jemand erwarten, dass er irgendwann zurückkehrte.

Geoffs Finger waren steif vor Kälte, als er das Boot ans Ende des Stegs zog. Er hatte nur noch dreißig Minuten Zeit, um zu verschwinden, doch der Anblick der Leiche lenkte ihn ab.

Er konnte sie nicht hier zurücklassen und somit riskieren, entdeckt zu werden. Er hievte das Boot von dem Wagen und setzte es am oberen Ende des Stegs ab. Es würde ihn all seine Kraft kosten, das Boot zu Wasser zu lassen, und er würde auch die Leiche mitnehmen müssen.

Verzweifelt blies er Luft aus seinen müden Lungen in seine hohlen Handflächen, um etwas Wärme auf sein Fleisch zu bekommen, jedoch ohne Erfolg. Geoff würgte, als er sich den Leichnam über die Schulter warf, während ihm etwas Nasses über die Brust lief.

Taumelnd schleppte er die Überreste des Mannes über den

Beton und stürzte letztendlich, wobei der leblose Körper auf das Boot krachte. Der Hals seines Opfers blieb an der Metallwand des Bootes hängen und gab ein knackendes Geräusch von sich, als der Rest seines Körpers in das Boot rutschte.

Geoff säuberte alles, so gut er konnte, und nutzte die Regenwasserpfützen, um das Blut zu verdünnen. Wenn er Glück hatte, würde es Tage, vielleicht sogar Wochen dauern, bis das Gebiet durchsucht werden würde.

Die Leiche hatte fast den gesamten Platz im Boot eingenommen, und eine Sekunde lang stand Geoff da und lachte über die Absurdität der gesamten Situation. Er hatte keine Ahnung, ob es ihm gelingen würde, das Boot vom Steg zu schieben, und riskierte, den Rumpf aufzureißen; dann wäre alles umsonst gewesen.

Er hielt sich an der Seite des Bootes fest, dessen Metallrand kalt wie Eis war, und stieß es auf die Rampe, bevor er hineinsprang. Das Boot blieb am oberen Ende der Rampe liegen und glitt dann ins Wasser. Der Aufprall auf der Wasseroberfläche schleuderte Geoff nach hinten, sodass er direkt neben seinem Opfer landete. Er schrie in das entstellte Gesicht, während sie von schmutzigem Meereswasser übergossen wurden und das Boot auf der Wasseroberfläche wild hin und her schaukelte. Indem er sich an der Leiche festhielt, richtete sich Geoff auf, bis er sein Gleichgewicht fand.

Die Wellen trieben das Boot auf den Steg und die umliegenden Felsen zu. Geoff ließ den Außenbordmotor zu Wasser und war erstaunt, als er beim ersten Versuch ansprang.

Die Leiche schien ihn anzulächeln. Mit dem Fleisch, das vom Kiefer baumelte, sah er aus wie ein Clown aus einem Horrorfilm. Während Geoff sich ein letztes Mal von Weston verabschiedete – die grellen Lichter der Strandpromenade wurden vom Dunst der schwarzen Wolken verdunkelt und umgaben die Halbinsel wie ein Leichentuch –, stellte er sich vor, wie er für alle Ewigkeit auf dem Boot festsäße, sein einziger Begleiter diese lächelnde Puppe.

Die Überfahrt war so heftig wie nie zuvor, und die Wellen waren meterhoch, als er sich Steep Holm näherte. Geoff schrie in die Nachtluft und bekam zur Belohnung den Mund voll Wasser.

Das Salz brannte ihm in den Augen und seine Kehle war gereizt und rau, während er gegen die starke Strömung ankämpfte und der Motor des Bootes unwillig aufstöhnte. Mit Vollgas steuerte er das Boot schließlich an die Seite des Stegs von Steep Holm, bevor er den Motor abstellte, den Anker auswarf und das Boot festmachte.

Er konnte nicht eine Sekunde länger an Bord bleiben. Er sprang von der Gangway, rutschte auf dem Steg aus und landete auf seinem rechten Ellbogen. So lag er für unbestimmte Zeit da, während Regen und Meerwasser auf ihn niederprasselten, zu erschöpft, um sich zu bewegen.

Wie leicht wäre es, ins Meer zu stürzen, dachte er und schloss die Augen.

KAPITEL ACHTUNDDREISSIG

Das Pfeifen des Windes durch die gesprungenen Fenster rüttelte Louise aus dem Schlaf. Sie bezweifelte, dass die Fenster in ihrem Bungalow ausgetauscht worden waren, seit er irgendwann in den Achtzigern gebaut worden war, und notierte sich in Gedanken, deswegen den Vermieter zu kontaktieren. Sie konnte ihren eigenen Atem vor Augen sehen, und der Gedanke, die Wärme ihres Bettes zu verlassen, war ihr unangenehm. Also zog sie sich unter ihre Bettdecke zurück, ignorierte ihre volle Blase und ließ ihre Träume noch einmal Revue passieren – abstrakte Fantasien der Forester-Morde, gemischt mit klaren Erinnerungen an jene Nacht, in der sie Walton getötet hatte. Ihr Geist war bereits überreizt.

Noch immer in ihre Bettdecke gehüllt, schlurfte sie ins Badezimmer und erleichterte sich. Im Wohnzimmer angekommen, schaltete sie den Gasofen ein und saß wie ein Zombie da, während sich die Kaffeekanne füllte. Die Ermittlungswand mit den Namen und Fotos schien sich ihr geradezu aufzudrängen. Sie war noch dabei zu verarbeiten, was mit den Foresters geschehen war, wurde jedoch an Finchs Worte erinnert, als die

Kaffeekanne piepte und sie sich die erste Tasse des Tages einschenkte.

Wenn du nur eine Stunde oder so früher gekommen wärst.

Ihr Hausverstand sagte ihr, dass seine Schlussfolgerung Unsinn war – sie konnte nicht für den Tod der Foresters verantwortlich gemacht werden, nur weil sie nicht dreißig Minuten früher eingetroffen war –, aber es war schwierig, logisch darauf zu reagieren. Auf seine verblendete Art hatte Finch recht. Wenn sie früher bei deren Haus angekommen wäre, hätte sie nicht nur die Foresters retten, sondern auch den Mörder festnehmen können.

„Hätte, hätte, Fahrradkette", hörte sie ihren Vater sagen. Sie lachte bei der Erinnerung daran, und der Gefühlsausbruch brachte sie fast dazu, Kaffee auf den Boden des Wohnzimmers zu spucken.

u u u

Mr. Thornton stand draußen, als sie dreißig Minuten später das Haus verließ. „Guten Morgen, Sie sind ja früh auf", sagte sie zu dem Mann, der scheinbar unendlich viel Müll zu trennen hatte.

„Guten Morgen. Der frühe Vogel fängt den Wurm", antwortete er beinahe lächelnd.

„Einen schönen Tag noch", erwiderte Louise und stieg in ihr Auto. Thorntons Frau war vor fünf Jahren gestorben, und sie vermutete, dass die Einsamkeit seine mürrische Art erklären könnte. Sie dachte an Eileen Boswell in Cornwall, an ihr isoliertes Leben ohne ihren Sohn und ihre Enkelkinder. Nach der kurzen Zeit, die Louise mit ihr verbracht hatte, schien es, als sei Lanegan zum Mittelpunkt ihres Lebens geworden. Die Frau lebte für ihre wöchentlichen Besuche im Haus des Mannes, und sie fragte sich, was mit Eileen geschehen würde, sollten sie den alten Priester nie finden.

Da sie keine Zeit hatte, einen Stopp im Kalimera einzulegen, und ihr Körper bereits übervoll mit Kaffee war, fuhr sie direkt in die Zentrale. Sie seufzte innerlich, als sie Finch in Robertsons Büro stehen sah, sein Nadelstreifenanzug lag eng an seinen breiten Schultern an. Sein Aftershave lag in der Luft, als hätte er es wie einen Lufterfrischer durch den Raum gesprüht, um sein Revier zu markieren.

Sie ignorierte ihn und ging direkt in ihr winziges Büro. Die morgendliche Besprechung würde in dreißig Minuten beginnen, und sie wollte sich davor noch einmal über die fünf heiligen Wunden informieren. Die Vorhersage des Monsignore war richtig gewesen. Vier der fünf Wunden, die Jesus am Kreuz erlitten hatte, waren den Mordopfern zugefügt worden: Veronica Lloyd das rechte Handgelenk, Pater Mulligan das linke und den Foresters die Knöchel: Janet der linke, Nathan der rechte. Damit blieb nur noch der Speer in der Seite übrig. Lag Lanegan irgendwo, gestorben durch eine Dolchwunde? Oder hielt er den Dolch in der Hand und näherte sich seinem letzten Opfer?

In der Besprechung wiederholte sie die Ergebnisse ihrer Recherchen und ignorierte die ungläubigen Blicke von Finch und der Handvoll Beamter, die er aus dem Hauptquartier mitgebracht hatte.

„Ich möchte diesen Ashley kennenlernen", sagte Finch und unterbrach Louise.

Sie ignorierte ihn, sah Tracey an, die zustimmend nickte, und fuhr fort. „Alles muss sich auf Lanegan und seine Verbindung zu den vier Opfern konzentrieren. Wenn er der Mörder ist, warum wollte er sie alle töten? Wenn er das nächste Opfer ist, warum? Es gibt eine Verbindung zwischen den Opfern, zum

Beispiel St. Bernadette's, aber es gibt noch etwas anderes, das wir übersehen."

Alle wussten von dem Brand, sie wollte jedoch die Sache nicht überstrapazieren, da sie befürchtete, sie könnte besessen klingen. Sie könnte diesem Aspekt der Untersuchungen selbst nachgehen.

Zehn Minuten nach der Besprechung stand Finch vor ihrem Büro. „Auf ein Wort, Louise", sagte er, schloss die Tür und setzte sich ihr gegenüber.

Ein Gefühl der Klaustrophobie überkam sie. Er hatte sie in ihrem eigenen Büro in die Falle gelockt. Seine Anwesenheit erfüllte die Luft, und für eine Sekunde war sie wieder auf dem Walton-Anwesen und er sagte ihr, sie solle abdrücken. „Was ist los, Finch?", fragte sie und klärte ihren Geist.

„Dieser Monsignore Ashley."

„Was ist mit ihm?"

„Wie ich bereits sagte, würde ich mich gerne mit ihm treffen."

Louise musste fast kichern. Eines musste sie Finch lassen: Da saß er nun in ihrem Büro und tat so, als sei nichts geschehen. Als hätte er nicht ihre Karriere zerstört, als hätte er ihr nicht fast jede Nacht anonyme SMS geschickt. Man musste schon ein besonderer Psychopath sein, um sich so zu verhalten, und dennoch war er hier und hatte praktisch die Verantwortung für diesen Fall von Mehrfachmord, obwohl er gar kein Recht hatte, überhaupt noch bei der Polizei zu sein.

„Er ist mein Kontaktmann, Timothy", sagte sie und benutzte seinen vollen Namen, von dem sie wusste, dass er ihn hasste.

Er konnte seinen Missmut nur teilweise verbergen. Sie sah es in seinen Augen, das leichte Zucken seiner Lippen, und war froh, dass sie ihn noch verärgern konnte. „Er ist ein potenzieller Zeuge, Louise. Es wäre sinnvoll, wenn noch jemand anderes mit ihm sprechen würde."

Er hatte recht, was es auch nicht leichter machte, ihm die Daten des Monsignore zu geben.

„Das war doch gar nicht so schwer“, sagte Finch grinsend, als er ihr Büro verließ.

Wie war das passiert? Noch vor gut einer Woche waren ihre dringendsten Sorgen um Finch seine aufdringlichen SMS und ihre ständigen Träume vom Walton-Haus gewesen. Und jetzt war er hier. Er begnügte sich nicht damit, sie aus der Ferne zu belästigen, sondern hatte es irgendwie geschafft, sich in ihr neues Leben einzuschleichen.

Um ihn auszublenden, sah sie in ihrem Terminkalender nach und stellte fest, dass der pensionierte Polizist Benjamin Farnham gestern Abend aus dem Urlaub zurückgekehrt war. Vielleicht hatte Farnham die fehlenden Antworten zu diesem Fall, konnte erklären, was genau bei dem Brand in St. Bernadette's passiert war.

Sie verließ das erdrückend enge Büro – dessen Wände sich seit Finchs Ankunft enger und die Decke niedriger anfühlten – und ging zu Thomas hinüber, wo sie abwartete, bis er einen Anruf beendet hatte. Er sah müde und ungepflegt aus. Sie sollte mit ihm über seine Frau und seine derzeitige Wohnsituation sprechen, aber dafür war keine Zeit. Ein entfernter Teil von ihr fragte sich, ob er sich immer noch mit Tracey traf, doch sie verdrängte den Gedanken, weil sie wieder einmal besorgt war, ihre Sorge könnte eher persönlicher als beruflicher Natur sein.

„Louise“, sagte Thomas, während er auflegte.

„Morgen, Thomas. Dieser pensionierte Polizist, Farnham, ist aus dem Urlaub zurück.“

„Sicher, es steht in meinem Terminkalender. Soll ich ihn gleich anrufen? Ich werde gleich mit Tracey aufbrechen, um noch einmal mit einigen Pfarrmitgliedern von St. Bernadette's zu sprechen.“

Louise konnte den Überdruss, mit dessen Art er *noch einmal* sagte, nachvollziehen, doch das war die Realität der modernen Polizeiarbeit. „Ruf ihn an, dann kann ich mich mit ihm treffen."

Er rief an, und sie hörte, wie er eine Nachricht hinterließ. „Er ist gestern Abend spät nach Hause gekommen. Wahrscheinlich hat er sich hingelegt", sagte Thomas.

„Hast du seine Adresse?"

Thomas drückte ein paar Tasten auf seiner Tastatur und der Drucker neben ihm erwachte zum Leben. „Schon da."

„Ist alles in Ordnung, Thomas?"

„Natürlich, warum fragst du?"

„Es geht mich zwar nichts an, und sag es mir, wenn ich eine Grenze überschreite, aber du siehst …"

„Ich werde dich hier unterbrechen", sagte Thomas mit einem gezwungenen Lächeln. „Ich bin mir nicht sicher, ob ich den Rest des Satzes hören will. Ich fühle mich etwas mies, um ehrlich zu sein. Es ist momentan einfach etwas zu viel. Dieser verdammte Fall. Dir muss ich wohl nicht sagen, wie das ist."

Louise nickte, erwiderte jedoch nichts. Sie könnte ihn davor warnen, seine Arbeit nicht zu vernachlässigen, was nichts anderes als ein schlechtes Gefühl hervorrufen würde, und seine Arbeit war seit jenem Abend, an dem sie ihn im Hotel gesehen hatte, nicht schlechter geworden. „Du weißt, wo du mich findest, wenn du mit jemandem reden willst, Tom. Ich meine es ernst."

„Danke, Louise, ich weiß das zu schätzen."

Sie kehrte in ihr Büro zurück, um ihren Mantel zu holen, und bemerkte aus dem Augenwinkel, wie Tracey in ihre Richtung sah. „Farrell?", rief sie hinüber, als sie gerade gehen wollte.

„Boss?"

„Ich könnte Ihre Unterstützung gebrauchen", sagte sie.

Farrell war sichtlich überrascht über die Aufforderung, nahm jedoch seinen Mantel und sie verließen gemeinsam die Zentrale.

Farnhams Adresse lag im Zentrum von Weston, nur ein paar Straßen von St. Bernadette's entfernt. Sie hätten den Weg innerhalb von fünf Minuten zu Fuß zurücklegen können, doch der Regen war so heftig, dass sie Farrell bat, zu fahren.

„Es muss hart sein, dass Ihr altes Team jetzt an dem Fall arbeitet", sagte der DS, als er vom Parkplatz fuhr.

Es lag keinerlei Bosheit in der Frage. Wenn ihr überhaupt etwas auffiel, wirkte er ein wenig nervös, weil sie in seinem Auto saß. „Es ist ein etwas seltsam", antwortete sie.

Wie alle anderen wusste auch Farrell über das Walton-Haus und die unterschiedlichen Erinnerungen an die Geschehnisse von ihr und Finch Bescheid. Sie wurde aus Farrells Absichten nicht schlau. Manchmal dachte sie, er sei ihr gegenüber aktiv feindselig, doch in letzter Zeit glaubte sie, dass sein kleines Lächeln von Zeit zu Zeit möglicherweise eine Art Abwehrmechanismus war. Zum Teil war das der Grund, warum sie ihn gebeten hatte, sie zu begleiten.

„Das hier ist es", sagte er mit seinem breiten Grinsen, als er vor einem frei stehenden viktorianischen Haus in der Nähe des Golfplatzes parkte. „Nett hier."

Das Haus hatte eine eigene Einfahrt, und der rostige, grüne VW-Käfer wirkte vor dem Haus deplatziert. Im Wohnzimmer lief ein Fernseher, und Louise war überrascht, dass niemand antwortete, als sie an die Tür klopfte. Sie nickte Farrell zu, er solle durch das vordere Fenster schauen. „Da sitzt ein Kind auf dem Sofa und ignoriert uns einfach."

Er klopfte an die Scheibe. „Jetzt kommt er."

Eine Minute später öffnete sich die Tür. Ein in einen Morgenmantel gehüllter Jugendlicher stand vor ihnen. „Kann ich Ihnen helfen?"

„Warum hast du nicht aufgemacht?", fragte Louise, ohne sich um Höflichkeiten zu bemühen.

„Ich habe niemanden erwartet."

Sie zeigten ihre Dienstausweise. „DI Blackwell. DS Farrell."

Wenn der Jugendliche beunruhigt war, verbarg er es gut. „Was wollen Sie?"

„Wir sind hier, um Benjamin Farnham aufzusuchen."

„Nun, Sie haben ihn gerade verpasst."

„Bist du mit ihm verwandt?"

„Irgendwie."

„Irgendwie?", fragte Louise, deren Geduld an einem seidenen Faden hing.

„Stiefsohn. Aber wie ich schon sagte, Sie haben ihn gerade verpasst."

„Wann erwartest du ihn zurück?"

„Wer weiß das schon? Er ist gerade mit meiner Mutter in den Urlaub gefahren. Sie haben nicht einmal gesagt, wohin."

„In den Urlaub? Ist er nicht gerade erst aus dem Urlaub zurückgekommen?", fragte Farrell.

Der Teenager sah überrascht aus. „Ja, aber die fahren doch ständig in den Urlaub."

Louise dachte, der Junge würde lügen. „Wohin fahren sie dieses Mal?", fragte sie.

„Ich sagte doch, ich weiß es nicht", antwortete der Junge und hob dabei seine Stimme.

„Können wir kurz reinkommen?"

„Ich nehme an, ja. Muss das wirklich sein?"

„Ja", erwiderte Louise und schob sich an dem Teenager vorbei.

Die Inneneinrichtung spiegelte den zerzausten Jugendlichen nicht wider.

Polierte Holzdielen säumten den Flur, und die Wände waren spärlich mit teuer aussehenden Ölgemälden und gut erhaltenen Familienfotos dekoriert.

„Wo können wir uns setzen?", fragte Louise und wischte sich ein paar Regentropfen aus dem Gesicht.

„Am besten in der Küche“, antwortete der Junge.

Die Küche war genauso gut ausgestattet wie der Flur. Eine Kochinsel aus Granit bildete den Mittelpunkt eines Raumes, der größer war als Louises gesamter Bungalow.

„Wie lautet dein Name?“, fragte Farrell und nahm auf einem der hohen Barhocker neben einer zweiten Anrichte Platz.

„Raymond.“

„Danke, Raymond“, sagte Louise. „Wie ich schon sagte, mein Name ist DI Blackwell und dies ist DS Farrell. Wir haben gehofft, heute mit deinem Stiefvater über eine laufende Untersuchung sprechen zu können. Ein Kollege von uns hat während seines Urlaubs mit ihm gesprochen und er hat zugestimmt, uns nach seiner Rückkehr anzurufen.“

„Ich bin mir nicht sicher, was Sie von mir hören wollen“, sagte Raymond ratlos.

„Du könntest uns erst einmal sagen, wohin genau er gefahren ist“, schlug Farrell vor, der die Geschichte des Jungen offensichtlich nicht glaubte.

Raymond zuckte mit den Schultern. „Ich weiß es ehrlich gesagt nicht. Sie sind gestern Abend aus der Türkei zurückgekommen. Haben sich nicht einmal die Mühe gemacht auszupacken.“

„Hattest du erwartet, dass sie so bald nach ihrer Rückkehr erneut in den Urlaub fahren würden?“, fragte Louise.

„Nein, aber es ist auch nicht besonders verwunderlich.“

„Machen sie das oft?“

„Sie sind im Ruhestand. Immer irgendwo unterwegs.“

„Und du hast das Haus für dich allein?“, fragte Farrell.

„Das ist einer der Vorzüge.“

Louise tauschte einen Blick mit Farrell aus. Sie glaubte, dass der Junge die Wahrheit sagte, aber irgendetwas stimmte definitiv nicht. „Würdest du ihn für mich anrufen?“

„Wen? Ben?", fragte Raymond, der seinen Unmut nicht verbergen konnte.

„Ja, mit Lautsprechfunktion."

„Worum geht es hier?"

„Tu es einfach, Raymond."

„Es wird ihm seltsam erscheinen. Ich rufe ihn nie an."

„Könntest du es für mich versuchen, Raymond? Es ist sehr wichtig, dass wir mit ihm sprechen."

„Okay, ich muss mein Telefon holen", sagte Raymond und verließ die Küche.

Farrell runzelte die Stirn. „Man könnte meinen, Farnham möchte nicht mit uns sprechen."

„Ja, kommt mir auch so vor", sagte Louise, als der Junge zurückkam.

„Ist er in Schwierigkeiten?", fragte Raymond, der etwas von seiner vorangegangenen Gleichgültigkeit verloren hatte.

„Nein."

Raymond runzelte die Stirn, wählte jedoch die Nummer seines Stiefvaters und legte das Telefon auf den Küchentisch. Das Telefon klingelte mit einem britischen Freizeichen, also hatte Farnham das Land nicht verlassen. Nach viermaligem Klingeln nahm er ab. „Ray?", meldete sich die Stimme durch das knisternde Rauschen des Lautsprechers. „Alles in Ordnung?"

„Ja, entschuldige die Störung", sagte Raymond und sah Louise an, die ihm zunickte, um fortzufahren.

Am anderen Ende der Leitung gab es eine Pause. „Ist da jemand bei dir, Ray?"

Da Raymond nicht antwortete, nahm Louise das Telefon in die Hand. „Mr. Farnham, hier ist DI Blackwell von der Kriminalabteilung in Weston."

„Inspector", erwiderte Farnham. „Was ist hier los?"

„Wir haben heute Morgen versucht, Sie zu erreichen. Sie

sollten mit uns über einen Ihrer alten Fälle sprechen, den Brand in St. Bernadette's von 1983."

„Oh, ja, entschuldigen Sie, ich wollte Ihren Kollegen DS Irland heute anrufen. Ich war etwas beschäftigt."

„Es wäre wirklich hilfreich, wenn Sie heute in der Zentrale vorbeikommen könnten, Mr. Farnham."

Der Mann hielt inne und ließ sich Zeit. „Ich fürchte, das wird nicht möglich sein. Wir sind unterwegs."

„Wohin fahren Sie?", fragte Louise.

Das Zögern war minimal, doch Louise bemerkte es. „Schottland."

„Schottland?"

„Ja. Wir haben ein kleines Häuschen in der Nähe der Seen gefunden. Es sind gerade keine Schulferien, also ist es sehr günstig. Hören Sie, ich sollte eigentlich nicht telefonieren, da ich fahre. Kann ich Sie später zurückrufen?"

„Ich muss jetzt mit Ihnen sprechen, Mr. Farnham."

„Tut mir leid, ich muss wirklich auflegen. Ich rufe später auf Ihrem Revier an", sagte Farnham und legte auf.

Louise wählte die Nummer erneut, landete jedoch direkt auf der Mobilbox.

„Was ist hier los?", fragte Raymond.

„Ich bin mir nicht sicher. Wie war dein Stiefvater, als er zurückkam? Ist dir irgendetwas aufgefallen – war sein Verhalten irgendwie anders?"

„Nein, warum?"

„Fahren sie oft nach Schottland?", fragte Farrell. „Nein. Meine Mutter mag die Kälte nicht."

„Wohin könnten sie sonst gefahren sein?"

„Ich verstehe das nicht. Warum wollen Sie mit ihnen sprechen?"

„Das spielt keine Rolle. Haben sie irgendwo ein Ferienhaus?"

„Sie haben ein Paar.“

„Ein paar? Wo?“, fragte Farrell.

„Eines in Devon, eines hier in der Nähe.“

„Wir brauchen die Adressen.“

Der Junge sah defensiv aus und warf einen Blick auf den Kühlschrank, wo, wie Louise sofort bemerkte, ein Flyer für einen Wohnwagenpark in Brean Down hing.

Louise nahm den Flyer an sich und gab Raymond ihre Karte. Sie sagte ihm, er solle sie anrufen, sobald er von einem der Elternteile etwas höre, und wünschte sich, sein Telefon abhören zu können, da sie sicher war, dass der Junge seine Eltern anrufen würde, sobald sie gegangen waren.

„Was zum Teufel ist hier los?“, fragte Farrell, als sie draußen waren.

„Irgendetwas muss Farnham erschreckt haben. Er hat eindeutig gelogen.“

„Was nun?“

Louise winkte mit dem Flugblatt, das sie vom Kühlschrank genommen hatte. „Er fährt nicht nach Schottland. Wir können in vierzig Minuten in Brean sein. Wenn er versucht, uns zu ignorieren, wird er sein Telefon vorerst ausgeschaltet lassen. Wer weiß? Vielleicht können wir ihn überraschen.“

KAPITEL NEUNUNDDREISSIG

Der Sonnenstrahl, der durch die schweren schwarzen Wolken fiel, weckte Geoff aus seinem Schlummer. Er lag auf dem feuchten Steg der Insel Steep Holm, nur wenige Meter vom Kieselstrand entfernt. Seine durchnässte Kleidung klebte an ihm, seine Haut war taub, und eine Kälte, die er noch nie erlebt hatte, ließ sein Blut stocken. Weniger als fünfzig Meter von ihm entfernt schaukelte das Boot gegen die Verankerung. Er konnte nicht glauben, dass er so lange geschlafen hatte. Er drehte sich auf die Seite und Übelkeit durchströmte seinen Körper, als er sich an die Ladung im Boot erinnerte.

Alles an ihm schmerzte, als er zum Boot hinüber humpelte. Er erschrak, als er den Leichnam sah. Das Tageslicht verdeutlichte die Heftigkeit von Geoffs fieberhaftem Angriff, der Schädel seines Opfers fast bis zur Unkenntlichkeit entstellt.

Der Tod des Mannes hatte Geoffs Arbeit in den Dreck gezogen. Er versuchte sich einzureden, dass er keine andere Wahl gehabt hatte, dass der Mann alles gefährdet hatte, aber er konnte seine Tränen nicht zurückhalten, als er den Leichnam aus dem Boot hob. Geoff fiel auf die Knie, schleppte die Leiche an Land und legte sie außerhalb der Reichweite der Flut ab.

Erschöpft brach er neben seinem Opfer zusammen. Das Blut rauschte hinter seinen geschlossenen Augen, und er fürchtete, er würde nie wieder aufwachen, würde er sie jetzt nicht öffnen.

Geoff drehte den Mann um, dessen entstelltes Gesicht mit dem halbgefrorenen Schlamm verschmolzen war, und zwang sich die Steinstufen hinauf, über die Insel zum Besucherzentrum.

Der Sturm der letzten Nacht hatte nachgelassen, aber die dicken Wolken über ihm ließen vermuten, dass er nur eine Verschnaufpause einlegte.

Der Geruch schlug ihm zuerst entgegen. Die Reste des Eintopfs, den er gekocht hatte, hingen in der Luft und mischten sich mit dem vordergründigen Gestank von Lanegan, der sich wieder einmal besudelt hatte. Der alte Priester war immer noch an den Heizkörper in dem kleinen Raum gekettet, die Decke, die seine untere Hälfte bedeckte, war durchnässt. Geoff berührte seine kalte Haut, weil er das Schlimmste befürchtete, und war erleichtert, als der Mann sich bei seinem Anblick zusammenkauerte.

Geoff ließ Lanegan zurück, wo er war, und stieg voll bekleidet unter die Dusche. Das heiße Wasser war zunächst schmerzhaft und jagte ihm einen Schauer über den Rücken, als sein Körper auftaute. Er ignorierte die rote Lache, die sich unter seinen Füßen gebildet hatte, als er seine Kleidung auszog, und bemerkte die zahlreichen Schnitte und blauen Flecken an seinem ganzen Oberkörper. Er blieb so lange unter dem Wasserstrahl, bis seine Haut knallrot war, bevor er widerwillig den kurzen Weg durch die Hütte zu seinem Vorrat an frischer Kleidung antrat.

Nachdem er sich umgezogen hatte, stellte er einen weiteren Eintopf auf und taute einen gefrorenen Brotlaib im Ofen auf. Dann ging er in die Werkstatt und konzentrierte sich auf den letzten Schliff, indem er die Teile zusammenfügte. Er trat zurück und bewunderte sein Werk – die glatten Kanten und die großartige Symmetrie des Objekts. Jetzt brauchte er nur noch den Speer. Er hatte ihn in der Höhle zurückgelassen, in der Lanegan seine ersten Tage auf der Insel verbracht hatte, und sie würden noch früh genug dorthin zurückkehren.

Zurück im Haus band Geoff Lanegan los und ließ ihn duschen, bevor er ihm die schwarze Robe zum Anziehen reichte.

„Komm und iss", sagte er, als Lanegan seine hageren Gliedmaßen in das übergroße Gewand steckte, das Geoff von Pater Mulligan gestohlen hatte.

Lanegan war nur noch ein Schatten der Person, die er in jener Nacht in Cornwall gewesen war, als Geoff in sein Haus eingebrochen war und ihn unter Drogen gesetzt hatte, bevor er ihn in seinen Van getragen hatte. Sein Gesicht war abgemagert, seine Augen ausgehöhlt und resigniert.

„Iss auf, du wirst deine Kräfte brauchen", sagte Geoff und riss ihm ein Stück Brot ab.

Lanegans Hände zitterten, als er das Brot nahm und es in seine Schüssel mit Eintopf tauchte, wobei die Hälfte zu Boden fiel, als er es in den Mund stecken wollte.

„Versuch es noch einmal", sagte Geoff.

So saßen sie da, bis Lanegan, der Geoff mit seinen leeren Augen anstarrte wie ein verlorener Hund, seine Schüssel ausgelöffelt hatte.

Geoff schenkte ihm etwas Wasser ein. „Trink."

Lanegan trank, das warme Wasser tropfte ihm vom Kinn auf die schwarze Kutte.

„Was ist los mit dir?", fragte Geoff und wischte den Mann trocken.

Lanegan schien sich über diese Bemerkung zu amüsieren, denn die trockene Haut auf seinem Gesicht verzog sich zu einem halb seichten Lächeln.

„Du bist also immer noch unter uns?“

„Das siehst du doch“, sagte Lanegan, und der starke Tonfall in seiner Stimme überraschte Geoff.

„Gut, dann können wir es zu Ende bringen“, sagte Geoff und bemerkte die Erleichterung, die Lanegan überkam.

„Ich wollte dich fragen, ob du jetzt, wo du kein Priester mehr bist, noch die Beichte abnehmen kannst?“

„Ich bin immer noch teilweise im Amt, sodass ich gelegentlich die Beichte abnehmen kann.“

„Gut“, sagte Geoff. „Segne mich, Vater, denn ich habe gesündigt. Es ist fünfunddreißig Jahre her, seit ich das letzte Mal gebeichtet habe. Hier sind meine Sünden.“

KAPITEL VIERZIG

Als sie das Haus von Farnham verließen, rief Finch an. „Timothy?“, hob Louise fragend ab, und bemerkte Farrells Grinsen.

„Wo bist du, Louise?“, fragte Finch ungehalten.

„Ich leite meinen Fall als SIO. Und du?“

Louise hörte sein scharfes Einatmen. Finch mochte zwar ihr Vorgesetzter sein, aber technisch gesehen war sie immer noch SIO. Deshalb hasste sie auch diese teamübergreifenden Operationen.

„Ich hatte gehofft, du könntest ins Büro zurückkehren. Ich habe ein paar Probleme mit diesem Monsignore Ashley.“

Es musste Finch schwergefallen sein, so versöhnlich zu wirken, und sie stellte sich vor, wie er in auf seinem Stuhl wand. „Welche Probleme?“, fragte sie.

„Zum einen geht er nicht an sein Telefon, zum anderen habe ich mit dem Leiter der Diözese gesprochen und Ashley hat keine offizielle Rolle mehr in der Kirche.“

„Er arbeitet als Berater, Tim. Er war in der St. Michael's Church bei der Gedenkfeier für Pater Mulligan anwesend. Er sprach dort mit dem Gemeindepriester, Pater Riley.“

„Das mag ja sein, aber er ruft mich nicht zurück und ich habe keine Wohnadresse von ihm."

Louise holte die Karte des Monsignores aus ihrer Brieftasche. Es stand keine Adresse darauf. „Ich werde ihn anrufen", kündigte sie an, und legte auf. „Lass uns gehen", sagte sie zu Farrell.

Durch die Eindringlinge aus dem Hauptquartier fühlte sie sich in der Stadt am Meer noch gefangener als sonst.

Im Gegensatz zu ihr würden sie, wenn der Fall abgeschlossen war, in die Stadt entfliehen. Als Farrell das Ende der Straße erreichte, in der die Farnhams wohnten – von hier aus war die windgepeitschte Strandpromenade nicht mehr zu sehen –, musste sich Louise eingestehen, dass sie diesen Ort vielleicht nie wieder verlassen würde.

Es schüttete mittlerweile wie aus Kübeln, als Farrell aus der Stadt in Richtung Brean Down fuhr. Obwohl es erst 13 Uhr war, verdunkelte sich der Himmel, und die dicken Wolken hatten sich wie eine dicke Decke vor die Sonne gelegt, die Louise in den letzten Tagen kaum gesehen hatte.

„Es muss schwer sein, wieder mit Finch zu arbeiten", sagte Farrell wie aus dem Nichts.

Er lächelte, als er sich im langsamen Verkehr die Steigung hinaufschlängelte. Gestern hätte sie in diese Aussage noch einen Angriff gesehen. Aber sie begann, Farrell mit anderen Augen zu betrachten. *Manche Menschen lächeln einfach gern*, sagte sie sich. „Wie heißt es so schön: Niemals zurückblicken?"

„Sie haben aber keine andere Wahl, oder?", erwiderte er.

Das stimmte. Sie war immer noch Teil des Avon and Somerset Constabulary, also hätte sie damit rechnen müssen, dass das irgendwann passieren würde. Dennoch war es schwer zu verdauen, dass Finch und seine Untergebenen dabei waren, ihr Revier zu übernehmen.

Farrell wollte noch etwas sagen und hielt inne. Sein Zögern war so offensichtlich, dass es komisch wirkte.

„Was ist los, Greg?"

Farrell murmelte etwas vor sich hin. „Sie können es mir ruhig sagen, wenn es mich nichts angeht, Boss."

„Ich bin mir nicht sicher, ob mir die Richtung des Gesprächs gefällt, aber sprich weiter."

„DCI Finch."

„Was ist mit ihm?"

„Ich habe gehört, was im Walton-Fall passiert ist. Die Schießerei …"

„Ich habe mir schon gedacht, dass die Neuigkeiten bis nach Weston vorgedrungen sein könnten", antwortete Louise sarkastisch. „Sie wollen wissen, was wirklich passiert ist?"

„Wie ich schon sagte, es geht mich vermutlich nichts an."

Obwohl sie geneigt war, ihm zuzustimmen, waren nun über achtzehn Monate vergangen. Vielleicht war es an der Zeit, mit einigen der Mythen aufzuräumen, die auf dem Revier über sie kursierten. „Sie wissen so gut wie ich, was Walton getan hat. Als wir ankamen, haben wir die Leichen entdeckt", erzählte Louise und konnte den Geruch jener Nacht wahrnehmen, als wäre sie wieder im Farmhaus. „Aber egal, was er verbrochen hat, Greg, ich hätte ihn niemals erschossen, hätte ich nicht gedacht, er wäre bewaffnet. Wir befanden uns an einem sehr engen Ort, es war stockdunkel, und Finch sagte mir, er sei bewaffnet. Ich wusste, wozu Walton fähig war, also habe ich ihn erschossen. So einfach ist das."

Farrell nickte, klopfte auf das Lenkrad und weigerte sich, ihr in die Augen zu sehen. „Warum glauben Sie …?"

„Warum glauben Sie, dass Finch etwas anderes gesagt hat?", forderte sie ihn heraus.

Zum ersten Mal seit mehreren Minuten schaute Farrell in

ihre Richtung. Er lächelte, aber sie konnte nichts Böses in seinem Blick erkennen. „Warum hat er das getan?"

„Hören Sie, Greg, ich werde vor Ihnen nicht über einen höheren Beamten schimpfen. Ich nehme an, Sie haben mein Dienstzeugnis gelesen. Sie werden selbst entscheiden müssen, warum er es getan hat, aber es ist kein Geheimnis, dass er nach dem Fall zum DCI ernannt wurde."

„Und Sie wurden nach Weston geschickt. Das ist hart", sagte Farrell und lachte.

„Hart, in der Tat", erwiderte Louise, die überrascht war, einen Moment der Verbundenheit mit dem Officer zu teilen.

Sie fuhren den Rest des Weges ohne zu sprechen, als hätten sie sich geeinigt; nur das Geräusch des Regens, der auf das Auto prasselte, begleitete sie.

Brean Down war ein Ausläufer der Mendip Hills, die in den Bristol Channel mündeten. Auf der Landzunge mit Blick auf das Wasser befand sich ein Campingplatz mit dauervermieteten Wohnwägen. Die kleine Holzhütte am Eingang war unbesetzt, also fuhr Farrell weiter auf den Campingplatz. „Wer würde hier im Winter bleiben wollen?", fragte er.

Ein paar Autos waren neben den Wohnwagen geparkt, und ein altes Ehepaar stieg die Metalltreppe einer der Behausungen hinunter, deren Verdeck mit Pflanzen und Ranken behangen war. Farrell hielt an einer Kreuzung an.

„Dort drüben", sagte Farrell und deutete auf einen hellgrünen Wohnwagen, vor dem ein BMW geparkt war.

Louise notierte sich das Nummernschild und sagte Farrell, er solle die Straße weiter entlangfahren, dann rief sie in der Zentrale an, um nachzufragen. „Es ist Farnhams Auto", sagte sie, als sich die Tür des Wohnwagens öffnete und ein Mann mit einem Koffer herausstolperte.

Farrell verschwendete keine Zeit und fuhr rückwärts auf den Wohnwagen zu. Der Mann stieg gerade ins Auto, als Farrell eilig die Betonstraße entlang zurückraste, hart bremste und so den BMW blockierte.

„Was zum Teufel?“, rief der Mann und stieg aus dem Fahrzeug.

„Benjamin Farnham?“, fragte Louise und zeigte ihm ihren Dienstausweis.

„Ja“, antwortete der Mann und atmete tief durch.

„DI Blackwell, DS Farrell. Ich muss sagen, ich bin ein wenig verwirrt“, sagte Louise und blickte zu Farrell, der sich auf Farnham zubewegte.

„Ich war der Meinung, Sie befänden sich auf dem Weg nach Schottland.“

„Planänderung.“

„So etwas passiert manchmal, nehme ich an. Ich glaube, wir müssen mit Ihnen sprechen, Mr. Farnham.“

Farnham stellte den Motor des Wagens ab. Er war ein kleiner, gedrungener Mann mit vereinzelten grauen Haaren auf seiner sonnenverbrannten Kopfhaut. Sein Gesicht war mit roten Flecken verunstaltet, seine Nase hatte die rubinrote Farbe einer Trinkernase.

Der Regen prallte weiterhin von Louises Regenmantel ab und rann auf den rutschigen Boden unter ihr. „Sollen wir reingehen oder möchten Sie das in der Zentrale diskutieren?“

„Bin ich verhaftet?“, fragte Farnham sarkastisch. Der Mann befand sich schon seit fünfzehn Jahren im Ruhestand, erweckte jedoch den Eindruck, sich selbst für den Schlauesten zu halten.

„Nein, aber das sind Ihre einzigen beiden Optionen, also welche nehmen Sie?“, konterte Louise.

Farnham ließ die beiden im strömenden Regen warten, während er über seine Antwort nachdachte. Er könnte sich abtrocknen und umziehen, während sie in ihren durchnässten Kleidern feststeckten. Es war trivial, aber effektiv. Louise wurde immer wütender und dachte schon daran, ihn wegen Behinderung der Ermittlungen zu verhaften, als er endlich antwortete. „Dann kommen Sie besser rein."

Das Innere des Wohnwagens roch nach feuchtem Plastik, wie Louise es aus ihrer Kindheit kannte, als ihre Familie die Sommerferien auf Campingplätzen in Cornwall verbracht hatte. Es hatte sich immer wie ein Abenteuer angefühlt, obwohl es an sonnigen Tagen, wenn sie draußen spielen konnten, natürlich viel einfacher gewesen war. Sie stimmte Farrell zu: Wie oder warum jemand im Winter hier verweilen konnte, war ihr unbegreiflich.

„Sind Sie heute allein hier, Mr. Farnham?", fragte Farrell.

„Das bin ich, mein Junge."

„Wo ist Ihre Frau?", fragte Louise und bemerkte die beiden Koffer vor der Schlafzimmertür.

„Einkaufen."

Farnham führte sie zu einer geschwungenen Sitzgruppe im vorderen Teil des Wohnwagens. Louise setzte sich nahe an die Tür, für den Fall, dass Farnham sich entscheiden würde, flüchten zu wollen. „Sie hatten es vorhin sehr eilig", sagte sie.

„Ich muss los, um meine Frau abzuholen."

„Oh, richtig. Sie haben also kein Problem damit, sich mit uns zu unterhalten? Ich weiß nicht warum, aber diesen Eindruck haben Sie erweckt, als ich mit Ihnen telefoniert habe."

Farnham antwortete nicht.

„Als Sie mich angelogen und mir gesagt haben, Sie wären auf dem Weg nach Schottland."

„Ich habe nicht gelogen."

„Genau das haben Sie getan", konterte Farrell.

Farnham zog eine Grimasse. „Was wollen Sie?"

„Wir möchten mit Ihnen über den Brand in der St. Bernadette's Church von 1983 sprechen."

„Was ist damit?"

„Hier stimmt etwas nicht, Mr. Farnham. Sie waren bei der Polizei – versetzen Sie sich in unsere Lage. Ich habe darauf gewartet, mit Ihnen sprechen zu können, und heute sind Sie mir aktiv aus dem Weg gegangen. Um Sie auf den neuesten Stand bezüglich des Falls zu bringen: Vier Menschen aus jener Zeit wurden brutal ermordet aufgefunden. Die Lehrerin Veronica Lloyd, der damalige Priester – Pater Mulligan – sowie Mr. und Mrs. Forester, der Schulleiter und die Sekretärin der Schule, wurden in deren Haus erschlagen aufgefunden. Außerdem wird einer der anderen Priester aus dieser Zeit, Pater Lanegan, vermisst."

„Wow, das sind eine Menge Informationen, die ich verarbeiten muss", sagte Farnham und sein ohnehin schon rotes Gesicht wurde noch roter.

„Ich glaube, Sie wissen bereits über den Fall Bescheid, Mr. Farnham", sagte Louise.

„Mir war nicht klar, dass all das mit dem Brand zusammenhängt."

„Erzählen Sie mir, was in St. Bernadette's passiert ist."

„Es ist schon eine Weile her."

„Ich habe Ihre Aufzeichnungen durchgesehen, falls das hilft", erwiderte Louise und reichte ihm eine Kopie seiner damaligen Akte.

Farnham warf mit wenig Neugierde einen Blick auf die Papiere. „Dann wissen Sie vermutlich mehr als ich."

„Das Feuer war ein Unfall?"

„Ja, natürlich."

„Natürlich?", wiederholte Louise fragend.

„Kommen Sie schon, was ist hier los? Brauche ich etwa einen Anwalt?"

„Ich weiß es nicht, Mr. Farnham, was denken Sie?"

„Hören Sie zu", sagte Farnham mit zitternder Stimme. „Ich war Polizeibeamter, lange bevor Sie ein Glitzern in den Augen

Ihres Vaters verursacht haben, also kommen Sie nicht zu mir nach Hause und befragen mich über meine Arbeit."

Louise durchschaute die spöttische Wut. Farnham war defensiv. Er hatte etwas zu verbergen, und sie musste diese Erkenntnis ausnutzen, solange es noch möglich war. „Ich gebe Ihnen hier eine Chance, Mr. Farnham. Wenn ich Sie in den Fall hineinziehe, wird das für Schlagzeilen sorgen. Wir werden diesen alten Fall mit allen uns zur Verfügung stehenden Mitteln aufarbeiten. Sie sagen mir, was ich wissen muss, und die Presse wird nie davon erfahren."

„Wovon zum Teufel sprechen Sie?"

„Es war kein Unfall, nicht wahr?"

„Reden Sie keinen Unsinn ..."

„Am Tatort wurde ein Brandbeschleuniger gefunden, so viel ist klar", unterbrach Louise.

Farnham wollte etwas sagen, verstummte jedoch mit offenem Mund.

Farrell schaute Louise ebenfalls verwirrt an.

„Ich weiß nicht, wovon Sie da sprechen", sagte Farnham nach einer Weile des Schweigens.

„Ich habe mit Monsignore Ashley gesprochen."

„Monsignore?"

„Zur damaligen Zeit haben Sie ihn bestimmt als Pater Ashley gekannt."

Farnham war zu lesen wie ein offenes Buch. Er wägte seine Optionen ab, seine Augen huschten zum Fenster, als er sich den Vorfall in Erinnerung rief und überlegte, was er am besten tun sollte. Farrell warf ihr einen fragenden Blick zu, während sie auf Farnhams Antwort warteten.

„Ich weiß nichts über einen Brandbeschleuniger", erwiderte Farnham schließlich.

„Okay, nehmen wir an, ich glaube Ihnen, vorläufig." „Ja, nehmen wir das an", sagte Farnham.

Louise hielt inne. Sie war kurz davor, Farnham in Gewahrsam zu nehmen. Sie hatte keinen Zweifel daran, dass er Informationen vor ihr verbarg. Irgendetwas beunruhigt ihn seit seiner Rückkehr aus dem Urlaub. Der einzige Grund, warum sie ihn noch nicht verhaftet hatte, war die Verzögerung, die sie dadurch befürchtete. Die Untersuchung eines alten Falls konnte sich über Monate hinziehen, und da es am Ende keine endgültige Auflösung geben würde, bestand die Gefahr, dass Robertson und Finch diese Ermittlungsmethode ablehnen würden. „Sagen Sie mir, worauf ich achten sollte, Farnham. Da draußen läuft ein Mörder frei herum. Haben Sie gesehen, was er angerichtet hat? Ich weiß, dass all das mit der Kirche zu tun hat. Wo soll ich suchen?"

Farnham rieb sich das Kinn und überlegte eindeutig, ob es sich lohnte, an dem, was er verbergen wollte, festzuhalten. „Da war ein Junge. Ein Bub, neun oder zehn. Er wurde mit Brandwunden an den Händen ins Weston General eingeliefert."

„Das stand nicht in dem Bericht", sagte Farrell.

„Dazu kann ich nichts sagen."

„Hat man Ihnen gesagt, Sie sollen es vertuschen?", fragte Louise.

„Die Kirche war nicht erpicht darauf, eines ihrer Gemeindemitglieder zu belangen, schon gar nicht einen kleinen Jungen."

„Sie haben also ein Auge zugedrückt?", fragte Farrell ungläubig.

Farnham atmete hörbar aus, antwortete jedoch nicht.

„Was hat man Ihnen bezahlt?", fragte Louise.

Farnham blickte finster drein, schwieg aber.

„Ich hoffe, das war es wert. Wer war dieser Junge?"

„Er war einer der Schüler der Schule. Simmons, Geoff Simmons. Nach dem Brand hat er die Schule gewechselt."

„Haben Sie mit ihm gesprochen?"

„Nur kurz. Seltsames Kind. War vernarrt in seinen Vater,

soweit ich mich erinnere. Immer wenn ich ihn sah, war er bei seinem Vater. Seine Mutter war auch immer da, man konnte jedoch eine gewisse Distanz zwischen ihnen erkennen."

„Darum ging es also. Dieser Simmons-Junge hat die Kirche niedergebrannt und wurde nicht dafür belangt."

„Wie ich schon sagte, war die Kirche nicht an einer strafrechtlichen Verfolgung interessiert und wollte vermeiden, dass die Sache an die Öffentlichkeit gelangt. Pater Ashley hat das eindeutig klargemacht."

Louise schüttelte den Kopf. Ashley hatte sie auf diese Spur geführt, wenn auch langsam. Hatte er endlich Schuldgefühle wegen seiner Geheimnisse bekommen? „Wissen Sie, ob dieser Simmons noch hier lebt?"

Farnham nickte. „Ja. Sie wohnen in einer der Siedlungen." Er nahm einen Notizblock heraus und schrieb ihr die Adresse auf.

„Sie haben ihn also im Auge behalten?"

„Sie sind nie umgezogen", antwortete Farnham abwehrend. „Eines sollten Sie noch wissen", fügte er hinzu.

„Was?", fragte Louise.

„Der Vater des Jungen. Er ist vor drei Monaten gestorben."

KAPITEL EINUNDVIERZIG

Lanegan wandte sich ab. „Ich werde mir dein Geständnis nicht länger anhören, Geoffrey“, sagte er.

„Ich dachte, es würde dich interessieren“, antwortete Geoff und hob den alten Priester auf einen Stuhl, dessen Körper so leicht war, dass Geoff ernsthafte Bedenken wegen der nächsten Etappe hatte.

„Ich habe schon mehr von dir gehört, als ich ertragen kann. Deine Mutter würde sich schämen, wenn sie wüsste, was du tust.“

„Sprich nicht über meine Mutter!“, schrie Geoff, und Speichelpartikel landeten auf der Haut des alten Mannes.

„Sieh dich an, Junge, du bist ein verdammtes Wrack. Glaubst du wirklich, sie würde das wollen? Würde wollen, dass du tust, was auch immer du mir antun willst?“

Es war, als wäre er wieder ein Messdiener in der Kirche. Wie sein Vater konnte auch Lanegan damals sehr streng sein – nach alttestamentarischer Art, wie es seine Ministrantenkollegen genannt hatten. Geoff hatte geglaubt, der alte Mann sei zu solchen Tiraden nicht mehr fähig, doch er hatte noch ein letztes Mal seinen gesamten Willen aufgebracht, und Geoff war beeindruckt. Aber Geoff war nicht mehr der kleine, geduckte Junge, und er hatte nicht vor, sich von Lanegan das Gespräch diktieren zu lassen. „Du denkst, es geht hierbei nur um dich? Du wirst hier sitzen und zuhören, dir alles anhören, was ich zu sagen habe."

Lanegan zitterte. „Was hast du getan?"

Seine Entschlossenheit schwand, als Geoff ihm von Mrs. Lloyd, Pater Mulligan und den Foresters erzählte.

Geoff bemerkte sein eigenes Lächeln, als er die grausamen Taten im Detail schilderte. Es gab die Sünde des Stolzes, aber Geoff war stolz auf das, was er erreicht hatte.

„Warum?", fragte Lanegan, als Geoff sein Geständnis beendet hatte. Der alte Mann weinte bitterlich, doch seine Reue kam Jahrzehnte zu spät.

„Mein Vater ist tot", sagte Geoff.

„Davon habe ich gehört, und es tut mir sehr leid", beteuerte Lanegan.

„Es tut dir leid? Es hat dir damals auch nicht leidgetan, oder?"

„Du verstehst nicht, Geoff, deine Mutter und ich ..."

„Hör auf!", schrie Geoff, dessen Stimme vom vielen Reden heiser war und in seinen Ohren widerhallte, als sie sich so gegenübersaßen.

„Ich kann verstehen, warum du mir wehtun willst, Geoffrey, aber warum die anderen?", fragte Lanegan nach einer gefühlten Ewigkeit.

Es dem alten Priester zu erklären, wäre Verschwendung gewesen. Die anderen waren mitschuldig. Hätten sie nur auf Geoff gehört, dann wäre es vielleicht nie so weit gekommen. Sie hatten sterben müssen, um seinen Vater zu retten. Es musste fünf Tote geben, fünf Wunden. Sie mussten leiden, wie Jesus gelitten hatte. Jesus hatte ihre Seelen gerettet; zusammen würden sie die Seele von Geoffs Vater retten.

Schweigend saßen sie da und starrten sich gegenseitig an. Geoff sah das leichte Zittern auf Lanegans Lippen, als er begriff, was geschehen war und welche Rolle er dabei spielte.

„Ich habe dich gesehen, weißt du?“, sagte Geoff.

„Mich gesehen?“

„Ich habe dich gesehen. Mit meiner Mutter.“

Lanegan schloss die Augen. Geoff spürte seine Scham und genoss sie. „Sie hat es nie erfahren und weiß es auch jetzt nicht. Wir wollten uns nach der Schule treffen, doch als sie nicht da war, ging ich nach nebenan in die Sakristei, und da sah ich euch beide. Du hast sie geküsst, ausgerechnet in der Kirche.“

„Das hättest du nicht sehen dürfen, Geoffrey, es tut mir leid“, antwortete Lanegan und senkte seine feuchten, blutunterlaufenen Augen.

„Dad wusste, dass etwas nicht stimmte. Deshalb haben sie sich die ganze Zeit gestritten, deshalb wollte er gehen. Ich konnte nicht glauben, dass du so etwas tun würdest. Du hast meine Familie verraten, deinen Gott verraten.“

„Es tut mir leid, Geoffrey. Unendlich leid.“

„Doch das war noch nicht das Schlimmste. Ich habe sie alle aufgesucht. Zuerst Mrs. Lloyd, die mir sagte, ich solle keine Geschichten erzählen, dann Pater Mulligan, der mich büßen ließ, und schließlich Mr. und Mrs. Forester, die versprachen, sich der Sache anzunehmen.“

Lanegan sah ihn mit großen Augen an. „Du wurdest enttäuscht, mein Sohn, aber das alles?“

„Ich war es, der das Feuer gelegt hat, aber das wusstest du ja“, sagte Geoff und zeigte dem Priester seine vernarbten Hände, an denen sich das Petroleum entzündet hatte.

„Ich weiß nicht, was du von mir hören willst, Geoffrey. Du hättest nicht sehen dürfen, was du gesehen hast.“

„Dad gab sich selbst die Schuld. Er gab sich selbst die Schuld“, wiederholte Geoff, wobei er jedes Wort in die Länge zog. „Dafür, dass Mum die Affäre mit dir hatte, dafür, was mit unserer Familie geschah. Er hat sich nie davon erholt. Er trug diese Last für den Rest seines Lebens mit sich herum, Lanegan!", brüllte Geoff dem Priester ins Gesicht. „Er trug sie sein ganzes Leben lang, bis er sie nicht mehr tragen konnte. Ich habe die Kirche niedergebrannt, um den Ort von dem zu reinigen, was ich gesehen habe, von den schrecklichen Sünden, die in ihr begangen wurden. Ich hoffte, es würde meinen Vater davon abhalten, sich selbst die Schuld zu geben, aber es hat nichts gebracht. Doch dieses Mal wird es funktionieren. Jetzt hast du die Chance, dich von deiner Schuld reinzuwaschen. Jetzt wirst du meinen Vater retten." Geoff sah an den zusammengekniffenen Augen des Priesters, dass er verstand.

„Solltest du dir Sorgen um die Todsünde des Selbstmordes machen, Geoffrey, ist es nicht so eindeutig, wie du vielleicht denkst. Ich weiß, dass dein Vater nicht in einer katholischen Kirche beerdigt wurde, aber die Kirche versteht, dass Menschen manchmal nicht ganz sie selbst sind. Auch wenn dein Vater diese schwere Tat begangen hat, kann es sein, dass er moralisch nicht für seine Taten verantwortlich ist."

Geoff hatte genug gehört. Er zerrte den Priester nach draußen, wo ein paar Regentropfen vom dämmrigen Himmel fielen, und zeigte auf das Objekt, an dem er gearbeitet hatte. „Das wirst du den ganzen Weg zu deiner Ruhestätte tragen."

KAPITEL ZWEIUNDVIERZIG

Es blieb keine Zeit, Farnham zu verhaften. Louise warnte den pensionierten Polizisten, den Landkreis nicht zu verlassen, und fuhr mit Farrell los, um Geoffrey Simmons zu finden. Ein weiterer Sturm tobte, und die befestigten Wohnwagen zitterten auf ihren Fundamenten, als der Regen erneut einsetzte.

„Wir werden ihn nicht verhaften?“, fragte Farrell, als sie wieder im Auto saßen.

„Farnham? Der ist ein Fall für die Korruptionsabteilung. Es ist mir egal, ob sie ein Kind schützen wollten. Wenn Farnham an der Fälschung des Berichts über den Brand beteiligt war, werde ich dafür sorgen, dass er strafrechtlich verfolgt wird.“

Louise ignorierte die verpassten Anrufe von Finch, bis Farrell seine eigene Mailbox-Nachricht anhörte. „Finch will, dass wir in die Zentrale zurückkehren. Es geht um diesen Monsignore Ashley.“

„Er kann warten“, sagte Louise und schaltete die Scheibenwischer auf Höchstgeschwindigkeit.

Der Verkehr aus Brean hinaus war stockend, da der Regensturm ein Vorankommen behinderte. „Sollen wir es melden?

Die Sache wegen dieses Geoffrey Simmons?“, fragte Farrell, als sie wieder auf der Hauptstraße waren.

„Versuchen wir erst einmal, ihn zu finden. Wir beginnen mit der Adresse, die Farnham uns gegeben hat, und sehen dann weiter.“

Weder Finch noch Robertson brauchten jetzt schon etwas über Simmons zu erfahren. Louise beschloss, sie zu informieren, sobald sie mit einem Mitglied der Simmons-Familie gesprochen hätte.

Bis dahin wollte sie mehr über den Brand und die Gründe für die Vertuschung erfahren, und vor allem darüber, wer noch daran beteiligt gewesen war.

Das Haus der Simmons befand sich in der Holms Road in der Oldmixon-Siedlung, und Louise fuhr an der Rückseite von Uphill entlang, um zu der Adresse zu gelangen. Die Straße war eine Nebenstraße der Winterstoke Road, das Haus der Simmons war das vorvorletzte am Ende der Straße. Alle Lichter waren ausgeschaltet und niemand antwortete, als Louise auf die Klingel drückte. „Wir fahren zurück in die Zentrale, um alle Details über sie herauszufinden, und kommen später wieder“, sagte sie.

Als sie Weston erreichten, hatte sich der Himmel so stark verdunkelt, dass Louise durch die regennasse Windschutzscheibe nur mit Mühe erkennen konnte, wo Meer und Himmel aufeinandertrafen. Eine riesige schwarze Wolke erstreckte sich entlang der Küste, als wäre die Stadt von einer Mauer umgeben. Sie wendete den Wagen und fuhr zurück aufs Revier, wobei sie einen weiteren Anruf von Finch ignorierte.

Feuchte Hitze und der Geruch von Schweiß und Essen erfüllten den Empfangsbereich der Zentrale, die Fenster waren beschlagen. Stille legte sich über die Einsatzzentrale, als sie eintraten. Finch befand sich in Robertsons Büro und Louise machte sich darauf gefasst, dass einer der Männer sie vor ihrem gesamten Team zurechtweisen würde. *Wagt es nicht*, dachte sie. „Sehen Sie, was Sie über die Familie Simmons herausfinden können, ich werde mit Robertson sprechen“, sagte sie zu Farrell und beschloss, den beiden DCIs zuvorzukommen.

„Boss.“

„Greg, die Sache muss vorerst unser Geheimnis bleiben. Okay?“

Farrell grinste sie an, was ausnahmsweise nicht unsympathisch rüberkam. „Natürlich, Sie sind der Chef, Boss.“

„Chef-Boss, das gefällt mir. Danke, Greg.“

Farrell nickte und ging zu seinem Schreibtisch.

„Sie sind also am Leben?“, fragte Robertson, als sie das Büro des DCI betrat.

Der Ärger stand Finch ins Gesicht geschrieben. Wäre Robertson nicht da gewesen oder wären sie zurück im Hauptquartier gewesen, hätte er sie beschimpft. Doch im Moment war sie sicher.

„Willst du uns sagen, wo du warst?“, fragte Finch.

„Wir sind einer Spur nachgegangen“, antwortete Louise.

„Den ganzen Tag?“

„Genau.“ Sie erzählte ihnen von ihrem Treffen mit Ben Farnham, und wie er versucht hatte, sich ihrer Befragung zu entziehen, ohne dabei Geoff Simmons zu erwähnen.

„Nun, ich habe den ganzen verdammten Tag versucht, diesen Monsignore Ashley zu finden“, sagte Finch. „Er hat auf keinen meiner Anrufe reagiert. Die Kirche sagt, er sei im Ruhestand, arbeite aber gelegentlich auf freiberuflicher Basis. Sie haben ihn jedoch nicht gebeten, sich mit dem Tod von Veronica Lloyd oder Pater Mulligan zu beschäftigen.“

Finch wiederholte sich zu Robertsons Gunsten, was Louise jedoch kaltließ. „Er hat mich angesprochen“, sagte Louise. „Ich habe alles auf HOLMES protokolliert.“

„Das habe ich gesehen, Louise, aber in wessen Auftrag hat er dich kontaktiert?“

„Er hat nie behauptet, jemanden zu vertreten. Als wir uns das erste Mal trafen, erzählte er mir von den fünf Wunden. Beim zweiten Mal sprachen wir über den Brand in St. Bernadette's.“

„Es wäre gut, mit ihm zu sprechen, Lou. Er ist ein potenzieller Verdächtiger“, sagte Finch.

Louise konnte nicht glauben, dass er die Frechheit besaß, sie Lou zu nennen. „Ich werde ihn jetzt anrufen, aber ich glaube nicht, dass er ein ernst zu nehmender Verdächtiger ist, ... Timothy“, antwortete sie.

Robertson schloss die Augen und war sichtlich unglücklich darüber, zwischen zwei sich bekriegenden Parteien zu stehen. „Könnten du das jetzt tun, Louise? Danke“, bat er.

„Sir“, sagte Louise und verließ das Büro.

Tracey hielt sie auf, als sie ging. „Geht es dir gut?“, fragte sie. Sie trug eine große Akte mit Berichten bei sich, eine Schweißperle rann ihr über die Stirn.

„Ja, es ist etwas seltsam, Finch hier zu haben. Er versucht, die Kontrolle zu übernehmen, was nicht verwunderlich ist. Lass mich dir ein paar davon abnehmen“, sagte Louise. Die Hitze im Büro war drückend, der Hausmeister arbeitete bereits übereifrig an der Thermostatsteuerung.

„Du musst ihn ignorieren, Lou. Mach weiter mit dem, was du tust.“

„Ich versuche es, glaub mir.“ Sie wollte ihr von den nächtlichen SMS erzählen, von den anhaltenden Belästigungen jenes Mannes seit dem Walton-Fall, aber wenn es jemals einen Zeitpunkt geben sollte, um ihr diese Informationen mitzuteilen, dann war er definitiv nicht jetzt.

Tracey führte sie zu einem freien Schreibtisch, außerhalb der Hörweite aller anderen. „Hör mal, ich wollte dir nur sagen, dass Thomas wieder mit seiner Frau zusammen ist. Ich glaube, er hat es in letzter Zeit nicht leicht gehabt, aber er hat mir gesagt, dass sie es schaffen werden."

„Das ist gut. Er hat dir das alles erzählt, nachdem ..."

„Ich weiß. Aber plötzlich fühle ich mich verantwortlich. Es war für uns beide nur ein Fehler, und ich freue mich für ihn."

„Und dein Typ in Bristol?"

„Ich fühle mich schlecht, weil ich es ihm sagen sollte, aber was er nicht weiß, kann ihn nicht verletzen, und so weiter. Das ist schrecklich, nicht wahr?"

Louise fühlte sich nicht in der Lage, Beziehungsratschläge zu geben. „Du triffst dich erst seit ein paar Wochen mit ihm, oder?"

„Na ja, seit ein paar Monaten. Es hat keinen Sinn, die Sache wegen einer dummen Nacht zu vermasseln, oder?"

Louise lächelte und legte ihre Hand auf den Arm ihrer Freundin.

Farrell wartete in ihrem Büro auf sie. Sie schloss die Tür hinter sich und bemerkte, dass Finch einen Blick in ihre Richtung warf. „Was haben Sie für mich?"

„Soweit ich sehen kann, arbeitet Geoff Simmons als selbstständiger Möbelpacker", sagte Farrell und zeigte ihr einen Ausdruck aus dem *Mercury* mit einer Anzeige für den Umzugsdienst des Mannes.

„Haben Sie versucht, die Nummer anzurufen?"

„Anrufbeantworter. Ich habe auch ein paar alte Informationen über ihn herausgefunden. Er war früher eine Art Schreiner. Ich konnte über eine Online-Bewertung einen seiner ehemaligen Kunden ausfindig machen, der sagte, er sei ziemlich geschickt gewesen. Nach allem, was ich erfahren habe, war er ein etwas verschlossener Charakter und trug immer Handschuhe. Seine Mutter habe ich noch nicht ausfindig machen können."

„Okay, versuchen Sie es weiter, Greg."

„Eine Sache noch. Der Vater. Trevor Simmons. Er ist nicht einfach gestorben. Er beging Selbstmord."

KAPITEL DREIUNDVIERZIG

Sie holten sich ein paar Sandwiches aus der Kantine, bevor sie zum Oldmixon-Anwesen aufbrachen. „Ich nehme an, Sie sind auf unbezahlte Überstunden eingestellt, Greg?", fragte Louise, als sie losfuhren.

„Wozu sind meine Abende sonst da?"

Der Sturm hatte sein Hoch erreicht, Louise manövrierte das Auto langsam vorwärts, ihre Sicht auf die Rücklichter des vorausfahrenden Fahrzeugs beschränkt. Sie bemühte sich, nicht an Finch zu denken, was sich als unvermeidlich erwies. Wie er es wollte, hatte sie Monsignore Ashley angerufen, war jedoch ebenfalls nur auf dem Anrufbeantworter gelandet. Sie hielt den Mann nicht für einen potenziellen Verdächtigen, schloss aber zum jetzigen Zeitpunkt nichts aus, zumal er sich unerlaubt entfernt hatte.

Im Haus der Simmons brannte immer noch kein Licht, Louise versuchte es jedoch noch einmal an der Haustür und wurde dabei klitschnass. Sie kehrte zum Auto zurück und schaltete die Heizung ein, überrascht, wie durchnässt sie auf dem kurzen Weg vom Auto zum Haus und wieder zurück geworden war.

„Es regnet also immer noch?", ätzte Farrell mit seinem schwer einzuordnenden Grinsen.

„Du nächste Mal gehen Sie."

Die Romantik von Observierungen war für Louise nach ihrer ersten Nacht als Detective-Neuling, vor einer vermeintlichen Drogenhöhle, gestorben.

Ihr wurde der fettleibige Detective Darren Wood zur Seite gestellt, der sich durch die Nacht fraß, rauchte und furzte, ohne dass etwas passierte, bevor die Morgenschicht übernahm. Das war ein Teil des Jobs, den sie hasste. Die vergeudeten Stunden, in denen es keine Garantie für irgendein Ergebnis gab.

Sie hatten keine Ahnung, wann Geoffrey Simmons oder seine Mutter zurückkehren würden. Wenn sie Pech hätten, würde keiner von beiden an diesem Abend erscheinen. „Ich könnte von Tür zu Tür gehen und versuchen herauszufinden, ob jemand weiß, wo sie sind oder wann sie zurückkommen werden", schlug Farrell vor.

Sie hatten erst eine halbe Stunde gewartet, die Langeweile setzte jedoch schon ein. Die Bewohner solcher Gegenden standen sich oft nahe und würden entweder nicht mit der Polizei sprechen oder, schlimmer noch, ihre Nachbarn warnen. „Wir warten erst mal ab", sagte sie. „Ich habe keine Lust, die ganze Nacht durchnässt in diesem Auto zu sitzen."

Da sie nichts anderes zu tun hatte, als durch den Regen zu starren, der auf die Windschutzscheibe prasselte, schickte Louise ihrer Mutter eine SMS, um zu erfahren, wie es Emily ging.

Es geht ihr gut. Sie ist schon bettfertig und sieht noch ein wenig fern, kam die Antwort.

Hat Paul etwas gesagt?

Nein, heute nicht. Wollen wir uns später unterhalten?

Bin auf Observierung.

Was für ein Leben!

In der Tat, was für ein Leben, dachte sie. Gefangen in einem Auto mit jemandem, von dem sie nicht sicher war, ob sie ihm vertrauen konnte, wartete sie auf Leute, von denen sie nicht sicher war, ob sie überhaupt kommen würden.

Der kurze Austausch mit ihrer Mutter trug wenig dazu bei, ihre Ängste wegen Paul und seinem Alkoholkonsum zu zerstreuen, aber darüber konnte sie sich jetzt keine Gedanken machen. Den Mörder zu finden hatte im Moment oberste Priorität.

„Wir sind hier nicht weit von Veronica Lloyds Haus entfernt", sagte Farrell und brach die unangenehme Stille.

„Ja, es ist gleich ums Eck."

„Und nicht weit entfernt von einer Handvoll Drogendealer, die ich kenne."

Louise hatte das Gefühl, dass der DS zu sehr versuchte, einen Zusammenhang herzustellen, also versuchte sie, ihn zu retten. „Was haben Sie über Farnham gelesen?", fragte sie. „Haben Sie zuvor schon einmal von ihm gehört? Thomas meinte, er würde ihn kennen."

„Das war vor meiner Zeit", sagte Farrell grinsend. „Ich habe allerdings ein paar Geschichten über ihn gehört. Alte Schule … und nicht auf eine gute Art."

„Was genau?"

„Gerüchte über Bestechungsgelder und dergleichen. Einige der Dealer hier in der Gegend haben behauptet, er stünde auf ihrer Gehaltsliste, und sie boten mir denselben Deal an, bevor ich sie eines Besseren belehrte. Vermutlich wollten sie es nur versuchen, aber ich habe genug über ihn gehört, um misstrauisch zu sein, und der heutige Tag bestätigt das. Ich bin sicher, dass er vor uns geflüchtet ist. Dieser Schwachsinn, dass er es sich mit der Reise nach Schottland anders überlegt hätte."

„Wir müssen mit seiner Frau sprechen."

„Es lohnt sich sicher, den Stiefsohn noch einmal zu besuchen. Deren Haus war auch verdammt schön. Eine Menge toller Dinge. Etwas viel für eine Polizeirente. Ist Ihnen das auch aufgefallen?"

Louise hatte es bemerkt, wollte aber keine unbegründeten Schlüsse ziehen.

„Das sollten wir der Korruptionsabteilung überlassen, aber es lohnt sich auf jeden Fall, noch einmal mit seiner Frau und seinem Sohn zu sprechen." Farnham hatte seine illegalen Machenschaften bei den Ermittlungen in dem Brandfall so gut wie zugegeben, und sie konnte sich vorstellen, dass er davon profitiert hatte, den Mund zu halten. Ihre Sorge war, dass Monsignore Ashley ebenfalls darin verwickelt war, und es war bestenfalls beunruhigend, dass er nicht auf seine Anrufe reagierte.

Es dauerte weitere zwei Stunden, bis sich eine Frau mit Einkaufstüten in beiden Händen dem Haus näherte. Sie warteten, bis sie die Haustüre aufsperrte, bevor sie aus dem Auto stiegen. Sie bemühten sich, die Frau nicht zu erschrecken, was angesichts der nächtlichen Uhrzeit und der schlecht beleuchteten Straße schwierig war.

„Mrs. Simmons, entschuldigen Sie die Störung. Mein Name ist DI Louise Blackwell, und das ist mein Kollege DS Greg Farrell." Die Frau starrte sie mit offenem Mund an.

„Es tut mir sehr leid, dass ich Sie auf diese Art und Weise anspreche", beteuerte Louise und zeigte der Frau ihren Dienstausweis.

„Es ist elf Uhr nachts", erwiderte Mrs. Simmons. „Was in aller Welt wollen Sie?"

„Wir würden gerne mit Ihnen über Ihren Sohn Geoffrey sprechen."

„Was ist passiert?"

„Es ist alles in Ordnung, nichts passiert", beruhigte Louise. „Dürfen wir reinkommen und es Ihnen erklären?"

Mrs. Simmons zuckte mit den Schultern und schloss die Tür auf. „Ich denke schon." Das Innere des Hauses erinnerte Louise an ihren Bungalow. Die gleichen, entsetzlichen Tapeten, ebenso wie der üppige, längst aus der Mode gekommene Teppich.

Sie nahmen den angebotenen Tee an und setzten sich auf das vergilbte Sofa, das, wie der Rest des Hauses, in die Jahre gekommen war.

„Also, um was geht es hier? Was hat Geoff getan?", fragte Mrs. Simmons und nahm in einem frei stehenden Lehnstuhl Platz.

Wo sollte man am besten anfangen? Louise berichtete von den Morden und davon, dass sie einen Zusammenhang mit dem Brand in St. Bernadette's vermutete, und beobachtete dabei die Reaktionen von Mrs. Simmons, die von Schock bis zu wachsender Empörung reichten.

„Das ist absurd. Was hat das mit Geoff zu tun?"

„Wahrscheinlich nichts. Wir möchten nur mit ihm sprechen, um ihn aus unseren Ermittlungen ausschließen zu können. Wann haben Sie ihn zuletzt gesehen?", fragte Farrell.

Die Augen von Mrs. Simmons wanderten nach oben, als sie versuchte, sich zu erinnern. „Gestern Morgen. Ich habe ihm Frühstück gemacht."

„Ist Ihnen gestern oder in den letzten Monaten aufgefallen, dass sich sein Verhalten in irgendeiner Weise verändert hat?", fragte Louise.

„In den letzten paar Monaten? Warum, ich verstehe das nicht."

„Wir haben gehört, dass Ihr Ex-Mann verstorben ist. Wie hat Geoff darauf reagiert?", fragte Farrell.

„Oh, ich verstehe. Ja, sie standen sich sehr nahe. Das lässt sich nicht leugnen. Er hatte immer etwas von einem Vatersöhnchen. Seit …“ Mrs. Simmons hörte auf zu sprechen und war in ihre eigenen Gedanken versunken.

„Seit?“, fragte Louise.

Mrs. Simmons schüttelte den Kopf, als wolle sie sich in die Gegenwart zurückkatapultieren.

Für den Bruchteil einer Sekunde sah sie überrascht aus, die beiden Polizeibeamten im Raum zu sehen. „Tut mir leid, es war ein langer Tag. Schichtarbeit im Supermarkt.“

„Natürlich, ich verstehe“, sagte Louise.

„Ja, sie standen sich sehr nahe, und sein Tod hat Geoff sehr schwer getroffen. Er hat sich in den letzten Monaten sehr zurückgezogen. Ich habe ihn eigentlich kaum noch gesehen.“

„Wissen Sie, wo er jetzt ist?“

„Nein. Manchmal kommt er nicht nach Hause. Er ist ein erwachsener Mann, ich kontrolliere ihn nicht mehr.“

Die Betonung der Worte „erwachsener Mann“ klang so, als würde die Frau selbst nicht ganz glauben, was sie da über ihren Sohn sagte.

„Sie erwarten ihn also heute Abend nicht zurück?“, fragte Farrell.

„Ich weiß es nicht.“

„Mrs. Simmons, was können Sie uns über den Brand in St. Bernadette's erzählen?“

Die Frau bewegte sich in ihrem Stuhl und zuckte leicht mit den Lippen, als sie antwortete. „Was meinen Sie?“

„Wir haben Grund zu der Annahme, dass Geoff etwas mit dem Brand zu tun hatte. Er wurde am Tag des Feuers mit Brandwunden in das örtliche Krankenhaus eingeliefert“, erklärte Louise und beschloss, mit ihrem Wissen über die Fakten sparsam umzugehen.

„Er hatte nichts mit dem Feuer zu tun“, sagte Mrs. Simmons und schüttelte dabei den Kopf, als wollte sie sich selbst davon überzeugen.

„Sehen Sie, Mrs. Simmons, ich verstehe, dass Sie versuchen, Ihren Sohn zu schützen. Wir sind nicht hier, um den Brand zu untersuchen. Es ist möglich, dass Geoff in Gefahr ist."

Mrs. Simmons richtete sich in ihrem Stuhl auf. „Was meinen Sie damit?"

„Erinnern Sie sich an einen Priester namens Pater Lanegan?"

Mrs. Simmons starrte Louise an, als hätte sie sie beschimpft.

Und dann brach sie in Tränen aus.

KAPITEL VIERUNDVIERZIG

Überrascht von der Intensität der Gefühle der Frau wartete Louise geduldig, während Mrs. Simmons weinte.

„Ich hole Ihnen ein Glas Wasser", sagte Farrell und kam Sekunden später mit einem vollen Glas zurück.

Louise saß an der Kante des Sofas, während Mrs. Simmons an ihrem Glas nippte. „Lassen Sie sich Zeit", beschwichtigte sie.

„Es ist ein solches Durcheinander", sagte die Frau, immer noch schluchzend.

„Was ist los, Mrs. Simmons?", fragte Louise leise, denn sie wusste, dass die nächsten Minuten entscheidend sein könnten und sie keinesfalls das Vertrauen der Frau verlieren dürfte.

„Alles. Mein Leben, was mit Geoff passiert ist, was mit Trevor passiert ist."

„Und Pater Lanegan?"

„Richard. Nach einiger Zeit kannte ich ihn als Richard. Ich habe ihn seit über dreißig Jahren nicht mehr gesehen. Warum fragen Sie nach ihm?"

„Wir haben in den letzten Tagen versucht, ihn zu erreichen."

Mrs. Simmons nickte, als hätte sie genau das erwartet, und dann veränderte sich ihr Gesichtsausdruck. „Sie glauben doch nicht, dass er …"

„Momentan glauben wir gar nichts. Wir würden einfach nur gerne mit ihm sprechen."

„Richard würde nie jemanden verletzen. Er war der sanftmütigste Mann, den ich je kennengelernt habe."

Louise hatte ähnliche Worte der Verteidigung schon unzählige Male gehört.

Üblicherweise von geliebten Personen, die sich weigerten zu glauben, dass ihr Liebhaber oder Familienmitglied zu etwas Unanständigem fähig sein könnte. „Sie und Richard standen sich nahe?", fragte sie.

„Ja, wir waren zusammen", antwortete Mrs. Simmons, ohne sich zu schämen, und lächelte liebevoll bei der Erinnerung.

„Was ist passiert?"

Mrs. Simmons begann erneut zu schluchzen. „Geoffrey hat es herausgefunden."

„Nehmen Sie sich Zeit, Mrs. Simmons."

„Ich habe es erst später erfahren. Nach dem Feuer, als Trevor mich verließ. Wir haben nie darüber gesprochen, auch nicht nach Trevors … Tod, aber ich weiß, dass er uns gesehen hat."

„Was ist passiert?"

„Geoffrey hat uns in der Kirche gesehen. Wir müssen uns gerade geküsst haben. Niemals hätte ich gewollt, dass er es auf diese Weise erfährt. Glauben Sie mir das?"

Louise begann zu verstehen. „Und das Feuer? Hat er es gelegt, um sich an Pater Lanegan zu rächen?"

Mrs. Simmons antwortete nicht.

„Wir wissen von seinen Händen. Die Brandmale", sagte Farrell.

Mrs. Simmons schüttelte den Kopf und ignorierte die Bemerkung. „Ich verstehe nicht, was hier los ist."

Louise nannte der Frau die Namen der anderen Opfer und bemerkte, dass sie jeden der Namen kannte. „Geoffrey kannte all diese Leute?", fragte sie.

„Ich verstehe das nicht", wiederholte Mrs. Simmons. „Veronica war seine Lehrerin, Nathan Forester sein Schulleiter, Mrs. Forester die Schulsekretärin. Und Pater Mulligan arbeitete mit Richard zusammen."

„Hätte Geoffrey irgendeinen erdenklichen Grund, sie zu verletzen?"

„Sie verletzen?", fragte die Frau verwirrt. „Sie glauben doch nicht, dass Geoff …" Mrs. Simmons hielt inne, als würde sie eine längst vergessene Wahrheit anerkennen. „Während der Scheidung, nach dem Brand, hat Trevor mir einige Dinge erzählt. Eigentlich waren es eher Anschuldigungen, wenn man es genau nimmt. Wissen Sie, Geoff war nicht direkt zu ihm gegangen, um ihm zu sagen, was er gesehen hatte. Er hatte sich geschämt für … für das, was ich getan habe. Ich weiß, dass er mit Pater Mulligan darüber gesprochen hat, aber der Priester hat ihm nicht geholfen. Stattdessen hat er ihm Buße auferlegt."

Louise stellte sich vor, wie der Junge, dessen Leben in Scherben lag, mit dem Priester sprach, nur um von einer weiteren Autoritätsperson, der er vertraute, abgewiesen zu werden. War es ihm mit den anderen gleich ergangen? Hatte er bei allen verantwortlichen Erwachsenen in seinem Leben um Hilfe gebeten, nur um ignoriert zu werden, sodass das Feuer sein letzter Ausweg war? „Greg, warum machst du Mrs. Simmons nicht noch eine Tasse Tee? Darf ich Ihr Bad benutzen, Mrs. Simmons?"

„Oben, die erste Türe rechts."

Louise wandte sich am oberen Ende der Treppe nach links und suchte Geoffs Schlafzimmer. Es lag am Ende des Korridors und sie bereitete sich mental vor, bevor sie es betrat. Zuerst war sie sich nicht sicher, was sie da sah. Der Raum war voll mit

Hunderten von hölzernen Kruzifixen in verschiedensten Größen. Einige mit Christusfigur, andere ohne. Sie nahmen jeden Zentimeter der Wand ein, und viele weitere stapelten sich auf einem hölzernen Schreibtisch und auf einer Kommode. Louise hob eines vom Boden auf. Es war aus Mahagoniholz gefertigt und etwa einen halben Meter lang. Es war schwerer, als sie erwartet hatte, dessen Schenkel glatt und lackiert.

Als sie es in ihren Händen umdrehte, konnte sie die Fugen nicht erkennen und fragte sich, wie es hergestellt worden war.

„Früher hat er sie verkauft", erklang die Stimme von Mrs. Simmons aus dem Korridor. Sie schien nicht verärgert darüber zu sein, dass Louise herumschnüffelte, eher stolz.

„Sie sind großartig. Macht er sie selbst?"

„Hinten gibt es eine Werkstatt. Er hat aufgehört, sie herzustellen und zu verkaufen, als Trevor starb. Deshalb gibt es hier so viele."

„Sie müssen teuer sein", antwortete Louise und legte das Mahagonikreuz wieder hin.

„Das ist sein Beitrag zum Haushalt."

Ob er die Objekte nun verkaufte oder nicht, seine Arbeit war von einer Besessenheit geprägt, die beängstigend war. „Wissen Sie, wo er ist, Mrs. Simmons?"

Die Frau sah resigniert aus, als hätte sie endlich begriffen, wozu ihr Sohn fähig war. „Wenn ich es wüsste, würde ich es Ihnen sagen."

„Würden Sie ihn für uns anrufen? Sie könnten versuchen, ihn dazu zu bringen, nach Hause zu kommen."

Mrs. Simmons antwortete nicht. Sie wirkte erschöpft, ihre Augen ausdruckslos.

„Mrs. Simmons?"

Die Frau blinzelte und sah sich um, als wäre sie überrascht, sich in diesem Raum zu befinden. „Mein Telefon ist unten."

Louise folgte Mrs. Simmons ins Wohnzimmer und sagte Farrell, er solle sich Geoffs Schlafzimmer ansehen.

„Was soll ich Geoff sagen?“, fragte die Frau.

„Bitten Sie ihn einfach, nach Hause zu kommen“, antwortete Louise sanft. „Sagen Sie ihm, dass eine Sicherung kaputt ist und Sie sie nicht reparieren können. Würde er das glauben?“

„Möglicherweise.“ Nachdem sie gewählt hatte, schüttelte sie den Kopf. „Mailbox.“

„Hinterlassen Sie eine Nachricht.“

„Hallo, Geoff. Entschuldige, dass ich dich störe, aber mit der Elektrik stimmt etwas nicht. Ich glaube, eine Sicherung ist kaputt. Sag mir Bescheid, wann du zurück bist.“ Mrs. Simmons hielt inne, und Louise wollte ihr gerade das Telefon abnehmen, als sie sagte: „Ich liebe dich“, bevor sie den Anruf beendete.

Als Farrell von oben zurückkam, gab Louise gerade Geoffs Nummer in ihr Telefon ein. Der DS machte große Augen. „Was zum Teufel?“, murmelte er, ohne dass Mrs. Simmons es hören konnte.

„Was denken Sie, wo Geoff sein könnte?“, fragte Louise.

„Wie ich schon sagte, ich habe keine Ahnung. Er fährt manchmal mit seinem Van herum.“

„Hat er einen Kumpel oder ein paar Freunde, mit denen er gerne abhängt?“

„Nein, er ist sehr einsam. Er geht gerne in die Kirche ... Es ist sehr traurig, das sagen zu müssen, aber sein einziger wirklicher Freund war sein Vater.“

„Sein Tod muss ihn wirklich schwer getroffen haben.“

Wieder stiegen Tränen in die Augen der Frau. „Allerdings. Ich weiß, dass er mir die Schuld daran gibt, auch wenn er es nie offen sagen würde.“

„Warum sollte er Ihnen die Schuld geben?“

„Wissen Sie, dass Trevor sich das Leben genommen hat?“ Louise nickte.

„Ich weiß auch nicht. Trevor hat sich verändert, nachdem er von Richard erfahren hat ... Pater Lanegan. Er war nicht mehr derselbe; fing an, viel zu trinken, gab die Kirche auf, ging von einem aussichtslosen Job zum nächsten. Ich habe versucht, mich mit ihm zu versöhnen. Mit Richard habe ich sofort Schluss gemacht, obwohl ich bei ihm bleiben wollte. Er bat mich, mit ihm durchzubrennen, aber ich konnte Geoff nicht seinen Vater wegnehmen. Also gingen wir getrennte Wege. Ich habe versucht, die Sache mit Trevor wieder in Ordnung zu bringen, aber wir haben nicht mehr als ein paar Monate überstanden. Er war ein sehr religiöser Mann, wissen Sie. Nun, bis das mit Richard passierte. Ohne seinen Glauben hatte er nichts, woran er sich festhalten konnte. Aber ich weiß, dass Geoff mir bis heute die Schuld dafür gibt, wie sich die Dinge für Trevor entwickelt haben. Und ich kann es ihm nicht verübeln."

„Das ist schon lange her, Mrs. Simmons."

„Nicht für Geoff."

„Ich weiß, das muss schmerzhaft sein, aber können Sie mir sagen, was mit Trevor passiert ist? Wie er sich umgebracht hat?" Louise nickte aufmunternd.

„Ich schätze, er hat letztendlich einfach aufgegeben." Mrs. Simmons begann den Kopf zu schütteln. „Ich habe ihn nicht besonders oft gesehen, aber ich weiß, dass es ihm in letzter Zeit besonders schlecht ging. Er hatte sich in einem dieser Hostels verkrochen. Geoff besuchte ihn oft, und seine Stimmung änderte sich immer, wenn er zurückkam. Er wollte nicht darüber sprechen, was passiert war, aber ich hatte den Eindruck, dass Trevors Drogensucht überhandnahm. Trevor hat früher immer die Fähre gesteuert, die von Weston nach Steep Holm fuhr. Er nahm Geoff auf einigen der Fahrten mit, und es wurde ein besonderer Ort für die beiden. Natürlich ist er dann dort hingefahren, um sich umzubringen. Er sprang von einer der Klippen. Dieser verdammte Idiot konnte nicht einmal das richtig machen. Er hat den Sturz überlebt und ist drei Tage später im Krankenhaus gestorben.“

„Hat er in dieser Zeit mit Geoff gesprochen?“

Mrs. Simmons schüttelte den Kopf. „Nein, er lag im Koma.“

„Das ist vielleicht eine dumme Frage, Mrs. Simmons, aber besteht die Möglichkeit, dass Geoff auf eigene Faust nach Steep Holm fahren könnte?“

Mrs. Simmons blinzelte mit den Augen, als würde sie in ihrer Fantasie verschiedene Szenarien durchspielen. „Mit dem Geld, das er durch den Verkauf der Kreuze verdient hat, hat er sich ein kleines Motorboot gekauft.“

Louise hatte genug gehört. Sie bedankte sich bei Mrs. Simmons und sagte ihr, sie solle sie informieren, sobald Geoff sich bei ihr melde, wobei sie nicht glaubte, dass dies passieren würde.

„Da ist noch etwas“, sagte Mrs. Simmons auf der Türschwelle.

„Was denn?“, fragte Louise.

Die Frau sah auf ihre Uhr. „Morgen. Es wäre Trevors Geburtstag gewesen.“

KAPITEL FÜNFUNDVIERZIG

Die Sache mit dem Boot und dem Geburtstag waren zu viele Übereinstimmungen für Louise. „Die fünf heiligen Wunden", sagte sie zu Farrell, als sie wieder im Auto saßen.

„Lanegan ist Nummer fünf?"

„Wir haben jetzt ein Motiv, und Sie haben sein Zimmer gesehen." Louise war noch nie geneigt gewesen, endgültige Aussagen zu treffen, aber es fiel ihr schwer, noch jemand anderen als Geoffrey Simmons als Verdächtigen in Betracht zu ziehen.

„Jetzt müssen wir ihn nur noch finden", sagte Farrell.

Louise wandte sich ihm zu. „Nach diesem Gespräch, was glauben Sie, wo er ist?"

„Steep Holm?"

„Das würde einen Sinn ergeben. Ein Ort des Glücks aus seiner Kindheit, aber auch der Ort, an dem sich sein Vater umgebracht hat. Er hat ein Boot. Was für ein perfekter Ort, um alles zu beenden. Wir müssen sofort dorthin."

„Sollen wir es melden? Wenn wir es dem Hauptquartier mitteilen, könnten wir einen Hubschrauber organisieren."

Louise hatte auch schon darüber nachgedacht, hatte jedoch

Sorge, dass es zu lange dauern würde, bis alles unterschrieben wäre. Sie müssten erst Robertson und Finch überzeugen, höchstwahrscheinlich auch Assistant Chief Constable Morley. Selbst wenn sie sie überzeugen könnte, würde es bis zum frühen Morgen dauern, bis sie grünes Licht bekämen, und es war bereits 23:30 Uhr.

„In dreißig Minuten hat sein Vater Geburtstag. Dann wird er Lanegan umbringen“, sagte Louise.

„Ich stimme Ihnen zu, Boss, aber wie sollen wir jetzt noch nach Steep Holm kommen? Das sind mindestens zehn Kilometer aufs Meer hinaus.“

„Kennen Sie jemanden, der uns jetzt noch ein Boot leihen könnte?“, fragte Louise.

Farrell hielt inne und überraschte sie mit der Antwort auf ihre eigentlich rhetorische Frage. „Mein Onkel hat ein Schnellboot. Manchmal fährt er drüben bei Knightstone Wasserski.“

„Ich habe zwar nur einen Scherz gemacht, aber denken Sie, er würde uns helfen?“

„Fahren Sie los“, antwortete Farrell. „Ich rufe ihn sofort an. Ich hoffe, er ist noch wach.“

Während sie fuhr, hörte Louise zu, wie die beiden am Telefon verhandelten, wobei die Einwände von Farrells Onkel blechern aus dem Lautsprecher des Mobiltelefons klangen. Ein Teil von ihr wollte es melden, aber es könnte schon zu spät sein. In fünfundzwanzig Minuten würde der Mittwoch beginnen, der Geburtstag von Trevor Simmons. Wenn Geoff Simmons vorhatte, Richard Lanegan zu töten, dann würde er es morgen tun, und sie hatte nicht die Zeit, Robertson, Finch und Morley davon zu überzeugen, dass sich ihr Hauptverdächtiger derzeit auf einer Insel vor der Küste Westons versteckte. Von einem praktischen Standpunkt aus, und aus deren Sicht, war ihre Theorie zum Teil ein Indiz, und sie war nicht davon überzeugt, dass sie ihr die erforderlichen Mittel zur Verfügung stellen würden. Im besten Fall würden sie warten wollen, bis es hell wird, und sie wollte nicht noch einen Toten auf ihre Kappe nehmen müssen.

„Er wird es tun, aber er ist nicht erfreut, besonders nicht bei diesem Wetter. Er sagt, er will eine fixe Zusage, dass er nicht für die Benutzung des Bootes in der Nacht belangt wird. Außerdem meint er, dass die Gezeiten bei Steep Holm einem richtig in den Arsch treten können – wie er es nennt."

„Er bekommt, was auch immer er verlangt. Solange er uns dorthin bringen kann. Sind Sie sicher, dass er uns helfen kann?"

„Er jammert gerne, aber er ist ein Ex-Marine. Er kommt klar."

Die Straßen waren leer und sie erreichten Knightstone Harbour nach fünf Minuten. Der Sturm hatte sich gelegt, und als sie aus dem Auto stiegen, herrschte eine unheimliche Stille an der Strandpromenade. Louise überquerte die Straße, um sich den Marine Lake Beach anzusehen, eine künstlich angelegte Lagune an der Strandpromenade. Sie blickte in Richtung von Steep Holm, die am Horizont aussah wie ein dunkler Hügel, und fragte sich, was sich dort draußen in diesem Moment wohl abspielte.

Farrells Onkel traf fünfzehn Minuten später in einem großen weißen SUV ein, das Boot zog er auf einem Anhänger hinter sich her.

„Louise, das ist Danny Barnett. Danny, mein Boss, DI Louise

Blackwell."

Sie gaben sich die Hand. „Danke, Mr. Barnett."

„Sie können mich Danny nennen."

Louise sah in dem Mann einen Ausblick auf Farrells Zukunft. Er war etwa zwanzig Jahre älter, hatte die gleiche Statur und das gleiche breite Grinsen. Der einzige echte Unterschied zwischen den beiden war Dannys sich ausbreitende Glatze und die Falten um seine Augen und seinen Mund.

„Folgen Sie mir", sagte er. „Es wäre vielleicht besser, wenn Sie das Licht ausschalten würden."

Danny setzte mit dem SUV bis zur Hälfte der Slipanlage zurück. Eine Reihe von Booten, hauptsächlich Fischerboote und kleine Schlauchboote, dümpelten auf dem Meer. „Es wird einige Zeit dauern, bis ich alles vorbereitet habe. Ziehen Sie sich eine Schwimmweste an. Wenn wir auf den Kanal hinausfahren, könnte es etwas ungemütlich werden."

Das Schnellboot war nicht so groß, wie Louise es erwartet hatte. Es war kaum größer als ein Schlauchboot und sie befürchtete, dass es nicht in der Lage sein würde, die drei sicher über den Bristolkanal zu bringen, äußerte ihre Bedenken jedoch nicht.

Steep Holm lag hinter den Klippen des Grand Piers und war aufgrund der dichten Wolkendecke vom Hafen aus fast nicht erkennbar. Louise hatte der Insel nie viel Aufmerksamkeit geschenkt. Als sie als Kind eines Tages am Strand entlanggelaufen waren, hatte ihr Vater ihr die Namen von Steep Holm und Flat Holm erklärt. Die Bezeichnungen der beiden Inseln erklärten sich durch deren Namen und Form von selbst. Seitdem hatte sie sie unzählige Male gesehen, aber es war ihr nie in den Sinn gekommen, eine der beiden zu besuchen. Sie waren ein Paar großer Felsen im Meer, Teil der Landschaft, aber nichts, worüber sie jemals nachgedacht hatte.

Adrenalin schoss durch Louises Körper, als sie an Bord des Schnellbootes kletterte und Danny sie am Arm festhielt, weil das Boot mit der Flut schwankte. Sie konnte sich vorstellen, dass Farrell dasselbe denken würde wie sie. Jetzt, wo sie hier waren, kam ihr das alles etwas waghalsig vor, und als Danny aus dem Boot sprang, um das Seil zu lösen, begann Louise, ihre Impulsivität zu bereuen. Es war seltsam, wie schnell sich ihr Verhältnis zu Farrell in den letzten Stunden verändert hatte, doch das allein würde sie nicht schützen, sollte etwas schiefgehen. Sollten sich Simmons oder Lanegan nicht auf der Insel befinden, würde man sich im besten Fall lächerlich über sie machen. Mit Morley, der sich auf Kriegszug zu befinden schien, und Finch, der ihre Karriere ruinieren wollte, könnte die Sache noch viel schlimmer ausgehen.

Der Wind nahm zu, als sie aus dem Hafen auf den Hauptweg durch den Kanal fuhren.

Das Boot schaukelte, als es sich durch die aufgewühlten Wellen kämpfte, und der Wind blies von vorne, was es unangenehm machte, geradeaus zu schauen. Danny war nach vorne gebeugt, während er das Boot vom Heck aus steuerte. Er rief ihnen etwas zu, seine Worte gingen jedoch im Geräusch des Motors und der Wellen unter.

Sie waren bereits völlig durchnässt, als sich Steep Holm vor ihnen abzeichnete und der Schatten der Insel aus dem Wasser aufzutauchen schien. Abgesehen von einer kurzen Recherche auf ihrem Handy, während sie auf Danny gewartet hatten, hatte Louise kaum eine Ahnung, was sie erwarten würde, als sie sich langsam näherten. Sie vermutete, dass die Insel verlassen war, zumindest in den Wintermonaten. Auf der Insel gab es ein kleines Besucherzentrum, das in den Sommermonaten immer wieder von ein paar Touristen aufgesucht wurde, doch der Ort war schwer zugänglich, und nach dem, was sie herausgefunden hatte, gab es nur sehr wenige Transportmöglichkeiten auf die Insel und wieder retour.

Sich vorzustellen, dass es eine verlassene Insel so nahe am Festland gab, erschien ihr unpassend. Würde sie hier leben, würde sie vermutlich innerhalb von ein oder zwei Tagen vor Langeweile sterben, aber die Vorstellung, völlig allein zu sein, wenn auch nur für kurze Zeit, hatte auch etwas Romantisches an sich.

Danny steuerte das Schiff um die erste Felswand, als sich die Wolken über ihnen wieder ergossen. Innerhalb von Sekunden regnete es in Strömen auf sie herab, und die Kälte wurde durch den auffrischenden Wind noch verstärkt. Farrell schien die Erfahrung nicht gerade zu genießen; er lehnte über die Reling, als würde ihm schlecht werden, während sein Haar an seiner Kopfhaut klebte.

„Werden Sie das Boot festmachen können?“, rief Louise, deren Stimme vom Sturm verschluckt wurde.

„An der Nordseite der Insel gibt es eine Anlegestelle. Ob ich dort hineinkomme, ist eine andere Sache“, schrie Barnett zurück.

Das Meer tobte unter ihnen, als sie die Nordwand erreichten. Der Regen prasselte wie kleine Kugeln auf die anschwellenden Wellen. *Zum Glück ist es nur der Bristolkanal und nicht die Nordsee*, dachte sie.

„Da drüben.“ Danny deutete auf einen hölzernen Steg an einem felsigen Ufer, das von den einbrechenden Wellen angegriffen wurde.

„Können Sie uns sicher dorthin bringen?“

„Bei diesem Wetter und diesen Sichtverhältnissen wird es keine leichte Aufgabe sein, und dann kommt auch noch eine verdammte Flut dazu.“ Der Sturm war so stark, dass Danny jedes Wort schreien musste, während er sich dabei den Regen aus dem Gesicht wischte.

„Wenn Sie nur mich hinbringen könnten, wäre das schon genug“, rief Louise zurück.

„Wir schaffen es, immerhin sind wir schon so weit gekommen.“ Danny ließ den Motor aufheulen und schwenkte das Boot so, dass es dem Ufer zugewandt war. „Und ich muss zugeben, dass es mir Spaß macht. Dabei hat Greg behauptet, Polizeiarbeit sei langweilig.“

Louise sah zu Farrell hinüber, der unsicher im hinteren Teil des Bootes stand. „Alles in Ordnung?“, rief sie.

„Ich muss mich erst daran gewöhnen“, schrie Farrell zurück.

Selbst in der Dunkelheit konnte sie sehen, wie blass er war. „Warum warten Sie nicht auf dem Boot?“

„Sie machen wohl Witze“, rief er zurück, und ein Windstoß zwang ihn, auf sie zuzustolpern.

„Okay, haltet euch fest, wir legen an“, warnte Danny.

Das Meerwasser spitzte von allen Seiten auf sie ein, als das Boot durch die Wellen krachte, das Salz brannte Louise in die Augen und im Hals.

„Haltet das Seil bereit“, sagte Danny und drehte sich zu ihnen um. Die Adern an seinem Hals und auf seiner Stirn traten hervor, als ein Wasserschwall über das Boot stürzte. Der Motor hörte sich an, als würde er um sein Leben dröhnen, als Danny das Boot mit der rechten Seite parallel zum Steg wandte. „Ich kann es halten, wenn Sie rüberspringen und das Seil am Dalben einhaken“, rief er und setzte sein letztes Quäntchen Kraft ein, um das Boot an seinem Platz zu halten.

„Lassen Sie mich das machen“, sagte Farrell und griff nach dem Seil.

Louise starrte ihn an und ließ keinen Zweifel offen, was sie von seiner Ritterlichkeit hielt. „Sie sind kurz davor zu kotzen, Farrell. Warten Sie hier.“

Der Abstand zwischen dem Boot und der Anlegestelle betrug nur wenige Zentimeter, doch bei der Bewegung des Meeres, die das Boot hin und her warf, hätte es sich genauso gut um Meter handeln können.

„Jetzt!“, rief Danny.

Farrell stellte sich schützend neben sie, als sie ihren Fuß auf die Bordwand setzte. „Seien Sie vorsichtig“, sagte er unnötigerweise.

Louise griff nach dem Seil, sprang und rutschte auf dem Steg aus. Ein stechender Schmerz schoss durch ihr Knie, und sie schloss die Augen, während sie das Seil immer noch festhielt und darauf wartete, dass der Schmerz nachließ. Zwischen den Geräuschen des heulenden Windes und der Wellen hörte sie Farrell nach ihr rufen.

„Alles okay“, rief sie und band das Seil an dem Pfahl fest.

Während Danny das Boot sicherte, machte sie sich auf den Weg an Land, wo sie auf einem kleinen Kiesstrand beinahe über ein anderes Boot stolperte. Mit der Taschenlampe leuchtete sie über das Boot, und als der Lichtstrahl auf die Fläche hinter dem Boot fiel, sah sie, dass es die richtige Entscheidung gewesen war, auf die Insel zu kommen.

„Stopp“, sagte sie zu Farrell, der ihr hinterherlief, um sie einzuholen.

„Mein Gott“, hauchte er und starrte auf die Überreste der Leiche.

KAPITEL SECHSUNDVIERZIG

Mit wachsender Freude beobachtete Geoff Lanegan, als er ihm seine Pläne zu Ende erläutert hatte. Der Mann schien gefesselt von dem Kruzifix zu sein. Es war sein größtes Werk. Jahrelang hatte er an seinem handwerklichen Geschickt gefeilt, bis er nun endlich ein funktionierendes Modell hatte, bereit, von Lanegan über die Insel getragen zu werden.

„Was ist bloß mit dir los?", fragte Lanegan, der immer noch auf das Objekt starrte.

Geoff schaute auf seine Uhr. „Heute ist der Geburtstag meines Vaters. Zumindest wäre er es gewesen, wenn er nicht vor drei Monaten gestorben wäre."

„Es tut mir leid um deinen Vater, Geoffrey, aber das ist Wahnsinn."

„Er starb hier, auf dieser Insel, die er so sehr liebte. Er starb deinetwegen."

„Meinetwegen?", fragte Lanegan. „Ich habe deinen Vater seit Jahrzehnten nicht mehr gesehen."

„Du hast ihn schon vor langer Zeit getötet. Jetzt nimm dein Kreuz. Du wirst es an jenen Ort tragen, an dem er gestorben ist."

Die Herausforderung bei der Erschaffung war gewesen, dass

das Kreuz einerseits leicht genug sein musste, um getragen werden zu können, andererseits aber auch stabil genug sein musste, um Lanegan tragen zu können. Glücklicherweise sah der in Ungnade gefallene Priester jetzt ungefähr so schwer aus wie ein Sack Kartoffeln, sodass der zweite Teil kein Problem darstellen würde. Die Schwierigkeit würde darin bestehen, ihn zu zwingen, die Last über die Insel zu tragen, während der Sturm aufzog.

Lanegan ging in die Knie, mit seinen Augen flehte er Geoff an, während er den Balken des Kreuzes auf seine Schultern hob. Geoff lächelte und stellte sich das Bild der zweiten Station des Kreuzweges in St. Bernadette's vor, wo Jesus seine Last annimmt.

Als wäre es eine Antwort auf seine Erinnerung, spürte er einen tiefen Stich in seinen Händen, wo sein Fleisch Feuer gefangen hatte. Er hatte damals nie vorgehabt, jemanden zu verletzen. Es war sein letzter Ausweg gewesen, nachdem ihn alle ignoriert hatten. Mit den Schlüsseln, die er Pater Mulligan gestohlen hatte, hatte er sich spät nachts in die Kirche geschlichen, nachdem er sich vorher vergewissert hatte, dass sich niemand im Gebäude befand. Es war die einzige Möglichkeit gewesen, sie dazu zu bringen, ihm zuzuhören, und bis zu einem gewissen Grad hatte es auch funktioniert. Im Krankenhaus hatte seine Mutter geweint und versprochen, immer für ihn und die Familie da zu sein. Sie hatte Lanegan nicht direkt erwähnt, hatte ihm aber versprochen, dass alle seine Sorgen vorbei seien und dass sie für immer eine glückliche Familie sein würden. Vermutlich hatte sie es damals ernst gemeint, konnte jedoch nicht ahnen, wie sein Vater reagieren würde.

Eine Zeit lang waren sie glücklich gewesen. Erst später erkannte Geoff, dass das Feuer doch nicht alles auslöschen konnte. Obwohl Lanegan seine Mutter nicht mehr belästigte und schließlich ganz aus der Gegend wegzog, konnte sein Vater nicht mit dem Geschehenen leben. Er begann zu trinken und verlor seinen Job. Im nächsten Jahr hatte er sie verlassen, lebte allein und war manchmal sogar obdachlos. In der Zwischenzeit machten diejenigen, die ihn verraten hatten, weiter, als wäre nichts geschehen. Seine Lehrerin, sein Schulleiter und dessen Frau, der Priester und Lanegan selbst lebten noch, während sein Vater für immer verflucht war. Und als sein Vater schließlich aufgegeben und sich das Leben genommen hatte, wusste Geoff, dass es nur einen Weg gab, ihn zu retten.

Selbstmord war eine Todsünde, und damit stand Geoffs Vater eine Ewigkeit ohne Erlösung bevor, was auch immer Lanegan über die wachsende Milde der Kirche behauptet haben mochte. Die einzige Möglichkeit, ihn zu retten, bestand darin, jenen Personen, die ihn verraten hatten, die heiligen Wunden zuzufügen. Geoff wusste, dass dies in seiner Macht stand. Er hatte schon diesen unerträglichen Bengel, John Maynard, gerettet, indem er ihm die Vorderzähne ausgeschlagen hatte, und für eine Zeit auch die Ehe seiner Eltern, indem er das Feuer gelegt hatte. Sein Vater hatte sich wegen Lanegan und denen, die sich gegen ihn verschworen hatten, das Leben genommen. Jetzt schmorte er für das, was er getan hatte, im ewigen Fegefeuer, doch es stand in Geoffs Macht, dass diese Sünde abgebüßt würde. Lanegan war die letzte Opfergabe. Gott würde es verstehen, er hatte Geoff an diesen Punkt geführt. Sein Sohn hatte jene fünf heiligen Wunden erlitten, und so würde Geoff sie rechtmäßig zufügen, um seinen Vater zu retten.

Lanegan stolperte ein paar Meter dahin, bevor er auf dem nassen Boden zusammenbrach, das Kreuz schwer auf seinen Schultern.

Geoff stellte sich vor, wie die römischen Wachen Christus ausgepeitscht hatten, während der sich mit seiner Last abmühte. Der alte Priester würde eine solche Strafe nicht ertragen können, aber so oder so würde er das Kreuz zu seiner letzten Ruhestätte tragen. „Steh auf!“, schimpfte Geoff, als sich der schwarze Himmel auftat und eiskalter Regen auf sie herabprasselte.

Lanegan verlor erneut den Halt und Geoff half ihm auf die Beine. „Beweg dich“, befahl er und deutete in die Dunkelheit am anderen Ende der Insel.

Der strömende Regen behinderte ihr Vorankommen, während der Wind aus allen Richtungen blies. Lanegan verlor in der Dunkelheit immer wieder den Halt, und Geoff war gezwungen, ihm über hartnäckiges Terrain zu helfen, wobei deren Weg nur durch das schwache Licht von Geoffs Taschenlampe erhellt wurde.

Es fühlte sich an, als befände sich ihr Ziel in unerreichbarer Ferne, als liefen sie auf einem endlosen Förderband. Für jede zehn Meter, die Lanegan mit dem Kreuz zurücklegte, schien das andere Ende der Insel um die gleiche Distanz zurückzuweichen.

Geoff schrie Lanegan an, doch seine Worte gingen im Sturm unter. Schließlich sah er sich gezwungen, das untere Ende des Kreuzes anzuheben, und gemeinsam bahnten sie sich stolpernd ihren Weg ans Ende der Insel.

u u u

„Lanegan oder Simmons?“, fragte Farrell, während er sich über die Leiche beugte.

Obwohl sie den Tatort nicht verändern wollte, untersuchte Louise die Taschen des Verstorbenen und fand eine Brieftasche. „Sydney Creswell“, antwortete sie, als sie den Führerschein des Mannes gefunden hatte.

„Wer zum Teufel ist Creswell?“

Louise schüttelte den Kopf. Es war nicht wie bei den anderen Opfern. Sie leuchtete mit ihrer Taschenlampe auf den Leichnam und entdeckte die Wunden, die seitlich am Kopf des

Mannes klafften. Seine Kleidung war unversehrt und auch der Rest des Körpers schien keine Verletzungen aufzuweisen.

„Es könnte sich um einen Bootsunfall handeln. Vielleicht hat er sich auf See verletzt und wurde hier an Land gespült", sagte Farrell.

Das Boot ähnelte dem von Danny, und der Außenbordmotor lag auf den dicken Kieselsteinen des Strandes auf. „Sieht für mich neu aus", sagte Louise. „Warum sollte er um diese Zeit hier draußen sein? Melden Sie das der Zentrale. Wir brauchen hier einen Hubschrauber und volle Unterstützung."

„Sollen wir hier warten?", fragte Farrell, nachdem er dem ungläubigen Mitarbeiter im Hauptquartier ihre Position mitgeteilt hatte.

Louise sah zu den Steinstufen hinüber. Der Regen war unerbittlich und ihre Gliedmaßen fühlten sich taub an. „Er muss hier sein", sagte sie. „Mr. Barnett, ist es in Ordnung für Sie, uns zu begleiten? Ich möchte niemanden allein zurücklassen."

„Als ich vor ein paar Stunden noch in meinem Bett lag, habe ich mich sicherer gefühlt", antwortete er zitternd. „Aber natürlich, wie auch immer. Es ist ja nicht so, dass ich noch nasser werden könnte. Sind Sie bewaffnet?", fragte er und holte eine Taschenlampe und ein paar Leuchtpistolen aus dem Boot.

„Wir haben Schlagstöcke und Pfefferspray", antwortete Farrell entschuldigend.

„Großartig, dann kann ja nichts schiefgehen", erwiderte Danny, während Louise und Farrell ihre Taschenlampen ausrichteten. Mit Louise an der Spitze gingen sie die Treppe hinauf, während der Wind von allen Seiten auf sie einblies. Es war, als würden sie gegen eine unbewegliche Kraft ankämpfen, als würde die Insel sie warnen, sich fernzuhalten.

„Wohin jetzt?", fragte Farrell und starrte in die leere Dunkelheit.

Louise leuchtete mit ihrer Taschenlampe, wobei sich der

Lichtkegel auf ein paar wenige Meter beschränkte. Sollte sich überhaupt etwas daran geändert haben, dann war der Regen jetzt noch stärker. Er prasselte auf sie herab und prallte von dem gefrorenen Boden ab. Auf ihrem Handy öffnete sie die Karte der Insel. Es handelte sich dabei bestenfalls um eine grobe Darstellung. Wenn sie richtig lag, befand sich irgendwo links von ihnen ein Gebäude. Das wäre ein guter Ort, um zu starten.

„Vielleicht sollten wir warten, bis der Hubschrauber eintrifft, damit wir etwas Licht an diesem gottverlassenen Ort haben?", schlug Farrell vor.

„Ich weiß nicht, wie es Ihnen geht, Farrell, aber ich friere. Das Mindeste, was wir tun können, ist, landeinwärts zu gehen und einen Unterschlupf zu suchen."

Farrells Onkel zitterte immer noch, und Louise war besorgt, dass es ein Fehler gewesen sein könnte, ihn mitzunehmen. „Kommen Sie, hier entlang", sagte sie. Ihre Füße rutschten, als sie sich vorwärtsbewegte, geleitet von kaum mehr als ihrem Instinkt.

Wären sie eine Sekunde früher oder später gekommen, oder hätten sie sich in eine andere Richtung bewegt, hätte sie es verpasst. Da war ein Lichtfunken, der Strahl einer Taschenlampe, der die Dunkelheit am anderen Ende der Insel durchdrang.

„Haben Sie das gesehen?", fragte sie und änderte bereits die Richtung.

„Was?", erwiderte Farrell.

„Das Licht", antwortete Louise, gerade rechtzeitig, um es ein zweites Mal zu sehen. Diesmal leuchtete das Licht direkt in ihre Richtung, bevor es sofort wieder erlosch.

u u u

Geoff konnte nicht glauben, dass er so dumm war. Er hatte

ihre Lichter gesehen, und statt seine Taschenlampe auszuschalten, hatte er sie direkt darauf gerichtet. Es war so dunkel, dass der kleinste Lichtstrahl ausreichte, um die Finsternis zu durchdringen. Er schaltete seine Taschenlampe aus, war sich jedoch sicher, dass der Lichtstrahl entdeckt worden war.

Er wollte nur zu gerne daran glauben, dass es die Kanufahrer waren, die auf die Insel zurückgekehrt waren, um ihr Lager aufzuschlagen. Wenn sie es waren, wären sie vielleicht zu desinteressiert oder zu vorsichtig, um sich ihm zu nähern, doch er konnte kein Risiko eingehen. Nicht jetzt, wo er so nahe dran war.

Lanegan wurde an das Kreuz gebunden. Sein Körper war so schwach und gebrechlich, dass Geoff befürchtete, er würde das Einschlagen der Nägel, die er von seinen anderen Opfern mitgebracht hatte, nicht überleben. Der alte Priester lag auf dem Rücken und starrte regungslos in den Himmel, während der Regen so stark auf ihn einprasselte, dass Geoff Angst hatte, er könnte bereits tot sein.

Trotz seiner dicken Handschuhe waren Geoffs Hände taub, als er das Kreuz mit dem von ihm entworfenen Flaschenzugsystem in seine endgültige Position hievte. Dankbar für Lanegans geringes Gewicht fixierte er das Kruzifix an seinem Platz und bewunderte für einen kurzen Moment das Werk, das er mit seinen eigenen Händen geschaffen hatte.

Obwohl er die Augen geschlossen hatte, war Lanegans Gesicht nun dem Meer zugewandt. Er befand sich genau am Rande jener Klippe, an der sich Geoffs Vater das Leben genommen hatte. Es war ein passender Ort für ihn, um seinen letzten Atemzug zu tun. Er stellte sich ein Fegefeuer vor, in dem Lanegan unter anhaltenden Qualen am Kreuz hing und auf jene Stelle blickte, an der er Geoffs Vater getötet hatte.

Als Lanegan die Augen öffnete, wurde der Himmel von

greller Helligkeit erleuchtet, als würde Gott selbst Lanegan zwingen, über seine Taten nachzudenken.

Erst als Geoff nach dem Speer griff, erkannte er, dass das Licht nicht von Gott stammte, der zu ihm sprach, sondern aus einer Leuchtpistole kam, die von den drei Personen, die auf ihn zuliefen, in die Luft geschossen worden war.

u u u

Der Einsatz der Leuchtpistole war Farrells Idee, und bevor Louise Zeit hatte, Einspruch zu erheben, hatte Danny sie bereits in die Luft abgefeuert.

Die Leuchtrakete erhellte das Ende der Insel in einem Moment einzigartiger Klarheit. Nachdem sie unmöglich glauben konnte, was sie da vor sich sah, drehte sich Louise kurz zu Farrell um, um nach Bestätigung zu suchen. Ein großes Kreuz stand mitten auf der Spitze der Klippe. Sie konnte nicht sehen, ob jemand daran befestigt war, aber eine Gestalt mit einem Speer stand am Fuß des Gebildes und starrte sie an.

Augenblicklich blieben alle drei stehen und starrten ungläubig zurück. „Das muss Simmons sein", sagte Louise, als die Fackel am Nachthimmel verblasste und es wieder dunkel wurde.

In der nächsten Sekunde rannte sie bereits los, den Schlagstock in der Hand, während das nicht mehr vorhandene grelle Licht der Leuchtrakete ihren Augen einen Streich spielte. Ohne auf mögliche Gefahren unter ihren Füßen Rücksicht zu nehmen, rannte sie, nur um anzuhalten, als sie schließlich mit Farrell zusammenstieß, wobei sein Aufschrei durch den fallenden Regen und den heulenden Sturm gedämpft wurde.

Sie drehte sich um. Farrell streckte seine Hand aus und Louise ergriff sie, als sein verletzter Fuß den Boden berührte. Er konnte nicht einmal sprechen, als sie ihn fragte, ob es ihm gut gehe.

„Was ist passiert?“, fragte Danny, der auf dem Weg zu ihnen klugerweise mit seiner Taschenlampe den Boden ausleuchtete.

„Mein Knöchel ist im Arsch“, japste Farrell, der seine Stimme wiedergefunden hatte.

„Sie bleiben hier“, sagte Louise.

„Warten Sie auf Verstärkung, Boss, Sie können da nicht allein hochgehen. Er ist ein verdammter Irrer.“

„Sie haben gesehen, was er bei sich trug. Wer auch immer an diesem Kreuz hängt, er wird ihn erstechen.“

„Was haben Sie vor? Ihn damit schlagen?“, fragte Barnett, der den Schlagstock in Louises Hand anstarrte.

Louise ignorierte ihn. „Sind noch mehr Fackeln übrig?“

„Eine“, antwortete Danny.

„Geben Sie mir zwei Minuten, dann schießen Sie sie ab“, befahl Louise und machte sich auf den Weg, bevor einer der beiden Männer Zeit hatte, zu widersprechen.

u u u

Ein abergläubischer Mensch hätte darin ein Zeichen gesehen. Am Kreuz kämpfte Lanegan gegen seine Fesseln an. Er schrie los, als Geoff den Speer erhob. „Das ist für meinen Vater“, brüllte Geoff und war sich nicht sicher, ob er die Worte überhaupt ausgesprochen hatte, als er den Speer in Lanegans Seite rammte, während eine weitere Leuchtrakete den Himmel erleuchtete und eine Frau aus der Dunkelheit auftauchte und ihn an der Schläfe traf.

u u u

Sie setzte ihren Weg über die Insel fort, ihr einziger Anhaltspunkt waren die wagen Umrisse des Kreuzes. Louise ignorierte die quälende Erinnerung an das Walton-Haus, den Anblick des unbewaffneten Mannes, dessen leere Augen. Das hier war nicht wie damals. Simmons war eine echte Bedrohung, und sie würde ihn jedenfalls zur Strecke bringen, ob bewaffnet oder nicht.

Zwei Minuten nachdem sie wieder losmarschiert war, zündete Danny eine weitere Fackel. Sie schoss wie eine Rakete durch die Luft und gerade, als sie ihre Hand auf das Kreuz legte, erleuchtete sie den Himmel purpurrot. Sie war bereit, den Schlagstock in der Hand.

Sie erwischte Simmons in einem Moment der Verwirrung und des Zögerns, holte zum Schlag aus und traf ihn an der Schläfe, woraufhin er den Speer in ihre Richtung stieß, während er zu Boden fiel.

Anfänglich spürte sie keinen Schmerz, nur ein gleichmäßiges Pochen in ihrem rechten Unterarm, wo der Speer in ihr Fleisch eingedrungen war. Sollte sie überhaupt geblutet haben, wurde ihr Blut vom endlosen Regen weggespült. Louise ignorierte die Woge der Übelkeit, die sie überkam, und leuchtete mit der Taschenlampe auf die verschwommenen Umrisse von Geoff Simmons, der dabei war, zum Rand der Klippe zu kriechen.

Zaghaft berührte sie die Stelle, an der der Speer sie erwischt hatte. Nachdem sie nicht kollabiert war, konnte es nicht so schlimm sein. Als sie den primitiv aussehenden Flaschenzug neben dem Kreuz begutachtete, hoffte sie, Danny wäre ihr dicht auf den Fersen. Während sie Simmons immer noch im Blick hatte, leuchtete sie mit der Taschenlampe auf die gekreuzigte Person, von der sie annahm, dass es sich um Richard Lanegan handelte, konnte jedoch nicht feststellen, ob er noch atmete oder nicht. „Versuchen Sie, ihn runterzuholen“, rief sie, als Farrells Onkel sich näherte. Eines war sicher, sie würde nicht zulassen, dass Simmons den einfachen Weg gehen würde.

u u u

Selbst im Regen und der Dunkelheit erkannte Geoff die Polizistin wieder. Er hätte sie erledigen sollen, als er die Gelegenheit dazu gehabt hatte, aber jetzt war es zu spät. Warum hatte er gezögert? War es jetzt schon zu spät? Würde sein Vater auch erlöst werden, wenn er Lanegan die fünfte heilige Wunde nicht zufügen könnte? Er blickte hinter sich, als er sich weiter dem Klippenrand näherte, und sah mit Entsetzen, dass der Kollege der Polizistin dabei war, den Flaschenzug zu bedienen. Wenn er Glück hatte, war Lanegan bereits tot, aber es schmerzte ihn trotzdem, dass er es nie erfahren würde.

Vor drei Monaten hatte sich sein Vater von genau dieser Stelle hinabgestürzt, und jetzt war er an der Reihe. *Wir werden bald wieder zusammen sein*, dachte er, als er sich der Klippe näherte und die Polizistin ihm zurief.

u u u

Die Wunde hatte ihr mehr abverlangt, als Louise zunächst gedacht hatte. Ihr war schwindlig, und der Schmerz wurde immer stärker, als der Sturm nachließ. Simmons hatte schon fast den Rand der Klippe erreicht, doch sie konnte sich nur langsam bewegen. „Stopp!", rief sie, als er den Rand erreicht hatte.

Simmons blieb stehen und balancierte gefährlich am Rand des Abgrundes.

„Ich habe deine Mutter heute Abend getroffen", rief Louise, die sich dem Mann so weit genähert hatte, dass sie ihn beinahe hätte berühren können.

Es war schwer einzuschätzen, was gerade in ihm vorging, sein langes Haar klebte wie eine verzerrende Maske an seinem Gesicht, als er sich ihr zuwandte.

„Sie würde nicht wollen, dass du so endest, Geoffrey. Du bist alles, was sie noch hat. Ich weiß, dass du eine schwere Zeit durchgemacht hast, aber sie liebt dich sehr. Sie hat sich solche Sorgen um dich gemacht. Komm mit mir zurück, dann können wir dir helfen, aber tu das deiner Mutter nicht an."

Simmons lächelte sie an und sprang.

KAPITEL SIEBENUNDVIERZIG

Sein Leben zog nicht langsam an ihm vorbei, es gab keine Möglichkeit, die entscheidenden Ereignisse seines Lebens noch einmal zu betrachten, als Geoff fiel – wie ein Stein, der in einen Fluss geworfen wird. Der Boden kam ihm mit einer so enormen Geschwindigkeit entgegen, dass ihn der Aufprall überraschte. Seine linke Seite krachte mit einem üblen Knacken auf den Felsvorsprung, das für den Bruchteil einer Sekunde – bevor er das Bewusstsein verlor – in seinem ganzen Körper widerhallte.

Er würde nie erfahren, ob er in eine unergründliche Dunkelheit abdriftete, bevor das Licht erschien. In dem einen Moment existierte er nicht mehr, im nächsten wurde es hell vor seinen Augenlidern, ein Glühen, das nach ihm rief.

Geoff öffnete die Augen. Der Regen wurde von etwas durchleuchtet und wirbelte auf eine Art und Weise durch die Luft, die er noch nie erlebt hatte, während ein monströser Lärm seine Ohren erfüllte. Er versuchte, in die undurchdringliche Dunkelheit zurückzukehren, aber der Lärm und der Schmerz ließen ihn nicht zur Ruhe kommen. War dies das Fegefeuer, das er sich für Lanegan gewünscht hatte, oder erlebte er gerade den schlimmsten Albtraum seines Lebens?

uuu

Louise hatte nach Simmons gegriffen, doch er war zu schnell gewesen. Er hatte über dem Abgrund geschwebt, als würde er der Schwerkraft trotzen, bevor er in der Dunkelheit verschwunden war. Sekunden später traf der Hubschrauber ein, dessen breiter Lichtkegel das Areal ebenso ausleuchtete wie die Leuchtraketen, die ihm vorausgegangen waren, und Louise konnte erkennen, dass Simmons es nicht bis ganz nach unten geschafft hatte, sein Körper war an einem kleinen Felsvorsprung weniger als zwanzig Meter unter ihr hängen geblieben.

Sie konnte sich nicht sicher sein, doch er schien zu atmen, und sie hoffte, dass er Schmerzen hatte.

Danny hatte es geschafft, das Kreuz umzulegen, und als Louise zu ihm zurückstolperte, überprüfte sie den schwachen Puls von Richard Lanegan und bemerkte, dass es keine Eintrittswunden an seinem gebrechlichen Körper gab – keine Nägel, die in seine Hand- oder Fußgelenke geschlagen worden waren, keine fünfte Wunde an seiner Seite. Sie fragte sich, ob der betagte Mann die Tortur irgendwie überleben würde. „Versuchen Sie, ihn warmzuhalten“, wies sie an, als sie sich auf den Weg zu Farrell machte, der neben dem schlammigen Pfad lag.

„Haben Sie ihn erwischt?“, fragte Farrell und zog trotz seiner Schmerzen eine Grimasse.

Louise untersuchte die Schwellung am Knöchel des Mannes. Es sah nicht gut aus. „Sie sind beide am Leben, glaube ich. Simmons hat versucht, sich umzubringen, aber es ist ihm wohl nicht gelungen.“

Farrell hatte zu große Schmerzen, um sofort zu antworten. „Ist Danny okay?“, fragte er und ließ sich wieder zurück auf den Rücken sinken.

„Ich glaube nicht, dass er Ihnen in nächster Zeit noch mal

sein Boot leihen wird. Abgesehen davon denke ich, dass es ihm gut geht."

Farrell stützte sich mühevoll auf seine Ellbogen, sodass er ihr ins Gesicht blicken konnte. „Sie bluten", sagte er und schaffte es, zu lächeln, während seine Augen voller Sorge waren.

„Ich glaube, ich habe die fünfte heilige Wunde abbekommen. Nur ein Kratzer."

Zusätzlich zum Polizeihubschrauber erschien bald der Rettungshubschrauber, und beide landeten weiter unten, auf einem flacheren Stück der Insel. Glücklicherweise befanden sich weder Finch, Robertson noch Morley in den Hubschraubern, sodass Louise sich vorerst nicht zu erklären hätte.

Während das Rettungsteam an der Bergung von Simmons arbeitete, blieb Louise bei den Sanitätern, die sich um Lanegan kümmerten. „Sie begleiten Ihren Neffen", sagte sie zu Danny, der unter einer Wärmedecke, die er von den Beamten aus dem Hubschrauber bekommen hatte, zitterte. Der Mann stand unter Schock und starrte immer noch mit weit aufgerissenen Augen vor sich hin, als er von einem Sanitäter zum wartenden Hubschrauber geführt wurde, wo einige Minuten später auch Lanegan an Bord gebracht wurde.

Es dauerte weitere zwei Stunden, bis Simmons vom Felsvorsprung geborgen werden konnte. In dieser Zeit kontaktierte Louise die Zentrale und informierte Robertson und den Rest des Teams. Sie war überrascht, dass Robertson sie nicht für ihr Handeln tadelte, nahm jedoch an, dass das noch kommen würde.

Als Simmons über dem Rand der Klippe auftauchte, trug er eine Sauerstoffmaske im Gesicht. Obwohl sie darüber informiert worden war, dass Lanegan die Fahrt ins Krankenhaus überlebt hatte, wollte Louise Simmons immer noch die Maske vom Gesicht reißen und ihn zurück ins Meer werfen. In diesem Moment waren ihr seine schwierige Erziehung und das angespannte Verhältnis zu seinen Eltern völlig egal. Alles, was sie interessierte, waren die Leben, die er genommen hatte, und die Ungerechtigkeit, dass er überlebt hatte, während so viele andere es nicht geschafft hatten.

„Er hat Glück, dass er noch lebt“, sagte eine der Sanitäterinnen. „Er hat mehrere Brüche, aber ich denke, er wird es schaffen.“

„Wunderbar“, antwortete Louise, als sie Simmons zum Hubschrauber brachten.

KAPITEL ACHTUNDVIERZIG

Eileen Boswell war an plötzliche Veränderungen in ihrer Umgebung gewöhnt. Der kleine Teil von Cornwall, in dem sie lebte, konnte sich innerhalb eines Herzschlags von vollkommener Ruhe zu einem tosenden Sturm verwandeln, doch sie war fest davon überzeugt, dies wäre keiner dieser Tage. Draußen stand die Sonne hoch am strahlend blauen Himmel, und die Bäume bewegten sich nicht. Es war der zweite Tag des neuen Jahres, ein Tag, auf den sie sich schon seit einiger Zeit gefreut hatte. Ihr Gedächtnis war nicht mehr das, was es einmal gewesen war, doch sie hatte diesen Tag in jenem Kalender markiert, den ihr die reizende Mrs. Joslyn zu Weihnachten geschenkt hatte, und seither hatte sie unentwegt auf die Markierung gestarrt.

Mit einer heißen Tasse Zitronentee in der Hand war Eileen in die vielen Schichten gehüllt, die diese Jahreszeit forderte. Sie versuchte, nicht auf ihre Haustür zu starren, was ihr jedoch schwerfiel. Joslyns Familie war so nett zu ihr gewesen, seit sie Eileen mit der anderen Polizistin besucht hatte, aber sie war sich immer noch sicher, dass das vermutlich nicht von Dauer sein würde, obwohl Joslyn und ihre Familie sie seither mehrmals besucht hatten. Die Kinder – Matilda und Zach – waren so wundervoll, und es fühlte sich an, als hätte sie Enkelkinder. Sie hatten sie sogar zum Weihnachtsessen eingeladen, was sie natürlich dankend abgelehnt hatte. „Weihnachten ist für die Familie“, hatte sie gesagt, woraufhin sie am ersten Weihnachtsfeiertag kommen wollten, um sie abzuholen und mit zu sich nach Hause zu nehmen.

Ach wie schön; und da waren sie nun, klopften auf jene ungeduldige, unaufhörliche Art und Weise an ihre Tür, wie es nur Kinder konnten. „Nana Boswell“, rief das kleine Mädchen, Matilda, und schlang die Arme um sie, als Eileen die Tür öffnete.

Obwohl sie sich abstützte, machte die schwungvolle Begrüßung Eileen etwas zu schaffen, doch es war ihr egal. Diese kleinen Kinder – Joslyn und ihr Mann hatten keine Eltern mehr, sodass keines der Kinder jemals Großeltern gekannt hatte – gaben ihr einen Grund, weiterzumachen. „Ich hole meinen Mantel“, sagte sie, schloss die Tür ab und folgte dem Mädchen zu dem wartenden Auto.

Natürlich hatte sie in der Zeitung davon gelesen, doch Eileen erschien es wie etwas, das sie in einem der Schundromane lesen würde, die sie manchmal in den Wohltätigkeitsläden kaufte. Angeblich hatte dieser Verrückte Mr. Lanegan an ein Kreuz gehängt, nachdem er ihn tagelang gefangen gehalten hatte. Joslyn hatte ihr gesagt, dass man ihn ohne sie vielleicht nie gefunden hätte, doch all das kümmerte Eileen nicht; sie wollte ihn einfach nur wiedersehen.

Nach der Fahrt nahm Joslyn sie am Arm, als sie sie vom Auto zum Pflegeheim führte. „Denk daran, seine Gesundheit hat durch den Vorfall gelitten“, warnte sie.

„Ich möchte ihn einfach nur sehen, bitte“, antwortete Eileen.

Er saß aufrecht im Bett. Er sah älter aus, doch seine Augen funkelten immer noch, als er sie anlächelte. „Sind Sie gekommen, um mein Zimmer zu putzen?", fragte er mit rauer, tiefer Stimme.

„Ich habe gehört, Sie hätten allerhand Unfug angestellt?", antwortete Eileen seufzend, als sie sich auf den stabilen Stuhl neben seinem Bett setzte.

„Wir werden euch etwas Zeit geben", sagte Joslyn.

Die nächste Stunde erinnerte Eileen an das erste Mal, als sie den Mann getroffen hatte. Damals hatte er zu viel getrunken gehabt, doch dieses Mal war es etwas anderes, das ihn dazu brachte, sich ihr zu öffnen. Er erzählte ihr die ganze Geschichte, als wären sie bei der Beichte und sie sein Priester. Wie der Sohn seiner ehemaligen Geliebten ihn entführt, auf die Insel gebracht und dann versucht hatte, ihn zu töten. Aber mehr noch, er erzählte ihr von der Frau, die er zurückgelassen hatte. Wie er sie, in seinen eigenen Worten, einem anderen Mann gestohlen hatte.

Wissen Sie, Eileen, ich hätte an diesem Kreuz sterben sollen. Ich habe diese Familie zerstört. Erst ihre Ehe, dann ihr Leben. Und meinetwegen sind all diese anderen Menschen gestorben. Ich habe den ersten Mord begangen." Tränen liefen über seine spröde Haut und Eileen beugte sich vor, um sie wegzuwischen.

„Seien Sie nicht albern. Sie haben als junger Mann einen Fehler gemacht, wie so viele vor Ihnen. Sie konnten nicht ahnen, dass sich die Dinge so entwickeln würden. Dieser Junge, Simmons, war nicht bei Verstand. Er hat diese armen, unschuldigen Menschen getötet. Es ist seine Schuld, nicht Ihre", sagte sie, als wäre das Thema damit für sie beendet.

Einige Zeit später kam Joslyn zurück. „Ich kann dich morgen wieder herbringen", sagte sie freundlich, während Eileen dem Mann einen Abschiedskuss auf die Wange gab. Es war das erste Mal, dass sie ihn geküsst hatte.

In dieser Nacht starb der alte Priester im Schlaf.

KAPITEL NEUNUNDVIERZIG

Emilys Augen strahlten und sie lachte, als Louise sich zu ihr beugte und sie zum Abschied küsste. Sie zuckte zusammen, als das Mädchen sie am Arm packte. Die Wunde war in den Wochen seit Simmons' Angriff verheilt, war jedoch immer noch empfindlich, was Berührungen betraf.

Paul stand in der Tür. Er war jetzt seit einem Monat trocken, und obwohl er noch einen weiten Weg vor sich hatte, hatte es gereicht, um ihre Eltern davon zu überzeugen, dass Emily nach Hause zurückkehren sollte.

„Ich liebe dich, Tante Louise", sagte Emily.

„Ich liebe dich, Emily."

Die Wehmut, die Louise überkam, als sie die M5 erreichte, wurde durch die Erinnerung an die letzten Tage gemildert. Seit dem ersten Weihnachtsfeiertag war sie bei ihren Eltern gewesen und hatte es genossen, ein paar Tage lang keine Verantwortung übernehmen zu müssen. Nachdem Paul keinen Alkohol mehr trank, war die Weihnachtszeit eine der glücklichsten seit Menschengedenken gewesen, und der Gedanke daran verbesserte ihre Stimmung, als sie über die Avonmouth Bridge fuhr.

Die Zeit bis Weihnachten war aufgrund der Auswirkungen

des Simmons-Falls eine Herausforderung gewesen. Geoffrey Simmons befand sich derzeit in psychiatrischer Begutachtung, doch die CPS war davon überzeugt, dass er letztendlich für die Morde an Veronica Lloyd, Pater Mulligan, Janet und Nathan Forester und Sydney Creswell vor Gericht stehen würde.

Louise trug diese Namen mit sich und wusste, dass das für immer so sein würde. Als sie bei Worle von der Autobahn abfuhr und die Umfahrungsstraße ins Stadtzentrum nahm, spielte sie die gesamten Ermittlungen noch einmal im Geiste durch, wie sie es schon Hunderte Male zuvor getan hatte. Immer noch war sie auf der Suche nach einem Fehler, einem fehlenden Bindeglied, das die nachfolgenden Morde – nach der Entdeckung von Veronica Lloyds Leiche – hätte verhindern können. Sie hatte die Verbindung zu dem Feuer aufgedeckt, aber war sie bei ihren Ermittlungen zu zaghaft gewesen? Wäre sie sorgfältiger vorgegangen, hätten sie die Verbindung zu Lanegan vielleicht schon früher aufdecken können. Sie hatte ihre diesbezüglichen Bedenken Robertson gegenüber geäußert, doch er hatte sie in seiner ruppigen Glasgower Art abgetan. Seiner Meinung nach sollte sie stolz darauf sein, dass Lanegan rechtzeitig gefunden wurde und Simmons überlebt hatte. Louise war davon nicht überzeugt.

Aus Gewohnheit drehte sie eine Runde an der Strandpromenade. Es war der dritte Januar, die Sonne stand hoch am Himmel, und das Meer war – eine Seltenheit bei Flut – ruhig und glasklar. An Tagen wie diesen konnte Louise die alte Küstenstadt gut ertragen, wenn nicht sogar lieben.

Sie hatte erbeten, einige Mitglieder des Teams im Kalimera zu treffen, und Thomas, Farrell und Tracey warteten dort auf sie.

„Hallo, Inspector“, sagte die Restaurantbesitzerin.

„Hallo, Georgina.“ Seit die Nachricht von der Verhaftung auf Steep Holm durch die Presse gegangen war, behandelte die Besitzerin des Restaurants sie mit einem neu gewonnenen

Respekt. Ihre Gespräche gingen selten über höflichen Smalltalk hinaus, doch Louise war jetzt am frühen Morgen nicht mehr gezwungen, die kalten Blicke der Frau zu ertragen.

„Für dich", sagte Louise und überreichte Tracey eine Flasche Champagner. Heute war der letzte Tag der Entsendung ihrer Freundin nach Weston. Ab morgen würde sie wieder bei Finch und dem Rest des MIT sein.

„Oh, das wäre doch nicht nötig gewesen", antwortete Tracey lächelnd. „Können wir sie gleich aufmachen?"

„Nicht hier drinnen", sagte Georgina und stellte Louise eine Tasse Kaffee hin.

„Danke, dass ihr gekommen seid. Ich wollte mich nur persönlich bei euch bedanken, bevor wir in die Bar gehen", sagte Louise, während sie an ihrem Kaffee nippte.

Thomas und Tracey tauschten Blicke aus, Farrell sah unbehaglich aus, und für einen Moment befürchtete Louise, dass die beiden wieder eine Affäre miteinander hatten.

„Schlechte Nachrichten, Boss", sagte Farrell. „Heute Morgen kam die Nachricht rein, dass Richard Lanegan letzte Nacht im Schlaf verstorben ist."

„Natürliche Ursachen", sagte Tracey, als müsste sie eine Erklärung liefern.

Louise fuhr sich mit der Hand durch ihr Haar. Der alte Priester war Anfang siebzig gewesen, aber sie konnte sich des Eindrucks nicht erwehren, dass die Tage der Gefangenschaft auf der Insel die natürlichen Ursachen beschleunigt hatten.

„Kommt, wir gehen in die Bar und stoßen auf ihn an", sagte Tracey, der süße Duft wehte zu ihr herüber, als sie Louise am Arm nahm und sie auf die Beine zog.

Es war, als würde die gesamte Polizeizentrale an der Hotelbar warten. Robertson begrüßte sie mit einem Tablett von Single-Malt-Whisky-Shots, und Louise entschuldigte sich für einen Moment, um keinen davon trinken zu müssen.

Finch war ein paar Tage, nachdem Simmons und Lanegan von der Insel geborgen worden waren, ins Hauptquartier zurückgekehrt. Er hatte ein paar Andeutungen über Louises Leichtsinn während des Falles gemacht, doch Robertson hatte ihn beinahe ausgelacht. Louises Respekt für ihren Chef hatte einen neuen Höchststand erreicht.

Die Korruptionsabteilung wurde eingeschaltet und untersuchte den Brand in St. Bernadette's. Gegen den pensionierten DS, Benjamin Farnham, wurde ebenso ermittelt wie gegen Monsignore Ashley, der sich nach der Verhaftung von Simmons freiwillig auf eine Polizeistation in Bristol begeben hatte.

„Da ist sie ja", sagte Thomas und drückte ihr eine Champagnerflöte in die Hand, als Louise an die Bar zurückkehrte.

„Auf Tracey Pugh", sagte Robertson und hob sein Glas in die Luft. „Wir werden sie vermissen, aber nicht vergessen."

„Tracey", sagte Louise und musste über die kirschroten Wangen ihrer Freundin lachen.

Louise blieb eine Stunde, bevor sie sich entschuldigte. „Danke für alles", sagte sie zu Tracey, die sie zu ihrem Auto begleitete.

„Ich danke dir. Ich hatte eine wunderbare Zeit. Mein Gott, man könnte meinen, wir würden uns für immer verabschieden, dabei wohnen wir nur etwa zwanzig Minuten voneinander entfernt."

„Ich bin traurig, dich gehen zu sehen. Bist du sicher, dass du keinen Antrag auf Versetzung stellen willst?"

„Du weißt ja, was man sagt: Es ist ein schöner Ort für einen Besuch, aber um hier zu leben ..."

„Was du nicht sagst", antwortete Louise.

Sie nahm die alte Mautstraße über Kewstoke nach Hause, der Vollmond stand nun am wolkenlosen Nachthimmel. In den letzten zwei Monaten hatte sich Weston von den Folgen der Morde erholt. Die Morde hatten die Stadt zusammengeschweißt. Obwohl die Einwohner noch immer unter der Vorstellung litten, dass dem ruhigen Küstenstädtchen etwas so Tragisches zustoßen konnte, waren sie widerstandsfähig, und der Ort zeigte bereits Anzeichen der Erholung. Tania Elliot hatte ihre Geschichte an eine der überregionalen Zeitungen verkauft, und – es war wirklich etwas pervers – die Stadt hatte dadurch eine gewisse Berühmtheit erlangt, was wiederum zu einem Anstieg der Hotelbuchungen für die bevorstehende Sommersaison geführt hatte.

Louise schüttelte ihre Wehmut darüber ab, wieder in ihrem Bungalow angekommen zu sein, schaltete den Gasofen ein und begann, ihre Ermittlungswand abzubauen. Als sie die Fotos der Mordopfer in eine Plastikmappe steckte, dachte sie darüber nach, wie leicht es doch war, zu vergessen. Wie die Geschichten dieser fünf Menschen – sechs, um genau zu sein, wenn man Lanegan mitzählte – für immer miteinander verwoben sein würden.

Sie überprüfte ihr Telefon – seit er Weston verlassen hatte, waren keine Nachrichten von Finch eingegangen, dennoch wartete sie jeden Abend darauf, dass er ihr wieder schreiben würde –, bevor sie sich einen Wodka aus dem Gefrierfach einschenkte.

Mit dem Drink in der Hand starrte sie an die leere Stelle, an der sich die Ermittlungswand befunden hatte, und kam zu dem Schluss, dass die verblasste Fläche – ebenso wie der Rest der Wohnung – einen neuen Anstrich brauchte.

DANKSAGUNGEN

Ich danke allen, die mir bei diesem Buch geholfen haben: meiner Agentin Joanna Swainson für ihre Unterstützung und ihre ausgezeichneten Ratschläge, meinem Lektor Jack Butler für seine Begeisterung für diese Serie und Russel McLean für seine hervorragenden Einblicke.

Alison, Freya und Hamish für unseren erneuten gemeinsamen Besuch in Weston und für ihre anhaltende Liebe und Unterstützung.

Ein besonderer Dank gilt all den wunderbaren Menschen in Weston-super-Mare und insbesondere meiner geliebten Oma Eileen Burnell, die ihr Leben in Weston aufgebaut hat.

ÜBER DEN AUTOR

FOTO © 2019 LISA VISSER

Nach seinem Jurastudium, wo sich sein Interesse für Strafrecht entwickelte, absolvierte Matt Brolly einen Masterstudiengang für kreatives Schreiben an der Universität Glasgow.

Er ist der Nummer-eins-Amazon-Bestsellerautor der DI-Blackwell-Romane, die in Weston-super-Mare spielen, sowie der DCI-Lambert-Krimis, des umjubelten Zukunftskrimis Zero, und des US-Thrillers The Controller.

Matt lebt mit seiner Frau und seinen kleinen Kindern in London. Mehr über Matt erfahren Sie auf seiner Website www.-mattbrolly.com oder indem Sie ihm auf Twitter folgen: @MattB-rollyUK

Printed in Poland
by Amazon Fulfillment
Poland Sp. z o.o., Wrocław

18658009R00249